엘크 머리를 한 여자

THE ONLY GOOD INDIANS

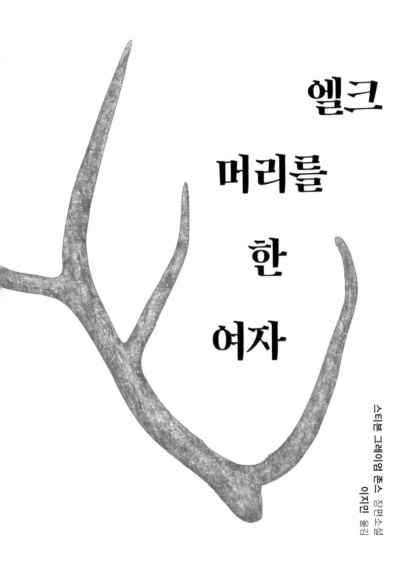

엘크
머리를
한
여자

스티븐 그레이엄 존스 장편소설
이지민 옮김

짐 쿤을 위해
그는 진정한 호러 소설 팬이었다

이 책에 쏟아진 찬사

"가장 화제에 오른 호러 소설."
　—『엔터테인먼트 위클리』

"생생하고 선명하다."
　—『뉴욕타임스』

"우리는 미묘하게 흥미롭고 풍자적인 이 소설에서 빠져나오기 힘들 것이다."
　—버즈피드

"스티븐 킹의 『그것』과 피터 스트라우브의 『고스트 스토리』를 좋아하는 사람이라면 젊은 시절 처음 맞닥뜨린 초자연적인 존재에게 계속해서 쫓기는 네 친구들의 이야기에 푹 빠질 것이다."
　—실비아 모레노-가르시아, 『멕시칸 고딕』 저자

"『엘크 머리를 한 여자』는 복수 스릴러, 괴수 영화, 벗어날 수 없는 과거와의 화해를 고루 다루고 있다. 흡입력 있으며 긴장감 넘치는 소설이다."
　—카먼 마리아 마차도, 『그녀의 몸과 타인들의 파티』 저자

"스티븐 그레이엄 존스는 이 시대의 보물이다. 하나의 노래처럼 읽히는 산문은 애달플 정도로 생생한 캐릭터와 함께 만들어낸 하드보일드 시에 가깝다."
　—샘 J. 밀러, 『검은 물고기의 도시』 저자

"이 책은 소름 끼칠 정도로 훌륭하다. 스티븐 그레이엄 존스는 가장 재능 있는 작가이자 다작하는 작가 중 한 명이다. 끔찍한 장면과 유머가 한가득인 이 소설에는 사랑과 복수, 피와 농구 등 내가 소설에서 바라는 것 이상으로 많은 것이 담겨 있다. 이 소설은 현대 인디언의 삶과 정체성을 폭로하는 동시에 전복시키기도 한다. 소설은 현실적이고 가능한 삶을 바꿀 수 있다. 스티븐 그레이엄 존스는 확실히 그 방법을 알고 있으며 맹렬한 속도로 우리를 이야기 속에 빠져들게 만드는 방법을 알고 있다."
　—토미 오렌지, 『데어 데어』 저자

"존스는 걸작을 완성했다. 이 책은 직관적이고 본질적으로 가혹한 현실을 그대로 담아냈다. 피가 낭자한 음울한 분위기에도 불구하고 『엘크 머리를 한 여자』는 결국 희망과 미래의 약속을 이야기하고 있다. 반드시 읽어보기를 추천한다."
　—『로커스』

"『엘크 머리를 한 여자』는 내가 읽은 미국 호러 소설 중 단연 최고다. 씹을 수 있는 언어로 가득하고 독창적이며 공포를 유발하는 인디언 전통 이야기가 담겨 있다. 스티븐 그레이엄 존스가 없었더라면 호러 소설은 훨씬 더 지루한 장르가 되었을 것이다."
　—그레디 헨드릭스, 『호러북클럽이 뱀파이어를 처단하는 방식』 저자

"우리는 자신이 저지른 실수, 자신이 저지른 죄악에 대해 얼마나 오랫동안 대가를 치러야 할까? 아무 생각 없이 저지른 행동이 우리를 영원히 파멸에 이르게 할 수 있을까? 심오한 통찰력이 담긴 호러 소설 『엘크 머리를 한 여자』는 훌륭한 이야기이자 유머가 넘쳐흐르는 지능적인 소설이다. 과연 누가 피터 스트라우브의 『고스트 스토리』를 뒤이을 만한 소설을 쓸지 궁금했었는데 이제 답을 알겠다. 바로 스티븐 그레이엄 존스다."
　—빅터 라발, 『블랙 톰의 발라드』, 『엿보는 자들의 밤』 저자

"『엘크 머리를 한 여자』는 걸작이다. 친밀하고 압도적이며 잔인하고 끔찍하지만 따뜻하고 애달프기도 하다. 스티븐 그레이엄 존스는 부당함, 그리고 결국 희망을 노래하는 호러 소설을 완성했다. 감상적인 가짜 희망이 아니라 진짜 희망, 누군가를 살리고 누군가를 계속해서 살아가게 만드는 희망이다. 이러한 책이 존재한다는 사실, 그리고 이 책이 지금 독자의 손에 들려 있다는 사실에서 나는 희망을 본다."
— 폴 트렘블레이, 『머릿속에 유령 한가득』, 『세상 끝의 오두막』 저자

"존스는 사회 비판을 담은 지적인 이야기로 그의 진가를 보여주었다. 소름 끼칠 정도로 훌륭한 소설이다."
— 『키르커스 리뷰』

"호러 소설의 대가가 또 다른 걸작을 남겼다. 탄탄한 정서적 깊이, 죄책감에 기인한 감정, 정체성, 세상에서의 개인의 위치, 옳고 그름에 대한 판단 등. 『엘크 머리를 한 여자』는 이 모든 것을 담고 있다. 스타일, 승격, 현실, 비현실성, 복수, 온기, 냉기, 심지어 맹렬한 비판까지. 다시 말해 이 책은 스티븐 그레이엄 존스가 천착하는 모든 것, 결국 우리가 그와 함께 항해하고 싶은 모든 것으로 이루어져 있다."
— 조시 맬러먼, 『버드 박스』, 『호수 바닥에 있는 집』 저자

"존스는 현대적인 인디언 마을을 배경으로 밤새 읽어나가게 만드는 오싹한 복수극을 완성했다. 이 책은 유혈이 낭자하고 잔인한 부분도 있지만 친근하고 애절하며 희망적인 이야기를 선사하기도 한다. 존스는 현대 인디언들의 애잔하면서도 아름다운 삶을 그의 소설 속에 고스란히 담아냈다. 그는 폭력의 순환이 야기한 호러 스토리를 중심으로 이야기를 전개해나가되 결코 고정관념에 얽매이거나 쉬운 답변에 의존하지 않는다."
— 리베카 로언호스, 『천둥의 궤적』 저자

"스티븐 그레이엄 존스는 호러 소설 문학의 대가이다. 『엘크 머리를 한 여자』 같은 작품을 만나기란 쉽지 않을 것이다. 정확한 세부 묘사, 캐릭터, 인디언의 삶에 녹아 있는 독특한 감정과 상상력을 담아낸 산문 등이 꽤나 예리하다. 이 책은 너무 무서워서 읽는 동안 독자의 귀에는 시끌벅적한 소리가 들릴지도 모른다. 책을 다 읽을 때까지 절대로 불을 끄지 말기 바란다."
— 타나나라이브 듀, 『좋은 집』 저자

"문화적 정체성과 가족, 전통이라는 주제를 중심으로 희망과 생존을 노래하는, 가슴 시릴 정도로 아름다운 이야기다."
— 『라이브러리 저널』

"존스는 문화적 정체성의 위기를 바탕으로 예리하고 훌륭한 호러 소설을 엮어냈다. 그의 글은 생생하며, 우울한 유머와 유혈이 낭자한 장면 간에 적절한 균형을 이루고 있다. 그가 만들어낸 주인공들은 과거를 비롯해 그들이 속한 문화와 맞닥뜨리며 이야기를 완성해나간다. 이 소설은 오싹한 스릴러이기도 하지만 그들을 제거하려는 문화에 적응해나가는 인디언들의 존재론적 위기에 관한 따끔한 논평이기도 하다. 도전적인 이 소설은 존스의 팬을 열광시킬 것이며 더 많은 독자가 그의 팬이 되는 계기가 될 것이다."
— 『퍼블리셔스 위클리』

"『엘크 머리를 한 여자』는 나를 몰아세운다. 나는 주인공들이 과거에서 벗어나지 못하는 이야기를 좋아하는데, 과거는 나의 가장 큰 공포이기 때문이다. 평범한 사람이라면 그들이 저지른 끔찍한 일들이 늘 주위에 도사리고 있게 마련이다. 스티븐 그레이엄 존스는 나에게 인디언 이야기꾼의 새로운 가능성을 보여주었다."
— 테레사 마리 메일핫, 『하트 베리』 저자

일러두기

1. 이 책은 *The Only Good Indians*, Saga Press Subsidiary, 2020을 번역한 것이다.
2. 본문의 [ ] 표시는 옮긴이 주이다.
3. 본문 중 볼드는 원서에서 이탤릭체로 강조한 부분이며, 고딕체는 대문자로 강조한 부분이다.

차례

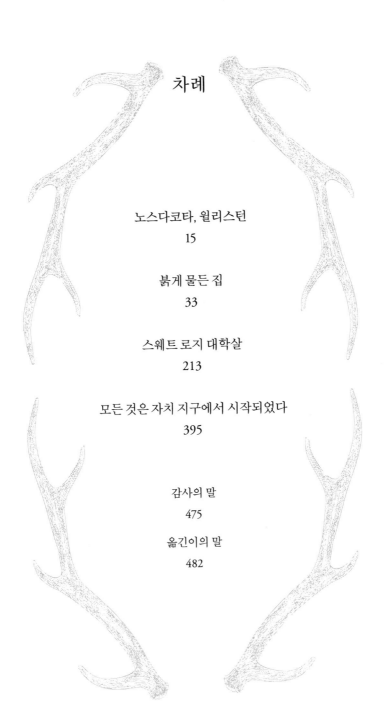

엘크 마을에서는 매년 끔찍한 장면이 너무 자주 되풀이된다.
지난 몇 년간 사냥꾼들의 비통에 찬 울부짖음이 숲을 뒤흔들었다.

—돈 라우바흐와 마크 헨켈, 『엘크 이야기 *Elk Talk*』

노스다코타, 윌리스턴

리처드 보스 립스의 사망 사건은 인디언 남성, 술집 밖에서 몸싸움 도중 사망이라는 기사로 보도될 터였다.

그렇게 볼 수도 있었다.

리키는 노스다코타의 석유 시추 현장에서 일했었다. 인디언은 그밖에 없었기 때문에 그가 족장이었다. 새로 온 데다 임시직이었기에 리키는 늘 아래로 내려가서 체인을 감는 역할을 맡았다. 손가락 다섯 개가 전부 멀쩡한 상태로 돌아올 때면 그는 자신처럼 운 좋은 사내를 건드릴 수 있는 것은 아무것도 없다는 사실을 보여주려는 듯 시추 플랫폼 주위로 엄지손가락을 번쩍 치켜들곤 했다.

리키 보스 립스.

그는 인디언 자치 지구에서 느닷없이 도망친 상태였다. 남동생 치토가 누군가의 거실에서 약물 과다 복용으로 사망한 뒤였다. 리키는 동생이 사망했을 당시, IGA[식료품점] 주차장을 찍고 있는 카메라에 TV 채널이 맞춰져 있었다고 들었다. 아무리 생각해도 미심쩍은 부분이었다. 그건 진짜 나이 많은 인디언 연장자들이나 보는 채널이었기 때문이다. 그것만 봐도 인디언 자치 지구가 얼마나 형편없고 따분하며 얼마나 별 볼 일 없는 장소인지 알 수 있었다. 게다가 치토는 원래 TV를 잘 보지도 않았고 가만히 앉아 있지도 못했다. 기껏해야 만화책 정도만 보았을 녀석이었다.

리키는 죽은 이를 묻기 전에 그 곁을 밤새 지키는 경야竟夜에 참석하고 이스트 글레이셔 국립공원—모두가 공원 뒤쪽에 난 산판 도로에 주차하는 바람에 무덤까지 가서 차를 돌려야 했다—뒤편에 마련된 선산에 가는 대신 노스다코타로 달아났다. 원래 계획은 미니애폴리스까지 가는 것이었다. 그는 그곳에 아는 사람이 좀 있었다. 하지만 절반쯤 갔을 무렵 석유 시추 현장에서 인부를 채용하는데 인디언을 선호한다는 얘기를 들었다. 인디언은 본래 추위에 강하다는 이유에서였다. 그러니까 그들은 겨울에도 계속해서 일할 거라는 뜻이었다.

오렌지색 트레일러 안에서 인터뷰를 보던 리키는 그 말에 고개를 끄덕이며 그렇다고 했다. 블랙피트[북미 인디언의 한 종족]는 추위 따위는 신경 쓰지 않는다고. 추위 때문에 일을 못 한다거나 하는 일은 없을 거라고. 하지만 그가 하지 않은 말도 있었다. 형편없는 겉옷 때문에 추위에 강해지는 게 아니라고. 그저 시간이 지나면서 불평을 하지 않게 되는 거라고. 불평한다고 따뜻해지는 건 아니므로. 그는 돈만 받으면 곧장 미니애폴리스로 뜰 거라는 말도 하지 않았다.

그를 인터뷰한 현장 감독은 백인이었는데, 불그스름하고 거친 피부에 덩치가 컸으며 브릴로 철수세미 같은 수염을 달고 있었다. 감독이 탁자 너머로 손을 뻗어 리키를 똑바로 바라보며 악수를 건네는 순간 현대적인 세상은 잠시 저 뒤로 물러나고 두 남자만이 캔버스 텐트 안에 서 있었다. 감독은 캐벌리 재킷을 입고 있었는데 이미 감독의 재킷에 달린 황동 단추를 노리고 있던 리키는 그들 사이의 탁자 위에 놓인, 그가 방금 서명한 온갖 계약서는 안중에 없었다.

지난 몇 달 동안, 그는 이 같은 현상을 점점 더 많이 겪었다. 작년 겨울, 사냥 실적이 안 좋아진 이후부터 구직 면접을 보는 내내 그리고 지금까지, 심지어 치토가 소파에서 죽었을 때에도 그랬다.

동생의 이름은 원래 치토가 아니었으나 오렌지색 머리카락에 주근깨가 박혀 있는 얼굴 탓에 늘 그렇게 불렸다.

리키는 치토의 장례식이 어떠했을지 궁금했다. 지금쯤 거대한 뮬 사슴이, 죽은 인디언들의 묘지를 감싸는 육각형 철조망에 코를 대고 있을지 궁금했다. 그는 그 거대한 뮬 사슴이 정말로 무엇을 보았을지 궁금했다. 그저 두 다리가 달린 사람들이 밖으로 나오기를 기다리고 있었던 것은 아니었을지.

치토라면 예쁘장한 사슴이라고 생각했을 것이다. 동이 틀 무렵이면 벌써 숲 한가운데 나와 있는 리키와는 달리 치토는 아침 일찍 일어나는 녀석이 아니었다. 동생은 맥주 말고는 그 어떠한 것도 사냥하고 싶어 하지 않았다. 할 수만 있다면 인디언 자치 지구에서 녀석은 채식주의자로 생활했을 터였다. 오렌지색 머리만으로도 등에 과녁을 꽂고 다니는 꼴이었는데 토끼처럼 풀이나 뜯어먹었다면 멍청한 인디언들에게 더 많은 공격이나 당했을 게 뻔했다.

하지만 동생은 소파에서 죽었다. 다른 사람의 손에 죽은 것도 아니고 제 스스로 목숨을 끊었다. 리키가 자신도 그곳을 빠져나와야겠다고 생각한 건 바로 그때였다. 한두 주 정도 백인들의 체인 멍키[눈 오는 날 차에 체인 감는 일을 하는 사람]로 일해도 상관없었다. 바람에 뒤흔들리는 개집 같은 트레일러에서 백인 인부들과 뒤섞여 하루 네 시간밖에 자지 못해도 괜찮았고 족장이 되는 것도 괜찮았다. 물론 버팔로를 급습하고 쫓아다니던 시절에 태어났더라면 자신은 보병이 되었을 테지만. 체인 멍키의 활과 화살 버전이 무엇이든, 그게 바로 리키 보스 립스의 일이었다.

그가 어렸을 적 다닌 도서관에는 헤드 스매시드 버팔로 점프[북미 인디언들이 절벽으로 몰아가며 버팔로를 잡는 법]를 묘사한 그림책이 있었다. 그 책에는 블랙피트가 절벽 끝으로 버팔로 떼를 모는 모습이 담겨 있었다. 리키는 어깨에 송아지 가죽을 걸친 채 앞장서서 버팔로 떼를 절벽으로 유인하는 역할을 맡은 소년을 기억했다. 인디언 연장자들이 마련한 온갖 경주에서 다른 아이들을 제치고 승리한 그 아이는 나무를 가장 잘 기어올랐다. 사냥감보다 빨라야 했으며 절벽에서 뛰어내린 뒤 미리 매어둔 밧줄을 재빨리 움켜쥐고 아래로 안전하게 내려올 만큼 민첩해야 했기 때문이었다.

버팔로 무리가 언제 땅에 닿을지 몰라 뻣뻣하게 굳은 다리로 허공에 발길질을 해대며 괴성을 지르는 동안, 팔만 뻗으면 닿을 거리에 앉아서 기다리는 기분은 어땠을까?

부족 전체에 고기를 가져다주는 건 어떤 기분이었을까?

리키와 게이브, 루이스와 캐스는 지난 추수감사절에 거의 그럴 뻔했다. 그들은 그러려고 했다. 이번만은 그러한 인디언이 되려고 했었다. 브라우닝의 모든 인디언에게 자신들이 그런 사람임을 보여주려고 했었다. 하지만 질퍽한 폭설 때문에 모든 일이 수포로 돌아갔고 이제 리키는 추위 한가운데서 싸우기만 할 뿐인 노스다코타에 있게 되었다.

제기랄.

미니애폴리스에서 그가 사냥할 거라고는 타코나 침대뿐이었다.

하지만 그 전에 우선 맥주를 좀 마셔도 나쁠 건 없었다.

술집 안에는 온통 석유 채굴 인부들뿐이었다. 아직은 괜찮았지만 곧 어디에선가 싸움이 시작될 것이었다. 당구대 옆에서 맥주를 홀짝이고 있는 인디언 한 명이 보였다. 그는 리키를 보고 알은체를 했고 리키도 그를 보고 고개를 끄덕였지만 둘은 리키와 백인 인부들만큼이나 먼 사이였다.

금발의 웨이트리스가 그들 사이로 빈 쟁반을 위태위태하게 나르고 있었다. 오십 쌍의 눈이 그녀를 쫓았다. 웨이트리스는 루이스가 7월에 그레이트 폴스로 함께 달아난 키 큰 여자처럼 보였다. 하지만 그 여자는 진즉에 루이스를 떠났을 거였다. 이제 루이스는 리키처럼 그곳의 술집에 혼자 앉아 맥주 상표나 벗기고 있을 터였다.

리키는 저 멀리 있는 루이스를 향해 인사를 건네듯 술병을 치켜들었다.

맥주를 네 병 마시고 컨트리송을 아흔 곡 들은 후 리키는 소변을 누러 화장실로 향했다. 줄은 이미 복도까지 늘어선 상태였다. 마지막으로 화장실에 갔을 때 사내들이 이미 쓰레기통이며 개수대며 아무 데나 소변을 보고 있었다. 화장실 안에서는 텁텁한 지린내가 났는데 아무 생각 없이 입을 벌리자 냄새가 입 안으로 들어오면서 잇새에서 버석거렸다. 석유 시추 현장에 마련된 꿀단지만큼 최악은 아니었지만 그래도 현장에서는 아무 곳에서나 바지 지퍼를 내리고 오줌을 갈길 수 있었다.

리키는 맥주를 비운 뒤 줄에서 빠져나왔다. 인디언이 밖에서 맥주병을 들고 있다가는 경찰의 표적이 되기 딱 좋았다. 리키는 신선한 공기를 찾아서, 사실은 오줌보가 터질 지경이었기에 줄 서 있는 사람들을 재빨리 밀치고 지나갔다.

출구에서 문지기가 두툼한 손으로 리키의 가슴팍을 가로막았다. 그는 화재의 위험 때문에 들어갈 수 있는 사람 수가 한정되어 있다며 한번 나가면 들어오기 쉽지 않을 거라고 경고했다.

열린 문 너머로 리키의 눈에 석유 채굴 인부와 카우보이 무리가 보였다. 안으로 들어오려고 기다리고 있는 그들은 그를 향해 눈을 번득였으나 아무것도 묻지 않았다. 다시 들어오려면 줄을 서야 할 테지만 더 이상 이것저것 가릴 처지가 아니었다. 90초만 더 있다가는 술집 안에서 오줌을 지리게 될지도 몰랐다. 그 꼴을 보지 않으려면 어떻게든 여기서 나가야 했다.

금발의 웨이트리스를 조금 더 보고 싶다면 까짓 거 30분 정도는 줄을 더 서고 싶었다. 리키는 문지기를 지나가려고 옆으로 돌아서며 자신이 지금 무슨 행동을 하는지 안다는 듯 고개를 끄덕였다. 인부 한 명이 벌써부터 그의 자리를 차지하려고 앞으로 몸을 들이밀고 있었다.

술집 바깥에 쌓아둔 쓰레기 더미까지 갈 시간도 없었다. 리키는 트럭들이 줄지어 서 있는 주차장으로 곧장 걸어갔다. 그러고 나서는 멈춰 서기도 전에 지퍼를 내리고 오줌을 쏟아냈다. 오줌발이 너무 세서 몸이 뒤로 밀릴 정도였다.

그는 몇 주 만에 순수한 쾌락을 느끼며 기분 좋게 눈을 감았다. 그런데 다시 눈을 뜬 순간 더 이상 혼자가 아니라는 느낌이 들었다.

마음을 단단히 먹어야 했다.

백인 놈들을 지나가다니 어리석었다. 백인들은 그가 앉아 있던 자리가 당연히 자기 자리라고 생각했다. 족장이 자신들의 체인 멍키가 되는 건 괜찮지만 백인 여자를 넘보는 건 전혀 다른 문제였다.

멍청하긴, 리키는 혼잣말을 했다. 돌대가리, 돌대가리, 돌대가리.

리키는 앞에 놓인 트럭의 후드와 짐칸을 바라보았다. 그곳에 발목을 부러뜨릴 만한 장치가 잔뜩 쌓여 있지 않기를 바랐다. 후드 위로 미끄러지듯 몸을 날려 짐칸으로 갈 생각이었다. 백인 사내 여러 명이라면 인디언 한 명 정도는 손쉽게 때려눕힐 수 있었다. 보나 마나한 일이었다. 하이라인에서 매주 주말 일어나는 일이었다. 하지만 그러려면 우선 그를 잡아야 할 터였다.

리키는 얼추 1킬로그램 넘게 비워내 가벼워진 데다 술이 확 갠 상태였기에 그들 가운데 아무리 전직 달리기 선수가 있다 한들 그의 셔츠를 낚아채기란 쉽지 않을 것이었다.

리키는 입을 꼭 다문 채 씩 웃고는 머리 속에 계속 쌓아둘 수만은 없었던 온갖 라이플총을 몰아내며 용기를 내려는 듯 고개를 끄덕였다. 그의 트럭 짐칸에는 실제로 라이플총이 있었다. 브라우닝을 떠날 때 전부 가져온 거였다. 그는 삼촌과 할아버지의 총도 가져왔다. 모두 현관 옆에 놓인 벽장에 들어 있었다. 그는 몇 개 정도는 이 총들에 맞을 거라 생각하며 닥치는 대로 총알도 챙겼다.

미니애폴리스에 도착하면 종잣돈이 필요할 거라는 판단에서였다. 총은 다른 물건들보다 현금화가 빨랐다. 하지만 그는 가는 도중에 일자리를 찾은 데다 삼촌이 겨울에 냉장고를 채우려면 총이 필요할 거라는 생각이 퍼뜩 들었다.

노스다코타의 술집 주차장 한가운데 선 채, 리키는 총을 전부 돌려보내겠다고 다짐했다. 총알을 전부 뺀 뒤 총과는 별도로 우편을 보내야 할까? 그래야 총이 더 이상 총이 아닌 게 되니까?

리키는 알 수 없었다. 하지만 자신이 지금 당장 30-06 사냥용 라이플총을 원한다는 사실만은 알았다. 필요하다면 쏴야겠지만 대부분 그저 휘두르는 용도로 쓸 생각이었다. 끝이 열려 있는 총신으로는 뺨이나 눈썹, 갈비뼈에 반달 자국을 낼 수 있을 테고 개머리판은 턱을 갈기기에 딱 좋았다.

리키는 자신이 싸지른 오줌 웅덩이 안으로 쓰러질지 모르지만 백인 놈들은 이 블랙피트를 기억해 다음번에 또 다른 블랙피트가 술집 안으로 걸어 들어오면 섣불리 공격하지 않을 것이다.

게이브가 여기 있었다면. 게이브는 이따위 일을 즐겼다. 세상의 모든 주차장에서 카우보이와 인디언이 싸움을 벌이는 그런 일 말이다. 그러면 전쟁터 한가운데에서처럼 와 하고 함성을 지르며 달려들었을 터였다. 그는 150년 전에도 그랬을 것이다. 그 어쭙잖은 인생의 매일을 그렇게 보냈을 것이다.

게이브와 함께 있다고 생각하자, 리키는 가느스름하게 실눈을 뜬 채 용기를 내보자며 다시 한 번 고개를 끄덕였다. 게이브처럼 해보자고. 리키는 게이브와 있을 때면 그처럼 함성을 지르고 싶었다. 그렇게 마음을 먹은 뒤 백인 사내들을 마주하기 위해 뒤돌아보았을 때 그는 손에 도끼를 든 기분이었다. 옛 전사들처럼 얼굴에 눈에 거슬리는 흑백 칠을 하고 오른쪽에는 손가락 두께의 붉은 선을 하나 정도 그려놓은 기분이었다.

"좋아." 리키는 주먹을 불끈 쥐었다. 가슴에 잔뜩 힘을 준 채 빨리 끝내버리자며 뒤돌아보았다. 이를 너무 앙다물어 그런지 주먹질이 날아 들어와도 별로 두렵지 않을 것 같지 않았다.

그런데…… 아무도 없잖아?

"도대체 무슨 일이." 리키는 말을 내뱉으려다 멈췄다. 분명 무언가가 있었다.

그곳에 어울리지 않는 백옥 같은 280Z[닛산의 스포츠카] 위로 커다랗고 어두운 형체가 기어가고 있었다.

가장 먼저 생각난 건 말이었지만 말은 아니었다. 리키는 웃음이 나왔다. 그건 엘크였다. 이곳이 동물이 아니라 사람이 지나다니는 곳임을 알지 못할 정도로 멍청한 덩치 큰 동물이었다.

엘크는 한 번 히힝거린 다음 오른쪽에 주차되어 있던 트럭을 향해 돌진했다. 그 바람에 작은 닛산 차량의 경사진 후드의 가장자리가 위로 솟구쳤고 가운데 부분은 푹 꺼지고 말았다. 하지만 최소한 그 차는 조용하기는 했다. 엘크가 들이받은 또다른 트럭은 날카로운 경보음을 냈고 그 소리에 놀랐는지 엘크는 네 발굽을 땅에 디딘 채 잠시 가만히 서 있었다. 하지만 엘크는 소음에서 벗어나는 스무 가지 다른 방법을 두고 굳이 시끄러운 트럭의 후드 위에서 허우적대다가 반대편 사이 공간으로 떨어졌다.

술에 취한 듯한 이 어린 엘크는 또 다른 트럭들을 향해 계속해서 쾅 하고 부딪혔다.

차량의 경보음이 전부 울렸고 경고등이 전부 요란하게 번

쩍였다.

"도대체 왜 그러는데?" 놀란 리키는 엘크를 향해 물었다.

하지만 그런 감정은 오래가지 않았다. 이제 엘크는 몸을 돌려 차량들 사이에 난 통로를 따라 미친 듯이 질주하고 있었다. 다 자란 수컷 엘크처럼 고개를 푹 숙인 채 그 길에 서 있던 리키를 향해 달려들었다.

리키는 옆으로 다른 트럭들을 향해 몸을 날렸고, 그 바람에 또 다른 경보음이 울렸다.

"나를 공격하시겠다?" 리키는 눈앞에 보이는 트럭의 짐칸으로 손을 뻗으며 엘크를 향해 소리쳤다. 그는 그곳에서 커다란 몽키스패너를 집어 들었다. 그걸로 엘크를 제지할 수 있을 거라 생각했다. 그럴 수 있기를 바랐다.

엘크가 자신보다 어림잡아 220킬로그램이나 더 나간다는 사실은 중요하지 않았다.

엘크가 싸움 같은 건 하지 않는다는 사실은 중요하지 않았다.

뒤에서 엘크가 헐떡이는 소리가 들리자 그는 차체가 높은 포드의 사이드미러를 향해 몽키스패너의 둥근 머리를 휘둘렀다. 덩치 큰 포드는 온갖 경고등을 번쩍이며 경보음을 냈다. 리키는 뒤를 돌아봤다. 이리저리 움직이는 발굽이 있을 거라 생각한 자리에 대신 부츠가 보였다.

술집 안으로 들어가려고 기다리고 있던 인부와 카우보이

들이었다.

"엘크…… 엘크는." 리키는 타이어를 망가뜨린 사람처럼 스패너를 손에 든 채 말했다. 근방에 있는 트럭들은 방금 당한 공격을 보여주듯 고통에 번쩍이고 있었다. 그도 그 모습을 보았고 그들도 그 모습을 보았다. 술집에서 부당한 대우를 받은 이 인디언은 누구의 차가 어떤 것인지 몰라 주차장에 주차되어 있는 모든 트럭을 향해 화풀이를 하고 있었다.

늘 일어나는 일이었다. 백인 가운데 한 명이 리키가 인디언 자치 지구에서 나온 놈이라고 말했다. 다음에 일어난 일은 그들에게 있어 적절한 수순이었다.

하지만 리키는 살고 싶었다.

그는 스패너를 진창이 된 바닥에 떨어뜨린 뒤 손을 뻗으며 말했다. "아니, 뭔가 오해한 모양인데."

하지만 그들은 오해를 풀 생각이 없었다.

그들이 전형적인 방식으로 그를 손봐주기 위해 리키에게 다가왔을 때 리키는 몸을 돌린 채 그가 부수지 않은 280Z 위에 절반쯤 누운 상태였다. 뻗은 손이 그의 벨트 고리를 잡아챘지만 그는 엉덩이를 확 비틀어 벨트 고리를 찢어버렸고, 균형을 잃고 앞으로 넘어지면서 손으로 엉거주춤 땅을 짚었다. 누군가 그의 머리 옆으로 휘두른 맥주병이 바로 앞에 있던 그릴 가드 위로 산산조각 나며 부서졌다. 그는 손을 들어 눈을 가린 채 트럭 반대쪽이라고 생각한 쪽으로 몸을 돌렸지만 조금 부족했던지 엉덩이가 그릴 가드의 수직 부위에 걸리고 말았다. 몸을 휙 돌리면서 그는 또 다른 트럭에 부딪혔고 그 바람에 경보음이 또다시 울렸다.

"엿이나 먹어라 이놈들아!" 그는 트럭을 향해 소리쳤다. 모든 트럭을 향해, 모든 카우보이를 향해. 노스다코타와 유전, 미국을 향해 소리를 지른 다음 트럭 사이에 난 길을 따라 미친 듯이 질주했다. 더 많은 사이드미러를 박살내며. 그중 두 개가 그의 손에 떨어졌고 그의 얼굴에는 미소가, 게이브의 미소가 솟아났다.

바로 이 기분이다.

"좋았어!" 리키는 소리를 질렀다. 눈 뒤에서 아드레날린과 공포가 솟구치며 그의 생각을 산산조각 냈다. 그는 몸을 돌려 뒷걸음으로 달아나며 양손으로 백인들에게 욕을 퍼부었다. 이 거대하고 중요한 제스처를 취하며 네 걸음 간 뒤 그는 경작되지 않은 땅처럼 보이는 빈터에 자빠지고 말았다. 왼쪽 부츠의 뒤축이 바위인지 빌어먹을 잔디가 얼어붙은 부위인지에 걸리는 바람에 대자로 뻗어버렸다.

그의 뒤로 어두운 형체들이 트럭 위로 폴짝 뛰어오르는 게 보였다. 그들이 쓴 카우보이모자도 덩달아 올라갔고 그 모습은 밤의 일부가 되고 있었다.

"백인 놈들이 도대체 무슨 속셈이지……." 상황을 확실히 가늠할 수 없었던 그는 혼잣말을 하다가 몸을 돌려 일어나 다시 걷기 시작했다.

발소리와 부츠 굽 소리가 감당 못 할 정도로 가깝게 들려오자 리키는 바로 지금이라고 생각했다. 그는 섬유 유리로 만든 이중 펜더를 움켜쥔 채 트럭의 긴 부분, 그러니까 측면을 향해 몸을 90도로 날렸다. 하지만 그곳에 부딪히는 대신 작업용 부츠의 매끄러운 뒤축을 이용해 트럭 아래로 미끄러져 들어갔다.

열두 살 때 배운 도주 방법이었다. 뱀처럼 스르륵 움직일 수 있었던 시절이었다.

트럭은 충분히 높아서 리키는 그 아래로 쉽게 미끄러져 들어갈 수 있었다. 가속도 덕분에 중간까지는 그럭저럭 갈 수 있었으나 나머지 구간을 지나가려면 손으로 어딘가를 잡아야 했다. 그는 결국 7센티미터짜리 배기구를 움켜쥐었고 이내 손바닥과 손가락 아랫면이 그슬리고 말았다.

리키는 비명을 질렀지만 멈추지 않았고 트럭의 다른 쪽으로 재빨리 나와 경보 장치가 없는 낡은 트럭에 쿵 하고 부딪혔다. 트럭 두 개 정도 떨어진 곳에서 어두운 형체들이 몸을 180도 돌려 좌우로 움직이며 리키를 찾고 있었다.

숨어, 리키는 혼잣말을 하며 몸을 수그린 채 전쟁터에서처럼 쭈그리고 앉은 자세로 달아났다. 참호에 있는 것처럼, 포탄

이 날아다니는 것처럼. 사실 그런 상황에 가까웠다.

"놈이 저기 있다!" 누군가 외쳤다. 그 목소리가 너무 멀리서 들려오는 걸 봐서 그놈이 착각한 듯했다. 리키는 그들이 다른 누군가를 덮친 뒤 곧 자기들이 쫓던 인디언이 아닌 걸 알게될 거라고 생각했다.

그와 그들 사이에 트럭 열 개 정도가 놓여 있을 만큼 간격이 멀어지자 리키는 똑바로 서서 놈들이 함께 일하는 인부들은 아닌지 바라보았다.

"여기 있다, 이놈들아." 리키는 백인 사내들을 향해 그다지 크지 않은 목소리로 말한 뒤 주차장 가장 끝 열에 주차된 차들을 지나 아스팔트 도로의 좁은 배수로로 향했다. 그는 이곳에서 수 킬로미터 떨어진 얼어붙은 초원과 술집 주차장 사이로 나 있는 이 배수로를 따라 술집으로 온 터였다.

오늘 밤은 계속 걸어야 할 것 같았다. 헤드라이트 불빛을 피해 다니는 밤. 추운 밤. 인디언이어서 다행이라고 웅얼거리며 그는 재킷의 지퍼를 채웠다. 인디언은 추위쯤은 대수롭지 않게 여기지 않던가?

그는 코웃음을 친 뒤 뒤도 돌아보지 않은 채 어깨 너머로 술집을 향해 불에 그을린듯 검은 가운뎃손가락을 들어올렸다. 빛바랜 아스팔트에 발을 딛는 순간 그의 부츠 옆으로 병이 깨지는 소리가 났다.

그는 움찔하며 뒤를 돌아보았다. 팔과 다리, 바짝 깎은 머리 따위의 그림자가 트럭 위로 움직이고 있었다.

그들은 그를 보았을 것이다. 얼어붙은 단단한 잔디를 배경으로 서 있는 인디언의 검은 윤곽을 또렷이 보았을 것이다.

그는 잇새로 쉭 하는 소리를 내뱉으며 고개를 좌우로 흔든 뒤 그들이 그를 쫓는 데 얼마나 혈안이 되어 있을지 궁금해하며 아스팔트 위에 한쪽 다리를 삐딱하게 벌린 채 섰다. 그들은 오늘 밤 11월의 광활한 초원으로 뛰쳐나갈 만큼 인디언을 잡고 싶을까, 아니면 그를 쫓아낸 것으로 만족할까?

리키는 아스팔트 도로의 갓길에 깔린 자갈과 얼음을 밟고 미끄러지듯 가서 부츠 굽이 잔디에 닿는 순간 가속도를 이용해 똑바로 섰고, 그 힘을 이어받아 몸을 앞으로 숙인 채 내달렸다. 본능적으로 울타리의 맨 윗줄을 잡지 않았더라면 넘어질 뻔했지만, 줄이 중간쯤에서 끊어지자 그는 몸을 홱 뒤집어 반대편의 아삭한 잔디에 얼굴을 푹 처박았다.

리키는 몸을 돌려 하늘을 보고 누웠다. 암흑에 펼쳐진 별들을 바라보며 집에 남아 치토의 장례식에 갔어야 했다고, 가족의 총을 훔쳐서는 안 되었다고 생각했다. 인디언 자치 지구를 떠나지 말았어야 했다.

그랬다.

리키가 자리에서 일어나자 무수히 많은 녹색 눈이 바로 거

기에서 그를 쏘아보고 있었다. 얼어붙은 잔디와 암흑이 있어
야 할 곳에.

　그곳에서 그를 기다리며 가로막고 서 있는 건 엘크 무리였
다. 그리고 그의 뒤에는 한 무리의 남자들이 그를 조여 오고 있
었다. 이미 아스팔트 도로에 올라선 그들은 목소리를 높이며
주먹을 꽉 쥔 채 흰자위를 번뜩이고 있었다.

　인디언 남성, 술집 밖에서 몸싸움 도중 사망.

　그렇게 볼 수도 있었다.

붉게 물든 집

금요일

루이스는 얼마 전 페타와 함께 이사한 윌셋집의 아치형 거실에 선 채, 벽난로 선반 위에 설치된 전등을 빤히 올려다본다. 이 전등은 그가 바라보는 가운데 보란 듯이 깜빡인다.

지금까지 이 전등은 당최 알 수 없는 순간에 희미하게 빛났다. 집 안에 설치된 스위치의 불가사의하고 예상치 못한 조합과 관련이 있을지도 모른다. 아니면 부엌 콘센트에 다리미가 꽂혀 있지만 위층의 시계는 꽂혀 있지 않아서 그런가? 차고 문과 냉장고, 진입로를 비추는 투광 조명등 따위의 변수는 말해 뭣하랴.

정말이지 불가사의한 일이다. 그는 페타 몰래 이 미스터리를 해결할 생각이다. 식료품점에 차를 몰고 간 페타가 저녁 장거리를 사오기 전에 말이다. 밖에서는 루이스가 키우는 맬러

뮤트인 할리가 계속해서 짖고 있다. 빨랫줄에 묶여 있는 게 가련하기는 하지만 벌써 목이 쉰 걸 봐서 머지않아 잠잠해질 거다. 지금 목줄을 풀어주면 그가 할리를 훈련하는 게 아니라 할리가 그를 훈련하는 꼴이 될 거다. 할리는 훈련을 받을 만큼 어린 개가 아니지만 그건 루이스도 마찬가지다. 루이스는 자신이 인디언 상을 수상할 자격이 있다고 생각한다. 그는 서른 여섯 해 동안 드라이브 스루를 이용해 햄버거나 프렌치프라이를 사 먹어본 적이 없고 당뇨나 고혈압, 백혈병에 걸리지도 않았다. 자동차 사고에 연루된 적도 복역한 적도 없으며 알코올의존증에 걸리지도 않았고 필로폰을 한 적도 없다. 그중에서도 가장 운이 좋았던 건 아무래도 10년 전 페타와 결혼한 것이다. 페타는 루이스가 오토바이 부품을 개수대에 빠뜨리는 것도, 울프사의 칠리를 커피 테이블과 소파 사이에 흘리고 다니는 것도, 들어가는 집마다 부족의 잡동사니를 벽에 몰래 붙여놓는 것도 참을 필요가 없다.

루이스는 지난 몇 년 동안 늘 그랬던 것처럼 『글레이셔 리포터』에 실릴 만한 헤드라인을 머릿속으로 상상한다. 과거의 농구 스타, 자신의 집에 졸업 담요를 걸지도 못다. 그건 페타가 실물 크기의 담요는 걸지 말라고 했기 때문이 아니라, 몇 년 전 공짜로 얻은 식기세척기를 트럭에 실어 집으로 옮길 때 허드슨 베이 담요를 받침대로 깔았다가, 마지막 회전 구간에서 식기세척기가 뒤집히는 바람에 끈적끈적하고 걸쭉한 액체가 그 담요 위로 곧장 쏟아졌기 때문이었다.

사실 그는 농구 스타라고 할 수도 없다.

하지만 머릿속 기사는 그만이 읽을 수 있을 뿐이니 상관없다.

그렇다면 내일의 기사는?

인디언 남성, 너무 높이 올라가다. 전문은 12b 참고.

다시 말해, 전등이 천장에서 내려오지 않으니 그가 직접 올라갈 생각이다.

루이스는 창고에 쌓아둔 상자 아래에서 4미터짜리 알루미늄 사다리를 찾아 몸 개그에 가까운 동작으로 뒤뜰로 끌고 가, 잠그는 법을 반드시 알아내겠다고 다짐한 유리 미닫이문을 긁으며 안으로 들고 와서는 망할 놈의 전등 아래 놓는다. 이 전등이 하는 일이라고는 벽난로 앞에 놓인 앞치마 모양의 벽돌, 페타가 '난로 바닥'이라 부르는 부위를 밝게 내리비추는 것뿐이다.

백인 여자들은 모든 것의 이름을 알고 있다.

이건 둘이 주고받는 일종의 농담인데, 그들이 처음 나눈 대화도 그러한 농담이었기 때문이다. 스물네 살의 페타는 이스트 글레이셔의 커다란 산장 밖에 놓인 피크닉용 테이블에 앉아 있곤 했고, 스물여섯 살의 루이스는 페타가 뭘 그리는지 보려고 똑같은 잔디를 계속해서 깎다가 결국 들키고 말았다.

"머리 가죽까지 벗기려고 그러는 거예요?" 그녀는 그를 향해 큰 소리로 외쳤다.

"그게 말이죠." 루이스는 잔디 깎는 기계를 끈 뒤 답했다.

그녀는 모욕적인 말이 아니라고 설명했다. 그가 그러는 것처럼 잔디를 바짝 깎을 때 하는 말일 뿐이라고. 루이스는 맞은편에 앉아서 그녀에게 배낭여행객인지 여름휴가를 온 것인지 물었다. 페타는 루이스의 머리—당시에는 길었다—를 좋아했고, 그는 그녀가 몸에 새긴 타투를 전부 보고 싶어 했다—더 이상 타투를 새길 곳이 없을 정도로 온몸에 타투가 가득했다. 몇 주 만에 그들은 그녀의 텐트에서, 루이스의 트럭 벤치 시트에서, 그리고 그의 사촌네 거실 곳곳에서 사랑을 나눴고, 결국 루이스는 페타에게 인디언 자치 지구를 떠나 도망갈 거라고 그곳은 엿 같다고 말했다.

루이스가 페타가 진짜 여자라고 생각한 건, 하지만 이곳은 정말 아름다운걸, 이라든지 어떻게 그럴 수 있어, 혹은 최악으로 하지만 이곳은 당신 땅이잖아, 따위의 말은 하지 않았기 때문이었다. 루이스는 당시에 그녀가 그의 탈출을 일종의 모험으로 보았다고 생각했다. 3주 동안 그들은 그레이트 폴스에 위치한 페타의 이모네 지하실에서 낮이고 밤이고 함께 지냈다. 잘 살아보려고 애쓰면서. 고칠 수 없는 전등을 고치는 것 같은 깜짝 선물 덕분에 그러한 노력은 아직 끝나지 않았을지도 모른다.

흔들리는 사다리 위로 기어 올라간 루이스는 1미터가 넘는 황동 기둥에 달려 있는 팬에 얼굴을 맞지 않으려고 25센티미터 정도 폴짝 뛰어오른다. 『상식에 관한 책』에서 이 같은 곡예를 위한 조언을 찾아보면 분명 첫 쪽에 사다리에 올라가기 전에는 코를 박살 낼 수 있을 만한 회전 물체는 전부 끄라고 되어 있을 거다.

루이스가 팬보다 높이 올라서자 팬의 날개 끝이 청바지를 뚫고 그의 볼기뼈에 입맞춤을 하려고 한다. 그는 넘어지지 않으려고 비스듬한 천장에 손가락 끝을 갖다 댄 채 누구라도 할 만한 행동을 한다. 회전하는 날개 사이로 아래를 내려다보는 것이다. 각 날개가 방의 같은 부분을 가르며 지나가고 있다. 한동안 쳐다보고 있자니 언뜻 무슨 형체가 보인다.

누가 바닥에 무엇을 새겨놓았나?

그건 그냥 과거가 아니라 루이스가 알고 있는 과거다.

희뿌옇게 보이는 날개 사이로 어린 암컷 엘크가 모로 누워 있는 게 보인다. 몸의 크기를 보니 아무래도 어린 엘크 같다. 꽉 차지 않은 느낌, 홀쭉하고 가느다란 사지. 사다리에서 내려와 칼로 엘크의 입을 열어보면 상아가 없을 게 분명하다. 그만큼 어린 엘크다.

이 엘크는 죽었기 때문에 잇몸에 칼을 들이대도 개의치 않을 거다.

루이스는 이 엘크가 죽었다고 확신한다. 10년 전 이 엘크를 죽인 건 그였기 때문이다. 이 엘크의 가죽은 여전히 차고에 놓인 냉동고 안에 있다. 페타가 무두질 작업을 다시 시작할 경우 장갑을 만들어줄 생각으로 보관하고 있다. 거실에 있는 엘크와 그가 10년 전에 죽인 엘크 사이의 유일한 차이는 10년 전엘크는 피로 얼룩진 눈 위에 있었지만 이 엘크는 거무칙칙한 베이지색 카펫 위에 누워 있다는 것뿐이다.

루이스는 다른 각도에서 보려고, 엘크의 뒷다리와 궁둥이를 보려고 실링팬 사이로 몸을 기울인다. 처음에 쏜 총알이 아직 거기에 박혀 있는지 보고 싶다. 하지만 그는 갑자기 멈춰서 원래 있던 자리로 돌아온다.

엘크의 노란 오른쪽 눈…… 예전에도 저렇게 뜨고 있었나?

엘크가 눈을 깜빡이자 루이스는 자기도 모르게 스읍 소리를 내뱉는다. 뒤로 움찔하는 바람에 손에서 사다리를 놓친 그는 균형을 잡기 위해 팔을 허우적댄다. 찰나의 무중력 상태에서 그는 저세상 면제 쿠폰을 이미 사용했음을 깨닫는다. 이번에는 결국 바닥으로 떨어지면서 평소보다 더 뾰족해 보이는 '난로 바닥' 가장 구석에 놓인 벽돌이 그의 머리를 박살 낼 게 분명하다.

사다리가 이런 추악한 사고에 연루되기 싫다는 듯 반대쪽으로 기울어진다. 루이스에게는 이 모든 일이 슬로모션으로 다가온다. 아래로 떨어지면서 그의 머리에는 온갖 장면이 빠르게 스쳐 지나간다. 마치 그 장면들이 저 아래 쌓여서 그의 추락을 막을 수 있다는 듯.

그 장면 중에는 페타도 있다. 왼손에 식료품 봉투를 든 채 전등 스위치 옆에 서 있는 페타.

대학교에서 장대높이뛰기 선수로 활약했고 고등학교 때는 3단 뛰기 주 챔피언이었으며 지금도 시간만 나면 강박적으로 단거리를 달리는 페타이기에, 살면서 단 한 번도 망설인 적이 없는 페타이기에, 다음번 장면에서 그녀는 이미 봉투를 바닥에 떨어뜨린 채 거실을 가로질러 온다. 떨어지는 루이스를 받아내려고 하는 건 아니다. 그러다가는 그녀의 어깨 위로 그가 쿵 하고 내려앉을 뿐 별 도움이 되지 않을 것이다. 그 대신 페타는 떨어지고 있는 루이스를 자신의 어깨로 세게 쳐 그를 죽음으로부터 벗어나게 해준다.

사다리에서 떨어지던 그는 페타의 태클로 벽을 세게 들이받는다. 그 충격으로 창틀이 흔들리고 길쭉한 기둥에 달린 실링팬이 파르르 떨린다. 페타는 곧장 무릎을 꿇고 손가락 끝으로 루이스의 얼굴과 쇄골을 쓰다듬는다. 그더러 어리석다고, 이렇게 가버릴 수는 없다고, 제발 좀 조심하라고 소리친다. 제발 생각 좀 하고 행동하라고, 몸 좀 돌보라고, 제발, 제발, 제발.

결국 페타는 주먹의 옆 날로 루이스의 가슴팍을 세차게 때린다. 루이스는 그녀를 끌어당겨 안고 페타는 이제 눈물을 뚝뚝 흘린다. 루이스와 페타 둘 다 느낄 정도로 그녀의 심장이 세게 고동친다.

실링팬에 쌓여 있던 갈회색의 고운 먼지가 둘의 머리 위로 떨어진다. 그걸 보며 루이스는 웃고 만다. 루이스가 내려오면서 손으로 건드린 게 분명하다.

먼지는 재 같기도 하고 제빵사가 뿌린 설탕 같기도 하다. 그 설탕이 인간의 피부에서 벗겨낸 걸로 만든다면 말이다. 먼지는 루이스의 입술과 촉촉한 눈가에 닿아 사라진다.

이제 거실에는 엘크가 없지만 그는 페타의 어깨 너머로 목을 쭉 빼 정말로 엘크가 없는지 확인한다.

엘크가 그곳에 있을 리가 없기에 엘크는 없다고 그는 혼잣말을 한다. 인디언 자치 지구에서 이렇게 멀리 떨어진 곳에는 아니라고.

자신이 소홀했던 과거가 떠올라 죄의식에 사로잡혔던 것뿐이었다.

"페타, 이것 봐." 그는 페타의 금발 머리 위를 가리킨다.

페타는 천천히 몸을 돌려 그가 가리킨 곳을 본다.

거실의 천장. 바로 그 전등.

노랗게 깜빡이고 있다.

토요일

근무 중 쉬는 시간, 원래는 새로 들어온 셰이니라는 여자를 교육해야 하지만 루이스는 캐스에게 전화를 건다.

"오랜만이네." 캐스가 말한다. 노래하듯 높아졌다 낮아졌다 하는 인디언 자치 지구 특유의 악센트를 얼마 만에 들어보는지 모르겠다. 백인들하고만 이야기해 단조로워진 루이스의 목소리도 덩달아 올라간다. 입에서 흘러나오는 것도 귀에 들리는 것도 어색하게 느껴져 루이스는 자신이 그 억양을 가짜로 흉내 내는 것만 같다.

"아버님께 전화해서 네 번호를 알아냈지."

"10년이면 강산도 변하지, 안 그래?"

캐스의 대답에 루이스는 수화기를 다른 쪽 귀로 옮긴다.

"그래, 무슨 일이야?" 캐스가 묻는다. "감방에서 전화하는 건 아니지? 우체국에서 드디어 네가 인디언이라는 걸 알아낸 거야?"

"처음부터 알았을걸. 그건 가장 먼저 체크해야 하는 항목 이라고."

"그렇다면 페타구나. 드디어 네가 인디언이란 걸 알게 된 거지, 그렇지?"

루이스가 페타와 달아날 때 캐스와 게이브, 리키는 그더러 팔뚝에 반송 주소를 새기라고 했다. 그래야 페타가 닥터 퀸과 레드 맨[드라마 〈닥터 퀸〉의 등장인물] 놀이에 싫증이 났을 때 몹쓸 몸뚱이가 안전하게 반송될 수 있을 테니까.

"페타는 다 알고도 나랑 결혼했다고." 루이스는 오늘 그를 졸졸 따라다니는 셰이니가 휴게실 문가에 서서 이 모든 얘기를 듣고 있는 건 아닌지 몸을 돌려 확인한다. "페타는 심지어 벽에다 인디언 잡동사니를 걸어도 된다고 했는걸."

"진짜 인디언 물건들 말이야? 평범한 나부랭이들 말고." 캐스가 묻는다.

"물어볼 게 있어서 전화했어." 루이스는 목소리를 낮춘다.

게이브와 리키, 캐스 가운데 루이스가 정말로 편안하게 얘기할 수 있는 친구는 캐스다. 리키나 게이브와는 달리 캐스는 태도나 농담, 허세 따위에 자신의 진짜 모습을 감추지 않는다.

물론 저세상으로 간 리키는 빼고. 리키는 이제 전화번호도 없다.

제기랄, 루이스는 속으로 중얼거린다.

그는 거의 10년 동안 리키를 생각하지 않았다. 마지막으로 그의 소식을 들은 이후로는.

루이스의 머릿속에 헤드라인이 번쩍인다. 뿌리를 잃은 인디언 남성, 인디언처럼 말하면 여전히 인디언이 될 수 있다고 착각하다.

루이스는 숨을 들이쉰 뒤 수화기 너머 캐스에게 들리지 않도록 수화기를 손으로 가린 채 숨을 내쉰다.

"그 엘크들 말이야."

루이스가 말하는 엘크가 무엇인지 정확히 안다는 인상을 줄 만큼 뜸을 들인 뒤 캐스가 말한다. "그게 뭐?"

"너 혹시⋯⋯." 루이스는 간밤에 그리고 출근길 내내 머릿속으로 생각했으면서 어떻게 말해야 할지 몰라 망설인다. "그러니까, 너 그 엘크들 생각한 적 있어?"

"아직도 그 엘크들에게 화가 나 있냐고?" 캐스가 곧장 맞받아친다. "길 건너편에서 흥분한 데니가 아직도 선해. 생각하니까 또 열받네."

데니 피즈는 수렵 감시관이었다.

"데니는 아직도 감시관으로 일해?" 루이스가 묻는다.

"이제 사무실에서 일할걸."

"여전히 고집불통이고?"

"밤비를 위해 싸우지." 캐스는 이제 아무도 그런 말을 쓰지 않는데도 그렇게 말한다. 그들은 수렵 감시관에 대해 말할 때 그렇게 얘기하곤 했다. 숲에 누가 들어오기만 하면 관리인들은 전부 귀를 쫑긋 세우고 매뉴얼을 열어젖히곤 했다.

"데니는 왜 묻는데?" 캐스가 말한다.

"데니 얘기가 아니야. 그냥 그때를 생각하고 있었어. 10주년이잖아."

"10주년이라. 1주일 정도 남았나."

"2주." 루이스는 그렇게 정확히 셀 생각은 아니었다는 듯 어깨를 으쓱이며 말한다. "추수감사절 전 주 토요일이었지."

"맞아, 그랬지. 시즌의 마지막 날······."

루이스는 아무런 말없이 움찔한다. 캐스가 흘리는 말에는 어떠한 암시가 담겨 있다. 그날은 시즌의 마지막 날이 아니었다. 그들이 함께 사냥할 수 있었던 마지막 날이었을 뿐.

하지만 그날은 결국 어떤 면에서 그들에게는 시즌의 마지막 날이었다고 그는 생각한다.

루이스는 생각을 떨쳐버리려는 듯 머리를 설레설레 저으며 거실 바닥에서 어린 엘크를 보았을 리가 없다고 중얼거린다.

그 엘크는 죽었다. 이제 없다.

그 엘크에게 진 빚을 갚기 위해, 루이스는 페타와 떠나기 전날 집집마다 돌며 데스 로우의 인디언 연장자들에게 그 엘크

고기를 한 점도 빠짐없이 나눠주었다. 그 엘크가 연장자 구역에서 왔기 때문에—덕 레이크까지가 그들의 땅으로 지정된 곳이었고 덕분에 그들은 IGA가 아니라 들판에서 마련한 고기로 냉장고를 채울 수 있었다—그 고기를 인디언들에게 나눠줌으로써 그는 엘크를 결국 원래 자리로 돌려보낸 거였다. 루이스는 자신의 고기 도장을 찾을 수 없어서 리키의 어린 여동생이 갖고 있는 도장을 사용할 수밖에 없었다. 그래서 어린 엘크 고기를 담은 포장용지에는 스테이크용이나 다짐육, 구이용이라는 설명 대신 대신 검은색 너구리 손바닥이 찍혔다. 꽃이나 무지개, 하트가 그려져 있지 않은 건 그것뿐이었다.

하지만 그 엘크가 10년이 지난 지금 서른 개의 스튜 냄비에서 기어 나와 남쪽으로 193킬로미터를 걸어와 루이스 앞에 나타났을 리가 없다. 엘크는 그러지 않을 뿐더러 엘크 고기는 가야 할 곳으로 갔기 때문이었다. 그는 잘못한 일이 없었다. 정말이었다.

"그만 가봐야겠다. 상사가 와서."

"토요일이잖아."

"눈이 오나 비가 오나 주말이나 상관없이 출근해야 해."

루이스가 대꾸하며 의도한 것보다 더 불쑥 전화를 끊어버린다. 그는 잠시 수화기를 내려놓았다가 다시 든다.

캐스의 아버지가 준 게이브의 번호로 전화를 건다. 사실 게이브 아버지의 번호이지만 캐스의 아버지가 창문 너머로 게이브의 트럭이 보인다고 말했기 때문이었다.

"티피 타코입니다." 신호음이 두 번 간 후 게이브의 목소리가 들린다. 게이브는 어디에 있든 누구의 전화로 받든 늘 그렇게 말한다. 루이스가 알기로 인디언 자치 지구에는 그런 곳이 없다.

"사슴 고기 타코 두 개 주세요." 루이스가 답한다.

"아, 인디언 타코요……." 게이브가 장단을 맞춘다.

"맥주도 두 병 주세요." 루이스가 대꾸한다.

"나바호족이신가 보네요." 게이브가 말한다. "물고기족일지도 모르겠네요. 블랙피트라면 여섯 병은 주문할 텐데요."

"내가 아는 나바호족은 술을 엄청 마시던데요." 루이스는 평소 주고받는 농담을 살짝 비틀어 이렇게 말한다.

5초 정도 아무 말이 없다가 게이브가 말한다. "루도그?"

"한 번에 맞췄네." 루이스의 얼굴이 밝아진다.

"감방에서 전화하는 거야?"

"여전하네. 코미디언이야."

"나의 '다른 일들' 중 하나지." 게이브가 아버지에게 소리친다. "루이스예요, 기억하시죠?"

대답하는 소리는 들리지 않지만 농구 경기 중계를 집 전체를 뒤흔들 만큼 크게 틀어놓은 모양이다.

"그래, 웬일이야?" 게이브가 다시 수화기 너머로 묻는다. "집으로 돌아올 버스 요금이 필요한 거야? 그렇다면 다른 사람을 소개시켜주지. 요새는 내가 돈이 좀 쪼들려서 말이야."

"아직도 사냥해?"

"사냥도 '다른 일들' 중 하나지."

물론 그는 여전히 사냥을 한다. 데니는 가브리엘 크로스 건스가 매주 밀렵하는 사냥감 목록을 작성하는 데만 해도 밤을 새야 할 거다. 글레이셔의 삼림 관리원들은 숲의 경계를 왔다 갔다 하며 그의 경로를 파악하기 위해 몇 배는 더 애써야 할 거다. 돌아오는 길에 찍힌 발자국은 잠입할 때 찍힌 발자국보다 한 100킬로그램은 더 깊이 패어 있으리라.

"데노라는 잘 지내?" 루이스와의 대화는 늘 데노라의 안부로 이어진다.

데노라는 게이브가 트리나 트리고와 결혼해 낳은 딸로 지금 열두 살인가 열세 살쯤일 거다. 어쨌든 루이스가 떠났을 때 데노라는 이미 걸음마를 뗀 상태였다. 그건 확실하다.

"내 파이널 걸 말하는 거야?" 드디어 대화다운 대화를 한다는 듯 게이브가 말한다.

"무슨 걸이라고?" 루이스는 늘 똑같이 묻는다.

"해버에서 온 화이트보이 커티스 기억나?"

루이스는 화이트보이의 진짜 성은 기억나지 않는다. 독일인이었던가? 아무튼 시골 청년 커티스는 타고난 농구 선수였다. 그는 눈으로 경기를 보는 게 아니라 전파 탐지기처럼 발로 경기를 느꼈다. 커티스는 어디로 끼어들지 생각할 필요도 없었다. 그의 슛은 백발백중이었다. 대학에 스카우트되지 못한 유일한 이유는 키였다. 그는 자신이, 멈췄다 쏘는 샤프슈터가 아니라 전방위에 능한 파워 포워드라고 주장했다. 188센티미터로 고등학생 키 정도밖에 되지 않는 그는 파워 포워드로서 확실히 코트를 점령했다. 점프력도 뛰어나, 비록 함정을 많이 파놓은 프리 게임 상황이기는 했지만, 높이 점프해 상대 선수를 수월하게 따돌리곤 했다. 하지만 칼 말론 같은 선수는 아니었다. 그보다는 존 스탁턴에 가까웠다. 그는 그 사실을 받아들일 수 없었고 자신이 더 나아갈 수 있다고 생각했다. 덩치 큰 선수들 사이에서 튕겨지는 핀볼이 아니라 그들을 밀치고 지나갈 수 있다고. 그는 자신이 파워 포워드라고 주장했지만 치아가 너무 많이 부러져 하키 선수처럼 보였다고 루이스는 전해 들었다. 뇌진탕으로 단기 기억상실증에 걸렸다고도. 자신이 농구를 할 줄 안다는 걸 모르고 사는 편이 나을 터였다.

"점프 슛이 끝내줬잖아." 루이스는 화이트보이 커티스가 모두가 숨죽이기를 기다린 뒤 완벽한 슈팅을 선보이는 장면을 떠올린다.

"데노라가 딱 그렇다니까." 게이브는 엄청난 비밀인 양 목소리를 낮춘다.

"그보다 더 낮지. 솔직히. 브라우닝에서 이만한 선수는 없었대도."

"내가 가서 한번 봐야겠네."

"그래야 해. 그런데 트리나한테는 내가 말했다고 말하지 마. 트리나랑 아예 말을 섞지 않는 게 낫겠다. 너를 보자마자 네 머리카락을 자르고 이름을 바꾸려 들걸?"

게이브가 말한다.

"아직도 살기등등해?"

"여자들은 원한을 품지. 그건 인정해야 해."

"당연하지." 루이스는 늘 하던 말로 맞받는다.

"그나저나 우체부 선생님께서 어쩐 일로 전화를 다 하셨대?" 게이브는 격식을 차리는 척한다. "설마 제가 우표를 안 붙인 건 아니죠?"

"그냥 너무 오랜만이잖아."

"8년, 9년 됐나?"

루이스는 목이 메인다. 그는 고개를 뒤로 젖힌 뒤 눈을 감는다.

"데니가 나타났던 날이 기억나서 말이야."

"우리를 완전 좃 되게 만든 놈?" 게이브가 말을 자른다. "그래, 한두 가지 기억이 떠오르네……."

"덕 레이크에 다시 가본 적 있어?" 루이스가 묻는다.

"덕 레이크가 어딘지 몰라서 묻는 거야? 도대체 여기 뜬 지 얼마나 됐다고 그래?"

"내 말은 그 사건이 벌어진 데 말이야. 우리가 트럭을 세웠던 곳."

"아 거기." 이어지는 게이브의 말에 루이스는 심장이 저릿하다. "거기는 이제 귀신이 출몰해, 몰랐어? 엘크는 더 이상 그곳에 나타나지 않아. 자기들끼리 캠프파이어를 하면서 얘기할걸. 그날 어떠한 일이 일어났는지. 젠장, 우리는 엘크들에게 전설이야. 네 명의 부기맨. 덕 레이크의 네 명의 도살자."

"세 명이지. 세 명의 부기맨." 루이스가 정정한다.

"엘크들은 모르지."

"그런데 엘크들이 정말로 그걸 기억할 거라고 생각해?"

"기억하냐고?" 게이브의 목소리에 100퍼센트 웃음기가 묻어 있다. "빌어먹을 엘크야. 캠프파이어 따위는 하지 않는다고."

"우리가 전부 죽였잖아." 루이스는 눈을 꾹 감았다 뜬 뒤 셰이니가 근처에 있지 않나 다시 한 번 확인한다.

"이런 얘기를 지금 왜 하는 건데? 그 허접한 칼이 그리워?"

루이스는 머리를 쥐어짠 끝에 게이브가 말하는 칼을 떠올린다. 그가 교역소에서 샀던 칼. 교체할 수 있는 칼날이 서너 개 달린 칼. 그중 하나는 톱날이 약해서 흉골이나 골반을 정리하기 좋았다.

"그 칼은 형편없었지." 루이스가 말한다. "그 칼을 찾거든 다시 빨리 잃어버리라고, 알았지?"

"그러지." 게이브의 목소리가 잠시 수화기 너머로 멀어지면서 농구 중계 소리가 들려온다. "루이스, 우리 지금 농구 경기를 보던 중이라서."

"나도 가야 해. 네놈의 모자란 목소리 들어서 좋았어."

"제기랄, 충전해야겠다." 게이브가 이렇게 말한 뒤 20초쯤 후 전화는 불통이 된다. 루이스는 벽에 어깨를 기댄 채 서서는 수화기를 드럼 스틱처럼 이마에 두드린다.

"메모라도 남길까, 블랙피트?" 셰이니가 문가에서 묻는다.

루이스는 전화를 끊고 수화기를 내려놓는다.

셰이니는 크로우족이라서 농담처럼 그를 '블랙피트'라고 부른다. 블랙피트족과 크로우족은 오랜 적이다.

"페타가 간밤에 한 말 때문에." 루이스는 거짓말을 한다. 그는 셰이니에게 자신의 아내를 상기시키려고 계속해서 그녀에 관한 얘기를 한다. 그가 여자들과 노닥거리기 좋아하는 남자라서가 아니라—우체국에 그런 사람은 없다— 그와 셰이니가 우체국에서 일하는 유일한 인디언이라 그런지, 지난주 셰이니가 신원 조사를 마치고 채용이 된 후부터 모두가 둘을 연결시키려고 난리도 아니기 때문이다. 둘을 구석에 몰아놓고는 안락의자나 작은 탁자 같은 완벽한 세트마냥 그들을 그곳에 남겨두는 것이다.

"아내가 뭐라고 했길래?" 셰이니가 묻는다. 루이스는 그녀를 스쳐 지나 커다란 분류기로 향하더니 다시 교육을 시작하려고 기계를 가볍게 톡 친다.

"우리 집 거실 전등이 말썽이라서. 켜져야 할 때 켜지지 않거든. 페타는 그게 누전일지도 모른다고 생각해. 불법으로라도 전기 기사를 불러야 할까 봐."

"불법으로……." 셰이니는 그의 말을 따라 하더니 그가 말하는 방식과는 다른 방법으로 분류기에 봉투를 밀어 넣는다.

루이스는 거대한 괴물의 배꼽으로 우편물이 빠르게 들어가는 것을 바라보다가 놀라움에 고개를 젓는다. 걸리는 것도 구겨진 것도 없다.

셰이니는 장난기 가득한 미소를 짓더니 아랫입술을 살짝 깨문다.

"다음번에는." 그녀는 이렇게 말하며 힙 체크 동작으로 자신의 엉덩이를 그의 엉덩이에 부딪힌다.

루이스는 셰이니가 밀치는 대로 밀릴 뿐 그녀를 다시 밀치지 않는다. 그는 자신만의 생각에 푹 빠져 있다.

월요일

루이스는 불필요한 기능을 다 빼고 배기 소음만 두 배로 높인 로드 킹에 올라탄 채 발로 엉금엉금 뒷걸음질을 하고 있다. 제리가 벌써 우체국 주차장을 빠져나가고 있는 게 보인다. 그는 커스텀 스프링거 오토바이의 뒷바퀴 위에 오른손을 느슨하게 걸친 채 검지와 중지를 아래로 향하게 해서 평화를 상징하는 V자를 만든 뒤 재빨리 동그랗게 주먹을 만든다. 자유로운 영혼으로 젊은 시절을 즐기던 제리와는 달리 진짜 갱과 오토바이를 타본 적이 없는 루이스는 그게 무슨 의미인지 모른다. 하지만 엘든과 실라스가 그를 따라가고 있는 걸 봐서 이쪽 혹은 이상 무, 아니면 할 수 있으면 해봐 같은 걸 의미하나 보다. 그들은 저 너머 13번가에 자리한 루이스의 새 집으로 향하고 있지만 늘 그렇듯 뒤를 보는 건 루이스다.

물론 서열은 지켜야 한다. 우체국에서 일한 지 5년째이건만 루이스는 여전히 신참이다. 그 말인즉 측문에서 뛰어나오는 셰이니가 올라탈 곳은 그의 뒷자리란 뜻이다.

셰이니는 그의 엉덩이에 손을 올리고 그의 등에 몸을 착 붙인다.

"저기요?" 그가 휘청이며 오토바이의 속도를 낮춘다.

"나도 보고 싶단 말이야." 셰이니는 고개를 이리저리 흔들어 머리를 풀어헤친다.

그렇다. 페타도 진입로에 들어설 때면 꼭 보려고 한다.

아무리 그래도. 루이스는 기어를 바꾸고 행렬에 끼어든다.

그들이 루이스의 집으로 향하는 이유는 열 살이 다 되어가는 할리가 어린 강아지마냥 2미터에 달하는 담장을 향해 폴짝 뛰어올랐기 때문이다. 엘든은 직접 봐야만 믿겠다고 말했고, 결국 셰이니까지 포함한 모두가 보겠다고 나선 것이다.

실라스가 털털거리는 낡아빠진 오토바이를 몰고 세 번째로 가고 있다. 속도가 80킬로미터를 넘으면 불안하지만 120킬로미터를 넘으면 스릴 넘치는 고물 오토바이다. 물론 죽음을 기꺼이 감수한다면 말이다. 제리를 바짝 쫓는 엘든은 슬램드 바버를 몬다. 그가 그런 비싼 오토바이를 몰 수 있는 건 날씨가 안 좋으면 걸어갈 수 있을 만큼 우체국 가까이에 살아서 굳이 트럭이나 차를 사 보험을 들 필요가 없기 때문이다. 네 명 중 유일한 미혼인 그는 자금에 여유가 있다. 제리는 기다려 보라고 곧 머지않아 다들 혼자가 될 거라고 말한다. "다들 곧 나가떨어질걸. 하하하." 쉰셋의 제리는 그들 중 가장 나이가 많으며 양 끝이 올라간 회색 콧수염, 주근깨가 난 민머리, 추레한 포니테일, 얼음처럼 새파란 눈이 인상적이다.

말수가 적은 실라스는 어딘지 모르게 인디언 기질이 느껴진다고 루이스는 생각한다. 족장이 될 만큼은 아니지만 엘비스 프레슬리만큼은 인디언의 피가 섞여 있을지도 모른다. 이를테면 〈파란색 스웨이드 신발〉[엘비스 프레슬리의 노래]을 채울 만큼의 피는? 엘든은 자기가 그리스인이자 이탈리아인이라고 주장하는데, 아마 루이스가 이해할 수 없는 농담인 듯하다. 제리는 별로 주장하는 것 없이 그저 맥주만 원할 뿐이다.

게이브와 캐스, 리키가 없는 마당에 이 친구들이 있어서 정말 다행이다.

루이스 자신이 그 친구들을 떠난 것이긴 하지만.

이번에는 머릿속에서 헤드라인이 떠오르지 않는다. 그저 똑같은 옛 소식뿐이다.

리버 로드를 지나가는 5시 방향의 차량들이 셰이니를 보기 위해 목을 쭉 빼고 있다. 셰이니의 플란넬 셔츠가 언제라도 활짝 젖혀질 듯 바지에서 삐져나와 펄럭거리고 있나 보다.

좋다.

아주 좋아.

루이스는 할리에 대해 말하지 말았어야 했다. 그냥 혼자 조용히 퇴근한 다음 진입로에서 자유투나 몇 개 던지며 페타를 기다리는 편이 나았을 것이다. 하지만 할리는 젊지 않을 뿐만 아니라 꽤나 늙은 개다. 두 번이나 차에 치였는데 그중 한번은 심지어 덤프트럭에 치였다. 엉덩이에 총상을 입은 적도 있다. 루이스가 아는 게 그 정도다. 뱀이나 호저에게 물린 적도 있을 테고 동네 아이들이 쏜 공기총에 맞기도 했을 테며 다른 개들과 싸운 적도 있을 거다.

할리가 담장을 넘어갈 수 있을 리가 없다. 할리는 담장을 넘을 이유도 없었다. 그렇지만 루이스는 할리가 도로에 있는 걸 네 번이나 보았고 페타도 두 번이나 목격했다.

할리는 담장을 넘어가기 위해 점프를 했던 게 분명하다. 반대편으로 넘어가기 위해 버둥대다가 이곳저곳을 긁혔을지도 모른다.

루이스는 동료들에게 말하지 말았어야 했다.

하지만?

거실 바닥에 누워 있을 리 없던 어린 엘크와 밖을 향해 짖어대던 할리를 곱씹어보던 루이스는 마침내 둘 사이의 연결고리를 알아냈다. 할리는 엘크를 향해 짖은 게 아니었을까? 할리는 돌아가는 실링팬 없이도 엘크를 볼 수 있나? 엘크는 지난 10년 내내 그곳에 있었던 것일까?

할리가 엘크를 볼 수 있다면 할리는 왜 담장을 넘어가려고 했을까? 밖에 있는 발정 난 다른 개들에게 가려는 게 아니었을지도 모른다. 집에서 도망치려고 그랬을지도 모른다.

월세 계약 기간 12개월을 채우기 전에 짐을 싸서 달아난다면 보증금을 잃겠지만 그건 중요하지 않다.

"꽉 잡아." 루이스는 뒤에 탄 셰이니에게 말하며 속도를 높여 철로 건너편으로 휙 넘어간다. 철로를 붕 뛰어넘는 순간 약간 무중력 상태가 된다. 철로를 밟고 지나갈 때면 한 번도 아니고 두 번이나 이가 덜커덕거리는 터라 그걸 피하려면 이 방법밖에 없다.

셰이니는 스릴을 느끼는지 와 하는 함성을 지르고 루이스는 속도를 낮춰 천천히 방향을 틀어 6번가로 향한다. 4번가까지 간 다음에는 아메리칸 애비뉴까지 쭉 직진 구간이다. 아무도 그의 새로운 집에 가본 적이 없기 때문에 그가 앞장선다. 세 번 방향을 틀고 나자— 셰이니를 시험해보기 위해 속도를 조금 높인다— 그의 집 진입로가 나타난다.

"자, 다 왔어." 루이스는 말한다. 팬헤드 엔진도 브이 트윈 엔진 소리도 모두 멈춘다.

제리와 엘든, 루이스는 오토바이를 세우지만, 루이스는 셰이니가 내리기를 기다린다.

"오, 예." 셰이니는 그의 등을 손으로 밀면서 오토바이에서 내린다. 루이스는 이번 주 내내 그 모습을 머릿속에 떠올리지 않아도 될 것 같아 다행이다.

"우리의 위대한 나는 개는 어디 있지?" 제리가 쉰 목소리로 묻는다.

"잠자리에 들 시간 아니에요, 영감?" 엘든이 말한다. 제리가 팔만 뻗으면 닿을 만큼 가까이 있지만 엘든은 권투 선수마냥 잽싸게 몸을 놀린다.

실라스는 집 앞에 서서 씩 웃고 있다. 그는 높은 창문에 몸을 걸친 채 집을 쭉 둘러본다. 그곳은 루이스와 페타의 침실 창문으로 커튼은 아직 달려 있지 않다.

"자, 우체부 꼬맹이?"

제리는 모두를 그렇게 부른다. 루이스는 그가 다른 이의 이름을 곧바로 생각해내지 못해서 그러는 거라고 생각한다.

루이스는 차고의 비밀번호를 입력하고 과장된 몸짓으로 발로 문을 톡톡 친 뒤, 세상에서 가장 유명한 날아다니는 개 쇼로 그들을 안내한다.

"점프하기 시작한 건 며칠 안 됐어요." 루이스는 투어 가이드처럼 거꾸로 걸어서 부엌으로 향하며 말한다. "약간 늑대 같은 기질이 있다고 늘 생각하기는 했죠. 썰매개나 투견처럼 말이에요. 이제는 캥거루가 아닐까 싶어요."

"눈 캥거루라." 제리가 말한다. 가죽 같은 주름이 눈가에 자글자글하다.

실라스는 킥킥거리며 손가락 끝으로 탁자 상단을 쓸어 먼지가 없나 살핀다.

"담장 너머에 개가 원하는 걸 둬야 해요. 그게 개가 점프를 배울 수 있는 방법이죠." 셰이니가 모두를 향해 말한다.

제리가 뭐라고 하지만 들리지 않는다. 루이스가 다시 말해달라고 물으면 제리는 늘 됐다며 손을 젓는다.

"우리 숙녀 분은 어디 있나?" 엘든이 물으며 큼직한 손으로 소파 뒤를 감싸 쥔다.

"지금 떼돈을 벌고 있죠." 루이스는 페타가 비행기 주차 안내를 할 때 사용하는 밝은 오렌지색 작업봉을 양손에 쥐고 흔드는 시늉을 한다. 그는 이 가상의 작업봉 두 개를 이용해 투어 그룹을 자신의 오른쪽으로 안내한다.

"그레이트 폴스에서 떼돈을 벌기란 불가능," 엘든은 말하다 멈춘다. 페타의 젖은 레이스 속옷이 의자 뒤에 걸려 있다.

"딴 데 봐, 딴 데." 루이스가 그를 향해 눈에 보이지 않는 작업봉을 흔들며 말하지만 눈은 웃고 있다.

"근사한데요." 그 옆을 지나가던 셰이니는 화려한 브래지어를 보며 루이스에게만 슬며시 말한다.

다행히 실라스는 그걸 못 본 듯 셰이니를 지나쳐 가고 부엌 탁자에서 로드 킹의 헤드라이트 부품을 집어 들더니 자세히 들여다본다.

"아직도 안장 가방 찾고 있어?"

"남는 것 좀 있어?" 실라스의 물음에 루이스는 미닫이문의 자물쇠를 열어젖힌다. "어떤 색이 있는데?"

"왜, 전부 색을 맞추게?" 엘든이 끼어든다.

"파울, 파울." 루이스가 그에게 지팡이를 흔들며 외친다. 이제 그는 누가 봐도 심판관이기 때문이다.

그의 오토바이는 아직 색깔이 뒤죽박죽이다. 하지만 언젠가 색을 전부 맞춘 오토바이가 될 거다. 지금은 볼품없지만 곧 자랑스러워할 만한 오토바이로 변신할 거다. 페타는 안장 가방을 반드시 설치해야 한다고 우기고 있다. 오토바이가 주행 도중 미끄러질 경우 안장 가방이 아스팔트의 열기를 흡수해 다리와 엉덩이의 근육과 살을 보호해주기 때문이다. 루이스는 그러려면 가방으로 오토바이를 덮어씌워야 할 거라고 농담처럼 말했지만 페타는 웃기는커녕 눈총만 줄 뿐이었다.

"실라스가 저기 저러고 있다는 건 여분 부품이 색깔별로 있다는 뜻이야." 제리가 어깨 너머로 말한다. "쟤는 부품을 아무렇게나 갖다 붙이잖아, 안 그래?"

실라스의 오토바이는 지금 탈바꿈 중이다. 클래식한 카페 레이서[고속 주행이 가능하도록 개조한 경주용 오토바이]와 열두 살짜리가 꿈꿀 만한 오토바이의 중간쯤인 상태다. 그게 사실이기 때문에 그는 소리 없이 웃으며 어깨를 으쓱할 뿐이다.

루이스는 미닫이문의 레일에서 자그마한 빗자루를 꺼내 요란하게 휘두르며 의심 많은 일행에게 뒤뜰을 선보인다. 어떠한 속임수도 없다는 걸 그들이 볼 수 있도록 그들을 먼저 들여보낸다.

그는 할리가 뒤뜰을 이리저리 뛰어다니는 대신 그곳에 얌전히 있을 거라고 생각한다. 그가 아침마다 그렇듯 출근하기 전에 녹슨 철사 뭉치로 만든 빨랫줄에 할리의 목줄을 걸어놓았기 때문이다. 마지막으로 살펴봤을 때 할리는 앞뒤로 뛰어다녔다. 물통도 그늘도 잔디도 있었고, 얼빠진 표정을 짓고 있었다. 개에게 필요한 건 그게 다 아닌가. 계속 빨랫줄에 묶어둘 생각은 없었다. 그저 루이스가 담장 위에 설치할 만한 격자형 와이어 패널을 찾을 수 있을 때까지는 괜찮은 해결책이라 생각했다.

"할리가 제 엄마처럼 장대높이뛰기 선수인가 보네." 엘든이 고르지 않은 데크에 서서 외친다.

루이스는 페타에 대해 늘 떠벌렸다. 제리와 실라스는 비 오는 날, 페타가 트럭으로 루이스를 데리러 올 때 그녀를 몇 번 만난 적이 있었다.

"아니면 탈출의 명수든가." 실라스가 덧붙인다.

루이스는 그들을 뒤따라 밖으로 나간다. 둘 사이를 가르고 지나가 빨랫줄을 묶어두었던 녹슨 기둥을 본다. 그의 말이 맞다. 할리가 없다. 젖은 옷을 걸기 위해 두 기둥 사이에 연결해둔 철사도 없다.

"이놈의 개, 죽여버리겠어." 그는 할리가 집을 바라보고 서 있는 건 아닌지 확인하기 위해 몇 걸음 더 앞으로 간다. 바로 그때 집 뒤쪽의 한 구석에서 셰이니가 말한다. "이미 늦은 것 같은데, 블랙피트."

셰이니는 입술로 방향을 가리킨다. 그 모습을 보니 농담이 아닌 것 같다. 루이스는 불안이 엄습하고 목 안 가득 후회가 밀려온다.

할리가 그곳에 있다. 담장 꼭대기에 목줄이 걸린 채로. 눈을 뜨고 있지만 아무것도 보고 있지 않다. 담장에 할퀸 자국이 이리저리 나 있다. 목이 졸려 죽을 때까지 시간이 꽤 걸린 게 분명하다.

"젠장." 제리가 말한다.

할리는 9년 전, 페타가 루이스에게 처음으로 준 선물이었다. 페타의 이모들의 개가 낳은 새끼 중 하나로 아무래도 아비가 싸움을 정말로 좋아하는 개였던 것 같다. 루이스는 인디언 자치 지구에서 키웠던 개에 대해 페타에게 말한 적이 있었다. 루이스가 정말 아끼는 개였는데, 친구들과 사탕을 먹는 사이에 퍼레이드 중이던 말에게 머리를 걷어차여 죽고 말았다. 할리 덕분에 루이스는 첫 해에 그레이트 폴스를 집처럼 느낄 수 있었다. 할리와 루이스는 함께 자란 셈이었다. 그런 개가 지금 루이스가 묶어둔 목줄에 목이 졸려 죽고 만 것이다.

"안됐네, 친구." 엘든이 오토바이를 탈 때 늘 바꿔 신는 고가의 부츠를 만지작거리며 말한다.

"거의 성공했던 것 같은데." 셰이니가 모두를 대신해 말한다. 할리가 말년에 용수철 달린 다리를 갖게 되었다는 루이스의 말을 그들 모두 믿는다는 뜻이었다.

"멍청한 놈." 루이스는 길게 말하지 않는다. 목소리가 갈라지며 목이 메는 걸 모두에게 보이고 싶지 않다.

바로 그때 할리의 뒷다리가 한 번 움찔한다. 거실의 엘크가 눈을 깜빡이던 것과 거의 똑같은 리듬으로. 루이스의 거실에서 죽어 있지도, 그렇다고 살아 있지도 않았던 엘크. 그곳에 아예 있지 않았던 엘크.

할리가 아직 살아 있는 것을 본 루이스의 반응은 적절하지 않다. 자랑스럽게 여길 만한 반응은 아니다. 그는 숨을 들이마신 뒤 뒷걸음질을 치다가 엉덩방아를 찧을 뻔한다.

다섯 명 중 실라스가 가장 먼저 앞으로 뛰어들어 할리를 안은 채로 들어 올려 목에 가해진 압력을 덜어준다. 제리는 할리의 발을 잡고 담장 꼭대기에서 목줄을 풀어낸다. 셰이니는 귀를 다치지 않게 조심해가며 피투성이가 된 할리의 목줄을 이미 머리 위로 빼내고 있다.

실라스가 몸을 돌리자 할리가 그의 팔에 안겨 있다. 루이스는 잠시 외면했다가 셰이니를 바라본다. 셰이니가 앞으로 가 할리를 안으려는 순간, 모두를 향해 돌진하는 소리에 놀란 셰이니의 몸이 갑자기 뒤로 휙 젖혀진다.

엘든은 루이스의 어깨를 붙잡는다. 그를 당기려고 하는 듯하기도 하고 그의 몸을 붙잡고 자신을 밀어내려는 듯하기도 한 자세다. 제리조차 바다코끼리 같던 평소 모습과는 달리 빨라 보인다.

뒤뜰 전체가 흔들리고 시끄럽고 빠르고 위험하게 느껴지는 일종의 감각 트라우마다. 루이스는 물을 이리저리 내뿜는 스프링클러가 있다면 분명 무지갯빛 물이 안개처럼 퍼져나갈 거라고 확신한다.

이 동네 뒤편으로 하루에 두 번 지나가는 기차, 페타가 선더볼 익스프레스라 부르는 기차다. 페타와 루이스가 층높이가 이렇게 높은 집을 임대할 수 있었던 이유다. 할리가 더 이상 뒤뜰로 나갈 수 없었던 이유이기도 하다.

루이스는 석탄과 그라피티로 얼룩진 기차를 올려다보며 내일의 헤드라인을 떠올린다. 한때 이 지역에 살았던 남자, 죽어가는 자신의 개를 만지지도 못하다.

때때로 헤드라인은 정확하다. 12b에 위치한 이번 기사에는 초점이 맞지 않는 작은 흑백 사진이 함께 실린다. 이 순간을 감당할 수 없는 루이스의 마음에 반사적으로 생겨난 이미지다. 기차가 이 세상에 구멍을 뚫으려는 듯 굉음을 내며 지나가는 바로 그때, 할리의 입이 쫙 벌어지고 이빨이 번쩍이며 이 모든 고통의 원인이라 생각하는 대상을 물어버린다.

할리가 무는 바로 그 순간 실라스가 고개를 휙 틀면서 할리의 이빨이 그의 뺨에 걸린다. 상황이 악화될 뿐이다.

화요일

루이스는 마스킹 테이프를 조금씩 찢어 거실 바닥에 놓인 카펫 위에 죽은 동물의 특정한 윤곽을 만들어낸다. 그러한 일이 일어났을 리가 없다는 걸, 엘크는 그 안에 들어맞지도 않는다는 걸 입증하기 위해서다. 어쨌든 그는 스스로에게 그렇게 말하고 있다.

루이스는 소파를 뒤로 밀쳐놓고 페타의 할머니가 사용하던 앤티크 커피 테이블을 다른 쪽으로 밀어버렸다. 페타네 집안은 그레이트 폴스에서 부유한 편은 아니다. 그런 집안이 있기는 한가? 페타네 가족은 초기 인디언 자치 지구가 세워진 당시 이후로 이곳에서 그럭저럭 살아가고 있다.

페타는 침낭과 담요를 가져와 할리를 감싼 채 차고에서 그 곁을 지키고 있다. 그녀는 두 길 건너에 자리한 임시 대중교통 환승주차장에서 집으로 걸어오다가 루이스와 셰이니, 엘든이 뒤뜰에서 할리의 입에 물을 조금씩 넣어주고 있는 걸 보았다. 제리는 실라스를 병원으로 데려다주려고 트럭을 몰고 떠난 참이었다. 실라스의 얼굴에는 수건이 칭칭 감겨 있었다.

제리는 한 손으로는 운전대를 잡고 다른 손으로는 실라스를 붙잡은 채 가뿐히 차를 몰았다. 엘든은 우체부가 개한테 물린 걸로 하자고 했다.

맞는 말이다.

어린 시절 내내 개랑 고양이, 아기 새를 돌본 페타의 말에 따르면 할리가 회복할 확률은 반반이란다. 실라스는 그 정도로 위태한 상태는 아니지만 그가 병원으로 가기 전 루이스는 그의 너덜너덜한 살점 사이로 할리의 누리끼리한 이빨을 보았다.

제리는 루이스가 할리를 원망해서는 안 된다고 말한다. 불쌍한 그 개는 자기가 무슨 짓을 저질렀는지 몰랐다. 온 세상이 적으로 보일 때면 누구라도 일단 물고 보지 않는가?

할리의 옆에 마련된 침낭과 담요는 루이스가 뒤뜰에 설치할 스웨트 로지[종교적 혹은 치유적 목적으로 인디언들이 지은 일종의 한증막. 뜨거운 돌에 물을 부어 만든다]의 단열재로 쓰려고 모아둔 것들이지만 상관없다. 이 침낭과 담요를 언젠가 그런 용도로 사용할 수 있을지도 모른다. 내년에 루이스는 땀과 어둠과 열기에 갇힌 채 양동이에서 물을 퍼 바닥에 조금 뿌릴지도 모르겠다. 할리를 추모하며.

사람들에게 하듯 개에게도 할 수 있다고 그는 생각한다. 그게 아니라면 늙은 추장이 하늘에서 내려와 그의 손목을 철썩 때릴까?

루이스는 마스킹 테이프를 다시 길쭉한 사각형으로 잘라 소파 앞에 놓인 카펫에 붙인 뒤 떼어냈다가 다시 붙인다. 배꼽에서 뒷다리 앞부분까지 천천히 다시 형태를 잡아간다. 하지만 떼었다가 다시 붙인 부분은 루이스가 억지로 만든 형태에서 벗어나려는 듯 금세 말려 올라가고 만다.

뒷발굽 부분이 완성될 무렵 페타가 어깨에 행주를 걸치고 손에는 염소 우유가 담긴 젖병을 들고 걸어온다. 아주 잠시 그녀는 엄마의 모습이다. 기저귀를 아직 떼지 못한 아이를 돌보느라, 이제 막 걷기 시작한 아이를 돌보느라 피곤한 엄마. 하지만 그건 전혀 다른 삶일 거라고 루이스는 혼잣말을 한다. 페타는 아이를 원하지 않는다. 이스트 글레이셔에서 보낸 처음 몇 주 동안 자신의 의사를 확실히 밝혔었다. 루이스가 인디언이어서가 아니라 루이스를 만나기 전 이미 몸에 안 좋은 화학물질을 많이 들였다고. 자신이 아이를 낳으면 그 아이가 대가를 치르게 될 거라고, 그러니 이미 세상이 그들에게 불리한 상태라고.

루이스의 머리에 헤드라인이 자동으로 떠오른다. **혈통을 희석시킬 순혈종은 아니다.** 그건 그가 백인과 결혼할 경우 늘 예상했던, 마음의 준비를 해둔 비난이다. 그의 머릿속에 떠오른 헤드라인은 순혈종, 앞서 사망한 모든 인디언을 배신하다이다. 이는 원시의 인디언 정자―현미경으로 봐야만 보일 정도로 작은 연어 같은 모습이 아닐까. 블랙피트는 말 부족이기는 하지만―를 품고 있지만 하류로 밀어 보내지 않았다는 죄책감이다. 급습과 전염병, 대학살과 집단 학살, 당뇨병을 비롯해 피곤에 절어 위태위태한 차량마저도 피해 살아남은 얼마 안 되는 그의 조상들도 개틀링 기관총에 맞서 싸우지 않았던가?

"할리는 좀 어때?" 루이스는 차고에 머리를 살짝 기댄다.

"이게 도움이 되는 거 같아." 페타는 염소 우유가 담긴 젖병을 들어 올린다.

공항 수화물 담당 직원의 말에 따르면 염소 우유로 파보바이러스에 걸린 강아지를 살릴 수 있다고 한다. 할리는 그 정도로 아픈 것은 아니지만 염소 우유가 속이 뒤집힌 강아지를 살렸다면, 어제 하루 종일 죽었다가 살아난 개에게도 도움이 되지 않겠는가?

지당한 일이다.

하지만 어느 시점에서, 루이스는 정말이지 생각도 하기 싫지만 언젠가는 할리를 향해 총을 겨눠야 할 것이다. 그렇게 할리를 마지막 길로 보내줘야 할 거다.

할리가 나쁜 개여서가 아니다. 그에게 가장 소중한 개이기 때문이다.

10년 전에 사용한 총과 같은 총이어야 할 것이다. 그는 캐스에게서 총을 빌리기 위해 인디언 자치 지구에 갈 것이다. 어린 암컷 엘크를 죽일 때 사용했던 총이다. 그가 마스킹 테이프 100조각으로 카펫에 만들어낸 암컷 엘크.

"좀 도와줘?" 페타가 그의 작은 프로젝트를 보며 묻는다.

다른 사람이었더라면 다른 여자였더라면 멍청한 남편의 다른 아내였더라면, 죽어가는 개를 회피하기 위해 거실 바닥에 마스킹 테이프로 엘크의 윤곽을 그리는 남자를 보면 당장 그만두라고 말했을 것이다. 마스킹 테이프를 낭비하지 말라고, 다 하거든 한 조각도 남김없이 전부 깨끗이 치우라고 잔소리했을 것이다.

페타는 루이스 옆으로 와 마스킹 테이프를 집더니 정사각형으로 잘라내 그가 사용하기 편하도록 자신의 손가락 끝에 붙여둔다.

그가 목격한 것에 대해 페타는 이렇게 말한다. 자전거의 바퀴살에 달린 전등이 속도가 붙으면 흐릿하게 빛나는 이미지를 만들어내는 것처럼, 팬 날개의 뒷면에 쌓인 밝고 어두운 먼지가 무작위로 패턴을 만들어냈을 거라고. 날개가 빙빙 돌아가면서 특정한 모양이 나타난 것뿐인데 루이스는 죄책감 때문에 그걸 어린 엘크의 환영으로 본 거라고.

그 부분에 관해 루이스는 페타에게 솔직히 말하지 않았다.

페타는 채식주의자다. 건강상의 이유 때문이 아니라 윤리적인 이유 때문이다. 그래서 그 역시 주로 감자나 두부, 콩을 먹는다. 그건 괜찮다. 중년의 인디언에게 딱 좋은 식단이다. 페타는 분명 모든 이야기를 들어줄 것이다. 중간중간 신음을 내가며 이해했다는 표정을 지을 것이다. 하지만 그 이야기는 그녀에게 상처가 될 것이다. 이야기를 들은 페타는 고등학교 운동장으로 달려가 그 이야기를 앞지르려는 듯 트랙을 돌고 또 돌 것이다. 페타에게는 시시콜콜한 얘기까지는 들려주지 않는 편이 나을 터다. 짐을 지울 필요도 그녀의 기억에 상처를 낼 필요도 없다. 누가 알랴? 이야기를 들은 그녀가 집을 뛰쳐나가 다시는 돌아오지 않을지도.

20분 후, 어쩌면 한 시간 후 루이스는 암컷 엘크의 형태를 '대략적으로나마' 완성한다.

그는 자리에서 일어나 조금 위에서 내려다본다. 활과 화살을 쏘던 당시의 블랙피트들은 어떻게 당시에 그렇게 했는지 모르겠다. 그들이 장부나 로지 옆에 그려 넣은 말들은 해부학적으로 잘못되었지만 형태가 엇비슷하기는 했다. 마스킹 테이프로 만든 이 엘크는 실제 엘크의 형태와 비슷하지도 않다.

그가 직접 엘크를 보고 그린 게 아니라 누군가에게 들은 얘기를 바탕으로 그린 것만 같다.

페타는 웃음을 참으려고 손으로 입을 가린다. 루이스도 웃지 않을 수 없다.

"다섯 살짜리 꼬맹이가 거대한 양을 그리려고 한 것 같지 않아?" 루이스가 말한다. "아침에 맥주를 세 병 마신 후에."

페타는 밀어놓은 소파에 쓰러지듯 앉아 다리를 끌어당긴다. "이 양은 달아나려는 것처럼 계속 발길질을 하네."

"양은 예술에 대해 아는 게 없어." 루이스는 페타 옆에 털썩 앉는다.

이 자세에서는 팬의 아랫면을 올려다보게 된다. 작은 전등은 이제 깜빡이지 않는다. 그가 절대로 풀 수 없는 미스터리다. 어떠한 빛은 절대로 알 수 없다. 알아내려는 노력조차 허락되지 않는다.

"이제 어떻게 할 건데?" 페타가 묻는다.

30초쯤 아무 말이 없던 루이스는 마침내 말한다. "말도 안 되겠지?"

"뭐가? 대낮에 흔들거리는 사다리에 혼자 올라가서 머리가 박살날 뻔했던 그 짓을 다시 하는 거?"

정확하다.

루이스는 차고에 있는 할리에게 가 엘든이 오늘 자기 대신 출근했다고 말한 뒤 커다란 알루미늄 사다리를 집 옆으로 다시 끌고 온다.

"여기 있었어." 페타는 팬 바로 아래에서 조금 비껴난 곳에 사다리를 갖다 놓는다.

"어떻게 알아?"

페타는 몸을 빙그르 돌려 사다리의 반대쪽으로 간다. 그녀가 다리를 넓게 벌린 뒤 사다리를 아래로 쭉 잡아 내리자 위쪽의 붉은색 플라스틱 캡이 거실 반대편 벽에 생긴 홈에 정확히 맞물린다.

"아, 우리 보증금 돌려받을 수 있을까?"

"이 집 보증금은 너무 비싸." 페타가 말한다. 그녀는 진짜 인디언일지도 모른다.

"잠깐만." 루이스는 차고로 돌아가서 상자형 냉동고에서 무언가 담긴 쓰레기봉투를 가져온다. 이사를 여섯 번이나 하고 결코 완성하지 못한 지하실을 거치는 동안 악착같이 버리지 않았던 물건이다.

냄새가 날지도 모른다. 하지만 안 날 수도 있다.

"아직까지 갖고 있었어?" 페타가 말한다.

루이스는 봉투를 열어보려고 하지만 봉투가 너무 오래된 나머지 플라스틱 타말레[옥수수 가루·다진 고기·고추로 만드는 멕시코 요리]를 벗기는 것에 가깝다. 그 안에는 엘크가 겪은 모든 일이 의미를 지니도록 언젠가 사용하겠다고 어린 엘크에게 약속한 가죽이 들어 있다.

그가 페타에게 한 이야기는 이랬다. 폭설이 내린 날이었고 어린 엘크가 아니라 다 자란 엘크였다고. 제대로 봤다면 절대로 총을 쏘지 않았을 거라고.

새빨간 거짓말은 아니다. 100퍼센트 진실도 아니지만.

루이스는 그 기억을 애써 삼키며 하던 일로 돌아간다. 범죄 현장의 재현인가? 아니다. 사건을 다시 한 번 구성해보는 것에 가깝다. 이번에는 소품을 이용해.

"아직 그대로야……?" 페타는 털이 그대로 붙은 상태로 말려진 엘크 가죽 더미를 보며 말한다.

루이스는 어깨를 으쓱한다. 그도 모른다. 이 가죽이 아직 한 조각일지 다 부스러졌을지. 칼자국과 구멍이 여기저기 나 있다는 걸 그도 안다. 그가 가죽을 벗기는 데에는 영 소질이 없기 때문이기도 하지만 교역소에서 파는 칼은 3분 후면 칼날이 무뎌지기 때문이다.

우선 녹인 다음에 펼쳐야 할까? 전자레인지에 넣으면 될까? 앞으로 이 전자레인지에 데운 음식을 먹을 수 있을까?

"에라 모르겠다." 그는 마스킹 테이프 한가운데에 가죽을 의식적으로 내려놓는다. 털 많은 뚱뚱한 부리토 같다. 루이스는 기침이 나는 걸 애써 참는다. 엘크의 기억에 무례하고 싶지 않다.

"그 정도면 된 거 같은데." 페타가 자리에 앉으며 말한다. 그녀는 가죽과 테이프, 온갖 무대장치를 눈을 동그랗게 뜨고 바라본다.

"음, 이제." 루이스는 이미 사다리 맨 아래 칸에 한 발을 올리고 저 높은 칸에 한 손을 올리고 있다.

"팬이 돌아가던 속도는 똑같아?"

"나는 안 건드렸는데. 당신은?"

페타는 고개를 젓고 시작하라는 듯 고개를 까딱인다. 자신이 지켜보겠다고.

"나는 이 단에 있었어." 그는 자신의 발이 있던 곳을 가리키며 한 단씩 올라간다.

루이스는 팬의 회전 날개가 그의 가슴팍에 올 때까지 올라가 날개 사이로 아래를 내려다본다. 소파에 앉아 있는 페타를. 마스킹 테이프로 만든 죽은 엘크를. 털북숭이 부리토를 배에 품고 있는 엘크를.

"빛 때문일지도 몰라." 페타가 말하면서 소파에서 일어나 거실 한쪽으로 간다. 루이스가 슬로모션으로 떨어질 때 페타가 서 있던 곳이다. "나 때문에 그늘져?" 페타가 루이스를 올려다보며 외친다. 페타는 그 자리에 선 채로 복도의 조명을 켰다가 끈다.

"당신이 식료품 봉투를 들고 있었어." 루이스는 혹시나 하는 희망을 버리지 못한다.

"알았어……." 페타는 그 가능성에 대해 그만큼 확신하지 못하지만 봉투를 가지러 부엌으로 향한다.

페타가 부엌에 간 사이 루이스는 팬의 꼭대기 너머로 벽을 바라본다. 사다리가 거실 벽에 남긴 홈을. 집 안에 난 새로운 상처를.

바로 그때 확실히 보이지는 않지만 무언가 잔상처럼, 뒤에 남겨진 것처럼 살금살금 지나가는 것이 느껴진다. 그는 벽에 사람의 그림자가 있다고 90퍼센트 확신한다. 아주 찰나의 시간 동안 보인 희미한 그림자.

사람의 것이 아닌 머리를 달고 있는 여자다.

머리가 너무 무겁고 너무 길다.

미간이 넓은 자신의 눈을 그에게 붙박으려는 듯 그녀가 몸을 돌렸을 때 루이스는 그 여자를 보지 않기 위해, 숨기 위해 손을 들어 올리지만 너무 늦고 만다. 이미 10년이나 늦었다. 그가 방아쇠를 당긴 순간부터.

수요일

다음 날 아침 그를 깨운 것은…… 농구 소리? 드리블 소리?

루이스는 침대에서 구르듯 일어나 눈앞에 보이는 추리닝으로 갈아입는다. 새것이나 다름없었을 때 건조기에 바지끈이 빨려 들어가 버리는 바람에 그는 계단을 내려가는 내내 왼손으로 바지춤을 잡고 있어야 한다.

진입로에서 누군가 농구공으로 드리블하고 있는 게 분명하다.

루이스는 부엌에서 차고로 내려가며 할리에게 말을 건다. "꼬맹아, 누가 왔니?"

할리는 묵직한 꼬리를 힘겹게 들어 올려 스타워즈 침낭을 툭 하고 한 번 칠 뿐이다.

이웃집 아이가 왔나? 전 세입자가 동네 아이들이 아무 때

나 와서 농구를 할 수 있다고 말한 적이 있던가?

그렇다면 대환영이다. 루이스는 수준이 비슷한 상대가 필요하다. 페타와 경기를 할 때면, 그녀와 어떠한 운동이라도 함께 할라치면 쥐구멍에라도 숨고 싶다. 페타가 그를 스쳐 지나갈 때 그녀의 허리춤을 움켜쥐고, 페타가 레이업슛을 할 때 뒤에서 밀쳐봤자 그녀보다 먼저 21점을 낼 수가 없다. 그는 페타가 이기기 전에 10점을 득점한 적도 없다.

루이스는 주먹의 옆 날로 차고 문의 버튼을 누른다. 표정은 이미 단단히 굳어 있다. 누군가 집에 침입한 상황이라면 그래야 하는 거 아닌가? 전에 살던 사람이 술에 취해서는 자신이 기억하는 집으로 다시 기어들어 왔을지도 모른다.

천천히 문을 열자—무겁고 오래된 문이다—운동화 위로 다리가 보이고 곧이어 여자의 형체가 보인다. 그 여자는……
셰이니?

셰이니는 상상의 수비수를 피하려는 듯 몸을 획 돌렸다가 제자리로 돌아온 뒤 공중에서 다리를 교차시키며 폴어웨이 슛을 던진다. 공이 바닥에 떨어지는 순간 버터처럼 부드럽게 한쪽 다리로 착지한 뒤 다시 튀어 오른 공을 재빨리 잡아낸 다음, 헤드업 드리블을 하듯 양손으로 공을 움켜쥔 채 목표물을 향해 깔끔하게 패스한다.

루이스는 공에 맞지 않으려고 공을 받아낸다.

"내가 깨웠나, 잠꾸러기?" 셰이니는 도전하듯 말한다.

"쉬는 날이야."

"할리 때문이지." 셰이니는 열린 문 너머로 할리에게 간다.

셰이니는 할리의 넓적한 머리를 자신의 손에 동그랗게 모아 쥐고는 할리의 코에 자신의 코를 갖다 댄 다음 눈을 꼭 감고 잠시 가만히 있다.

"냄새 맡는 거야?"

"할리는 죽어가고 있다고." 셰이니는 패인 자국이 있는 할리의 귀를 만진다.

그녀는 아직 완성하지 못한 스웨트 로지 옆에 쭈그려 앉은 채 할리에 대해, 할리의 몸에 난 상처에 대해 말한다. "할리는 노전사야, 안 그래?"

"할리를 보러 온 거야?" 루이스가 묻는다. 공격적으로 보이지 않으려 했지만 셰이니는 그의 의도를 눈치챈 것 같다.

"아내가 내가 여기 있는 걸 안 좋아하는 거지? 인디언의 백인 아내들은 질투심이 많은 스타일이라니까."

"너는 어떤 스타일인데?" 물론 루이스는 그녀가 어떤 스타일인지 잘 알고 있다.

"인디언. 미혼, 보다시피 거칠고. 제리가 내가 골치 아픈 녀석이라고 말한 걸 안다고."

그의 머릿속에 헤드라인이 스친다. 야구, 야구, 야구.

"그나저나 아내 이름이 뭔데? 토르티야를 좋아하는 백인 여자야 아니면 동물 가죽 입는 거에 무조건 반대하는 여자야?"

"페타야. 페티Peti가 아니고 페타Peta." 루이스는 페타의 설명을 그대로 전한다. "아들일 거라고 생각했나 봐. 아버지 이름이 피트Pete라 자기 이름에서 e 대신 a를 넣어 물려줬대."

셰이니는 알겠다는 듯 고개를 끄덕인다. 그녀가 앞머리를 뒤로 넘기는 순간 핏발이 선 왼쪽 눈이 보인다. 왼쪽 눈썹 위의 피부가—그녀의 이마를 본 적이 있긴 한가— 온통 팽팽하고 울퉁불퉁하다. 계기판에 세게 부딪혔거나 쓰레기를 태우다가 연무제가 폭발해 화상을 입은 것처럼 보인다.

하지만 아무래도 눈은. 간밤에 데이트가 안 좋게 끝났나, 루이스는 생각한다. 남자 친구를 잘못 사귄 걸지도 모르겠다. 그는 너무 대놓고 보지 않으려고 노력할 뿐 굳이 묻지 않는다. 그는 자신의 생각을 곧이곧대로 그녀에게 전했다는 걸 안다.

"어쨌든 책 빌리러 왔어, 도서관 씨." 셰이니는 머리카락을 흔들어 이마와 눈을 다시 덮으며 말한다. "널 난처하게 만들 생각은 없다고. 아내한테 전화해서 말해. 기다릴게. 나도 오늘 휴가라고."

루이스는 셰이니를 바라본다. 책을 빌리러 왔다는 얘기를 믿어도 될까. 보통 이러한 도입부는 농담을 가장한 함정이기 마련이다. 몰에 사는 마법사와 드루이드에 관한 이야기, 늑대 인간과 뱀파이어가 수사관으로 등장하는 이야기를 읽는 서른여섯 살 먹은 남자는 쿨해 보일 리가 없다. 켄타우로스와 인어가 이 이야기에 등장한다는 걸 누가 알기라도 한다면? 악마와 천사는? 용은?

루이스는 보통 책 표지가 안 보이도록 접어두곤 한다.

그런데 이 여자는 그 책들을 보여달라고 한다.

페타조차도 루이스가 이 책에 강박적으로 끌리는 걸 진심으로 이해하지 못한다. 캠핑을 갈 때면 책을 한두 권 지퍼백에 따로 넣어서 배낭에 챙기는 그를. 하지만 페타는 최고의 운동선수다. 너무 빨리 달리거나 너무 높이 뛰는 바람에 책을 읽을 틈이 없다. 그걸 단점이라 할 수는 없다.

계속해서 페타 얘기를 해, 루이스는 혼잣말을 한다.

그러면서 공을 드리블해 차고에서 화창한 바깥으로 나가는 거다. 그럴 만한 11월 날씨다.

"특별히 원하는 책이라도 있어?" 루이스는 셰이니를 보지 않은 채 말한다. 신경이 온통 골대에만 쏠려 있다. 그는 제방으로 가서 셰이니가 방금 선보인 숏에 대적할 만한 숏을 선보이며 좀 으스댈 생각이다. 하지만 흘러내리는 추리닝 바지 때문에 마지막 순간에 포기하고 만다. 바지 안에 아무것도 안 입었기 때문이다.

"난생 처음 보는걸." 셰이니는 말한다. "껑다리 인디언이 농구장에서 빌빌대다니 말이야."

골대 뒤에 놓인 잡동사니 사이로 공이 튀어 오른다. 루이스는 맨발로 가서 공을 집어든다. 이보다 더 우스운 꼴도 없으리라.

"법정 음모 아니면 왕국을 구하는 영웅담?" 루이스는 묻는다. "배, 말, 엘프, 아니면."

"몰라, 뭔가 재미있는 거? 시리즈물? 아주 긴 걸로. 밤새 읽을 만한 거 있잖아."

한 번에 하나만 말할 수 없나?

"진심이야?" 루이스가 이렇게 말하며 공중에서 공을 낚아챌 수 있을 만큼 천천히 공을 가슴으로 패스한다. 밋밋하고 힘없는 패스를 던지다니 스스로가 한심하다. 셰이니가 가슴팍에서 공을 내려치려는 순간 셔츠가 팔락거리며 공에 걸리고 만다. 셰이니는 성가신 듯 공을 높이 퉁긴 뒤 등 뒤로 셔츠를 묶은 다음 공을 다시 잡는다. 페타는 이런 상황에서 보통 셔츠를 스포츠 브라 안에 쑤셔 넣는데 루이스가 보기에 오늘 셰이니에게 그건 선택 사항이 아닌 듯하다.

"아." 루이스가 의도치 않게 자신의 배를 바라보는 것을 보고 셰이니가 말한다.

위에서 아래로 들쑥날쑥하게 길게 난 상처다. 가로로 긴 것도 아니고 제왕절개처럼 아래쪽에 있지도 않다. 심장 절개 수

술 흉터 같지만 심장은 그렇게 아래 있지 않다. 게다가 이 흉터는 울퉁불퉁하고 흉하다. 셰이니의 이마와 눈에 난 상처와 같은 원인으로 생긴 걸까? 안 좋은 날이 여러 번 쌓여 생긴 게 아니라 진짜 심각했던 하룻밤에 난 상처인가?

루이스는 자동차 사고가 났던 거냐고 묻고 싶다. 혹은 출산하다가 그렇게 된 거냐고 아니면 어떤 개 같은 자식이 그렇게 한 거냐고. 하지만 그녀만 살아남은 거라면? 아기는 죽었다면? 그놈이 멀쩡한 상태로 아직 어딘가에 있다면?

"어서 물어봐." 셰이니는 상처를 가리키며 말한다. "어서. 안 들어본 얘기가 없다고. 응급실에 갔는지 도살업자한테 갔는지 궁금해?"

셰이니는 양 새끼손가락을 축 삼아 엄지손가락으로 공을 돌린 뒤 루이스와 자신의 횡경막 사이에 놓는다……. 허세를 부리듯. 하지만 그가 자신의 배를 보기를 바라지 않는다는 걸 알 수 있다.

"잘 안 보여." 그는 뻔한 거짓말을 한다. "별일 없는……."

셰이니는 눈으로 골대를 쫓을 뿐 아무런 말이 없다. 그것으로 충분하다. 그는 자신이 알고 있는 다른 이야기들을 바탕으로 그녀의 이야기를 만들어본다. 셰이니는 어렸다. 응급실 의사는 미국 의료 시스템의 불합격자였을 거다. 그녀는 그 작은 무덤에서 최대한 멀리 달아나 연료 한 통을 전부 비울 정도로 인디언 자치 지구에서 멀리 벗어난 것이다.

"미안." 상처를 쳐다봐서가 아니라 그녀에게 일어난 일에 대해 하는 말이다.

"너나 나나 자치 지구에서 왔잖아. 그곳을 빠져나오려면 이 정도 흉터는 각오해야지, 안 그래?"

루이스는 다시 경기를 시작하려고 농구 코트 안으로 발을 디딘다.

"정말로 책을 읽고 싶은 거야?" 루이스는 지금 이게 복잡한 농담인지 아직도 확신이 서지 않아 이렇게 묻는다.

"나도 읽는다고." 셰이니가 무시하지 말라는 듯 한쪽 어깨를 으쓱한다. 그녀는 그를 바라보며 공을 드리블하면서 어서 시작하자는 듯 몸을 돌린다. 남자 선수들이 여자 선수가 경기하는 방식으로부터 배울 수 있는 게 있다면 바로 이 트릭이다. 공을 지키기 위해 수비수를 등진 상태에서 아무 쪽으로 몸을 휙 놀리는 것이다. 문제는 남자들이 이걸 늘 자존심 문제로 생각한다는 거다. 남자들은 더 큰 난관이 기다리고 있다고 생각해 눈을 고정한 채 상대를 속이는 몸놀림을 한다. 그런 식으로 상대를 속일 수 있을지도 모른다. 하지만 남자들은 상대에게 더 많이 당하기도 한다.

셰이니는 루이스에게 몸을 바짝 붙인 채 루이스의 손이 닿지 않도록 팔을 쭉 뻗어 드리블을 한다.

페타가 들이닥치기 좋지 않은 상황일 것이다. 이건 술집에서 상의를 거의 벗다시피 한 여자가 그에게 기댄 채 당구 치는 법을 가르쳐달라고 꼬시는 상황이나 다를 바 없다. 물론 페타가 지금 집에 올 리가 없다. 그녀는 몇 시간 후에야 퇴근할 것이다. 그렇기는 하지만 임시 대중교통 환승주차장에서 걸어서 10분이면 집에 올 수 있다. 페타는 더플백을 어깨에 걸치고 귀마개를 목에 느슨하게 걸친 채 걸어올 거다. 하루 종일 비행기 소음에 시달린 그녀의 세상은 잠시 조용해질 것이다.

페타.

루이스는 지금 이 순간 그녀의 존재를 잊지 않기로 다짐한다.

셰이니는 왼손으로 공을 던지려는 것처럼 오른쪽으로 몸을 기울인다. 살짝 미끄러지듯 이동해 언더핸드 레이업슛을 할 수 있도록 길게 드리블을 한다. 하지만 그 순간 셰이니는 이미 몸을 왼쪽으로 비틀고 있다. 루이스는 페타와 경기할 때 늘 그런 것처럼 또 속고 만다. 셰이니가 그를 쓱 스쳐 가고 공은 이미 골대 아래로 떨어지고 있다.

"바지를 잡고 있어야 했다고." 루이스가 외친다.

"거짓말." 셰이니는 이렇게 말하며 공을 차고로 튕긴다. 할리에게서 멀리. 죽어가는 개와 주차되어 있는 로드 킹으로부터 멀리. "자, 이제 예약 좀 해도 될까요, 경관님?"

루이스는 그 말을 곧바로 이해하지 못한다. 그러다가 자신이 머릿속으로 '수갑'을 떠올렸다는 사실을 깨닫는다. 그는 한 손으로는 추리닝 바지를 붙잡은 채 앞장선다. 층계에서 몸을 돌리려고 하는데 셰이니는 아직 부엌 식탁 앞에 서 있다.

"블랙피트?"

그녀는 탁자에 놓인 말린 엘크 가죽을 만지려고 하고 있다. 셰이니가 자신의 이름을 말했는지 자치 지구에서 이 가죽을 가져왔냐고 물었는지 모르겠다.

"뭐라고?" 루이스는 추리닝 바지를 잡지 않은 손으로 계단의 중심 기둥을 잡은 채 멈춰 선다.

"몰랐네." 셰이니는 새삼스러운 눈빛으로 그를 바라보며 말한다.

"네가 보따리꾼인지 말이야. 부족 사람들이 네가 이걸 이곳까지 가져오게 내버려뒀단 말이야?"

무슨 말인지 모르겠다는 그의 표정을 보더니 셰이니는 말한다. "파이프를 모으는 사람이랑 같은 거야. 파이프 대신 보따리를 갖고 있는 것뿐이지."

"아, 저거," 루이스는 말을 끝마치지 못한다. "나는 전통적인 방식으로 자라지 않아서."

"네가 전통을 만든 것 같은데." 셰이니는 감탄하듯 말한다. 그녀는 가장 바깥쪽의 갈색 털을 만지려다가 무슨 일이 일어날지 몰라 두려운 것처럼 손을 거둔다. 크로우인 자신에게 블랙피트의 물건에서 무엇이 옮겨 붙을지 몰라 두려운 것처럼.

엘크 가죽일 뿐이야, 하고 루이스는 말하지 않는다. 이제 셰이니는 소파로 가 거실 카펫에 마스킹 테이프로 그린 엘크를 보고 있기 때문이다. 셰이니는 엘크를 내려다보다가 그를 보다가 다시 엘크를 본다. 아무 말 없이 마스킹 테이프를 길게 몇 가닥 찢은 뒤 소파 옆에 붙인다. 길고 조심스럽게 깎아낸 나무가 말려 있는 것만 같다.

루이스는 나쁜 짓을 하다가 걸린 사람마냥 아무 말 없이 그쪽으로 간다. 백 개쯤 되는 변명이 그의 머릿속에 요동치지만 아무 말도 나오지 않는다.

셰이니는 긴 마스킹 테이프 조각을 카펫에 붙인다. 엘크 모양에 덧붙이는 게 아니라 엘크의 입 안에 찔러 넣는다. 루이스가 로지나 장부[19세기 초, 원주민들이 회계 장부에 그림을 그리는 것이 유행했다]에서 늘 봤던 것과 같은 모습이다. 화살이 왜 입에서 들어가 배로 나와 있는지 그는 알 수 없었다. 식도와 위가 왜 심장이나 간보다 중요했던 걸까?

"이제 됐네." 셰이니가 말한다.

그랬다. 전에는 형체가 찌그러진 양에 가까웠다. 이제 는…… 어린 암 엘크는 아니지만 실제 어린 엘크보다도 더 진짜 같은 어린 엘크의 형체가 그곳에 누워 있다.

"어떻게 알았어?" 루이스가 묻는다.

"내가 여자라서 묻는 거야?"

"전에는 그저 다리 달린 흐리멍덩한 형체였거든."

이제 셰이니는 사다리를 바라보고 있다. 아무 일도 일어나지 않는 천장을.

"내 책은." 루이스는 말하려고 하지만 책은 더 이상 중요하지 않다.

"왜 하필 소파 옆에 이렇게 한 거야?" 셰이니는 궁금하다는 눈빛으로 그를 바라보며 아무렇지 않게 묻는다. 그녀는 마스킹 테이프로 만든 엘크로 손을 뻗어 그 위에 자신의 손가락을 쫙 펼쳐본다.

"위치가 중요한가." 루이스는 변명하듯 말한다.

"하지만 다른 데가 아니라 여기에 했잖아." 이번에는 공격하는 말투가 아니라 대답을 유도하려는 듯한 말투다.

"바보 같은 짓이야." 그는 세 번째 계단참에 앉는다. "며칠 전에 뭘 좀 봐서 말이지."

셰이니는 소파 팔걸이에 몸을 걸치고 눈을 그에게 붙박은 채다. "뭘 봤는데?"

"책이랑은 달라. 정상적이지 않은 무언가를 볼 때 말이야."

"늑대 인간이 쓰레기를 뒤지는 것 같은 거?" 셰이니가 대신 문장을 마치더니 그가 지금 읽고 있는 책을 커피 테이블에서 가져와 표지를 보여준다. 늑대 인간이 쓰레기를 뒤지고 있는 모습으로, 쓰레기가 골목 곳곳에 널브러져 있다.

루이스는 자신의 생각을 들킨 듯 고개를 끄덕인다. 손바닥을 입에 갖다 대자 뜨거운 입김이 느껴진다.

셰이니에게 정말로 말할 생각인가? 섹시한 직장 동료에게 아내가 모르는 사실을 털어놓아도 될까?

하지만 셰이니는 바닥에 그려진 엘크를 끝내는 법을 알았다. 그건 분명 무언가를 의미했다. 루이스는 그렇게 생각하고 싶지 않지만 그건 명백한 사실이었다. 그녀는 인디언이었다.

게다가 셰이니가 묻고 있다.

"페타와 결혼하기 전이었어." 그는 말한다. "추수감사절 엿새, 아니 닷새 전이었지. 추수감사절 전 주 토요일이었고 우리는 사냥을 하고 있었어."

"우리?" 셰이니가 말을 자른다.

"어린 시절 친구들." 루이스는 그건 중요한 게 아니라는 듯 어깨를 으쓱한다. "게이브, 리키, 캐시디, 그러니까 캐스."

셰이니는 잘하고 있다는 듯 고개를 끄덕인 뒤 마스킹 테이프로 만든 엘크를 다시 한 번 바라본다. 둘 다에게 그건 진짜 엘크처럼 느껴진다. 루이스는 그녀에게 말하고 고백하고 처음으로 입 밖으로 내뱉는다. 그 일이 정말로 일어났다는 의미다.

그해 토요일

　하늘에서 쏟아지는 단단하고 작은 눈뭉치가 루이스가 그
저 평범한 속눈썹일지도 모른다고 생각하는 그의 여성스러
운 속눈썹에 쌓이고 있었다.

　"우리 왕자님 마스카라 하셨네." 게이브가 그에게 몸을 부
딪치며 으레 하는 농담을 던졌다. "눈 한번 깜빡이면 황소들
이 줄을 서겠어."

　"네 눈은 어떻고." 루이스는 흰 눈이 소복이 내려앉은 게이
브의 속눈썹을 향해 턱을 치켜들며 말했다.

　인디언 자치 지구 밖에서는 모두가 루이스와 게이브를 당
연하다는 듯 형제로 생각했다. 게이브가 188센티미터로 루
이스보다 조금 컸지만 그것만 빼면 둘은 진짜 형제처럼 닮았
다. 존 웨인[서부극의 대부]이 활동하던 시절이었다면 루이스

와 게이브는 총싸움을 벌이다 죽는 40명의 인디언 중 인디언 16과 17로 뽑혔을 거다. 그렇다면 캐스는? 캐스는 산장 앞에 앉아 있는 역에 딱일 거다. 존 레논의 젊은 모습에 가까운 전형적인 20세기 인물. 리키는 『뽀빠이』에 나오는 악당 블루토에 가까운데 그보다 피부색이 조금 더 까무잡잡할 뿐이었다. 카메라 앞에 서게 된다면 그는 인디언 깡패 역만 바랄 것이다. 대사의 절반도 기억하지 못할 게 뻔했다. 하지만 네 친구 중 턱수염을 기를 수 있는 건 리키뿐이었다. 가려운 것만 참으면, 그리고 여자 친구가 없을 경우에. '불순한 커스터 장군'[미국 남북전쟁에서 활약했으며 인디언 학살에 앞장섰다]은 그가 늘 내세우는 변명이었다. 그는 〈숲속의 방랑자〉에 나오는 그리즐리 아담스처럼 턱에 돋아난 열네 오라기의 앙상한 턱수염을 매만지면서 말하곤 했다.

게이브는 루이스 쪽으로 몸을 기울여 키스하듯 입술을 오므렸다. "이렇게 무작정 돌아다니기보다는 추파를 던지며 꼬시는 게 더 나을지도 몰라." 하지만 그때 그들보다 앞장서 트럭을 몰고 가던 캐스가 왼손을 들어 모두를 조용히 시켰다.

"무슨 일이야?" 리키가 돌아오며 물었다.

리키는 그들이 사냥감을 놓칠 거라 확신하며 늘 무리에서 빠져나와 옆을 살피곤 했다. 그는 엘크들이 전부 보이지 않는 곳에서 한 줄로 지나갔을 거라고 확신했다. 뿔에 눈이 쌓이지 않도록 고개를 수그린 채.

"쉿." 캐스가 진짜 인디언처럼 신호를 읽기 위해 한쪽 무릎을 꿇으며 말했다.

발자국이 있었다.

엘크들이 어떤 트럭에 건초 더미가 실려 있다는 것을 기억해 트럭 짐칸에 코를 들이밀었던 게 분명했다. 건초 더미가 완전히 사라지지는 않았다. 그건 트럭 옆으로 몸을 구부릴 수 있을 만큼 키가 큰 엘크, 연장통 아래 놓인 마지막 지푸라기 하나까지 먹어치울 수 있을 만큼 목이 긴 엘크가 근처에 있다는 의미였다.

"무거운 놈들이네." 게이브가 몸을 낮춰 깊게 팬 발굽 자국에 집게손가락을 집어넣으며 말했다. 그는 복잡한 방법을 이용해 엘크의 무게를 측정하곤 했는데 발굽 자국이 손가락 마디 두 번째까지 오면 이만큼 무겁고, 중간 정도로 오면 이 정도 무겁다고 생각하는 식이었다. 하지만 루이스는 그 방법을 신뢰하지 않았다.

"이렇게 높은 데 오면 엘크가 있을 거라고 말했잖아." 리키가 주위를 둘러보며 말했다. 이 엘크들이 멍청한 흰 꼬리 짐승처럼 수목한계선에서 방향을 바꾼 채 꼬리를 씰룩거리며 그들을 지켜보고 있을지도 모른다는 듯.

'이렇게 높은 데'는 스노모빌이나 말이 올라올 수 있었기에 진짜로 높은 지대는 아니었다. 하지만 그곳으로 가는 길 중간쯤, 그러니까 밥이라는 지역 바로 아래, 덕 레이크 쪽으로 향하는 길에는 엘크가 출몰하곤 했다. 날씨가 추워지는 가운데 엘크는 폭설이 그치기를 기다리며 풀숲에 숨어 있을 게 분명했다. 그들은 중간에서 엘크를 맞닥뜨릴 생각이었다.

"전부 다 헛짓거리야." 캐스가 예의 그 말투로 투덜거리자 리키가 "내 말이." 하며 말을 받았다. 그는 생긴 지 얼마 안 된 검은색 발자국 위에 자신의 발을 갖다 댔다. 발자국은 한쪽 끝만 가늘어지는 모양이었다. 백이면 백 그건 '암컷'이 아니라 '수컷'이라는 뜻이었다. "우리를 갖고 놀고 있어." 게이브가 어깨에 소총 끈을 고쳐 매며 말했다.

"잡을 수 있으면 잡아보라고, 하는 거지." 루이스는 발자국이 사라져가는 저 아래를 내려다봤다.

"젠장." 캐스가 몸을 돌려 눈을 발로 찼다.

"저들도 아는 거야." 리키가 놀랍다는 듯 낄낄거렸다.

"교활한 것들……." 루이스는 잇몸을 지나치게 세게 딱딱거리며 말했다. 캐스는 자신이 제대로 들었는지 몰라 그를 바라보았지만 그렇다고 다시 물어보고 싶지도 않았다.

게이브는 침묵하며 그저 거대한 수컷 엘크들이 사라진 곳, 그들이 있었던 곳을 계속해서 바라보기만 했다.

"베어 키트에서 회색 수술 좀 챙긴 사람 있어?" 그는 트레이드 마크다운 웃음을 히죽 지었다. 밤늦은 시간에 술집에서 두들겨 맞게 만들거나 창밖을 내다보게 하는 미소였다. 가끔은 이 일이 둘 다 벌어지기도 했다. 100년 전이었다면 그는 기습조를 이끌고 줄에 몰래 끼어들어 재미를 좀 본 뒤, 다음 날 아침 만신창이가 된 미국인들을 뒤에 남겨둔 채 죽어라 집으로 달아났을 것이다.

"아니, 없어." 리키가 말했다. 활활 타오르는 눈을 보아 진심임을 알 수 있었다. "여기서 잡히면, 그건."

"그러면 잡히지 말자고, 어때?" 게이브가 배심원단의 의견을 듣는 것처럼 친구들의 얼굴을 훑어보았다.

"그건 불가능해." 루이스는 출입금지 구역에 대해 말했다. "리키 말이 맞아. 데니한테 잡히기라도 하면."

"하지만 그건 공평하지 않다고." 캐스가 우는소리를 하더니 손가락 끝에서 무언가를 튕긴 뒤 그게 날아가는 걸 지켜보았다. "그 구역은 인디언 연장자들을 위한 거야. 하지만 연장자 중 사냥을 하는 사람이 아무도 없다면?"

"노인네들은 일찍 일어난다고." 게이브가 그의 의도를 간파한 듯 덧붙였다. "그들이 오늘 그 구역에서 사냥을 했다면 지금쯤이면 집에 갔을 거야. 우리는 그들이 사냥하지 않은 것들을 처리하면 되는 거야. 별일 아니야. 캐시디 말이 맞아."

"캐스." 캐스가 정정했다.

"캐스든 캐시디든 그의 말이 맞아." 게이브가 발로 캐스의 팔꿈치를 찌르며 말했다.

연장자 구역이 아예 출입금지 구역인 것은 아니었다. 연장자만이 트럭을 타고 그곳을 오갈 수 있을 뿐이었다. 그보다 젊은 인디언은 걸어서 이동해야 했는데, 최소한 2시간은 걸릴 터였다. 이미 점심시간 이후 1시간 반이나 지난 데다 4시가 되면 해가 지면서 기온이 떨어질 게 분명했다.

"연장자들의 냉장고만 빈 건 아니라고." 캐스가 어깨를 으쓱했다. "어쨌든, 이건 내 트럭이야. 너희 셋은 문제없을 거야. 내가 책임질게."

리키가 아무 말도 하지 않자 루이스는 저 아래 연장자 구역을 향해 눈길을 돌렸다.

덕 레이크 주변은 사냥하기 정말 좋은 지대였다. 그건 분명한 사실이었다. 게이브는 산판 도로, 비포장 길, 사륜 자동차와 동력 사슬톱이 넓힌 오래된 사냥길을 샅샅이 알았다. 게다가 엘크가 없는 유일한 인디언이 되는 건 끔찍한 일이었다.

"시즌의 마지막 날이잖아……." 게이브가 모두에게 호소하듯 말했다.

정확히 말하면 시즌의 마지막 날은 아니었다. 하지만 그들이 지금처럼 토요일 내내 다 같이 함께할 수 있는 마지막 날인 건 분명했다. 물론 앞으로도 각자의 점심시간에 밥을 먹거나 차를 몰고 가면서 엘크를 볼 수도 있을 터였다. 한 도랑에서 또 다른 도랑으로 이어지는 깊게 팬 발자국을 바라보다가 회사에 지각할지도 몰랐다. 하지만 루이스는 게이브가 하는 말, 그가 펼치는 주장을 이해했다. 시즌의 마지막 날에는 다른 규칙이 적용되었다.

시즌의 마지막 날에는 아무거나 사냥해도 상관없었다. 냉장고를 채울 수 있는 거라면. 추위와 눈 속에 오래 있다 보면 엘크가 자신에게 빚을 갚아야 한다는 느낌에 사로잡히는 법이다.

도중에 마주치는 무스와 뮬 사슴도 사냥 목록에 포함될 수 있었다.

"이런." 루이스는 벌써 망을 보는 기분이 들었다.

"주니어를 그곳에서 발견하지 않았어?" 캐스가 리키에게 말했지만 리키의 눈은 다시 숲을 향해 있었다. 그는 엘크가 없는 곳에서도 늘 씰룩거리는 귀를 보곤 했다.

캐스는 리키가 덕 레이크에서 얼굴을 아래로 한 채 떠 있던 주니어 빅 플럼을 발견했던 사건을 말하고 있었다. 그 주 내내 자치 지구를 장식한 유명한 사건이었다.

"조용히 해." 리키가 사냥꾼의 얼굴을 장착한 채 말했다. 담배 가게 앞에 세워놓는 인디언 조각상의 얼굴이었다. 캐스는 더 이상 아무 말도 하지 않았다.

게이브는 이 침묵을 틈타 모두의 얼굴을, 모두의 눈을, 모두의 나약함을 보았다. "엘크가 제 스스로를 쏘는 일은 없을 거야." 그는 자신이 본 것에 만족한 듯 마침내 말했다. 게이브는 소총을 가져와 약실을 비웠다. 트럭 앞좌석 바닥에 새로운 구멍이 난 이후 캐스가 만든 규칙이었다. 게이브는 그 구멍을 두고 캐스가 다가올 여름에 자신에게 고마워해야 할 거라고 농담을 던지곤 했다. 루이스는 그 순간에 자신들이 멈췄기를, 그날을 정지 화면으로 만들어 벽에 건 뒤 '사냥'이나 '눈' 혹은 '추수감사절과 축구 시합 5일 전'이라는 제목을 붙일 수 있기를 바랐다.

하지만 그럴 수 없다. 그 일은 이미 벌어지고 있었다. 게이브가 계속해서 아래를, 엘크가 있다고 말한 그곳을 바라볼 때에는 이미 많은 일이 일어난 후였다.

"게이브 말이 맞았어?" 셰이니는 평소처럼 다리를 옆으로 접은 채 앉아 있다.

루이스는 메스꺼운 웃음을 짓는다. "엘크가 스스로를 쏘지 않는다는 말?"

셰이니는 고개를 끄덕이고 루이스는 시선을 돌리더니 리키의 말도 맞았다고 한다.

"무슨 말?" 셰이니가 묻는다.

"잡힐 거라는 말."

캐스의 픽업트럭에는 윈치가 장착되어 있지 않았기 때문에 캐스가 길이 어디로 나 있는지 몰라 차가 부드러운 눈에 푹 박힐 때마다 전부 우르르 차 밖으로 나와야 했다. 한 명씩 돌아가면서 수동 윈치를 당겨 걸고 두 명은 판자로 눈을 파내고 잭으로 이런저런 마법을 부리기 위해 애썼다. 나머지 한 명은 운전대에 앉아 액셀러레이터를 밟아가며 트럭이 앞뒤로 흔들리도록 기어 변속기를 작동했다.

최소한 네 번 정도 죽음의 순간이 찾아왔지만 천만다행으로 기우뚱한 잭은 아삭아삭한 두개골 대신 푹신푹신한 눈밭으로 떨어졌고 수동 윈치의 갈고리는 얼굴이 아니라 트럭의 운전석 위로 튀어 올랐다.

너무 재미있어서 루이스마저 웃고 있었다.

잘못될 일은 아무것도 없어 보였다.

물론 그는 엘크를 정말 간절히 원했다. 하지만 한편으로 사냥은 이런 거라고 생각했다. 친구들끼리 적설을 헤치고 나아가고 입김이 잔뜩 얼어붙고 오른쪽 장갑을 영원히 잃어버리고 소렐 부츠는 안이 다 젖고 이 멍청한 블랙피트들을 지켜보고 있는 듯한 치프산이 북서쪽 지평선에 낀 얼룩처럼 보이는 순간을 즐기는 것.

최소한 그 일이 일어난 지점에 도착하기 전까지는 그랬다.

그곳은 강가에서 800미터 정도 떨어진 가파른 언덕이었다. 눈이 쌓이면서 바람을 밀어내고 있었다. 루이스가 보기에 엘크가 캐스의 쉐보레 트럭이 눈을 뚫고 다가오는 소리를 듣지 못한 이유는 그뿐이었다. 다람쥐들이 재잘대며 소식을 전하고 아직 그곳에 남아 있던 몇 마리 안 되는 새들 역시 저 멀리 나무 위로 날아가 버렸지만 엘크는 얼굴에 불어오는 바람 때문에 트럭의 존재를 감지하지 못했고, 곧 눈에 파묻혀 버릴 풀을 닥치는 대로 먹어치우고 있었다.

루이스는 셰이니를 돌아보며 말이 있었다면 엘크는 살 수 있을지도 몰랐다고 말한다. 야생마는 인디언 자치 지구에서 늘 전혀 예상하지 못한 곳에서 불쑥 모습을 드러내곤 했다. 눈을 크게 뜨고 헝클어진 덥수룩한 갈기와 꼬리를 휘날린 채. 말 네다섯 마리가 중요한 미션을 위해 요란한 소리를 내며 뛰어다녔더라면 엘크는 겁을 먹거나 최소한 귀를 더 쫑긋 세우고 냄새를 맡으며 주의를 기울였을 것이다.

하지만 그날은 말이 없었다. 엘크뿐이었다. 네 명의 친구들은 800미터 전과 똑같은 방식으로 앞으로 나아가고 있었다. 게이브가 여기에서 도는 게 맞다고 장담했음에도 불구하고 캐스는 또다시 길을 잃었다. 하지만 돌아가서 다시 길을 찾는 대신 캐스는 계속해서 페달을 밟은 채 잘못된 방향으로 계속해서 나아갔다. 바퀴는 마구 돌아가고 있었고 트럭을 앞으로 나아가게 만드는 유일한 힘은 점점 줄어드는 가속도뿐이었다.

"기록을 세우는 거야. 기록을 세우는 거라고……." 게이브는 자신의 무게 때문에 차가 안 나가는 것마냥 엉덩이를 들썩이며 말했고, 뒷좌석에 앉은 리키는 트럭이 앞으로 나아가도록 앞으로 몸을 흔들었다. 그 옆에 앉아 있던 루이스는 연장자 구역에 있는 것만으로 벌금을 얼마나 물게 될지 생각하고 있었다. 하지만 그는 알았다. 소총을 갖고 있지 않는 한 벌금 따위는 전혀 물지 않으리라는 것을. 하지만 소총을 갖고 있다면? 데니는 그들을 감옥에 처넣으려 할 것이다.

"우린 성공할 거야, 성공할 거라고!" 캐스가 한 손을 운전대 위에 올린 채 말했다. 다른 손은 사륜구동 기어 변속기에 올려놓은 상태였다. 그걸 사용할 만큼 운이 좋을 경우 트랜스퍼 케이스를 고단으로 변속하기 위해서였다. 캐스는 S자 커브길의 한쪽에서 다른 쪽으로 차를 몰고 있었는데 의도한 것은 아니었으나 눈이 사방으로 날아드는 가운데 타이어가 휙 돌면서 새하얀 눈보라를 일으켰다. 위로 솟구친 눈 가운데 일부는 바닥에 닿기도 전에 바람에 올라타 컷뱅크나 셸비까지 날아갈 터였다. 이곳에서 아주 멀리 떨어진 곳으로.

"제기랄." 루이스는 차량 손잡이에 손을 건 채 바닥에 다리를 쭉 폈다. 덜커덕거리는 차량 안에서 취하기에 적절한 자세가 아니라는 걸 그도 알았다. 그저 자신의 몸을 보호하기 위한 본능이었다. 그들은 2만 년 전에 빙하가 만든, 지의류가 빼곡한 바위를 벌써 세 번이나 가까스로 피해갔었다. 조만간 이가 아작 날 게 분명하다, 안 그런가?

하지만 그들이 쭉 가다가 고꾸라질 뻔한 곳은 화강암 정지 표지가 아니라 탁 트인 벌판이었다.

캐스는 브레이크를 밟을 필요가 없었다. 트럭을 앞으로 몰던 걸 멈추기만 하면 되었다.

"도대체 무슨 일이야?" 뒷좌석에 앉아서 상황이 파악이 되지 않은 리키가 말했다. 그건 루이스도 마찬가지였다.

엔진이 식식 소리를 내며 멈추자 모두가 쥐 죽은 듯 조용해졌다.

"좋은 일." 캐스가 옆 유리에 쌓인 눈을 치우려다 결국 차창을 아래로 내리며 말했다. 루이스는 지금 떠오르는 모든 신에게 감사할 뿐이었다. 그들이 이 경사면 아래쪽에 있는 게 분명했다.

"쉬, 쉬." 그때 게이브가 모두를 향해 말하며 계기판 위로 몸을 수그린 뒤 아래를 내려다보았다.

그러더니.

"뭐였어?" 셰이니가 묻는다.

게이브는 소총으로 손을 뻗어 총대의 손잡이에 손가락을 하나씩 갖다 댔다. 네 개를 한꺼번에 쥐면 너무 시끄러울지도 모른다는 듯.

루이스가 다음 60초, 아마 2분 가까이 이어진 그 시간에 대해 확실히 기억하는 것은 심장이 가슴에서 조이는 느낌이나 그의 목이…… 공포로 가득 차는 느낌이라고 할 수 있을까? 너무 큰 기쁨과 놀라움이 한꺼번에 몰려올 때 이런 기분이 드는 건가?

그 즉시 진땀이 났다. 머리는 소리로 가득 찼고 눈에는 머리가 감당할 수 없을 만큼 너무 많은 빛이 쏟아져 들어왔다. 그건 마치…… 말로 표현할 수가 없다, 정말로. "투쟁 혹은 도주 반응이었지." 그는 셰이니에게 말한다. 뛸 수조차 없었다. 그는 전쟁이 늘 이럴 거라고 생각했다. 한꺼번에 너무 많은 것이 투입되는 것. 그의 손은 저 혼자 움직였다. 너무 오랫동안 이 순간을 기다려왔기 때문에 그가 실수하는 걸 허락하지 않겠다는 듯.

그건 게이브도 마찬가지였다.

게이브는 문손잡이를 잡고 눈밭 위로 아주 조심스럽게 내려오더니 몸 뒤로 재빨리 소총을 움켜쥐었다.

그를 따라 모두가 숨을 죽였다. 리키가 차 문을 열고 나왔고 캐스는 트럭이 위태위태하게 서 있는 암석의 가장자리로 굴러떨어지지 않도록 기어를 주차로 변속했다.

루이스 쪽 문은 속삭임처럼, 운명처럼 열렸다. 가루 같은 눈밭에 오른발을 디디는 순간 그의 발은 60센티미터에 달하는 눈 속으로 푹 빠졌고 앞바퀴가 마구 휘저어대던 곳에서 손 한 뼘 정도 떨어진 곳에 겨우 멈췄다. 하지만 그는 흔들림 없이 앞으로 나갔다. 총열이 젖지 않도록 소총을 머리 위로 치켜든 채 마치 병사처럼 팔꿈치를 이용해 앞으로 엉금엉금 기어갔다.

바로 그 순간 그는 광란에 휩싸였다.

루이스는 글레이셔 국립공원의 초입에 놓인 투 도그 플랫 평원에서 커다란 엘크를 보았고, 봄에 밥 인근 도로를 뛰어다니는 엘크를 본 적도 있었다. 하지만 이렇게 가까이에서 이렇게 많은 엘크가 새하얀 눈을 배경으로 서 있는 모습은 단 한 번도 보지 못했다. 최소한 손에 소총을 든 상태에서는, 그리고 사진을 찍으려는 관광객이 없는 상태에서는.

게이브의 소총이 발사되는 소리가 멀리서 들렸다. 길고 긴 터널의 반대쪽 끝에서 들리는 소리 같았다.

좋은 인디언이 되는 방법이 이것임을 아는 루이스는 마침내 약실에 총알을 장전하는 법을 기억해냈다. 총알을 넣은 뒤 조준경을 오른쪽 눈에 닿을 때까지 당긴 뒤 발사하고 또 발사했다. 갈색 형체가 십자선 안에 들어갈 때까지 기다렸다가 방아쇠를 당겼다. 십자선 근처에 놓일 때마다 방아쇠를 당겼으니 어떻게 놓칠 수 있겠는가?

그럴 수 없었다.

루이스는 세 발을 쏜 뒤 몸을 돌려 총알을 찾아 바지 주머니를 뒤졌다. 고지대에 익숙한 엘크는 트럭 앞에서부터 사방으로 뻗어나가는 소리에 본능적으로 위쪽으로, 안전한 곳으로 달아나려고 했다.

트럭 반대편에서는 리키가 옛날 전사들이 냈던 함성을 내지르고 있었다. 게이브도 그랬고, 루이스는 자신도 그랬을 거라고 생각한다.

"자기가 소리 지르고 있으면 안 들리지 않나?" 셰이니가 묻는다.

루이스는 고개를 끄덕인다. 그는 자신의 목소리를 들을 수 없었다.

하지만 캐스가 열린 차 문 뒤에 서 있던 건 똑똑히 기억한다. 그는 창문을 내려 그 위에 소총을 올려놓은 채 쏘고 쏘고 또 쏘았다. 장전할 때만 멈출 뿐이었다. 총알 한 발이 계기판에 맞고 튕겨져 나가 루이스 옆의 눈밭으로 쉭 소리를 내며 떨어졌다.

"그 정도 고기면 우리는 일주일 동안 부족 전체를 먹일 수 있었어." 루이스가 충혈된 눈으로 말한다. "한 달. 어쩌면 겨울 내내."

"너희들이 그런 인디언이라면," 그의 말을 이해한 셰이니가 말한다.

"거기서 끝이 아니야." 루이스는 거실 바닥에 마스킹 테이프로 만든 엘크를 바라본다.

모든 것이 끝난 뒤 먹먹한 공허함 속에서 네 친구는 절벽에서 튀어나온 바위 위에 서 있었다. 눈이 구슬픈 소리를 내며 그들을 지나갔고 그들 위로도 쌓이고 있었다. 게이브—시력이 가장 좋았다—는 눈밭에 쓰러진 커다란 엘크 아홉 마리를 셌다. 한 마리당 족히 226킬로그램은 나갈 것 같았다.

캐스의 쉐보레는 0.5톤이었다.

"이런 미친." 리키가 거친 숨소리로 활짝 웃으며 말했다.

그들이 이렇게 운이 좋았던 적은 없었다. 들어보기만 했을 뿐. 하지만 이 정도 운은 아무도 누려보지 못했으리라. 엘크 무리 전체를 잡을 만한 행운은.

"다들 괜찮아?" 게이브가 루이스를 향해 말했다. 캐스는 손가락을 뻗어 루이스의 오른쪽 눈에 갖다 댔다.

피였다.

어릴 적 스코프 아이—고배율 조준경이 눈으로 반동될 때 생기는 상처—를 입었을 때 그는 충격파가 머리 앞쪽에서 뒤쪽으로 슬로모션으로 이동하는 것을 느꼈었다. 천천히 흐르는 찰나의 시간 동안 뇌는 유체가 되고 당사자는 허둥대며 그

때문에 스코프 아이가 어떻게 생기는지 정확히 기억할 수 없게 된다. 눈 바로 앞에 조준경을 갖다 댄 채 방아쇠를 당길 때 생긴다는 명확한 사실을 제외하고는.

이번에 루이스는 모든 발포를 기억했다. 모든 총알이 엘크에 가닿는 순간을. 하지만 머리 앞에서 뒤로 반동이 일어나는 것은 전혀 느끼지 못했다.

그로부터 5년 후 치과의사는 그의 엑스레이 사진을 본 뒤 그의 오른쪽 눈 주위 뼈에 남겨진 외상의 흔적을 추적해 그에게 교통사고를 당한 적이 있냐고 물을 것이었다.

"비슷했죠. 하지만 트럭이었죠." 루이스는 그에게 대답할 것이었다.

그가 캐스의 쉐보레 트럭을 마지막으로 보았을 때 그 트럭은 브라우닝 북쪽의 고지대를 바라보는 철조망 울타리 옆으로 콘크리트 블록 위에 올라가 있었다. 창유리는 깨지고 후드는 긴 비명을 지르는 것처럼 쫙 벌어져 있었다. 엔진은 그래도 괜찮았나 보다. 안 그랬으면 아직까지 그곳에 있었을지도 모른다. 바퀴와 타이어는 전부 사라진 상태였다. 루이스는 다시는 돌아오지 않을 거라 내심 생각하며 그곳을 떠난 후, 트럭을 받치던 콘크리트 블록도 머지않아 사라질 거라 상상했다. 녹슨 브레이크 드럼이 마모되어 트럭은 무릎을 꿇고 있는 말처럼 보였다. 그다음부터는 모든 것이 빠르게 진행될 터였다. 우리가 남긴 것은 땅으로 돌아가게 되어 있었다.

하지만 엘크와 함께한 그날, 쉐보레 트럭은 연식이 1, 2년 밖에 되지 않은 새 차였다. 젊고 혈기 왕성했던 트럭은 네 친구에게 엘크를 얼마든지 실을 수 있다고 말하고 있었다. 현실적으로 트렁크에 엘크 세 마리만 실어도 트럭의 용수철이 주저앉고 앞부분이 하늘 높이 솟아오르며 앞 브레이크는 쓸모없어질 게 분명했다.

그조차 쓸모없는 수동 윈치가 협조적으로 나와서 무거운 몸체를 경사 위로 올리는 데 도움이 된다면, 말 다리 모양의 쇠고리나 작업자용 크레인 따위는 없는 네 명의 인디언이 처음으로 실은 엘크 위에 어떻게든 두 번째, 세 번째 엘크를 실을 수 있다면 말이었다.

"바로 그때 폭설이 내리기 시작했지." 루이스는 추위를 다시 느끼듯 손가락 끝으로 얼굴을 문지른다.

셰이니는 아무 말이 없다. 그가 내뱉는 이야기를 흡수하며 그저 바라만 볼 뿐이다. 얘기를 듣고 싶어서는 아니다. 루이스도 그렇게 생각하지는 않는다……그보다는 그가 말해야 한다는 걸 알기 때문이다. 최소한 누군가에게 털어놓아야 하지 않겠는가.

"옛날식 버팔로 점프!" 게이브가 소리치며 절벽에서 튀어나온 바위에서 뛰어내리더니 죽은 엘크 혹은 죽어가고 있는 엘크들을 향해 미끄러져 내려갔다.

　루이스와 리키, 캐스는 그를 따라가면서 칼과 톱을 꺼내들어 바로 작업에 들어갔다. 5분도 채 안 되어 뒷다리와 허리 살만 겨우 건질 수 있을 거라는 게 명확해졌다. 이미 붉은 체강 속을 파고들기 시작한 커다랗고 축축한 눈송이는 뜨끈뜨끈한 열기에 닿자마자 녹아 사라졌다. 하지만 눈송이는 곧 작은 전쟁에서 승리할 것이다. 더 이상 녹지 않고 쌓이면서 엘크의 사체는 찢긴 거대한 박제 동물의 안에 든 것이 밖으로 새어 나오고 있는 것처럼 보일 것이다.

　게이브와 캐스는 가죽을 망가뜨리지 않도록 조심하면서 쓰러진 수소 한 마리를 함께 작업했다. 게이브는 고기를 받고 불법으로 박제를 해주는 사내를 알았다. 리키는 이 목요일, 이 추수감사절이 올해엔 인디언 기념일이 될 거라고 혼잣말을 했다. 그들 넷이 이렇게 많은 엘크를 가져다준다면 말이다.

　"추수감사절 고전이지." 게이브가 방금 일어난 일에 제대로 된 이름을 선사하며 말했다.

　캐스가 그 이름에 못을 박듯 다시 한 번 함성을 질렀다.

　루이스는 방금 기록적인 속도로 수컷 엘크의 내장을 제거하고―그건 로데오처럼 그의 유전자에 박혀 있는 기술이었다―이마를 훔친 뒤 다음번 엘크로 넘어갔다. 이번에는 어린 암 엘크였다. 하지만 루이스가 골반에서부터 흉골까지 칼을

그으려고 무릎을 꿇는 순간 엘크의 앞다리가 눈밭에서 일어
나려고 버둥대는 게 보였다.

루이스는 뒤로 물러나 캐스에게 소총을 달라고 소리쳤다.
하지만 단 한 순간도 이 암컷 엘크에게서 눈을 떼지 않았다.
엘크의 눈은 보통 갈색 아닌가? 이 엘크의 눈은 노란색에 가
까우며 가장자리는 녹갈색이었다.

겁에 질려서 그럴지도 몰랐다. 무슨 일이 일어나고 있는지
모른 채 그저 아파할 뿐이라고.

그 엘크를 쓰러지게 만든 총알은 머리에서 들어와 등 중간
에 박혔고 등뼈를 박살냈다. 뒷다리는 이미 죽은 상태였고 내
장도 곧 엉망진창이 될 거였다.

"워워." 루이스는 캐스의 소총이 그의 오른쪽 다리 바로 옆
에 툭 던져지는 것을 본다기보다는 느끼며 엘크를 향해 말했
다. 어린 엘크가 여전히 사투를 벌이는 게 느껴졌다. 엘크의
콧구멍은 분노를 내뿜고 있었고 크고 깊은 눈은 번뜩였다.

"그런데 총알을 찾을 수 없었지." 루이스는 셰이니에게 말
한다. "총알을 다 쓴 줄 알았어. 난리 통에 마지막 총알을 써버
렸다고 생각했지."

"그런데 한 발 있었고." 셰이니가 말한다.

"두 발이었어." 루이스는 자신의 손을 내려다본다.

이렇게 가까이에서라면 조준경이 필요 없었다.

"미안하다." 그는 이렇게 말한 뒤 부어오른 눈을 조심하며 총열을 들어 올려 방아쇠를 당겼다.

엄청나게 큰 소리가 경사면을 따라 올라갔다가 다시 아래로 와 부딪혔다.

머리가 경첩에 달린 것처럼 뒤로 툭 꺾이면서 어린 엘크는 눈밭에 쓰러졌다.

"미안." 루이스는 캐스가 듣지 못하도록 다시 한 번 조용히 말했다.

하지만 사냥일 뿐이었다고 그는 혼잣말을 했다. 이 엘크는 운이 안 좋았을 뿐이었다. 그들은 바람의 도움을 받아 잠자리를 마련했어야 했다. 사냥꾼이 갈 수 없는, 트럭이 갈 수 없는 구역으로 향했어야 했다.

총을 쏜 뒤 루이스는 소총을 걸 만한 덤불 식물을 찾아 몸을 돌렸다. 바로 그때 무슨 소리가 들렸고 그는 다시 고개를 돌려 어린 엘크를 보았다.

그건 눈을 밟을 때 나는 뽀드득 소리였다.

엘크가 다시 그를 노려보고 있었다. 아직 죽지 않은 상태로. 엘크의 호흡은 거칠고 고르지 않았지만 분명히 느껴졌다. 그럴 리가 없었지만 엘크는 어쨌든 살아 있었다. 등뼈가 부러진 데다 머리의 절반이 날아가 버렸는데도.

루이스는 자기도 모르게 뒷걸음질을 치다가 넘어졌다. 그는 총열이 향하는 방향을 놓치지 않으려 소총의 궁둥이 부분을 자신의 엉덩이 바로 앞 눈밭에 쑤셔 넣었다. 총알이 자신의 머리 아래로 발사되어 턱이 얼굴에서 떨어져나가게 하고 싶지는 않았다.

엘크는 다시 일어서려고 했다. 머리 위쪽이 사라지고 등뼈가 부러졌으니 죽어야 했건만.

"도대체 무슨 일이야?" 캐스가 소리쳤다. "내 소총은 그렇게 형편없지 않은데."

그는 웃으며 자기 거라고 우기고 있는 커다란 수컷 엘크를 향해 다시 몸을 수그렸다. 루이스는 눈밭에 오른쪽 다리를 쭉 편 뒤 총알이 제발 한 발만 더 있기를 간절히 바라며 주머니에 손을 넣었다.

다행히 한 발이 더 있었다. 그는 총알을 약실에 넣은 뒤 볼트를 앞뒤로 움직여 제대로 장전되었는지 확인했다. 이번에는 어린 엘크에게, 제발 죽어준다면 너의 모든 것을 사용하겠다고 약속했다. 그는 총알이 엘크의 두개골 아랫부분으로 들어가 이미 한 번 총을 맞은 등에서 나올 수 있도록 총열을 엘크의 얼굴에 갖다 댔다.

엘크의 노란 한쪽 눈이 여전히 그를 보고 있었다. 맛이 간 그 오른쪽 눈은 동공을 크게 뜬 채 어딘가를 바라보고 있었다. 루이스가 고개를 돌리지 않고는 알 수 없는 어딘가를.

"그래서 이번에는 그 부위에 총열을 갖다 댔지." 루이스가 셰이니에게 말한다. "나는, 모르겠어. 처음에 쐈던 총알이 두 개골에 맞고 튕겨 나갔었나봐. 생각보다 더 최악이었지. 그래서 이번에는 절대로 튕겨나가지 않기를 바랐어. 눈은 그 엘크에게로 향하는 터널이 될 수 있었어."

셰이니는 눈 한 번 깜빡이지 않는다.

"강인한 놈이로구나." 루이스가 엘크를 향해 말했다. 아랫입술이 떨리기 시작했다. 결국 그는 방아쇠를 당겼다.

캐스의 소총에서 총알이 발사되는 순간 어린 엘크는 다시 쓰러졌다. 그는 비록 인디언이었지만, 타고난 사냥꾼이었지만 이 일을 합리화하기 위해, 앞으로의 시간을 감당하기 위해 머릿속으로 스스로에게 이렇게 말해야 했다. 엘크를 쏘는 것은 건초 더미에 또 다른 건초를 얹는 것, 들판에서 풀 한 포기를 뜯는 것, 귀뚜라미를 밟는 것과 마찬가지라고. 어린 엘크는 무슨 일이 벌어지고 있는지조차 모른다고. 동물은 그런 걸 모른다고. 사람과는 다르다고.

"그 말을 믿은 거지, 안 그래?"

"지난 10년 동안." 루이스가 대꾸한다. "바로 저기서 그 엘크를 다시 보기 전까지는."

"여전히 죽어 있는 거야?" 셰이니가 묻는다. 그녀는 이제 두 번째 계단참에 앉아 그의 추리닝 바지 무릎 부위에 자신의

손을 얹고 있다. 루이스와 셰이니가 그 자세로 있을 때 페타가
정문으로 걸어 들어온다.

금요일

새벽 2시 12분, 선더볼 익스프레스가 쿵 소리를 내며 지나가자 루이스는 비몽사몽 중에 우르릉 쾅 하는 바퀴 소리를 우레 같은 말발굽 소리로 착각한다. 말들이 이리저리 점점 더 빨리 날뛰면서 흙먼지를 일으키고 있다고. 하지만 힘겹게 자리에서 일어나자…… 또 다른 소리가 들린다. 도대체 뭐람?

그는 기차가 지나가면서 회색 돌멩이가 울타리에 튀었다고 반사적으로 생각한다. 그 바람에 널 하나가 빠지면서 만화에서 그런 것처럼 보드판 위에서 빙빙 돌고 있는 거라고. 하지만 곧 그 소리가 기차와는 아무 상관이 없다는 걸 깨닫는다. 그건…… 체인 소리? 그는 자리에서 일어나면서 침실 바로 아래 뭐가 있나 생각한다. 차고다. 그를 깨운 소리는 기름투성이 레일에 연결된 차고 문의 체인 소리, 작은 모터가 체인을 돌리고 끌어당기면서 나는 소리였다.

차고 문은 누군가 버튼을 눌렀기 때문에 올라갔을 터였다. 페타가 몸이 좋지 않나?

루이스는 일어나 자리에 앉는다. 발을 카펫에 올려놓으며 정신을 차리려고 애쓴다. 어느 정도 몸의 감각이 돌아오자 그는 늘 입던 추리닝 바지로 갈아입고는 침실을 가로질러 비틀거리며 계단을 내려간다. 페타가 들어왔을 때 그가 셰이니와 함께 앉아 있었던 바로 그 계단이다. 그들은 아무 짓도 하지 않았지만 루이스는 셰이니가 떠날 때 팔 한 가득 책을 들려주었다. 페타에게 셰이니가 온 이유를 보여주려는 듯 시리즈 전권을. 하지만 셰이니의 팔에 책들을 쌓아올리는 내내 지나치게 오버한다는 느낌이 들었다. 잔디밭에 묻은 시체를 숨기기 위해 그 위에 또 다른 시체 여덟 구를 올리는 것처럼.

페타 역시 그게 문제였다고 생각했다. 물론 모든 게 잘못 돌아갔을 수도 있었지만 그렇지 않았던 이유는, 나중에 그녀가 한 말에 따르면, 그의 눈 때문이었다. 페타는 계단에 앉아 있던 건 진짜 루이스가 아니었다고 생각했다.

루이스는 셰이니가 허겁지겁 청바지를 다시 입고 있는 모습을 들켰더라면 페타가 덜 상처를 받았으리라는 것을 안다. 루이스가 다른 여자에게 친밀하고 개인적이며 사적인 이야기를 하는 것보다는 그 편이 나았을 것이다. 그가 다른 인디언에게 엘크 이야기를 했다는 것, 그게 문제였다. 인디언은 페타가 아무리 빨리 달리고 아무리 높이 뛰더라도 절대 될 수 없는 것이었다. 통과할 수 없는 마지막 관문. 핵심은 그거였다. 페타는 아마 그 사실을 곱씹고 있을 거였다.

목요일, 페타와 루이스가 서로를 바라본 잠깐 동안 페타는 다정했지만 평소의 그녀와는 다른 모습이었다. 페타는 하고 싶은 말이 너무 많은 게 아니라 할 말이 없어 보였다. 그런 그녀가 이제는 새벽 2시에 침대에서 사라졌다. 5시 알람이 울리기 전까지는 곤히 자는 그녀인데 말이다.

루이스는 추리닝 바지를 움켜쥔 채 계단을 내려오다가 마지막 계단에서 발을 헛디디고 만다. 그는 거실 바닥으로 넘어지면서 마스킹 테이프의 가장자리를 따라 줄타기 곡예사처럼 비틀거린다. 일정에 맞춰 움직이지 않는 그 멍청한 전등이 그 순간 천장에서 깜빡거린다. 루이스의 휘청거리는 스텝 때문인가? 그게 전등을 깜빡이게 만드는 원인일까? 아니면 차고 문의 여진 때문인가?

전등의 미스터리를 풀기 전에 우선 아내의 행방부터 알아내야 한다.

루이스는 다소 경건한 마음으로 차고 문을 당긴다. 문이 열린 지 40초 정도밖에 지나지 않았기 때문에 문의 모터에 연결된 전등이 아직 켜져 있다. 콘크리트 바닥에 드리워진 빛의 웅덩이의 부드러운 가장자리에 페타가 앉아 있는 게 보인다. 페타는 잠옷에 발목 양말 차림으로 왼쪽 팔목에는 아침에 시리얼을 먹을 때 매는 곱창 머리끈이 끼워져 있다. 무릎을 가슴께로 끌어당겨 팔로 감싸 안고 있는 그녀의 등을 따라 백금발의 머리가 폭포처럼 흐르고 있다.

페타는 울고 있다. 루이스는 그녀의 얼굴을 보지 않아도, 등의 굴곡만 봐도 알 수 있다.

그는 차갑고 매끈한 콘크리트 바닥으로 내려가 그녀에게 조심히 다가가다가 그걸 보고 만다.

할리, 하지만 더 이상 할리가 아닌 그것을.

어린 시절 그가 좋아했던 그 개, 말한테 머리를 차여 죽은 그 녀석 아닌가? 그 모습과 상당히 비슷하다. 할리에게 일어난 일은. 하지만 당시에는 단 한 번의 빠른 발길질이었던 터라 퍼레이드를 보지 않은 사람도 순식간에 무슨 일이 일어났는지 알 수 있었다.

이건, 이건 말에게 차인 개의 모습이다. 이 말은 앙갚음할 게 많았던지 몇 번이고 발길질을 해댔고 할리를 형체를 알아볼 수 없을 정도로 짓이겨진 걸쭉한 붉은 얼룩으로 만들어버렸다. 이빨은 이쪽에, 뼈는 저쪽에, 엉겨 붙은 털은 이곳저곳에 흩뿌려놓았다.

루이스는 자신도 모르는 사이에 헛구역질을 하고 만다. 뜨겁고 가느다란 토사물이 이미 그의 손에 흐르고 있다. 토사물이 차고 바닥으로 튀지 않도록 막는 것이 갑자기 가장 시급한 일이 된다. 입을 틀어막은 손가락 사이로 토가 새어나오는 것이 느껴지자 그는 농구 골대 아래에 모든 것을 내팽개치고는 바지를 발목에 걸친 채로 어기적거리며 밖으로 나간다.

보기 좋은 모습은 아닐 거다. 하지만 페타가 보고 있지도 않다. 다 토하고 난 뒤 그는 별 도움 안 되는 추리닝 바지를 추켜 입고는 기댈 만한 단단한 것을 찾아 농구대의 페인트가 벗겨진 부분에 이마를 갖다 댄다.

"도대체 어떻게 된 거지?"

"할리는 죽었어." 페타가 다소 단호하게 말한다.

그렇지, 하지만, 루이스는 말하지 않는다.

문이 10센티미터 정도밖에 열려 있지 않았다면—그는 환기를 위해 그 정도는 열어둔다—그렇다면, '도대체 누가 그런 짓을 저질렀단 말인가?'

페타는 슬픔의 구멍에서 빠져나와 그를 본다. "당신 직장 동료한테 전화해야 할까?"

자신이 그래야 마땅하다는 걸 루이스도 안다. '직장 동료'는 루이스가 셰이니의 팔에 책을 한 가득 안겨 서둘러 밖으로 내보낸 다음 그녀에 대해 말할 때 사용한 단어였다.

"아니, 그러지 말자." 그는 흙에 손을 닦으며 말한다. "어차피 전화번호도 없어."

하지만 그는 그게 사실이 아님을 곧 깨닫는다. 새로 발행한 업무 책자에 분명 있을 거다.

"도대체 뭐가 할리를 이 지경으로 만든 거지?" 루이스는 페타 옆에 앉는다.

페타는 조금 옆으로 움직여 그가 앉을 자리를 마련해준다. 차량 두 대가 들어갈 정도 너비의 기름으로 얼룩진 콘크리트 바닥에 마치 공간이 한정되어 있기라도 한 것처럼.

아니다. 페타는 자신의 몸에 루이스의 몸이 닿기를 원하지 않는 거다.

"할리 잘못이 아니야." 페타가 아무 곳이나 바라본다. "할리는 그냥 개였어." 그게 답인가?

루이스는 의도치 않게 그녀의 젖은 발을 바라본다.

피도 없고 응혈도 없다.

발굽도 없다.

하지만 문은 10센티미터만 열려 있었다. 이곳에 나와 앉아 생각을 하려면 페타는 문을 들어 올려야 했을 거다. 이 상황을 설명할 만한 유일한 설명은 그들 둘 중 한 명이 할리를 짓밟았거나 아니면 다른 누군가…… 다른 무언가가 그랬을 거라는 것이다.

루이스는 목을 쭉 빼고 주위를 둘러본다. 심장이 방망이질

친다. 머리가 무거운 키 큰 형체가 벽에 몸을 붙인 채 서 있지는 않나 보기 위해 차고의 어두운 동굴을 살핀다. 간신히 모습을 숨긴 채 노란 눈으로 빛을 들이켜고 있는 형체를.

할리를 그 지경으로 만든 건 말발굽이 아니었다. 그건 엘크였다. 그가 그렇게 확신하는 이유는 자정이 지난 시간이었기 때문이다. 다시 말해 엄밀히 말하면 이제 토요일인 것이다. 추수감사절 고전이 일어나기 정확히 일주일 전이다.

"이 집에 계속 살아야 하는지 모르겠네."

그 말에도 페타는 그를 올려다보지 않는다.

"새로운 집에 적응하려면 늘 시간이 걸리니까." 페타는 언제나 이성적인 사람이다. "다락이 있던 집 기억 안 나?"

루이스는 그 집이 확실히 귀신 들렸다고 생각했다. 당시에 그는 천장에 난 다락문에 판자를 대고 못질을 했었다. 그 안에서 무언가가 기어 나와 침대에서 자신의 옆자리에 나타날까봐. 어느 쪽에서든. 인디언은 으스스해, 그는 페타에게 그렇게 설명했다. 그건 지금도 마찬가지다.

"잘 수가 없어." 그가 말한다.

"몇 분 전까지 자고 있었잖아."

"왜 이렇게 일찍 깼어?" 루이스가 페타의 옆얼굴을 보며 묻는다.

"무슨 소리가 들려서." 페타가 어깨를 으쓱한다.

"계단에서." 페타가 말한다. 그 말은 루이스의 몸에서 모든 열기를 앗아간다.

그는 심호흡을 한 뒤 불안하고 긴 숨을 내쉰다.

"당신한테 모든 얘기를 한 게 아니야…… 사냥에 대해서 말이야. 당신 머릿속에 계속 그 생각이 떠도는 걸 원치 않았거든."

이 말에 페타는 그를 올려다본다. 입술을 바짝 마르게 하는 이런 변명은 그녀의 관심을 받을 만하다.

"당신은 동물에 대한 얘기는 별로 듣고 싶어 하지 않잖아." 루이스가 덧붙인다.

"당신과 관련된 얘기잖아." 페타가 망설임 없이 대답한다. "당신이라는 사람에 관한 이야기라고."

"셰이니한테 끝까지 얘기한 건 아니야." 루이스의 목소리가 버석거린다.

페타는 계속 그를 보고 있다. 그가 이야기해주기를 기다리고 있다.

"정말 알고 싶어?"

"당신 누구랑 결혼했는데? 그 여자야, 나야?"

루이스는 그 말에 고개를 끄덕이더니 한 번 더 그 이야기를 꺼낸다. 그가 어린 엘크의 몸을 갈랐을 때, 자신이 죽었다는 사실을 모르는 엘크의 살을 잘랐을 때, 눈밭으로 쏟아져 나온 것은 젖통이었다. 근육과 정맥이 붙어 있는 옅은 하늘색 젖통에는 유선이 그대로 붙어 있었다.

임신하기에는 너무 어린 엘크였다. 봄까지 일곱 달을 다 채우지도 못할 터였다. 어쨌든 어린 엘크가 이렇게 멀리 나와 있기에는 너무 이른 계절이었다. 그렇지만, 그것이 이 엘크가 그렇게 끝까지 저항한 이유였다. 그때도 그는 그 사실을 알았고 지금도 알고 있다. 엘크에게 죽는 건 문제가 되지 않았다. 그 엘크는 자기 자식을 보호해야 했다.

그리고 배아 혹은 태아 상태였던 그 새끼 엘크는 그 안에서 강낭콩처럼 몸을 둥그렇게 만 채 머리를 가슴 쪽으로 수그리고 있었다. 금방이라도 엄마의 선혈 안에서 그를 올려다볼 것처럼, 막대기 같은 네 다리로 휘청거리며 일어나 걸어 나갈 것처럼. 덩치만 클 뿐 성장이라는 것은 할 수 없을 그 엘크는 큰 눈에 매끄러운 피부를 지닌 310킬로그램의 태아 상태로 언제까지나 죽은 엄마를 찾아다닐 터였다.

캐스가 보고 있지 않을 때 루이스는 소총의 개머리판을 이용해 언 땅에 구멍을 팠다. 그는 살포시 꿈틀거릴 뿐 아직 완벽한 형체를 갖추지 않은 작은 새끼 엘크를 그 안에 넣은 뒤 최선을 다해 흙을 덮은 다음—폭풍이 소용돌이치며 계속해서 눈을 퍼부었지만 상관없었다—어미 엘크를 제대로, 전부 손질하겠다고 우겼다.

어느 것 하나도 낭비해서는 안 되었다. 버리는 부분이 있어서는 안 되었다.

그는 덤불에서 두꺼운 가지를 꺾어냈다. 칼로 흉골을 가르고—톱이 필요하지 않을 만큼 어린 엘크였다—나비의 날개를 가르듯 골반을 쪼갠 다음 가지를 가슴팍에 쑤셔 넣어 엘크의 몸을 열어젖혔다. 삐져나온 내장을 전부 주워 담기 위해, 폐의 마지막 조각까지 쓸어 담기 위해, 그는 처음으로 엘크를 잡은 아이처럼 그 안에 기어들어 가기까지 했다. 그가 마침내 몸을 굴려 밖으로 나오면서 가지를 빼냈을 때 게이브가 뒤에 서서 그를 지켜보고 있었다.

"오늘은 궁둥이랑 다리만 작업하자고, 슈퍼 인디언." 그가 커다란 갈색 다리를 어깨에 걸친 채 씩 웃으며 말했다. 그의 손에는 검은 발굽이 얹혀 있었고 재킷 뒤로는 피가 뚝뚝 떨어지고 있었다.

루이스는 게이브의 말을 듣지 않고 작업을 계속했다.

이 어린 엘크에게 한 또 다른 약속은 가죽을 벗기는 일이었다. 이 작업을 하려면 엘크를 어딘가에 걸어둬야 했다. 이런 건 가게에서 파는 튼튼한 서까래에 엘크를 얹은 뒤 작업대에서 흘러나오는 라디오를 들으며 해야 하는 작업이었다. 당시에 그가 가진 칼은 처음에는 너무 날카롭다가 금세 너무 빨리 무뎌지는 교역소 칼이었다. 작업이 끝나갈 무렵 게이브와 리키, 캐스가 모두 서서 그를 지켜보고 있었다. 그들의 어깨에 눈이 쌓이고 있었고 머리에 닿은 눈조차 더 이상 녹지 않았다.

루이스는 그때 울고 있었을지도 모른다고 페타에게 말한다. 연민을 자아내려고 한 말이 아니라 그 부분을 언급하지 않는 것이 거짓말처럼 느껴지기 때문이다.

"게이브와 다른 친구들이 뭐라고 했어?" 페타가 묻는다. 이제 그녀의 손은 그의 이마에 얹혀 있다. 그가 지금 울지 않으려고 애쓰고 있기 때문이다. 그는 그 정도로 멍청해지지는 않으려고 애쓰고 있다. 그 정도로 궁색해지지는 않으려고.

"내 친구들이잖아." 루이스가 더듬거리며 말한 뒤 계속해서 말을 이어가려고 애쓴다. "아무 말도 안 했어."

페타는 벗겨진 페인트 조각을 그의 이마에서 조심스럽게 떼어낸 뒤 그를 끌어당겨 안는다. 그녀의 주먹이 그의 뺨에 놓여 있다. 이것, 그녀, 그것이야말로 그의 집이다. 이곳은 귀신 들린 집이 전혀 아니다. 그는 이곳에서 평생 살고 싶다.

하지만 그는 여전히 그날에 대해 페타에게 전부 말하지 않았다.

어른답지 않게 흐느껴 울면서 변명을 하기 전에 그가 하지 않은 말은 그들이 어린 엘크를 언덕 꼭대기까지 낑낑대며 끌고 갔다는 사실이다. 그들은 트럭을 눈에서 들어 올린 뒤 쓸모없는 수동 윈치를 케이블로 사용했다. 트럭이 주차되어 있던 바위는 땅 끝에서처럼 바람이 마구 휘몰아치는 바로 그 지점에 놓여 있었지만 상관없었다.

합리적인 행동이 아니지만, 게다가 오르막길로 향하는 매 걸음은 평지보다 스무 배나 힘이 들지만 그들은 어린 엘크를 끝까지 옮긴다. 네 남자는 매서운 날씨에 땀을 뻘뻘 흘리고 있다. 게이브와 리키, 캐스는 루이스에게 이 일이 왜 그렇게 중요한지 묻지도 않는다. 그들은 데니 피즈가 수렵 감시관용 사륜 트럭 옆에서 자신들을 기다리고 있을 때 그를 탓하지도 않는다. 데니는 자신이 지켜보는 가운데 이 정도로 많은 사냥감을 가져갈 수 있을 거라 생각했다니 대단하다는 듯 그들을 훑어본다. 눈이 너무 깊이 쌓인 데다 너무 빨리 내리고 있다. 데니의 구조 요청이 없다면 트럭은 움직이지도 못할 거다. 게이브와 캐스, 리키와 루이스는 봄까지 발견되지 못하고 루이스는 페타를 만나지도, 할리를 기르지도, 우체국에 취업하지도, 로드 킹을 만들지도 못할 거다.

데니가 그날 제안한 조건은 둘 중 하나다. 영광스러운 사냥감을 경사지에 도로 갖다놓은 뒤, 총을 맞고 달아나 지금쯤 어딘가에서 죽어가고 있을 엘크들을 제외한 아홉 마리 엘크에 대한 벌금을 무는 것. 아니면 고기를 경사지에 도로 갖다 놓고 이번만 고기 값을 받은 다음 다시는 자치 지구에서 사냥을 하지 말 것.

그리 큰 대가는 아니다. 루이스에게는 앞으로 또 덩치 큰 동물을 쏠 배짱이 없다. 엘크를 상대로 이 같은 전쟁을 치른 뒤에는 차마 그럴 수 없다. 그 광분, 순간의 열기, 그의 관자놀이에 튀던 피, 공기를 가득 메운 연기, 그건 마치―그는 이 부분 때문에 자신이 가장 싫어진다―백 년 전쯤 병사들이 블랙피트 야영지 위에 자리한 산등성이에 모여 큼지막한 총을 갈기던 모습, 새로운 땅을 그들의 정복지로 삼아 피로 가득 메우는 모습, 감자를 경작하고 이 감자로 프라이를 만들어 기름기 가득한 바삭바삭한 프라이를 파우와우[북미 인디언들이 각 부족의 전통 춤과 노래 등으로 경연하는 문화적 행사]에서 팔던 모습과 비슷할 것이다.

데니가 제안한 두 번째 안을 선택한 뒤에도―앞으로 절대 사냥을 하지 않겠다는 맹세―루이스는 그곳에 선 채 그가 공들인 어린 엘크 생각뿐이었다. 그 엘크는 가죽이 벗겨지고 다리가 잘려나간 엘크들 가운데에서 꽁꽁 얼고 있었다.

"최소한 이 엘크만이라도 가져가면 안 돼요?" 루이스가 데니에게 물었다. 게이브는 엘크의 둔부 살을 빈터에 내던지기 위해 휘몰아치는 바람에 맞서며 이미 바위를 향해 달려가고 있었다.

캐스는 의식처럼 앞으로 달려가 경사지 아래로 엘크의 다리를 내던졌고 리키도 따라 했다. 그가 던진 다리는 가장 높이 올라갔다가 사라졌다. 다섯 명 모두 떨어지는 다리가 보이지 않을 때까지 지켜보았다.

데니는 무슨 말이냐는 듯 루이스를 쳐다본 뒤 어린 엘크를 내려다보았다. 근육이 전부 드러난 엘크는 등에 총알 자국이 나 있으며 머리는 거의 사라진 상태였다. 자정이 훌쩍 지난 지금 차고에 앉아 있는 루이스는 페타를 향해 몸서리친다. 데니가 도대체 이 어린 엘크가 뭔데, 하며 대수롭지 않게 말했기 때문이 아니라 할리가 죽었기 때문이다. 안 그런가? 그냥 죽은 게 아니라 끔찍한 방법으로 살해당했다. 엘크의 발굽 아래 있어야 했던 건 루이스였다. 어린 엘크에게 대가를 치러야 했던 건 그였다. 할리가 아니라.

"무슨 일이 일어나고 있는 건지 모르겠어." 그는 페타의 가슴팍에 대고 말한다. 그의 손은 그녀의 다리를 꼭 쥐고 있다. 달리기로 다져진 그녀의 근육이 여전히 그곳에 있으며 아마 앞으로도 영원히 그럴 것이다.

"뭔가 들어온 게 분명해." 페타가 할리의 죽음에 대해 말한다.

물론 페타의 말이 맞다. 하지만 진짜 문제는 무엇이 들어왔느냐가 아니라 언제 들어왔느냐다.

루이스의 호흡이 엉킨다. 그는 무언가를 결심한 척 자리에서 벌떡 일어나더니 집 옆으로 가 땅을 파기 시작한다.

페타는 콘크리트 바닥 가장자리에 서서 손바닥에 팔꿈치

를 올린 채 그를 지켜본다. 눈가에 염려하는 표정이 역력하다.

"미안해." 그가 말한다. 이 모든 것에 대해. 엘크에 대해, 할리에 대해. 심지어 셰이니에 대해.

30분 후 루이스가 돌아왔을 때 할리는 그가 필요 이상으로 크게 판 구멍 안에 들어가 있다. 할리가 춥지 않도록 담요와 침낭 한두 개가 할리 주위에 놓았다. 루이스는 쓸모없는 추리닝 바지를 벗어버린 뒤 둥글게 말아 부엌 쓰레기통에 던진다. 쓰레기통 안에는 마스킹 테이프를 돌돌 만 게 들어 있다.

페타가 거실 바닥에 만들어놓은 엘크를 떼어버렸나 보다. 좋아, 그는 벌거벗은 채로 서서 가슴을 들썩이며 혼잣말을 한다. 좋아.

하지만 기분이 썩 유쾌하진 않다.

토요일

루이스는 손을 바삐 놀리기 위해, 운이 좋다면 다른 생각에 몰두하기 위해 로드 킹을 스탠드에 올려놓는다. 낱낱이 분해해서 볼트의 나사를 구석구석 닦고 모든 연결 부위를 점검하고 또 점검하고 모든 선을 두 번씩 손봐서 완전 새것처럼, 새것보다도 더 새것처럼 만들 생각이다.

할리의 이미지가 머릿속에 떠다니지 않은 상태가 5분 정도 지났을까, 그레이트 폴스의 경관 두 명이 진입로 끄트머리에 순찰차를 주차하는 모습이 보인다. 루이스는 계속해서 스로틀 케이블을 들여다보고 있다. 오늘 관심 있는 건 그것뿐이라는 듯. 경관들은 엽총을 발포할 만한 사정거리보다 멀찍이 떨어진 채 걸어온다. 그들이 거리를 두는 이유는 그가 상의를 탈의하고 얼굴을 머리카락에 파묻은 채 차고의 어둠 속에 앉아 있기 때문이라는 걸 그는 안다. 그가 그들을 맞이하러 걸어 나오지 않았기 때문에 그들이 그를 향해 간다.

"그게 진짜 당신 이름이오?" 첫 번째 경관이 묻는다.

"그러니까 일부러 지은 이름이냐는 거요." 다른 경관이 덧붙인다.

"무슨 일이죠?" 루이스가 말한다. 그는 손을 그들이 확실히 볼 수 있도록 로드 킹의 프레임에 올려놓았다. 물론 그들은 그냥 40구경 권총으로 그의 등을 쏜 다음, 보고서에는 그가 탱크 아래 총을 감춰둔 것처럼 보였다고 기록할 수 있었다.

"당신네 살인자 개 때문이오." 두 번째 경관이 말한다.

"내 개가 뭘 어쨌길래 그러는 거죠?"

"응급실 담당자 말에 따르면." 첫 번째 경관이 자신의 노트를 보며 진술한다. 그걸 읽고 있는 척하지만 당연히 읽고 있지 않다. "이곳에 살고 있는 개가 사람 얼굴을 물었다고 했소."

"실라스." 루이스가 어깨를 으쓱하며 말한다. "그건 나와 실라스 사이의 문제 아닙니까?"

"병원이 연루되면 아니지요." 두 번째 경관이 말한다.

"이 개가 위험한지 한번 봐야겠소. 공공의 안전에 해가 되는지."

"당신네들은 사람을 상대하는 경관이지 개를 쫓아다니는 경관은 아니지 않나요?" 루이스가 자리에서 일어나며 말한다. 경관들은 전략적으로 한 걸음 뒤로 물러나며 갑자기 오른손을 슬며시 옆으로 내려놓는다.

"우리는 당신 개를 보여달라고 요청하는 경관이오." 첫 번째 경관이 목소리를 높이며 말한다. 협조하지 않으면 상황이 나빠질 거라는 경고라기보다는 마치 그렇게 되길 바라는 것처럼 느껴진다. "정말로 보고 싶은 건가요?" 루이스가 묻는다.

그는 경관들을 담장 뒤쪽, 철로와 가까운 곳에 그가 마련한 무덤으로 안내한다. 그는 할리가 기차를 보고 짖기를 좋아해서 할리를 그곳에 묻었다고 설명한다. 그들은 할리에게 무슨 일이 일어났냐고 묻는다. 루이스는 자치 지구의 엘크가 복수극을 펼치기 위해 이곳까지 그를 쫓아왔다고 말하는 대신, 혹은 두 번째 방법으로 그가 오기 전부터 이 집에 무언가 있었으며 그것이 그의 기억과 죄책감을 이용해 자신을 공격하려 한다고 말하는 대신 그저 어깨를 으쓱한다.

그는 자신이 완전히 미쳤을 수도 있다는 말도 하지 않는다. 그 오두막에서 가져온 나쁜 약이 몇 년 동안 쌓여 그의 머릿속을 어지럽히는 무언가로 변했다는 말도. 혹은 그날 눈밭에서 재발한 스코프 아이의 증상이 생각보다 심각해 그의 뇌 안의 성긴 무언가를 걷어차 이제 그것이 활짝 피어나게 된 거라고도.

"개를 직접 처리했기 때문에 우리에게 말하기 싫은 거요? 우리가 등록되지 않은 무기의 일련번호를 체크할까 봐?" 첫 번째 경관이 묻는다.

"사냥용 소총은 등록하지 않아도 됩니다."

"다른 집들과 이렇게 가까운 데서 사슴 총을 쐈다는 거요?" 두 번째 경관의 눈가에 우려하는 표정이 담겨 있다.

"엘크 소총이에요." 루이스가 정정한다. "그리고 아닙니다. 나는 다른 집들과 이렇게 가까운 데서 총을 쏘지 않았어요. 그는 담장에 직접 목을 맸어요. 그만 끝내려고."

"'그'라면." 두 번째 경관이 추궁한다.

"할리요." 루이스가 설명한다.

"당신 오토바이처럼 말이지." 두 번째 경관의 말을 루이스는 이해하지 못한다.

"당신이 분해하고 있는 또 다른 것 말이요."

"무슨 말이죠?"

"지금 뭘 하고 있는 거요?" 첫 번째 경관이 곧바로 치고 든다.

루이스는 양손을 머리 위로 올린다. 두 경관은 즉시 뒤로 물러나며 몸을 수그린 채 발포하는 자세를 취한다.

루이스는 손가락을 하나씩 접어 아주 천천히 자신의 손을 옆으로 내린다.

경찰을 다루는 건 겁 많은 말을 다루는 것과 똑같다. 갑작스럽게 움직이거나 시끄럽고 요란한 모습을 보여서는 안 되며 농담을 던져서도 안 된다.

루이스는 앞으로 몸을 숙인 뒤 무기가 없다는 걸 보여주려고 머리카락을 흔든다.

"개를 묻으려고 그러오?" 두 번째 경관이 권총집에 총을 넣으며 묻는다.

"그래야죠." 루이스는 무덤 근처에 흩어져 있는 흙을 발로 문지르며 답한다.

"사유지에 무덤을 마련하려면 허가를 받아야 하오. 안 그러면 모두가 자기네 집 잔디를 망가뜨리기 싫어서 공원이나 이웃집 잔디에 자신의 애완동물을 묻으려 할 테니."

루이스는 자갈 덮인 흙을 따라 길쭉하게 난 철로를 바라본다. "BNSF 철도에서 신경 쓸 거 같나요?"

"수사를 좀 하겠소." 첫 번째 경관이 묻는다. 이제 그의 권총도 권총집에 들어 있다.

"그래요."

"당신 개도 좀 보면 좋겠는데." 두 번째 경관이 말한다. "확인 차원에서."

"죽었는지 말이에요?"

"당신이 개를 숨기고 있는 건 아닌지 알아야 하니까."

"당신 집을 살펴보도록 허락해주기를 바라지 않는다면 말이오."

루이스는 딸꾹질을 하면서 웃음을 내뱉더니 집 수색은 사양한다는 의미로 고개를 젓는다.

"할리는 짖는 개였어요. 할리가 살아 있었다면 당신네들이 차를 세웠을 때 짖는 소리를 들었을 겁니다."

"곧 다시 오겠소." 첫 번째 경관이 확언한다. "포괄적인 수사에 필요한 문서를 갖고 오든지 철도회사의 답변을 갖고 오든지 하겠소."

"아니면 죽은 개의 무덤을 다시 파든지." 루이스가 덧붙인다. 멍청한 인디언 같으니라고.

"그것도." 두 번째 경관의 말을 끝으로 그들 셋은 처음 장소로 돌아간다.

루이스는 로드 킹 옆에 놓인 보라색 우유 궤짝 위에 다시 앉는다.

"일터에 있어야 할 시간 아니오?" 두 번째 경관이 가기 전에 묻는다.

루이스는 어깨를 으쓱하며 로드 킹의 프레임에 다시 기댄 채 진공관을 손으로 조물거린다.

"뭐 더 할 말이 있소?" 첫 번째 경관이 말한다.

"내 개가 보고 싶네요." 루이스의 그 말이 마치 마법의 말이라도 되는 양 순찰차가 조용히 사라진다. 하지만 그들은 다시 올 것이다. 경찰이야말로 그들 인생에서 루이스가 필요한 존재이므로.

루이스는 집으로 들어가 부스러기가 떨어지지 않도록 개수대 앞에 선 채로 샌드위치를 먹는다. 샌드위치를 다 먹고 로드 킹이 세워진 곳으로 돌아가자 셰이니에게 빌려줬던 두 권의 책이 보라색 우유 궤짝 위에 놓여 있다. 그가 부엌 조리대에 기댄 채 프리토스를 봉지째 입에 털어 넣고 있을 때 차고에 왔다 갔나 보다. 루이스는 두 권의 책을 들어 책등을 살핀다. 시리즈의 첫 권과 두 번째 권이다. 그는 살짝 웃는다. 이틀이나 사흘 만에 처음으로 웃는 것 같다. 이 책들을 처음 읽었던 때로 돌아가 전부 다시 읽었으면 싶다. 그는 지금 당장 이 책들을 읽을 만한 집중력이 자신에게 있기를 바란다.

하지만 왜 하필 지금이지? 하는 생각에서 벗어날 수 없다. 이 엘크는, 만약 정말 그 엘크의 짓이라면, 그를 공격하기까지 왜 그렇게 오래 기다린 것일까? 그가 염려하는 사람이나 물건을 만들 때까지 기다렸다가 그가 자신의 새끼를 가져간 것처럼 그에게서 소중한 것들을 앗아가려고? 하지만 왜 게이브나 캐스가 아니라 그에게 먼저 나타난 것일까? 친구들이 그런 일을 겪기를 바라는 것은 아니지만 엘크가 인디언 자치지구에서 온 거라면, 아직 그곳에 있는 친구들을 두고 굳이 왜 이 멀리까지 온 것일까? 루이스가 떠난 지 몇 달 후에 죽은 리키는 제외하고 말이다. 그 죽음도 특별할 건 없었다. 그저 인디언 한 명이 술집 밖에서 맞아 죽은 사고에 불과했다.

루이스가 보기에 유일하게 말이 되는 부분은 그 시작이 개였다는 점이다. 연쇄살인범이나 괴물은 늘 그러니까. 개는 짖는 소리로 경고를 하니까, 개는 그림자 속에 무언가 서 있다는 것을 아니까.

하지만 어떻게? 어떻게 그랬을까?

그 엘크는 아무 사람의 몸에 들어가 자기 마음대로 행동할 수 있는 건가? 캄캄한 저녁이 되면 길가에 뛰어다니는 아무 아이나 낚아채, 차고 문 아래에 난 10센티미터 틈새로 비집고 들어가 망치로 할리를 짓이기도록 만들 수 있는 건가?

하지만 루이스의 망치 중 머리가 그렇게 큰 건 없다. 할리에게 일어난 일은 엘크 발굽처럼 보였다.

루이스는 자리에서 일어나 어떤 가능성을 생각하며 차고를 바라본다.

또 다른 무언가가 할리에게 이 짓을 할 수 있을까?

"말뚝 드라이버." 그는 차고 구석에 놓여 있는 드라이버 쪽으로 향하며 말한다. 그건 양손과 몸 전체를 사용해야 하는 드라이버, T자형 말뚝을 박는 데 사용하는 드라이버다.

그걸 들춰 끝부분을 보기 싫지만 루이스는 해야 한다.

그 부위는 아주 깨끗하다. 녹슨 페인트 조각이 달려 있기까지 하다. 열 번 혹은 스무 번 세게 내리쳐 개를 짓이겨 죽였다면 그곳에 페인트 조각이 남아 있을 리가 없다.

쿼트 페인트라면 가능할지도 모른다. 그건 손바닥 크기만 하니까 그럴 수 있다. 루이스는 쿼트 페인트를 전부 살펴본다. 가볍고 분명 바짝 말라 보이는 것도. 아무런 흔적도 없다.

"어리석긴." 그는 혼잣말을 하며 부엌문으로 연결된 콘크리트 계단에 털썩 주저앉는다. 도구 상자 옆 고리에 걸려 있는 망치를 가져와 발 사이 엉덩이 부분을 튀겨본다.

이 망치도 깨끗하다.

물론 엘크는 사람의 '몸에 들어갈' 수 없다. 그 순간 그 사람은 네 발로 걸으며 그 즉시 극심한 공황 상태에 빠질 거다. 거실에서 그가 본 그림자와 그 모습이 비슷하지 않다면 말이다. 그 형체는 머리는 엘크이고 몸은 여자이며 뿔이 없었다.

하지만 그는 더 이상 이 상황을 설명할 방법이 없다. 그가 잘못 보았을 그림자, 그리고 팬의 돌아가는 날개를 통해 그가 보았다고 생각한 무언가를.

그가 증거나 설명으로 그걸 제시하면 아까 그 경관들이 참으로 좋아할 것이다.

한번 그렇게 생각하자 그 생각에서 벗어날 수 없다. 루이스는 혼자 껄껄 웃으며 고개를 저은 뒤 핸들을 아래로 해서 망치를 근처에 놓인 부츠에 넣는다. 그들이 페타 이모네 지하실에서 나온 이후 빌린 집의 문가마다 페타가 세워두곤 하는 싸구려 고무 부츠다. 이 부츠는 루이스와 페타 둘 중 아무나 신어도 될 정도로 크다. 페타나 루이스는 이 부츠를 신고 눈을 헤치고 나가 우편물을 가져오곤 한다.

루이스는 이제 이 부츠가 거기 있는 게 너무 익숙해서 자세히 볼 생각도 하지 않는데 갑자기 부츠가 움직인다. 그가 망치를 내려놓은 곳에서부터.

그는 본능적으로 뒤로 물러섰다가—부츠는 저절로 움직이지 않는다—제대로 본 게 맞는지 확인하려고 다시 조금 더 가까이 다가간다.

움직이고 있는 건 개미들이다. 작고 검은 개미들이 부츠를 뒤덮고 있다. 다음 주면 추수감사절이지만 이건 여름 개미들이다. 핼러윈 개미들인가? 진짠가? 그렇지 않다면 그래야 할 거다. 그는 이 개미들이 무얼 원하는지 알아채고 만다. 할리다. 할리의 잔해, 고무 밑창에 눌어붙고 발가락 부위에 스며든 할리의 남은 부분. 그 무언가는 할리를 발로 짓밟기만 한 건 아니었다. 발로 차기도 했던 것이다.

루이스는 아니라고, 제발 아니라고 고개를 저은 뒤 뒷걸음질을 쳐 빛 쪽으로 나간다. 손으로 더듬거리며 할리의 무덤으로 향한다. 루이스는 심호흡을 하고 있지만 울지 않을 거다. 그는 무감정한 인디언[20세기 이전까지 만연했던 인디언들에 대한 편견]이다. 어린 시절 그는 이 단어가 '무표정한stone-faced'이라는 단어를 설명하는 고상한 말이라고 생각했다. 그는 그

단어가 러시모어산과 관련 있다고 생각했었는데 사람이 정말 돌처럼 생길 수는 없다고 확신했기 때문이었다.

물론 그건 그가 어리석었을 시절이다. 지금보다 더 멍청했던 때.

그러나 지금 그가 생각하고 있는 것도 그다지. 아니다.

지난밤 바로 여기 이 어둠 속에서 그가 페타에게 할리에 대해 계속해서 물었을 때, 어떻게 그런 일이 일어날 수 있는지 물었을 때 말이다. 그때 페타는 상처 때문에 죽은 개를 보고 있었던 것일까? 루이스가 본 것과는 전혀 다른 무언가를 본 것은 아니었을까? 페타는 그의 질문을 이해하긴 했던 걸까?

그는 그녀의 답에서 건질 만한 것을 생각해본다. 할리가 짓이겨져 죽은 게 아니라는 사실을 입증할 증거를.

그는 담장으로 돌아가 무릎을 꿇고 손가락으로 다급하게 무덤을 파헤친다. 오리가 그려진 담요를 잡아당기고 끝부분이 좁아지는 모양의 침낭을 끌어낸다. 스타워즈 침낭까지 치우면 그 아래 할리가 있을 것이다.

하지만 루이스는 침낭을 치우지 않는다.

정말로 알고 싶은 것일까? 할리가 무참히 으깨진 모습이 누가 이 부츠를 신었는지를 입증해줄 수 있을까? 부츠 아래 뭉개져 있는 게 할리의 잔해가 맞긴 할까? 페타가 부엌 쓰레기를 옮기다가 터져서 부츠를 신은 채 그걸 밟고 지나간 거라면? 그래도 핼러윈 개미는 똑같이 행동했을 거다. 핼러윈 개미가 있기라도 한다면.

하지만 그가 정말로 두려워하는 건 할리는 결국 담장에 매달려, 목줄에 목이 졸려 죽었을 거라는 사실이다.

그때 갑자기 땅이 흔들리며 루이스의 가슴에 진동이 느껴진다. 기차가 오고 있다. 기차는 늘 온다.

루이스는 끽 하는 바퀴 소리와 불똥을 느끼며 눈을 감는다. 순간 돌의 파편이 그의 팔에 튀긴다. 그걸 탁 치면서 뒤로 물러나던 그는 결국 눈을 뜨고 빠르게 지나가는 기차를 본다. 다양한 색상의 차량들이 아니라, 시속 96킬로미터로 지나가는 뭉개진 그라피티가 아니라, 차량 사이의 공간을 본다. 계속해서 꽉 차 있던 그 공간은 아주 잠깐 텅 빈 것처럼 보인다.

아니, 그렇지 않다.

바로 거기, 노란색 잔디에 엘크 머리를 한 여자가 서 있다. 아니, 아니다.

루이스는 비틀거리며 앞으로 간다. 기차의 차량이 이제 그의 얼굴을 빠르게 지나간다.

저 여자는 야광 줄무늬가 그려진 두꺼운 갈색 재킷을 입고 있는 건가? 공항의 지상 근무자들이 입는 것 같은?

"그럴 리가 없어." 루이스가 말한다. 기차가 사라지자 그는 뜨끈뜨끈한 철로 위로 허둥지둥 달려간다. 하지만 당연히 철로의 잔디는 그냥 다시 원래의 잔디일 뿐이다. 그곳에 아무도 없었던 것처럼.

일요일

이번 한 번만, 루이스는 그가 직장에 있기를 바란다. 집에 있는 한 페타가 출근할 때까지 자는 척해야 하기 때문이다. 그는 한 30초 정도 페타가 모닝커피를 손에 쥔 채 진입로에 서 있는 걸 느꼈다. 그가 지극히 정상적인 호흡인 양 이불이 자연스럽게 오르락내리락하는 것처럼 보이도록 애쓰는 모습을 바라보며. 하지만 최소한 그 덕분에 페타는 그가 지난밤 왜 그렇게 별나게 행동했는지, 왜 뒤뜰에 놓인 그릴 앞에 서서 외로운 전사처럼 혼자 요리를 하고 늦은 시간까지 차고에 남아 로드 킹을 손봤는지 물어보지 않았다.

뭐 화나는 거라도 있어? 그의 눈꺼풀이 파르르 떨리는 것을 보았다면 페타는 이렇게 물었을지도 모른다.

그가 준비한 대답은 아니, 할리 때문이었다. 하지만 페타는 자는 척하는 자신의 모습에 속았다.

음. 페타가 넘어갔다면.

그는 머릿속으로 계속해서 페타가 인디언 자치 지구에 나타났다는 사실을 엮어보려 애쓰고 있다. 추수감사절 고전이 있은 다음 해에 찾아온 여름이었다. 그가 양손으로 사방에 손가락 욕을 하고 다니느라 바빴던 때, 그곳에서 자신의 신성한 존재를 부인하기 시작하던 때였다. 그건 이 모든 복수가 게이브나 캐스가 아니라 그에게서 시작되는 이유일지 몰랐다. 그곳을 처음으로 떠난 사람이 그였기에.

페타가 엘크 머리를 한 여자라는 생각, 그러니까 페타가 페타가 아니라는 생각을 하게 된 데에는 그녀가 채식주의자라는 사실도 한몫했다. 루이스는 그 사실을 인정해야 한다. 채식주의자란 고기를 먹지 않는 사람이다. 고기를 먹지 않는 동물은 '초식동물'이라고 부른다.

엘크는 초식동물이다. 풀을 먹는 동물. 채식주의 동물.

그리고 또 있다. 페타가 자신의 과거 때문에 아이를 갖고 싶지 않다고 말한 게 거짓말이 아니었을지도 모른다. 그녀가 말한 과거는 이미 한 번 새끼를 잃은 경험일 뿐인 거다.

현관문이 닫히고 잠기자마자 루이스는 베개로 얼굴을 덮은 뒤 그 안에 대고 소리를 지른다.

그녀든, 그녀가 아니든, 이 부츠를 신은 누군가가 할리를 짓밟아 죽였다. 게다가 그는 빠르게 지나가는 유개 화차 사이로 엘크 머리를 한 여자를 확실히 보았다. 기차는 천장 팬이 돌아가는 것과 같은 속도로 지나갔을까?

그의 머리가 한꺼번에 받아들이기에 너무 많은 정보다.

그는 페타를 사랑한다. 하지만 그녀가 두렵기도 하다.

게다가 어느 쪽이든 증거가 없다. 판단을 내릴 수가 없다.

루이스는 베개에 얼굴을 비비다가 베개를 뒤로 밀어놓는다. 열린 귀로 삐걱거리는 소리가 확실히 들린다. 마치 누군가 떠나지 않았던 것처럼. 누군가 문을 닫고 안에서 잠근 것처럼.

천천히, 의도적으로, 그가 여태껏 들어본 것 중 가장 확실한 발소리가 계단을 올라오고 있다. 가볍게 탁 하는 소리에 앞서 끄는 듯한 획 소리가 들린다. 엘크는 발굽을 디뎌 앞으로 나아가기 때문인가? 발을 내딛기 전에 맨 처음 발을 디딜 부위를 찾으려는 건가?

루이스는 빠르게 몸을 굴려 맨등을 문에 댄 채 커튼 없는 창문을 노려본다. 창문에 무슨 모습이 나타나거든 알아차릴 수 있도록 유리의 일렁임과 불완전성을 일일이 기억해두려고 한다. 열린 오른쪽 귀는 극도로 민감해진다. 커다란 콧구멍이 그의 냄새를 들이키려 할 경우 그걸 알아차릴 정도로.

그의 왼쪽 눈에서 눈물이 떨어져 베개를 적신다.

페타가 지금 여기 있나? 그렇다면 그건 누구일까? 페타의 모습을 한 페타일까, 엘크 머리 여자의 모습을 한 페타일까?

마침내 유리 창문의 잔물결에 또 다른 색상과 움직임이 스미자 그는 숨을 깊이 들이쉰 뒤 말한다. "뭐 깜빡한 거라도 있어?"

아무런 답이 없다.

그는 다시 한 번 숨을 들이쉰다. 불안정하고 가느다란 숨이 곧 비명으로 폭발해버릴까 두렵다.

"아니면." 그는 비틀거리는 척 몸을 굴리며 일어나 또 다른 할 말이 있는 것처럼 말한다.

진입로에는 아무도 없다.

루이스는 눈을 감았다 뜬다. 누구 혹은 무언가가 멀어져가는 것을 확인하고 싶지만 서둘러 창가로 가지 않으려고 한다.

그런 오싹한 장면을 감당하기에는 너무 이른 시간이다.

그는 양치질을 하면서 소변을 눈다. 변기 안에 그리고 손에도 살짝 침을 뱉고 아래층으로 내려간다. 천천히 걸음을 떼며 모든 삐걱거림을 기억하려고 애쓴다. 하지만 소용없다. 각 단이 내는 소리는 한가운데로 모이고 20센티미터 떨어진 다른 단은 완전히 다른 소리를 낸다. 당연하다.

부엌 탁자에서 그는 엘크 가죽—털복숭이 부리토—앞에 30초 정도 서 있다가 결국 손가락으로 눌러본다. 곤죽 같으면서도 질감이 거칠다. 한때 참석했던 파티의 탁자에 놓여 있던,

그가 먹지 않았던 부드러운 치즈 같은 냄새가 난다.

"치즈라." 이제 그는 치즈 생각을 하고 있다.

치즈는 그의 소화기관을 망가뜨릴 것이다. 하지만 그건 지금 그가 걱정하는 것과는 가장 거리가 멀기에 루이스는 아침으로 그릴드 치즈 샌드위치를 만든다. 그는 빵이 팬에서 구워지는 동안 효모가 만들어내는 작은 구멍을 내려다보고 있다.

그는 자상하고 사려 깊은 남편이므로 싱크대 앞에서 샌드위치를 먹는다. 거실에 있기가 두려운 건지도 모른다. 그는 지금 천장의 전등이 망가지지 않았으며 그가 혼자 있는 순간만을 기다리다가 UFO 빔처럼 빛을 비추며 그 안에서 엘크 머리를 한 여자가 나타날 거라는 비이성적인 공포에 사로잡혀 있다. 아니면 페타가 그곳에 서 있을 때 빛이 그녀를 향해 내리비추며 그녀의 진짜 모습을 드러내 보일 수도 있다.

페타는 그냥 페타일 뿐이라고 우기며 루이스는 삼각형 모양의 마지막 그릴드 치즈 샌드위치를 높이 치켜들었다가 그게 판사 봉이라도 되는 양 쓰레기 처리기 덮개 위를 탕 내려친다. 그럴싸해 보이지만 백스윙 동작에서 빵이 부서지면서 가장 맛있는 마지막 조각이 휙 하고 날아가 버린다. 자신이나 페타가 다음 주에 어떤 병이나 캔 뒤에서 그을린 빵 조각을, 더 최악의 경우 치즈를 발견하는 모습을 상상하며 그는 불을 켜고 잃어버린 빵 조각을 찾기 시작한다.

그의 눈에 띈 건 빵이 아니라 냉장고 위에 놓여 있는 책이다. 셰이니가 차고에 두고 간 두 권 중 하나—그 두 권은 이미 치워버렸다—가 아니라 세 번째 책이다. 그 옆에는 페타가 출근할 때 가져가지만 매번 찾지 못해 애를 먹는 보온병이 있다. 오늘 아침에도 찾지 못했나 보다. 페타는 키가 큰 편이다. 그래서 집에 들어오면 일단 처음 눈에 띈 곳에 물건들을 놓곤 하는데, 대부분 높은 곳이다. 이번에는 냉장고 위다. 이 책도 저 밖에 어딘가, 아마 포치에 있었나 보다.

"한꺼번에 가져다줘도 되는데……." 루이스는 셰이니를 향해 말하며 책을 집어 든다. 그 순간 누가 일부러 갖다놓은 것처럼 그릴드 치즈 샌드위치의 마지막 조각이 그 뒤로 보인다. 10초 전만 해도 먹으려고 했으면서 루이스는 역겹다는 듯 그걸 집어 올려 싱크대로 가져간다. 머릿속에 떠오르는 헤드라인. 인디언 남성, 역사상 최초로 뒤처리를 하다.

그는 자신이 자랑스러운 듯 실실 웃으면서 한 번에 두 칸씩 올라가 그의 새로운 책장인 린넨 장으로 향한다.

책을 도로 꽂기 전에 그는 상단 모서리를 빠르게 펼쳐보며 셰이니가 페이지를 접지는 않았나 살펴본다. 접은 흔적은 없다. 그것만 봐도 그녀가 괜찮은 사람인 걸 알 수 있다. 하지만 무언가가 눈에 띈다. 그는 다시 한 번 천천히 책장을 넘기다가 결국 뒤표지 안쪽 면을 본다.

"진짜로?"

셰이니는 책에 글씨를 써넣었다. 빌린 책에. 연필로, 지울 것처럼 약하게 쓰기는 했지만 그래도.

좀스럽게 굴지 말자고 루이스는 혼잣말을 한다. 상관없지 않은가? 어차피 수집가용이 아니라 대중판이다. 이야기가 바뀌는 것도 아니다. 셰이니가 모서리 부분에 웃는 얼굴 그림이나 의문문을 그려 넣은 것도 아니다. 하지만 이제 루이스는 메모가 계속 이어지는지 보기 위해 책장을 넘기고 있다. 그리고 책장을 넘기면서 직장에서 그녀에게 놀릴 거리를 찾기 위해 이러고 있는 건 아닌지 궁금해한다. 그건 작업을 걸려는 수작처럼 보인다.

하지만 그렇지 않다고 그는 주장한다. 이건 책 수사일 뿐이라고. 게다가 이건 그의 책이다. 그가 원한다면 얼마든지 살펴볼 수 있다.

그는 벽에 기대 앉아 책장을 넘기다가 다시 이야기에 빠지고 만다. 엘프가 원하지 않는 돌에 대한 이야기다. 엘프는 다른 이들도 이 돌을 찾지 못하기를 바랐는데, 이 돌에는 세상을 파괴할 수 있는 힘이 있기 때문이다. 그들은 마법의 우물 안에 돌을 숨겨둔다. 이 우물은 얼간이가 일하는 몰에 설치된 소원의 우물과 연결되어 있는데 어쩌다 그렇게 된 건지는 기억이 나지 않는다. 아마…… 앤디? 그렇다, 앤디다. 당연히 '앤디'다.

이 앤디, 저 앤디. 결국 온갖 마법의 생명체가 몰 어딘가에 그 돌이 있다고 말해주는 마법 레이더를 따라 몰을 돌아다니면서 돌을 찾는다. 액션 스토리나 몰 같은 공공장소에서 펼쳐지는 이야기치고 섹스 장면이 생각보다 많은데다 정말 웃기다.

"재밌게 보긴 한 건가?" 루이스는 셰이니의 메모를 젖혀보며 웅얼거린다.

하지만 셰이니는 소설에 대해 적은 게 아니다. 그녀는 아직까지도 루이스가 거실 바닥에 마스킹 테이프로 만들어놓은 엘크에 대해 생각 중이다.

이 엘크는 왜 그렇게 특별한 것일까? 첫 번째 메모다.

그 아래 그녀는 스스로 그 이유를 생각해보려는 듯 줄을 세개 그어놓았다. 하지만 줄은 채워지지 않았다.

하지만 페타는 답을 말해줄 수 있을 것이다. 루이스가 그녀에게 말해주었기 때문이다. 그 어린 엘크는 임신을 했었다고. 게다가 그 엘크는 11월에 그렇게 멀리 와 있으면 안 되었다. 그래서 그 엘크가 끝까지 저항했던 거라고 그는 생각했다. 하지만 만약에 이따금 특별한 엘크가 나타난다면? 의식이 거행되곤 하던 저 산 위가 얽히고설킨 상황이었다면? 태어나지 못한 그 엘크가 거대한 엘크로 자라 열두 살짜리 아이의 첫 번째 사냥감을 위한 트로피로 주어져야 했던 거라면? 거대한 엘크로 자랄 운명을 가지고 있어 노인이 마지막 사냥에서 쏘지 않기로 선택한 것이었다면? 그 엘크가 아스팔트의 특정한 부분으로 기어가 헤드라이트를 기다렸다가 달려들 작정이었다면? 무리를 위해 새롭고 안전한 잔디를 찾을 예정이었다면? 중요한 건 새끼가 아니라 어미였다면?

사냥 금지 구역에서 이 엘크를 쏠 때 루이스는 어떠한 절차를 어긴 것이었을까?

"말도 안 되는 생각이야." 그는 혼잣말을 한다. 그의 말이 맞다. 이건 혼자서 너무 많은 시간을 보내는 사람들이 하는 잘못된 생각이다. 그들은 껌 종이에서 거대한 우주 괴변을 벗겨낸 뒤 풍선껌을 불어서 그 풍선을 더 멍청한 곳으로 보내버린다.

엘크는 엘크일 뿐이다. 그게 다다. 죽은 동물이 돌아와 자신을 쏜 사람을 괴롭힌다면 과거 블랙피트들의 캠프는 버팔로의 유령으로 발 디딜 틈이 없을 것이다.

하지만 그들은 정정당당하게 죽였잖아. 루이스의 귀에 셰이니의 목소리가 들린다. 지금 그녀가 쓴 글을 읽고 있기 때문일 것이다.

계속해서 그녀의 목소리로 들리는 셰이니의 다음번 질문은 왜 지금인가? 이다.

이 답을 알고 있는 사람은 루이스뿐이다.

그건 그 엘크의 고기와 관련 있다. 그가 죽음이 임박한 연장자들이 살고 있던 데스 로우의 집집마다 돌아다니며 나눠주었던 고기.

그가 고기를 나눠준 연장자 중 한 명이 여전히 살아 있다고 생각해도 큰 무리는 아니다. 그들은 10년, 20년 동안 같은 의자에 앉아 있을 수 있다. 아니면.

그거다, 루이스는 자리에서 일어나면서 갑자기 깨닫는다. 자신의 생각에 확신이 들자 얼굴 근육이 굳는다.

연장자 중 한 명이…… 지난주 혹은 지난달에 죽은 것이다. 그래야 한다.

그가 마침내 지난주에 사망했고 그의 집 냉장고 뒤편에는 마지막 엘크 고기가 몇 년 동안 꽁꽁 언 채로 있었던 거였다. 노인은 단단하게 언 고기를 열어볼 수 없었고 자식이나 손주들은 그 위에 찍힌 너구리 도장 때문에 그 고기를 햄버거에 갈아 넣거나 타코 양념으로 요리하지 않았을 것이다.

그 고기가 왜 거기에 있는지 알지 못한다면, 그 연장자가 그건 엘크 고기라고 안심시킨 친절한 젊은이를 기억하지 못한다면, 누구든 흰색 종이에 찍힌 검은색 발자국을 보면 누군가 어딘가에서—아마 남쪽 길에서—너구리를 잡아와서는 농담처럼, 먹어보려면 먹어볼 테냐는 듯이 이 냉장고에 두었다고 생각할 것이다.

아니다, 아무도 그걸 먹지 않았다. 아무도 먹지 않을 것이다.

하지만 이제 그 연장자가 죽었기 때문에 다른 가족이 그 집에 들어가게 된 거다. 새로운 가구와 가전제품이 들어갔다는 의미다. 옛 냉장고를 빼고 새로운 냉장고로 바꾼 거다.

그 고기는 결국 해동되어 들판에 던져진다. 새나 개의 먹이로. 그리고 그 마지막 고기는 루이스에게 주어진 유일한 기회였다, 안 그런가? 그는 어린 엘크에게 그녀의 모든 부위가 낭비되지 않도록 하겠다고 약속했다. 하지만 일부가 낭비된 거다.

그래서 지금 그 엘크가 나타난 거라고, 셰이니. 제기랄.

너구리 발자국이 찍힌 고기가 땅에 닿아 녹기 시작한 순간, 연장자의 사냥 구역에서 땅이 다시 쫙 하고 열리면서 괴수 영화에서처럼 그 안에서 엘크 유령이 기어 나왔다. 그가 세 번이나 쐈던 그 엘크가.

처음에는 다리가 불안정했던 그 엘크는 남쪽으로 내려가면서 발굽이 단단해졌으리라.

페타는 할리를 짓밟지 않았다. 그녀가, 이 엘크 유령이 그런 것이다.

"나는 아직도 그 엘크 생각을 하고 있나?" 루이스는 복도에 서서 말한다.

어린 엘크에 대한 그의 기억, 그 엘크에 대한 죄책감, 그 엘크는 그걸 밧줄 삼아 그에게로 돌아온 거다. 엘크가 게이브나 캐스가 아니라 루이스부터 시작한 이유다. 그들에게 그 엘크는 천 마리의 다른 죽은 엘크와 다를 바 없다.

이제야 모든 것이 말이 된다. 그를 진정시킬 페타가 옆에 없는 상황에서 이 모든 것은 **완벽하게 맞아 떨어진다.**

셰이니의 마지막 메모는 쓰다 만 듯하다. (상아?)

젠장. 당연하다. 루이스는 자리에서 일어나 이리저리 서성이다가 허벅지에 책을 세게 내리친 뒤 다른 손을 머리카락 사이에 밀어 넣는다.

셰이니는 루이스 자신만큼이나 엘크에 대해 잘 알고 있다.

엘크는 수천 년 전 코끼리 같은 상아가 있었다. 오늘날에는 짧아졌지만 그래도 엄연히 상아다. 엘크 이빨을 잘 닦아서 전통적인 드레스에 달아놓으면 멋있어 보이는 이유다. 루이스와 게이브, 리키, 캐스가 눈밭에 있던 그날 생각을 좀 했더라면 마을에 돌아와서 팔 수 있도록 주머니에 엘크의 상아를 잔뜩 챙겼을 것이다.

셰이니가 (상아?)라고 쓴 이유는 엘크 유령이 누구인지 알아낼 방법이 있다는 것을 말하려고 한 거다.

치아를 살펴보는 것.

루이스는 자신의 왼손을 펼친다. 손이 떨리고 있다. 그는 책을 내려놓은 뒤 오른손으로 왼손을 꽉 잡는다. 손이 말을 듣지 않자 그는 다시 차고로 돌아간다. 페타가 몇 시간 후 집에 돌아왔을 때 그는 로드 킹을 더 작은 부품으로 분해해놓은 상태다. 수리 매뉴얼에 실린 분해 조립도처럼 부품을 그의 주위에 쭉 늘어놓았다.

페타는 골대 아래 선 채 그를 바라본다. 그녀의 시선이 느껴진다. 그녀는 그를 바라보며 바닥에 널브러져 있는 온갖 기름 투성이 부품을 이해하려고 노력하고 있다. 이 모든 노력을. 더이상 출근하지 않는 남편을, 대화를 거부하는 남편을.

마침내 그녀는 더플백을 내려놓고 귀마개를 그 위에 던진 다음—그녀는 미신을 믿기 때문에 그것들을 절대로 일터에 놓고 오지 않는다—발로 공을 튀겨 올려 손으로 잡는다.

그녀는 뒤로 몸을 휙 돌린 뒤 드리블을 두 번 한다.

"진짜 가죽이네." 그녀가 놀랍다는 듯 말한다. "어디서 난 거야?"

루이스는 그 공을 보다가 도로로 시선을 거둔다. 생각이 나지 않는다. 셰이니가 그걸로 슛을 던졌을 뿐. 그녀가 가져온 건지 물어보지도 않았었다.

이제 와서 페타에게 그 사실을 말할 필요는 없을 거다.

그는 어깨를 으쓱한다.

"골 넣는 사람이 공격권 갖기?" 페타가 말하며 그에게 가슴으로 공을 넘긴다. 그가 차고에 온갖 장애물을 늘어놓은 바람에 그건 장애물을 헤치며 슛을 성공시켜야 하는 게임에 가깝다. 하지만 페타는 그걸 또 해낸다.

루이스는 셰이니가 그를 향해 공을 잽싸게 던질 때 그랬던 것처럼 공을 잡는다. 그의 인생에 나타나는 여자들은 다들 왜 이 모양이람? 그는 뒤로 기우뚱하며 보라색 우유 궤짝에 쓰러질 뻔하다가 가까스로 팔 아래 공을 낀 채 바짓가랑이 한쪽에 손을 닦는다. 투광 조명등 아래로 페타와 함께 천천히 나간 그는 이 공이 자신의 까다로운 기준에 맞는지 보기 위해 시험 삼아 한번 드리블 해본다.

"11점 먼저 넣기?" 그녀가 말하며 손바닥을 위로 한 채 그와 골대 가장자리의 사이 공간으로 들어간다. 스무 시간 동안 잠을 자지 못했는데도 눈이 반짝거린다.

어디를 봐도 평소 그녀의 모습이다.

루이스는 게이브 같은 미소를 지은 뒤 오렌지색 골대를 올려다본다. 페타에게 정말인지, 그의 공격을 받아낼 준비가 되어 있다고 생각하는지 묻는 듯.

그녀는 준비가 되어 있다. 그보다 훨씬 더 많은 준비까지도.

그들은 둘 다 땀으로 흠뻑 젖을 때까지 시합을 하고 루이스는 그녀가 절대로 그를 봐주지 않을 거라고 생각한다. 그에게 기회가 있다고 생각하게 만들지 않을 거라고.

루이스는 며칠 만에 처음으로 생각을 하지 않는 기분이다. 계속해서 어시스트를 하고 공격을 하는 척 하고 공을 쫓아 높이 자란 잔디와 싸구려 판재 사이를 뛰어다닐 뿐이다. 지금 그에게 정말로 필요하지만 말해볼 생각조차 하지 못했던 일이다.

시합이 끝난 뒤 그는 웃고 있고 그녀도 웃고 있다. 그들은 땀으로 번지르르한 서로의 팔에 안겨 있다. 그는 이제는 만들기를 포기했지만 한때 스웨트 로지에 쓰려고 모아뒀던 담요와 침낭 위로 그녀를 끌고 간다. 그들은 옷을 벗어던지며 차고 문을 내린다. 완벽한 세상이다.

월요일

　점심 무렵 루이스는 로드 킹에 구동 벨트를 도로 채운다. 오토바이는 여전히 뼈대만 앙상하지만 그나마 엔진이 달려 있어 뒷바퀴 살을 돌릴 수 있는 상태다. 앞쪽 서스펜션이나 핸들바도, 좌석이나 발판도 없으며 스로틀은 그저 케이블에 불과하지만 그래도 어느 정도는 모양새를 갖췄다고 그는 혼잣말을 한다. 이건 그가 더디게나마 자신의 삶으로 돌아가고 있다는 증거다. 로드 킹이 제구실을 할 때쯤이면 그는 마침내 오토바이를 몰고 출근할 수 있을 거다. 물론 그때까지 그의 자리가 남아 있다면 말이다. 연방직에서 해고될 만한 사유는 차고 넘친다.

　책임자를 찾아가 그 앞에서 약을 먹으며 앞으로 모범적인 직원이 되겠다고 온갖 잡일도 마다하지 않겠다고 약속하면 해고를 면할 수 있을지도 모른다. 누구라도 대신해서 근무하고 연휴도 다 반납하고 눈이 오는 날에도 출근하며 뭐든지 하겠다고.

오랜 결근을 무마할 가장 좋은 변명은 할리일 것이다. 하지만 그건 가장 부끄러운 변명이기도 하다. 개 때문이라니. 그가 그 정도로 나약한 사람이란 말인가? 다음번에는 '족장'에 대해 불평할 참인가? 우체국 내에서 그의 별명이 '민감 씨'가 되는 것은 아닐까?

하지만 쉽지는 않을 거라고 그는 생각한다. 쉽지도 편안하지도 재미있지도 않을 것이다. 그렇기는 하지만 그가 계속 일하게 된다면 심지어 언젠가 자신만의 담당 구역을 얻게 된다면 그만한 가치가 있을 것이다. 미안, 할리. 너는 이런 취급을 받아서는 안 되는데. 하지만 지금 당장은 페타에게 그가 인생 한가운데에서 멈춰선 게 아님을 보여줘야 한다. 지금 당장은 이제부터 그녀가 그를 짊어지지 않아도 된다고 보여주는 게 중요하다. 페타가 그럴 거라는 걸 루이스는 안다. 페타는 언제까지나 그럴 것이다. 하지만 결국은 지칠 것이다. 페타는 초인에 가까우며 불평할 줄 모르는 사람이지만 그들은 팀이 되어야 한다. 그는 우편물을 나르고 페타는 비행기를 이착륙시킨 뒤 하루가 끝나면 두부와 콩을 나눠 먹으며 하루의 일과를 주고받아야 한다. 어제 저녁처럼 농구를 하면서 오해도 풀고 차고 바닥에서 사랑도 나누면서.

볼트를 조이고 얼룩을 닦으며 생각을 하면 할수록 페타일 리가 없다는 생각이 든다. 페타가 진짜 그가 지어낸 '엘크 머 리를 한 여자'라면—그가 알기로 엘크 머리를 한 여자는 블 랙피트 것도 아니지만—페타는 왜 그가 사다리에서 떨어지 면서 난로에 머리가 박살나려는 순간 그를 구해줬단 말인가? 정답: 페타가 엘크 머리를 한 여자였다면 안 그랬을 것이다. 페타가 엘크 머리를 한 여자였다면 그거야말로 그녀가 원하 는 일이었을 것이다. 그건 그녀에게 구실을 제공해줄 완벽한 사고였을 것이다. 페타는 그의 장례식에 참석하기 위해 인디 언 자치 지구로 가서 다음번 차례인 게이브와 캐스를 무덤 너 머로 바라봤을 것이다.

아니다, 페타가 아니라고 루이스는 결론 내린다.

하지만 그녀가 아니라고 생각하는 유일한 이유는?

셰이니다.

그는 케이블 클립을 찾아 자리에서 일어난다. 차고 어딘가, 아마 팔만 뻗으면 닿을 거리에 있을 거다. 그가 자리에서 일어 나면서 부품 덮개를 발로 차 앞바퀴 타이어에 기대놓은 토크 렌치를 건드리는 바람에 토크 렌치는 잘못 세운 도미노처럼 와르르 무너지고 만다. 루이스는 그 어떤 것에도 분노를 표출 하지 못한 채 그냥 그곳에 서 있다. 그렇게 되면 상황이 더욱 엉망진창이 될 것이기에.

그렇지만 셰이니.

냉장고를 비운 연장자가 일이 주 전이 아니라 한두 달 전에 죽은 거라면? 그 고기가 세상 밖으로 나온 것을 알게 된 셰이니가 가파른 경사로 아래에서 풍화되고 있던 뼈 무더기에서 기어 나온 거라면? 불안한 다리로 몬테나를 절반이나 가로질러 온 뒤 마침내 튼튼해진 다리로 우체국 정문으로 성큼 걸어 들어가 지원서를 작성한 거라면?

엘크가 인간처럼 두 다리로 걷는 형태를 취할 경우 당연히 루이스와 피부색을 맞추려 하지 않겠는가. 전에는 왜 그 생각을 하지 못했는지 모르겠다.

이러한 생각이 떠오른 건 집 안으로 돌아와 개수대에서 더러운 나사받이를 씻는 동안이었다. 페타가 부엌에 기름이 끼는 걸 싫어하기 때문에 루이스는 솔을 최대한 적게 사용한다. 그도 전적으로 이해하는 부분이다. 그래서 그는 흰색이 아니라 파란색 솔의 끝을 이용해 나사받이를 살짝 솔질한다.

그는 차고로 돌아가면서 나사받이를 앞뒤로 돌려가며 어느 쪽이 앞이었는지 알아볼 수 있는지 살펴본다. 바로 그 순간 차고 바닥에 그의 발뒤꿈치가 닿으며 집이 흔들린다. 거실 전등이 그의 주변부 시야에서 깜빡일 때 필요한 흔들림이다.

루이스는 그 자리에서 얼어붙는다. 전등을 똑바로 바라보기가 약간 무섭다. 그는 자신의 삶에서 일어나고 있는 이 사건이 사라지도록 부단히 노력하고 있기 때문이다.

하지만 이 사건이 정말로 끝나기 위해서는 자신이 더 이상 두려워하지 않는다는 걸 입증해야 한다, 안 그런가? 그는 전등을 바라본다.

때맞춰 마치 수줍다는 듯, 불이 다시 들어온다.

루이스는 다시 한 번 부엌 바닥에 발뒤꿈치를 쿵 하고 구른다. 이번에는 아무런 변화가 없다.

"전부 다 개소리야." 그는 귀신 들린 집, 유령 엘크, 크로우 여자 같은 온갖 어리석은 생각에 고개를 젓는다. 그러다가 '민감 씨'로 취급받을 수는 없기에 고개를 들고 팬의 돌아가는 날개가 아니라 그 사이를 바라본다. 부엌에서 바라보는 각도는 딱 맞아 떨어지지 않기 때문에 안심할 수 있지만 그래도 저 멀리 구석에서 그의 시야에서 사라지려고 잽싸게 도망치는 여성의 형체를 볼 가능성이 있다.

아무것도 없다.

그는 숨을 내쉰 뒤 나사받이의 냉기를 턱에 문지르며 팬에서부터…… 엘크 머리를 한 여자를 처음 봤던 곳으로 시선을 옮긴다. 소파 옆, 카펫 위.

"이런 젠장." 그는 나사받이를 떨어뜨리지만 신경 쓰지 않는다.

예전에는 왜 보지 못했을까? 이렇게 명확한데.

페타가 그가 봤다고 생각한 상태를 재현하는 것을 도와줄 때 그는 사다리 위로 올라가 팬의 날개를 통해 카펫을 내려다봤었다. 그리고…… 페타도 내려다봤었다. 소파에 앉아서 그를 올려다보고 있는 페타를. 웃음을 참으려 하지도 않고 무언가를 판단할 마음도 없이 그저 제정신이 아닌 으스스한 인디언 남편의 장단에 맞춰줄 뿐이었던 페타를.

하지만 그건 중요한 부분이 아니다. 중요한 부분은 진실을 드러내는 팬의 날개를 통해서도, 가면이든 뭐든 벗겨내는 깜빡임을 통해서도 페타는 페타였다는 사실이다.

"미안해." 루이스는 그녀에게 말한다. 어젯밤 그녀를 피해서. 그녀가 엘크 머리를 한 여자일 수 있다는 가능성의 손을 들어줘서.

그녀는 절대로 아니었다. 엘크 머리를 한 여자는 그가 그렇게 생각하기를 바랄 것이다. 그가 자신의 삶을 스스로 무너뜨리기를. 그렇게 되면 그 자신은 아무것도 하지 않아도 된다. 그저 앉아서 감상만 하면 될 뿐.

그녀는 그렇게나 기만적이다.

그리고…… 페타를 의심할 때 사용한 같은 논리를 적용해—페타가 추수감사절 고전이 있은 후 다음 해 여름에 나타났다는 사실—루이스는 셰이니가 자신의 집에 나타난 날, 그가 셰이니를 직접 태워서 데리고 온 날 할리가 이미 죽은 상태에 가까웠던 게 우연이 아님을 깨닫는다.

그 지경이 아니었다면 할리는 그녀의 급소를 찔렀을 것이다. 할리는 그녀의 가면을 찢고 그녀가 누구인지 보여줬을 것이다.

제기랄.

이건 기화기를 재조립하는 것과 비슷하다. 마지막 제트를 장착하고 나서 이게 스스로 숨을 쉴 수 있다는 걸 알게 되는 것이다.

이 사실을 입증하듯, 집에 조금도 있기 싫은 루이스가 밖으로 나오자 시리즈의 네 번째 권이 땅바닥에 굴러다니는 맥주 캔 위에 아슬아슬하게 얹혀 있다. 집에 나가거나 들어오는 사람이라면 누구라도 그 책에 발이 걸려 찾을 수 있게 해놓은 거다.

루이스는 20초 정도 그 책을 노려보다가 캔에서 무언가 튀어 오를지도 모른다는 듯 발끝으로 책을 살살 밀어본다. 책은 펼쳐진 채로 거친 콘크리트 바닥에 떨어지고 캔은 30센티미터 정도 구르다가 자갈에 부딪혀 멈춘다.

루이스는 무릎을 꿇고 콘크리트 바닥에서 책을 집어든 뒤 먼저 뒷날개를 펼쳐 메모가 또 남겨져 있지 않나 확인한다.

아무것도 없다. 연필 자국을 지운 흔적도 없다.

루이스는 길가를, 길 건너편까지 양쪽으로 최대한 멀리 살펴본다.

셰이니가 근처에 있는 게 분명하다.

하지만 아무런 움직임도 느껴지지 않는다. 나무 뒤에서 잽싸게 움직이는 큼지막한 귀도, 깜빡이는 커다란 검은 눈도, 몸의 중심을 옮기는 발굽도 없다.

루이스는 책을 들고 안으로 들어가 부엌 탁자에 앉아서 책표지와 책등을 샅샅이 살핀 다음 책장을 넘겨본다.

그는 마침내 '왜 하필 이 책일까?' 하는 질문에 이른다. 그가 이해가 되지 않는 부분, 자신의 이론에서 허점을 찾으려는 그의 신경을 자꾸 거슬리게 만드는 부분이다. 만약 셰이니가 정말로 어린 엘크가 환생한 것이거나 아직 죽지 않은 상태이거나 마무리 짓지 못한 일을 처리하기 위해 돌아온 거라면 왜 세상을 구하려는 보석 가게 직원에 관한 판타지 시리즈에 관심을 보이는 것일까?

루이스는 제대로 기억하고 있는지 살피기 위해 뒤표지를 훑어본다. 맞다. 극장 안내원, 보이는 모습이 전부가 아닌 그녀가, 푸드 코트가 사실은 요정들의 감옥으로 들어가는 입구임을 알게 되는 내용으로 이 시리즈 중 제일 끝내주는 부분이다. 이 책은 털복숭이 매머드 앤디가 고급 백화점의 화장품과 향수 코너를 미친 듯이 휘젓고 다니는 장면으로 막을 내리는데, 이 시리즈의 책 가운데 드물게 에필로그가 있다. 에필로그에는 난쟁이들이 탄산음료를 발견하는 내용이 담겨 있는데 그들의 반짝이는 눈을 보면 이게 문제가 되리라는 것을 알 수 있다.

추수감사절 고전과는 전혀 상관이 없는 내용이다. 사냥과도 우체국과도 게이브와 캐스, 페타와도. 최소한 루이스가 파악할 수 있는 연결고리는 없다.

그는 책장을 닫은 뒤 다음번에 올라갈 때 들고 갈 수 있도록 책을 계단 위에 던져둔다.

그렇다면 셰이니다. 페타가 아니라면. 그럴 리가 없다면 유일한 용의자는 셰이니뿐이다. 셰이니는 10년 전 벌어진 인디언 자치 지구의 학살 현장에서 기어 나오지 않았을지도 모른다. 셰이니는 지금 그녀의 모습이기 전에, 눈을 뜨고 새로운 본능으로 주위를 돌아보기 전에 아마 나름의 생애를 살았을지도 모른다. 셰이니는 인디언 날에 브라우닝에 나타났거나 주간 고속도로에서 엘크를 잡았을지도 모르며 잘 맞지 않는 직장에 들어갔거나 쉬는 시간에 하역장의 기둥에서 담배를 피며 담배보다 더 많은 것을 들이켰을지도 모른다.

엘크의 몸이 어떻게 그녀에게 들어갔는지는 중요하지 않다. 중요한 것은 그녀가 그를 쫓고 있다는 사실이다. 그리고 페타를 함정에 빠뜨리게 만들려 한다는 것, 다시 말해 페타 역시 공격 대상이라는 점이다.

루이스는 안 된다고 고개를 젓는다.

여기서 끝나야 한다. 그러니까 셰이니가 원하는 지점이 아니라 그가 원하는 지점에서 끝나야 한다.

하지만 확실히 하기 위해서는 셰이니를 거실로 다시 한 번 유인해야 한다. 그가 사다리에 올라탄 상태에서 거실로 끌어들여 팬의 돌아가는 날개를 통해 셰이니를 내려다봐야 한다.

페타가 집에 없을 때 하는 편이 가장 좋을 것이다. 페타가 출근하는 내일이 좋겠다.

물론 상황이 예기치 않게 돌아갈 수 있다. 퇴근해서 집에 돌아온 페타가 셰이니와 루이스가 또다시 단둘이 이 집에 있는 것을 본다면 모양새가 좋지 않을 것이다. 하지만 루이스가 만들어낸 회사 소식을 전하는 동안 페타가 부엌에서 돌아다니고 있을 경우 셰이니는 방어 태세를 취할 테고 그러면 그녀의 진짜 얼굴이 드러나지 않을지도 모른다.

아니, 진짜 머리가.

하지만 내일 무슨 수로 그녀를 집으로 끌어들인담?

정확하지는 않지만 루이스가 알기로 셰이니는 목요일에 오후 근무만 한다. 그리고 그도 당연히 회사에 가지 않는다. 당분간은 처리해야 할 더 중요한 일이 있다.

그는 셰이니를 집에 들일 이유를 찾아 집 안을 서성이며 구석구석 살핀다. 일과 관련된 것이 나을까? 아니면 인디언? 농구? 셰이니와 진도가 나갈 준비가 된 것처럼 행동해볼까? 추리닝 바지가 흘러내리지 않게 좀 도와달라고 해야 하려나? 셰이니가 관심이나 있을까? 아니면 셰이니의 마음을 완전히 잘못 읽은 것일까?

아니다, 그는 마침내 생각해낸다. 그녀의 마음을 잘못 읽었는지 제대로 읽었는지가 아니라 다른 방법을. 셰이니를 거실로 끌어들일 더 괜찮은 방법이 있다.

실라스.

그는 셰이니가 본인도 모르게 그에게 준 선물이었다.

판타지 소설에서는 늘 그러한 일이 일어나지 않나? 사악한 마법사나 악랄한 드루이드가 해서는 안 된다는 걸 알면서도 스스로 파멸에 이르는 계획을 짜거나, 용의 배꼽에 비늘 하나를 마저 채워 넣어야 하는 마법 세계의 법칙 같은 것이 있어 별 볼 일 없는 주인공이 천분의 일의 기회를 얻게 되는 그런 일 말이다.

할리가 실라스를 문 것이 바로 그 빠진 비늘, 갑옷의 틈이자 천분의 일의 기회이다. 루이스는 한 번, 그리고 또 한 번 생각한 뒤 위험한 패가 아니라는 것을 확신한 다음 고개를 끄덕인다.

괜찮은 방법이다.

그는 업무 안내 책자를 뒤적이지만 번호를 찾을 수 없어 그냥 우체국에 전화를 해 마지에게서 셰이니의 번호를 알아낸다. 마지에게는 다시 출근하려고 하는데 오토바이를 다 분해한 상태라 그보다 외곽에 사는 셰이니에게 태워달라고 부탁할 생각이라고 말한다.

열 자리 번호를 누르자 셰이니의 전화가 울린다. "블랙피트?" 그의 여보세요? 소리에 이어 셰이니가 말한다. 그는 셰이니가 혼자 있는지 확인하려고 뒤에서 들리는 바스락거리는 소리에 귀를 기울인다.

"잘 있었어? 실라스는 다시 출근했고?"

"프랑켄페이스?"

그 말을 듣자 루이스는 일말의 책임감에 움찔한다.

"지금 일손이 좀 부족해서 말이지." 셰이니가 흡연자처럼 콜록거린다.

"미안하게 됐어."

"그럴 건 없어. 난 오늘 휴가라고."

"수요일에 쉬는 줄 알았는데." 루이스가 질문처럼 묻는다.

"빈자리가 둘이나 되서 스케줄이 엉망이야."

"그래도 내일은 출근하지? 실라스 말이야. 그 녀석이 그날 나한테서 오토바이 브래킷을 가져가기로 했었거든. 할리가…… 알잖아, 그날 말이야."

"실라스는 앞으로 2주 동안은 오토바이 타면 안 될걸. 꿰맨 자국이 바람 때문에 다 벌어질 수 있어."

"그래도 차고에서 오토바이를 만지작거리는 건 할 수 있잖아. 그거라도 하면 좀 낫지 않을까."

"브래킷?" 셰이니가 다시 말한다.

"헤드라이트용. 네가 실라스한테 가져다주면 좋을 것 같아."

한참 동안 아무 말이 없다. 루이스는 셰이니가 침대 옆 창가에서 눈부셔하는 모습을 상상한다.

"그 오토바이가 제 모습을 갖추려면 헤드라이트만 필요한 게 아닐 텐데." 셰이니가 마침내 말한다.

"그렇게 시작하는 거지."

"그러려면 1시간 일찍 집에서 출발해야 하는데……." 셰이니가 앓는 소리를 한다.

"고마워, 정말 고마워." 루이스는 셰이니가 책처럼 브래킷을 현관에 두고 가겠다고 말하기 전에 서둘러 전화를 끊는다.

루이스는 2시간 동안 카펫 위를 왔다 갔다 하면서 가능한 모든 각도에서 모든 것을 점검하려고 몸짓과 발짓을 섞어가며 아이디어를 구상해본다. 그는 로드 킹을 손보려고도 한다. 정말로 다시 출근할 때 타고 갈 수 있을 만한 상태로 만들어놓으려고. 하지만 마음이 너무 어수선해 집중이 되지 않는다. 오후 3시쯤 그는 진입로에 덕트 테이프로 프리 스로 라인을 만든다. 세 번 연속 슛을 성공하기 전까지는 멈추지 않겠다는 규칙을 세운다. 골대에 맞아서도 백보드에 맞아서도 안 된다. 하지만 50번 만에 그는 쓰레기를 세고 있다. 스스로에게 이건 농구라고, 농구는 쓰레기로 만들어졌다고 말하고 있기 때문이다. 두 번까지는 비교적 쉽게 성공하는데 세 번째에는 늘 기이한 각도로 공이 골대 뒤쪽에 맞고 튕겨져 나온다. 세상이 그를 비웃기라도 하듯. 하지만 그 편이 나을지도 모른다. 페타가 걸어 들어올 때 그는 계속해서 이렇게 슛을 쏘고 있을 테고 그들은 지난밤을 재현하고 모든 것은 해피 엔딩으로 끝날 것이다. 그는 심지어 피임 따위는 중요하지 않다는 멍청한 농담을 던질지도 모른다. 인디언은 콘돔을 사용하지 않는다고.

늘 그렇듯, 페타는 씩 웃으며 그의 입을 자신의 귀로 당길 것이다.

반복은 좋아 보인다. 페타가 걸어 들어올 때 그는 그곳에 있을 것이다. 하지만 페타가 전화를 걸어와 무책임한 사람을 대신해 추가 근무해야 한다고 말한다. 그녀는 루이스처럼 무책임한 사람이라고는 말하지 않는다. 출근하지 않은 무책임한 사람, 전화조차 하지 않은 무책임한 사람.

"응, 알았어." 루이스는 수화기를 한쪽에서 다른 쪽으로 옮기며 말한다. 어떻게 잡는 게 가장 좋을지 몰라서, 그 순간 아니면 하루 종일 손으로 뭘 해야 할지 몰라서. 하지만 그녀가 추가 근무를, 연장 근무를 하는 건 좋은 일이다. 그가 다음번

임금에서 얼마간 제하고 받게 된 돈이 지금은 조금 쪼들린다. 다음번 급여를 받기라도 한다면 모르지만, 여분의 자금은 그들에게 지금 딱 필요한 것이리라.

"사랑해." 루이스가 수화기에 대고 말한다. "필요한 거 있으면 언제든 말해."

전화를 끊을 때 그가 늘 하는 말이다.

"당신." 페타는 언제나 똑같이 대답하고 그들은 동시에 전화를 끊는다.

1시간 후 그는 저녁으로 칠리 캔을 데워 크래커 한 통과 함께 먹으며 부스러기는 싱크대에 흘려보낸다. 9시쯤 부엌 탁자에서 꾸벅꾸벅 졸다가 10시가 되자 침대로 기어들어 가 시리즈의 네 번째 권을 읽으려고 한다. 그의 오른쪽에는 맥주병이 기대어 있다.

페타는 그건 좋지 않은 수면 습관이라고 말한다. 잠자리에 들기 전에 술을 마실 경우 신체가 스스로 잠드는 법을 잊게 된다고. 루이스는 그 말이 맞다고 생각하지만 페타는 지금 여기 없다. 게다가 이 '잠드는' 일은 실제로 일어나고 있다기보다는 늘 일어날락 말락 하는 일처럼 보인다. 그는 빠른 속도로 책을 읽어나간다. 그는 이 몰이 얼마나 재미있는지, 이 마법이 그 주위에서 벌어지고 있는 상업 행위와 얼마나 훌륭한 대비인지 잊고 있었다. 계절과 장식의 지속적인 변화가 각 권의 테마나 모티프가 되는 방식은 정말이지 근사하다. 이교도 캐릭터들—특히 엘프들—이 이 모든 휴일을 인정하면서도 또 심각하게 모욕을 느끼는 건 또 어찌나 우스운지. 물론 그들은 모든 것에 모욕을 느끼지만.

1시간 만에 마침내, 감사하게도 읽기와 잠자기 사이의 경계가 흐릿해진다. 그의 가슴에서 책을 들어 올려 조심스럽게 페이지를 표시해둘 페타가 아직 집에 오지 않았기 때문에 루이스는 검지를 책갈피로 사용한다. 잠들기 직전, 그는 사다리에 올라선 상태에서 팬의 날개 사이로 셰이니의 엘크 머리가 보일 경우 어떻게 할지 생각한다.

결국 알게 되겠지만 그 순간 그는 어떻게 해야 할까?

그는 중얼거리지만 잠들락 말락 한 상태에서 그의 입술과 입, 목소리는 다른 누군가의 것이 되고 그의 귀에는 소리가 들리지 않는다.

그는 만족감에 피식 웃는 자신을 느낀다.

화요일

　루이스는 5갤런들이 양동이 위에 앉아 담장 너머로 한때 할리의 무덤이었던 곳을 바라본다. 무언가 할리의 무덤을 판 뒤 담요와 침낭을 철로에 흩어놓았다.

　루이스는 이렇게 주장한다. 무언가 할리의 무덤을 팠다고. 그렇지 않으면 할리가 제 스스로 흙에서 기어 나와 철로로 걸어갔다고밖에는 설명이 되지 않는다. 스타워즈 침낭이 함께 질질 끌려갔다가 나무 침목의 툭 튀어나온 가장자리에 걸린 거라고.

　그가 일어났을 때 페타는 이미 출근한 상태였다. 그래서 페타는 이 모습을 보지 않아도 되었다. 그녀는 도대체 어떤 사람이길래—루이스는 다섯 번째 생각 중이다—새벽 1시에 기어들어 와 해가 뜨기도 전에 다시 출근할 수 있단 말인가? 페타가 몇 시간만 더 눈을 붙일 수 있게 공항은 문을 좀 닫을 수 없는 건가? 하지만 그녀가 여기 없어서 다행이기도 하다.

셰이니가 오기 때문이다.

루이스는 아침으로 구운 빵과 초코바를 먹는다. 초코바를 먼저 먹는데 그러고 나서 빵을 먹으면 더 맛있기 때문이다.

무언가가 분명히 할리의 무덤을 팠다. 그렇게밖에는 설명할 수 없다. 코요테일 것이다. 하지만 오소리가 뒤졌을 수도 있다. 그는 머리가 길쭉한 여자가 무릎을 꿇은 채 새벽 3시에 땅을 파는 모습을 상상하고 싶지 않다. 하지만 그 모습을 보고 싶지 않다고 생각하자 오히려 그 이미지가 선명하게 떠오른다.

루이스는 자신도 모르는 사이에 싱크대에 토한다. 셰이니 때문에 긴장한 것이 아니라고 혼잣말을 한다. 지금 할리의 모습을 생각하다 보니 그렇게 된 거다.

다 토하고 난 뒤 쓰레기 처리기를 켜자 토사물이 그에게 튄다. 그는 토사물을 피하려다가 부엌 바닥에 넘어지고 만다.

"잘하고 있어." 그는 부엌 바닥에 앉아 혼잣말을 한다. "준비는 완벽하다고, 블랙피트."

그가 자신을 그렇게 부른 건 처음이다.

그는 엉금엉금 손을 짚어 부엌 식탁으로 돌아간다. 그곳에서는 최소한 넘어지지는 않을 수 있다. 어쨌든 넘어질 만한 거리도 높이도 아니다.

그는 손가락을 바삐 놀려 억센 엘크 가죽 다발을 말랑말랑하게 만든다.

여전히 냄새가 별로지만 더 이상 치즈 냄새는 나지 않는다. 그것만으로도 큰 발전 아닌가?

벌써 10시 40분이다. 셰이니의 교대 근무가 정오에 시작된다면, 그리고 무슨 이유인지는 모르겠으나 여기에 들리기 위해 1시간 일찍 출발한다면 — 분명 거짓말이겠지만 — 셰이니는 10분이나 15분 후면 도착할 거다.

엘크 가죽을 펼쳐보기에 충분한 시간이다. 가죽을 살펴보는 건 자신이 사방에 낸 칼자국을 들여다보며 아무래도 큰 거는 만들 수 없을 테고, 장갑 몇 켤레 정도밖에 안 되겠다고 판단하려는 게 아니라 단지…….

어떠한 엘크는 정말로 특별할지도 모르기 때문이다, 안 그런가?

그 엘크가 일찍 새끼를 배고 있던 게 아니라면? 혹은 게이브나 캐스, 리키, 루이스가 늦봄에 그 엘크를 사냥했어야 했거나, 뿔 사냥꾼이 곰을 쏘려고 갖고 다니던 권총으로 그 엘크를 쏘기 전에 새끼를 낳으려고 했기 때문에 일찍 배고 있었던 거라면?

그 엘크는 이미 죽어서 가죽을 벗기기로 되어 있었기 때문에 그전에 새끼를 낳아야 했던 거라면?

박물관의 유리 진열장 안에는 인디언 부족의 기록이 담긴 오래된 그림 달력이 들어 있다. 동물의 가죽으로 만든……. 루이스는 그게 버팔로 가죽일 거라고 생각하지만 엘크 가죽일 수도 있지 않을까?

게다가 그게 둘 중 하나라고 누가 확신할 수 있겠는가?

당시에는 사람들이 뭔가 달라 보이는 가죽이라면 뭐든 과거 버전의 우체국 조사관에게 가져다주었을지도 모른다. 어떠한 가죽은 고기에서 벗길 때 이미 반점이 나 있기도 하니까. 그 반점은 시작점일지도 모른다. 앞으로 펼쳐질 이야기. 아직 찾아오지 않은 겨울의 그림들.

그들이 눈밭에 있던 그날, 추수감사절 고전이 거행된 날, 그때는 피가 너무 많아서 서둘러 가죽을 닦아야 했다.

하지만 지금은 시간이 충분하다.

루이스는 식탁을 깨끗이 치운 뒤 엘크 가죽을 양피지처럼 조심스럽게 펼친다.

가죽의 뒷부분은 확실히는 모르겠지만 냉동된 흔적 때문에 검다. 그는 키친타월로 닦아보려 하지만 그 얼룩은 잉크처럼 틈 안에 스며들어 있다. 루이스는 이 증거가 그의 야심 찬 이론을 입증하거나 날려버릴 거라고 추측한다. 물론 가죽에 새겨진 이 얼룩은 세상을 집어삼킬 정도로 강력했던 폭풍우지만.

"조금 늦네." 루이스는 어린 엘크를 내려다보며 말한다. 콜럼버스가 상륙하기 이전인 1491년에도 이러한 경고를 할 수 있었으리라.

그런데 가죽 안에 무언가 있다. 끝부분, 그러니까 말았을 때에는 첫 부분이었을 곳에 그가 잃어버렸다고 생각한 교역소 칼이 있다.

그가 여기 넣어뒀었나?

왜 그랬지?

루이스는 칼을 집어 든다. 가죽을 벗길 때 쓰는 짤막한 칼날의 콧날이 둥그스름하다. 손잡이는 여전히 그의 손에 꼭 맞는다. 그가 애초에 이 칼을 샀던 이유다. 오, 그는 이 칼을 쥐고 앞으로 얼마나 많은 모험을 할 거라 생각했는지.

하지만 그날은 그가 사냥이란 걸 한 마지막 날이었다.

루이스는 의자에 앉아서 팬 아래 설치해놓은 사다리를 바라본다. 벽에 팬 자국에 맞는지 이미 시험 삼아 기울여본 상태다. 고마워, 페타. 이곳에 없는 순간에도 그녀는 그를 구하고 있다.

10시 55분. 셰이니가 지금쯤 도착해야 한다.

루이스는 자리에서 일어나 거실을 전체적으로 다시 한 번 바라보며 잊은 게 없는지 점검한다.

없는 것 같다.

단순한 상황에서는 명심해야 할 사항이 많지 않다.

그는 현관문으로 가서 문을 열어둔 뒤 거실로 돌아온다. 바닥에 놓여 있는 로드 킹의 헤드라이트 브래킷에서부터 팬까지 올려다보며 마지막으로 각도를 점검한다. 정확하다. 엘크는 바로 여기에 있었다.

이제 그 엘크가 다시 나타나려고 한다.

루이스는 사다리의 맨 아랫단에 발을 올려놓은 뒤 손잡이가 빨간 스크루드라이버를 눈높이에 맞춰 네 번째 단에 올려놓는다.

아무 이유 없이 사다리에 올라가 있을 수는 없지 않은가?

11시 5분이 되자 타이어가 진입로의 자갈을 밟는 소리가 들린다.

"좋아, 그럼." 루이스는 고개를 끄덕인 뒤 팬의 돌아가는 날개가 그의 엉덩이 부근에 올 때까지 사다리를 오른다.

그곳에서 거실 바닥에 놓인 헤드라이트 브래킷을 내려다보는 각도가 완벽하다.

셰이니는 포치에 놓인 맥주 캔을 밟지 않고 문을 두드리기만 한다. 루이스가 문을 약간 열어두었기 때문에 노크와 동시에 삐걱거리는 소리가 난다.

"블랙피트?" 셰이니가 부른다.

"여기 있어." 루이스가 대답한다. 스크루드라이버 손잡이를 입에 물고 있어서 소리가 묻힌다. 양손은 그의 숨을 조여오는 작은 전등을 손보느라 바쁘다.

"뭐라고?" 셰이니가 다시 부른다.

"여기 있다고!" 루이스가 이번에는 더 크게, 바라건대 더 선명한 목소리로 답한다.

셰이니는 주뼛주뼛 들어온다. 이게 마치 함정일지도 모른다는 듯.

"대체 그 위에서 뭘 하고 있는 거야?" 셰이니가 거실 끝에 선 채로 말한다.

"전등이 말썽이라." 루이스는 스크루드라이버를 입에 문 상태에서 말하다가 드라이버를 놓치고 만다. 드라이버는 그의 뒤로 굴러 떨어져 모퉁이에 처박힌다.

"조심하라고, 감전될라." 셰이니가 웃는다.

"저기 브래킷이 있어." 루이스가 아래를 향해 고개를 까딱하다가 스크루드라이버 없이는 더 이상 사다리 위에 있을 이유가 없음을 깨닫는다. 그가 스크루드라이버를 가지러 내려가지 않으면 셰이니가 이상하게 생각할지도 모른다.

하지만 그는 사다리를 내려갈 수 없다. 팬을 통해 셰이니의 진짜 모습을 봐야 한다.

그의 손이 거의 스스로 바지 뒷주머니로 향하더니 엘크 가죽 안에서 찾은 칼을 그러쥔다. 그는 자신이 그걸 손에 쥐었다는 사실을 기억하지 못한 채 관찰하듯 그걸 바라본다.

하지만 그건 콧날이 뭉툭한 박피용 칼날이 달려 있는 퍼티용 칼이자 예술 작업용 칼로 머리가 납작하다. 그는 그 칼을 손에 쥔 채 전등을 감싸고 있는 소켓과 허물어진 천장 사이에 밀어 넣어본다.

"좀 도와줄까?" 셰이니가 묻는다. 루이스는 그녀 쪽을 바라보며 고개를 젓다가 드디어 처음으로 그녀를 제대로 바라본다. 셰이니는 작업복을 입고 있다. 그냥 평상복, 늘 입는 플란넬 바지 차림이다. 하지만 머리는 전날 한 듯 잘 매만진 상태다. 돌돌 말려 있지만 충분히 길어서 얼굴을 절반쯤 덮고 있다.

안 된다, 페타가 집으로 와서 셰이니의 이런 모습을 봐서는 안 된다.

하지만 이건 가짜 모습이라고 루이스는 스스로에게 상기시킨다. 셰이니는 그가 보고 싶어 하는 모습을 보여주고 있다고. 그를 괴롭히기 위해 이러한 특정한 모습으로 꾸민 거라고.

"그래, 언제 다시 출근할 건데?" 셰이니가 묻는다. "회사에서 내기 당구 하는 거 알아?"

"내일." 루이스는 전등을 고치는 척한다. "내일모레."

"금요일에는 나와. 그럼 내 수익을 나눠줄게."

"무슨 내기인데?" 루이스가 묻는다. 그는 멍청한 인디언이 아니므로.

셰이니는 웃기만 하더니 헤드라이트 브래킷을 고개로 가리킨다. "프랑켄페이스가 이게 뭔지 알까?"

"그 사람 이름은 실라스야."

"한때는 그랬지." 셰이니는 드디어 거실로 들어오더니 스위치에 손을 뻗어 팬을 끈다. 제어장치를 한 번에 찾아낸다.

루이스는 심장이 내려앉으며 얼굴이 굳는다.

셰이니는 그가 무엇을 하려는지 정확히 알고 있다.

"내가 네 목숨을 살렸다고." 그녀는 이렇게 말하면서 무릎을 끌어당겨 소파에 쪼그리고 앉더니 브래킷을 집어 든다.

루이스는 팬을 통해 그녀를 똑바로 바라보려 하지만 날개가 벌써 천천히 돌아가기 시작하면서 깜빡이는 속도가 차츰 느려진다.

그 사이를 통해 봐봤자 셰이니는 그냥 셰이니일 뿐이다.

"아니, 아니, 그냥 켜 둬." 루이스는 사다리를 단단히 붙든 채 간청하듯 말한다. "스위치 말이야. 팬이 꺼지면 이 전등의 전원이 들어온다고."

"전선 연결이 도대체 어떻게 된 거야?" 셰이니는 믿을 수 없다는 듯 팬을 보다가 전등을 바라보며 묻는다. 하지만 루이스가 그에게 남은 소원 카드를 전부 다 써버렸는지 전구는 아주 살짝만 깜빡인다. 필라멘트만 아주 잠시 빛을 내지만 그걸로 충분하다.

루이스는 그 모습을 잠시 보다가 셰이니를 내려다본다. 셰이니는 어깨를 으쓱하더니 그가 일부러 달아놓은 볼트를 조심하며 브래킷을 부드럽게 안아 들고는 스위치로 가서 팬을 다시 켠다. 팬은 그렇게나 오랫동안 계속해서 돌아가다가 잠시 꺼져서 슬펐다는 듯 소용돌이치며 다시 빙글빙글 돌아간다.

"아." 루이스는 소파 앞에 놓인 카펫을 칼로 가리킨다. "저게 떨어졌었나?"

팬에서 부는 바람 때문에 셰이니의 얼굴에 머리카락이 뒤엉키지만 셰이니는 머리를 뒤로 넘기며 브래킷을 내려다본다. 바깥 고리에 연결된 볼트를 만지더니 루이스를 향해 무슨 말인지 모르겠다는 듯 어깨를 으쓱한다.

"거기, 거기." 루이스는 계속해서 가리킨다. 셰이니는 한 걸음 앞으로 나가고 팬의 날개가 만들어내는 뿌연 시야 안에 그녀의 다리가 들어온다. 하지만 바로 그 순간 그녀의 얼굴이 그곳에서 벗어나고 셰이니가 고개를 들면서 말한다. "내 셔츠 안이 궁금한 거지, 블랙피트?"

셰이니는 자신의 가슴을 내려다본다. 그러고는 플란넬 셔츠의 목 부위를 여미는 대신 활짝 열어젖히더니 살짝 악마 같은 눈으로 그를 올려다본다.

"아니, 아니라고." 루이스는 이렇게 말하며 사다리를 내려와 날개를 통해 그녀의 얼굴을 바라본다. 하지만 이 각도에서 셰이니는 그냥 셰이니일 뿐이다.

젠장.

제기랄, 제기랄, 제기랄.

하지만 셰이니는 그 안으로 들어와서는 안 된다는 걸 알지 않았나? 셰이니는 팬을 꺼야 한다는 걸 알지 않았나?

"연결 부위가 느슨한 거라면," 그녀가 말한다. "바로 저기에 뭔가를 끼워 넣으면 돼." 셰이니는 전등을 가리킨다. 수리 작업을 하는 척하고 있었기 때문에 루이스는 장단을 맞춰줘야 한다.

셰이니는 앞으로 가면서 팬 주위의 불빛을 바라보고 루이스는 한 단 더 올라가 전등 소켓 옆에 칼을 쑤셔 넣는다.

셰이니의 말처럼 작은 전등의 불빛은 안정적인 상태가 된다.

"나중에 갚아." 그녀는 탁자에 놓인 엘크 가죽을 보더니 이미 돌아서고 있다.

루이스는 사다리에서 내려와 그녀를 따라간다.

"무슨 일 있었어?" 셰이니가 묻는다. 여전히 만질 뻔하지만 만지지는 않은 채.

"네안데르탈인." 루이스가 웃긴 농담이라도 되는 듯 말한다.

셰이니는 여전히 눈을 가늘게 뜨고 그를 올려다본다.

그녀가 막 돌려준 네 번째 권에는 무거운 창과 화살을 들고 구부정한 자세로 몰을 어슬렁거리는 네안데르탈인이 등장한다. 네안데르탈인은 반복해서 등장하는 농담이다. '9번 통로 청소'의 다음 버전이 등장할 때마다 앤디는 고개를 설레설레 저으며 네안데르탈인이라고 말한다. 마치 그들이 그의 삶을 망치기 위한 목적으로 그곳에 투입되었다는 듯.

루이스는 침을 삼킨다. 손가락 끝까지 전율이 흐른다.

"너 이상한 거 알지?"

"나와 앤디 말이야."

'네안데르탈인'을 잊을 수는 있지만 앤디는 시리즈 전권에 등장한다. 물을 가져오는 앤디, 거대한 살인자 앤디, 실직자 앤디. 네 번째 책에는 당연히 매머드를 타고 다니는 앤디가 나온다. 그가 무슨 말을 하는지 모를 수가 없다.

셰이니는 그가 진짜 루이스가 맞는지 확인하려는 듯 그의 눈을 잠시 들여다보더니 몸을 돌려 현관문으로 향한다.

"잠깐만." 루이스가 말한다. 심장이 터질 것 같다. 무슨 말을 해야 할지 머리를 굴리느라 얼굴이 벌겋게 달아오른다. "다른 걸 준 거 같아." 그는 아무 말이나 불쑥 내뱉는다.

셰이니는 자신이 들고 있는 헤드라이트 브래킷을 내려다본다.

"아무거나 상관없는 거 아니야?"

"딱 맞는 게 있어. 여기 있었는데, 방금 봤는데……."

셰이니는 그가 하려는 놀이나 농담이 끝나기를 기다리는

것처럼 그를 자신의 시선에 잠깐 가둔다.

"이쪽으로 와봐." 루이스가 말하며 셰이니를 지나 차고 문으로 향한다. 그녀가 싫다고 말할 기회도 주지 않은 채.

그가 커다란 차고 문을 올리자 조명이 켜진다. 그는 그 자리에 선 채로 콘크리트 바닥에 흩어져 있는 온갖 부품과 상자, 오래된 타월을 살펴본다.

"이게 뭔 난리래?" 셰이니가 놀란 듯 말한다.

"여긴 늘 이래." 루이스가 머리를 얼마나 빨리 굴리고 있는지 티내지 않으려고 애쓰며 말한다. 그가 진짜 셰이니의 모습을 보기 위해 필요했던 깜빡거림의 속도가 이제 그의 눈 뒤에 있는 것만 같다.

그는 셰이니를 똑바로 바라보기가 겁난다. 그래서 세 걸음 앞으로 뛰어가 농구공을 튕겨 드리블을 한다.

"저번에 네 베프를 잊었더라." 그는 이렇게 말하며 그녀에게 언더 스로로 공을 던진다. 패스로 쳐줄 수도 없는 동작이다. 셰이니는 공을 한 손으로 받아내 엉덩이로 가져가는 대신 옆으로 비켜선다. 분명히 할 수 있는데도 말이다. 그녀는 그의 의도를 파악하려는 듯 계속해서 그를 바라보기만 한다.

"오, 맞아, 이것 봐봐. 끝내준다고." 그는 로드 킹 쪽으로 다가가며 말한다.

"난 출근해야 해, 블랙피트." 셰이니는 그만 빠져나가려고 이렇게 말한다.

"잠깐만, 기다려." 루이스는 오토바이의 다른 쪽으로 돌아가며 말한다. 보라색 우유 궤짝이 없는 쪽이다. 그는 불꽃을 좀 일으키지만 시동이 걸리기 전에 스로틀을 당기는 바람에 실패한 소리, 질식한 소리만 날 뿐이다. "제기랄." 그는 화상을 입은 것처럼 손을 털면서 몸을 기울여 안을 들여다본다. "오, 그럼 그렇지." 그는 아하, 하며 올려다보지도 않은 채 오른손으로 셰이니를 끌어당긴다.

셰이니는 머뭇거리며 천천히 다가온다.

"나도 오토바이가 어떤 소리를 내는지는 안다고." 그녀는 루이스에게 말한다.

"이건 새로운 배기관이야." 루이스는 그녀에게 말하며 그녀를 점점 더 가까이 끌어당긴다. "여기를 좀." 그가 마침내 그녀를 올려다보며 말한다. "여기, 여기," 그는 헤드라이트 브래킷을 그녀에게서 뺏어 자기 쪽에 놓으며 말한다. "바로 여기 있는 진공관, 이걸 막아봐. 내가 시동을 걸 수 있게. 그럼 될 거야."

셰이니는 마치 안전 점검을 하듯 로드 킹을 살핀 뒤 뒷바퀴를 비롯해 위험의 가능성에 대해 언급한다. "다 완성한 다음에 보여주면 어때? 정말 감탄하겠다고 약속할게."

"실라스한테 꼭 말해줘." 루이스는 부끄러운 듯 말한다.

"이 부분에 대해서는 말하지 말고. 이건 비밀이야. 하지만 실라스한테 주려고 똑같은 배기관을 주문해놨다고. 사과의 뜻으로 말이지. 실라스한테 굉음이 얼마나 대단한지만 말해줘."

"꼭 들어봐야 할 필요는 없을 것 같은데." 셰이니가 말하지만 루이스는 이미 몸을 기울인 채 그녀의 손가락을 진공관의 열린 끝부분, 이음부에 갖다 댄다. 손만 갖다 대면 쉽게 막을 수 있는 부위다.

처음으로 그녀의 몸에 손을 댄 건가? 그럴 거라고 그는 생각한다.

불똥은 튀지 않는다. 추억이나 비난의 감정이 쇄도하지도 않는다. 네 명의 인디언이 오르막길을 따라 올라가는 장면이 재현되지도 않는다.

"너 때문에 늦겠다, 블랙피트." 셰이니가 말한다. 오토바이의 반대편, 자기 쪽으로 돌아온 루이스는 그 순간 그녀의 셔츠를 내려다볼 수 있음을 깨닫는다.

그녀는 그의 눈이 어디로 향하는지 보더니 말한다. "부탁하기만 하면 된다고."

"아니, 그게 아니라." 루이스가 먼저 움직이고 곧 둘 다 농구공을 향해 몸을 돌려 경사진 차고를 따라 천천히 구르듯 내려간다. 이 세상에서 가장 크고 가장 부드러우며 가장 술에 취한 핀볼처럼.

"옷을 더럽히면 안 되는데." 셰이니는 커다란 탱크 너머로 말하지만 생각은 정반대인 듯 눈은 그에게 붙박혀 있다.

"나는 네가 누군지 안다고." 루이스는 엔진이 돌아가는 가운데 그녀의 말을 받아친다. 셰이니는 엔진 소리에 그의 말이 잘 들리지 않아 눈을 찌푸린다. 마지막으로 사냥을 한 날처럼, 그가 뒤로 물러설 수 있는 순간이다. 이 일이 발생하는 것을 막을 수 있는 순간. 그는 진공관을 연결하지 않고 오토바이의 엔진을 끈 뒤 다른 말을 했던 척할 수 있다. 머리카락 조심하라고. 그 말이 딱 좋겠다.

하지만 그건 그가 원하는 게 아니다.

셰이니는 할리를 죽였다. 그는 그 사실을 잊지 않으려 한다. 그녀는 할리를 죽였고 그가 페타를 배신하도록 만들려 했다. 그리고 그녀가 진짜 누구인지 알 수 있는 마지막 단서, 농구보다도 더욱 확실한 단서는 그녀가 매머드를 타는 앤디를 몰랐다는 사실이다. 그 책들은 그녀에게 그저 구실에 불과했다. 자신의 계획을 실천하려고 이곳에 오기 위한 변명거리일 뿐이었다. 그녀가 정말로 시리즈의 네 번째 권을 읽었다면 루이스를 비롯해 전 세계 사람들이 앤디가 세 번째 권의 마지막 부분에서 '죽는' 바람에 그다음 책의 전반부에 등장하지 않았을 때 느낀 감정의 롤러코스터를 경험했을 것이다. 물론 앤디는 죽은 것처럼 보였다가 다시 등장한 게 아니라 다시 태어날 적절한 상황을 기다리며 음료수 자판기 안의 거품 세상에 갇혀 있었다. 그때 앤디의 조상 중 하나인 매머드가 절벽에서 떨어지면서 자판기 안으로 들어오게 되고 그 매머드가 자판기 밖으로 다시 떨어졌을 때 엘프들이 앤디를 매머드의 배꼽에서 꺼냄으로써 앤디는 다시 태어나게 된다. 처음에는 삐쩍 마른 태아에 불과했던 앤디는 하루 만에 훌쩍 자라 죽은 매머드의 짝을 타고 화장품과 향수 코너를 활보하다가 그가 늘 되고자 했던 진정한 챔피언이자 구세주가 된다. 이처럼 극적인 귀환을 쉽게 잊을 수는 없다. 이 책을 정말 읽었다면 말이다.

"내가 누군지 안다고?" 셰이니는 소음기를 설치하지 않아 시끄러운 4기통 엔진 너머로 말한다. 아직까지도 검지 안쪽으로 가짜 진공관을 막고 있다. 이 일이 일어나기 전에 그녀가 화를 면한 건 그 부위뿐이다.

구동 벨트는 루이스 쪽에 있다. 셰이니는 바보가 아니다. 엘크 머리를 한 여자는 바보가 아니다. 그녀였다면 위험을 감지했을 것이다. 그 작은 컨베이어 벨트에서 즉각적인 죽음을 엿봤을 것이다. 그가 1단에 놓고 벨트를 돌리자 아직 타이어를 덮지 않은 뒷바퀴가 곧바로 돌아가면서 희뿌연 은색 이미지를 만들어낸다.

크롬 바큇살이 돌돌 말린 셰이니의 긴 곱슬머리를 낚아채며 그녀의 머리를 위로 옆으로 돌리면서 목을 뚝 하고 부러뜨리는 데에는 0.5초도 걸리지 않는다. 하지만 그녀의 머리카락은 계속해서 당기고 돌아가는 바큇살, 깜빡거리는 바큇살 쪽으로 계속해서 감겨 들어간다. 목이 부러진 직후 정수리 가죽이 벗겨지면서 흐물흐물해진 이마가 뒷바퀴 쪽으로 휙 젖혀진다. 바큇살은 너무도 쉽게 두개골을 가르고 뇌의 뜨끈한 외피에 박힌다. 회색빛이 도는 분홍색 뇌, 온통 창백한 피복으로 덮여 있는 뇌의 주름 사이로 피가 스며든다.

루이스는 스로틀을 놓고 엔진을 끈다.

침묵. 바퀴가 서서히 멈추는 소리만 들릴 뿐이다. 셰이니의 목구멍은 여전히 숨을 들이쉬고 있다. 루이스에게 눈을 붙박은 채 그를 배신자라고, 살인자라고, 마지막으로 한 번 더 "블랙피트."라고 부른다. 결국 그녀는 뒤로 쓰러지며 침낭과 온갖 부품 사이에 푹 박힌다. 왼발이 씰룩거리고 입가에서 피가 아니라 침이 흘러내린다. 하지만 차고에는 산소가 혼합된 선홍색 피가 후드득 튀어 있다. 핏줄기는 차고를 둘로 가르고 바닥에서 벽으로 천장으로 흐르더니 반대편 벽을 타고 다시 내려온다. 그건 과거의 루이스와 지금의 루이스를 나누는 선이다.

그는 자리에서 일어나 벽에 달린 버튼을 누른다.

이 모든 것의 문을 닫을 때다.

계속해서 화요일

루이스는 결국 스웨트 로지를 짓지 못했다. 하지만 수증기로 가득 찬 이 층 샤워실 안에 오랫동안 서 있다 보면 그런 척할 수 있다. 셰이니가 그의 얼굴에 뿌린 피와 뇌 파편이 배수구로 빙빙 소용돌이치다가 영원히 사라진다.

그녀의 작은 노란색 토요타 트럭이 아직까지 밖에 주차되어 있지만 루이스는 샤워를 마친 뒤 아무 데나 차를 옮겨놓고 걸어서 돌아오면 된다. 목격자는 없을 터다. 네, 경관님, 셰이니는 부품을 가지러 왔지만 그걸 갖고 떠났습니다. 증거라면, 보세요, 그 부품이 여기 없잖아요, 그렇죠?

아주 간단한 일이다.

이제 마침내 그의 인생에서 새로운 10년이 시작된다. 그는 어린 엘크, 아니 아홉 마리 — 태어나지 않은 새끼 엘크까지 합친다면 열 마리 ― 모두에 대한 대가를 지불해야 했다. 하지만 인디언 자치 지구에서 한참이나 떨어진 이곳에서 그는 그 대가를 치르는 걸 가까스로 피할 수 있었다.

셰이니를 어떻게 해야 할지 고민하다가 그는 본능적으로 그녀를 할리와 함께 묻을까 생각한다. 하지만 얼마 안 가 경찰이 그곳을 파볼 테고 정오 무렵 기차가 지나갈 텐데 그걸 구경할 관객들은 필요 없을 거다.

제발, 살면서 딱 한 번만이라도 그는 현명해져야 한다. 그는 진짜 살인자가 아니다. 셰이니는 진짜 사람이 아니었으니까. 그녀는 그가 10년 전 토요일에 쏘아 죽인 엘크였다. 자신이 이미 죽었다는 걸 몰랐던 엘크.

그렇기는 하지만, 뜨거운 수증기를 향해 비눗물 묻은 손을 들어 올리자 손이 덜덜 떨린다. 손은 계속해서 떨릴 것이다. 그는 지금까지 두 번, 샤워 커튼을 옆으로 젖혀보았다. 그림자 형상이 그곳에 서 있지 않나 확인하기 위해, 문이 삐걱거리는 소리나 발소리가 들리지는 않는지 확인하기 위해. 발굽 소리가.

그는 그냥 긴장해서 그런 거라고 혼잣말을 한다. 뭐든 처음으로 일을 저지른 사람은 그처럼 극심한 공포에 사로잡혀 허둥대기 마련이다.

그는 뜨거운 물에 얼굴을 조금 더 오래 담근 뒤 이제 그만 생각하겠다고 다짐한다. 하지만 머리는 계속해서 굴러가고 그는 어째서 셰이니가 농구공 곁에서 그렇게 어색해 보일 수 있었는지, 왜 진짜 선수처럼 자연스럽게 공을 잡아내지 못했는지, 몇 시간이고 땀을 빼며 즐길 수 있는 물건을 갑자기 왜 아무것도 아닌 양 옆으로 슬쩍 통과시켰는지 곱씹고 있다.

하지만 셰이니는 여전히 농구를 좋아하는 사람이었을 수도 있지 않을까? 떨어뜨리면 안 되는 브래킷을 들고 있었기 때문에 옆으로 비켜선 것은 아니었을까? 그와는 달리 던져달라고 요청하지 않은 공은 잡을 필요가 없다고 생각해서 피했던 건 아니었을까?

중요하지 않다. 중요한 건 셰이니가 그 책들에 대해 몰랐다는 거다.

루이스는 샤워실 밖으로 나와 타월을 걸치지 않은 채 거울 앞에 선다. 거울에 그의 형체가 뿌옇게 보인다.

셰이니는 그 책들에 대해 몰랐다고 그는 머릿속으로 되뇐다.

그 말인즉?

그녀가 엘크 머리를 한 여자라는 뜻이다.

이유는?

그녀가 거짓말을 했기 때문이다.

그 말은 그녀가 괴물이라는 뜻인가?

루이스는 복도에 쪼그리고 앉아 손에 얼굴을 파묻는다. 자신의 논리에 저항하려는 듯 머리를 앞뒤로 흔든다.

아니다, 그는 결국 인정해야 한다.

그건 그녀가 영락없이 그 괴물이라는 뜻이 아니다. 하지만 농구공 앞에서 그렇게 어색하게 행동한 것 말고도 그녀는 거실에서 자신이 서 있어야 할 위치를 정확히 알고 있었고 팬을 꺼야 한다는 사실도 알았다. 거실 탁자에 놓인 자신의 가죽을 만지지 않았던 것은 또 어떻고?

루이스는 선 채로 고개를 끄덕인다.

그렇다.

셰이니는 책에 대해 거짓말을 했을 수 있다. 책은 그저 그의 결혼생활을 무너뜨리기 위한 변명이었다. 그게 그녀가 하는 일이므로. 그건 인간의 모습으로 그녀가 할 수 있는 복수이므로. 하지만 자신이 살아 있던 마지막 순간에 걸친 가죽을 만질 경우 처음 맞이했던 죽음을 전부 다시 겪게 될 터였다.

루이스는 고개를 끄덕인다. 그랬을 것이다. 당연히.

오, 그리고 또 있다. 셰이니는 1시간 일찍 출발해야 한다고 거짓말을 하지 않았었나? 그녀는 출근하기 전에 이곳에서 혼자서 더 많은 시간을 보내고 싶었던 거다. 그 부분이라면 루이스도 입증할 수 있다.

그는 우체국에 전화해 또다시 마지를 바꿔달라고 한다.

"오늘 내 목소리가 정말 그리운가 보네." 마지가 말한다.

"셰이니 말이야." 그는 한담이나 나눌 시간이 없다는 듯 서

둘러 말한다. "그게 말이야 아직 안 왔어. 내가 가볼까 하는데 주소를 몰라서. 꽃 농장에 사는 거 맞아?"

어리석긴. 그곳엔 아무도 살지 않는다. 주거지역으로 지정된 곳조차 없을 거다. 하지만 그의 머릿속에 가장 먼저 떠오른 인근 동네는 그곳뿐이다.

마지는 말이 없다. 생각 중인가 보다.

"제발, 제발, 오늘도 출근 안 하면 제리가 난리칠 거라고." 루이스가 마치 자기주장을 관철시키는 데 도움이 되기라도 하는 것처럼 방방 뛰면서 말한다.

주소를 얻어내기란 이토록 쉽다.

잠시 후 여전히 수건을 걸친 상태에서 그는 그레이트 폴스의 접이식 지도를 엘크 가죽 뒷면 위에 펼친다. 붉은색과 파란색 선 위로 그의 머리에서 흐른 물이 뚝뚝 떨어진다.

"말도 안 돼." 셰이니의 주소를 마침내 알아낸 그가 말한다.

셰이니는 정말로 1시간 전에 출발했어야 했다. 그녀는 정말로 마을 반대편 아주 먼 곳, 깁슨 플랫에 살고 있기 때문이다. 그 동네는 그레이트 폴스도 아니다. 하지만 셰이니는 정말로 책을 빌려갔었다. 그리고 책을 계속해서 정말로 돌려줬고.

루이스는 의자에 털썩 주저앉아 눈을 감는다.

마침내 설명이 머릿속에서 보글보글 솟아오른다.

미약하고 빈약한 설명이지만, 셰이니가 책을 한두 장 읽어보다가 자신에게 안 맞는다고 생각했다면? 트렌치코트를 입은 멍청한 엘프나 핫도그 판매대 앞의 남자아이가 등장하는 시시한 소설이라 생각해서 루이스의 포치에 열 권을 전부 떨구고 간 거라면?

그렇다면 셰이니가 줄거리를, 등장인물을 모른다 해도 말이 된다.

하지만 그걸 찾은 사람은 누구란 말인가? 누가 한 권은 여기에 두 권은 저기에 놓고 갔단 말인가? 그리고 도대체 왜?

네놈이 그 짓을 저지르도록, 머릿속에서 목소리가 들린다. 자신의 목소리보다 냉정한 목소리가.

그는 가쁜 숨을 내쉬며 자리에서 일어나 고개를 젓는다.

셰이니는 엘크 머리를 한 여자였다. 그래야만 했다. 그녀는 그가 이 아랫동네에서 만난 유일한 인디언이었다. 루이스는 다른 인디언들도 보지만 그들은 그저 고개인사만 할 뿐 멈춰서 그에게 말을 걸지는 않는다. 엘크 머리를 한 여자는 셰이니여야만 한다.

셰이니가 엘크 머리를 한 여자가 맞는지 알아낼 수 있는 마지막 방법이 있다. 세 번째 권의 뒤표지 안쪽에 그녀가 써놨던 방법이다.

루이스는 거실 한 귀퉁이로 가 붉은색 손잡이가 달린 스크루드라이버를 가져온다.

그런 다음에 차고로, 침낭과 담요 더미를 쌓아둔 곳으로 향한다.

그는 셰이니를 끌고 와 아직 뜨고 있는 그녀의 눈을 감긴다.

그는 그녀의 입에 쑤셔 넣었던 머리 가죽을 아무렇지도 않게 꺼낸다. 옛 인디언이라면 그렇게 했을 거라 생각하며. 그가 그녀를 침낭과 담요 안에 묻는 동안 저항하지 않았다는 것은 그 방법이 효과가 있었다는 뜻이다. 그녀의 입 속에 머리를 넣은 것이.

하지만 이번 건 아무래도 그렇다. 셰이니의 머리카락이 로드 킹의 바큇살에 걸리게 만든 것은 비교적 쉬운 일이었다. 이건 훨씬 더 어렵다.

하지만 루이스는 무수히 많은 엘크와 사슴의 가죽을 벗겼다. 한번은 무스의 가죽을 벗긴 적도 있다. 임신한 어린 엘크에게서 배아 혹은 태아를 꺼낸 적도 있지 않은가. 그 배아 혹은 태아가 정맥이 보이는 얇은 자루 안에서 발버둥 치고 있었다는 사실은 페타에게 말하지 않았다.

그는 할 수 있다.

우선 손가락으로 입을 연 다음 손을 최대한 깊이 넣고 턱을 아래로 세게 당겨 축축한 턱뼈를 우드득 부러뜨린다. 그래야 손을 안으로 더 깊이 넣어 윗니를 볼 수 있으니까.

엘크 머리를 한 여자가 그에게 어디를 살펴봐야 하는지 말해주지 않았던가? 엘크 머리를 한 여자를 어떻게 알아볼 수 있을지 말해주지 않았던가?

(상아)

그는 송곳니와 그 뒤에 난 이 사이에 스크루드라이버를 낀 채 손바닥의 볼록한 부위를 이용해 붉은색 손잡이를 밀어 넣는다. 지렛대처럼 밀어서 필요한 이를 뽑아낼 수 있도록 깊이, 피가 낭자한 뿌리 깊숙이까지. 셰이니가 죽은 지 얼마 안 되었기 때문에 이는 꿈쩍도 하지 않으려 한다.

하지만 결국 빠진다. 그가 지렛대로 사용한 옆니도 함께.

루이스는 자신의 손에 그걸 달가닥거려 본다. 운이 좋게도 의도치 않게 두 개나 뽑았다. 이렇게 되면 두 개를 비교해볼 수 있다. 정상적인 이와 상아를.

하지만 둘 다 똑같은 모양이다.

그는 카브 세척제를 가져와 뿌린다. 어딘가 분명 상아가 있을 것이기 때문이다. 상아가 보이지 않자 그는 눈을 감고 침낭에 무릎을 꿇는다.

그러고는 혼자 웃는다. 울음에 가까운 웃음이다.

우체국을 운영하는 데 직원이 그렇게 많이 필요하지는 않을 거다, 안 그런가?

원주민 남성, 우체국의 모든 일을 혼자 도맡아 하다.

그는 셰이니의 플란넬 셔츠 아래로 보이는 배 부위에 눈을 붙박은 채 머릿속에 떠오르는 헤드라인을 웃어넘기려고 한다. 피와 상처가 없는 그 부위는 눈을 갖다 두기에 안전한 곳일 거다. 다른 부위보다 낫기도 할 테고. 하지만…… 아니다. 아니, 아니, 아니.

원한다면 셔츠를 바지에서 **빼낼** 수 있지 않은가? 그는 셔츠를 들어 올려 수직으로 길게 난 상처 자국이 있나 살펴볼 수 있다. 그런 상처가 있다면, 그녀가 정말로 현장에서 간단하게 손질된 것이라면, 그녀는 엘크 머리를 한 여자가 분명하다.

수술대 위에서 도살당한 게 아니라면 말이다. 술 취한 교역소 의사가 그녀에게 평생의 상처를 남겨 그녀를 그 아래가 아니라 가슴팍에 시선을 받는 여자로 만들어버리지 않았다면 말이다.

루이스는 아니라고 고개를 젓는다. 이렇게까지 하고 싶지는 않다고. 어느 쪽이든 알고 싶지 않다고. 셰이니에게 그런 상처가 아예 없다면 어쩔 건가?

그렇기는 하지만, 확인해야 한다. 그는 그녀의 배에 손을 가져다 댄다. 손가락으로 플란넬 셔츠를 들어 올려보려고 한다. 진실을 마주하려 한다. 하나, 둘, 셋 하면. 다시 하나, 둘, 셋 하면.

그를 구한 것은—늘 그를 구하는 사람은—페타다.

현관문이 열리고 닫힌다.

제기랄.

그는 재빨리 셰이니를 다시 묻는다. 셰이니의 상처 자국은 언제라도 확인해볼 수 있다. 페타가 알아야 할 필요는 없다. 천장과 벽에 온통 튀어 있는 건 유압유라고 변명하면 된다. 사체 냄새가 나는 건 할리 때문이다.

가빠지는 숨을 진정시키는 데 30초가 걸리고 정신을 가다듬는 데 또 1분이 걸린다.

루이스는 용기를 내자며 고개를 끄덕이고는 부엌으로 걸어간다. 도시락통을 꺼내고 있는 페타를 보고 놀란 척 고개를 휙 치켜들 준비를 하지만 그녀는 평소와는 달리 카운터 앞에 서 있지 않다. 그녀를 찾아 그는 더 높은 곳으로 고개를 들어야 한다.

그녀가 있는 곳은…… 사다리?

"드디어 해결했구나!" 페타가 만면에 미소를 띤 채 말한다. 최근에 두세 번 연이어 근무를 선 것이 갑자기 전혀 상관없다는 듯.

"응?"

"접속이 느슨했던 거 말이야." 그녀가 말하며 전등 사이에 끼어 있는 칼을 이리저리 움직여본다.

전구가 깜빡거리며 켜지더니 다시 꺼진다.

루이스의 얼굴에 부드러운 미소가 퍼진다.

그가 고친 것이다. 이건 완벽한 선물, 최고의 깜짝 선물이다. 그는 좋은 남편이다.

루이스는 별것 아니라는 듯 웃으며 탁자를 지나 거실로 걸어가다가 페타가 불안한 표정으로 그를 위아래로 찬찬히 훑는 것을 보고는 속도를 늦춘다.

"왜 그래?" 그는 말한다. 그리고 그제야 자신의 손을 내려다본다. 셰이니의 피로 손목까지 젖어 있다. 이를 뽑는 동안 피는 그의 가슴과 얼굴에도 튀었을 것이다. 그리고 이건 유압유가 아니다. 로드 킹에는 유압유가 이렇게 많이 들어가지 않는다.

흰색 수건에 튄 붉은 액체는 누가 봐도 피가 확실하다.

"당신 괜찮은 거야?" 페타가 그에게 시선을 붙박은 채 사다리에서 내려오며 말한다. 그가 너무 크게 다쳐서 쇼크 상태에 빠진 건 아닌지, 어쩌다 그렇게 된 건지, 왜 그런 건지 걱정하는 게 분명하다. 그가 어딘가 베인 게 아닌지 걱정하는 사이 그녀가 신은 작업 부츠의 왼쪽 발가락이 다음번 단을 헛디디고 만다. 페타의 다른 쪽 발은 이미 움직이고 있다. 그녀는 사다리의 측면을 잡아서는 안 된다는 걸 알고 있다. 그렇게 할 경우 사다리와 함께 넘어질 테고 그건 며칠 전 루이스가 겪을 뻔했던 일이지 않은가.

그녀는 본능적으로 무언가 붙잡을 만한 것을 찾아 손을 뻗는다.

그녀가 찾은 것은 전등 소켓 안에 쑤셔 넣은 칼의 손잡이다. 그녀는 그걸 잡은 채로 떨어지고, 루이스는 좋은 남편답게 재빨리 방을 가로질러 그녀를 벽으로 밀어 넘어뜨리는 대신 수건을 든 채 가만히 서 있다. 슬로모션처럼 느껴지는 이 일이 벌어지는 것을 지켜만 보고 있다.

다른 사람이었다면 발이 엉키면서 어색하게 바닥에 고꾸라졌을 것이다.

하지만 페타는 장대높이뛰기 선수였다.

페타는 몸을 뒤로 꺾어 착지할 줄 알았다.

그녀는 보기 좋게 성공한다. 그리고 페타이기에, 모든 것이 이미 잘못되어가고 있기 때문에 루이스가 그럴 거라 예상한 것과는 달리, 착지할 때 칼에 찔리지 않기 위해 칼을 옆으로 내던지기까지 한다.

하지만 페타는 거대한 매트에 떨어지는 데 익숙하다. 벽난로의 날카로운 벽돌에 머리 뒤쪽부터 먼저 떨어지는 자세가 아니라.

페타의 두개골이 부서지는 소리가 또렷이 들린다. 눈길을 돌린다고 그걸 이해하거나 받아들이는 데 딱히 도움이 되지는 않는다.

할리 때 그랬던 것처럼 그는 이 마지막 순간에 서둘러 달려가 그녀를 붙잡지 않는다.

그는 충격에 휩싸여 바라보기만 한다.

그녀의 몸이 발작을 일으키고 10초 정도 호흡이 이어지며 눈은 무언가를 말하려는 듯 그에게 붙박여 있다. 그와 보낸 마지막 10년을 되새겨보려는 건가? 이스트 글레이셔의 피크닉 벤치에 앉아 있던 때로 돌아가 처음부터 다시 시작해 지금까지 잘 살아보겠다는 것처럼? 그날 페타는 무엇을 그리고 있었을까? 자신의 꿈의 집을 그리고 있었나? 벽난로와 그 앞에 놓인 작은 벽돌, 그리고 그 위에 '난로 바닥'이라는 이름을 새겨 넣는 모습을? 페타는 이러한 일이 일어날 거라는 것을 알았지만 어쨌든 그와 결혼한 걸까? 10년은 그만한 가치가 있으니까?

"페타." 루이스는 마침내 입을 연다. 몇 초 늦게. 어쩜 평생토록 늦게.

입가에 살짝 미소가 떠오른 뒤 페타의 엉덩이가 몸의 다른 부위와 함께 축 처진다. 전기가 그녀의 몸에서 빠져나와 땅이나 다른 곳으로 흘러가는 것처럼.

루이스는 여전히 그곳에 서 있다.

페타의 금발이 붉게 물들고 베이지색 카펫 위로 피가 번진다. 그가 빼낼 수 있는 얼룩이 아니다. 절대로, 그들은 보증금을 돌려받지 못할 것이다.

"페타." 너무 늦었다는 확신이 들자, 페타가 대답하지 않을 거라는 확신이 들자 그는 말한다.

페타의 동공은 부릅뜬 상태로 고정되어 있고 입은 그녀가 단 한 번도 늘어뜨린 적이 없는 것처럼 열려 있다.

10년. 루이스는 혼잣말을 한다.

그들은 10년을 함께 살았다.

그 정도면 꽤 오래 산 것 아닌가? 인디언과 백인 여성, 특히 그녀가 그보다 훨씬 나은 상대였던 데다 그에게 이런저런 문제가 있는 상태였다면?

그리고—그리고 어쩜 그는 자신의 생각이 옳았을지도 모른다고, 애써 믿어보려 한다. 그녀가 추수감사절 고전이 있고 난 다음 해 여름에 그의 앞에 나타난 건 특정한 이유 때문이었을지도 모른다—그와 함께 이곳저곳 돌아다니고 싶어서, 그가 인생 전체를 그녀에게 투자하도록 만들기 위해서, 그다음에 이 같은 대 죽음의 현장을 연출하려고. 그가 절대로 잊을 수 없을, 늘 그 기억에서 벗어나려고 애쓸 죽음을 안겨주려고.

그거야말로 최고의 복수 아니겠는가? 죽음은 너무 쉽다. 한 사람의 남은 생의 매 순간을 고통으로 만드는 데 이보다 쉬운 일은 없다.

하지만 셰이니와 마찬가지로 확인할 게 있다. 그녀가 엘크 머리를 한 여자인지 알 수 있는 방법.

루이스는 사다리로 올라가 벽에 꽂혀 있던 칼을 뽑아든다.

셰이니의 턱을 부러뜨렸을 때 셰이니의 이가 그의 손목에 박혔기 때문에 이번에는 밖에서부터 페타의 턱을 움켜쥔 뒤 자신의 무릎을 그녀의 이마에 갖다 댄 다음에 턱을 부러뜨린다.

그녀의 이는 훨씬 더 쉽게 빠진다. 모든 이가 마치 기다렸다는 듯, 애초에 그곳에 있지도 않았다는 듯. 백인과 인디언의 차이인가?

루이스는 벽난로 벽돌 사이의 회반죽 부위에 페타의 이를 전부 정렬해놓는다.

상아는 없다.

그는 다리를 껴안은 채로 앉아 무릎 사이에 턱을 괸다.

그가 한 짓이다. 분명 그가 저지른 짓이다.

앞으로 몇 달 동안 비행기는 터미널에 충돌할 것이다. 우편물은 우체국의 하역장에 쌓일 것이다.

게다가 그럴 필요가 없었을지도 모르는 두 여자가 죽었다.

루이스는 굴뚝이 막혀 있지 않았다면 불을 지폈을 곳을 바라본다—임대계약에서는 불을 지펴서는 안 된다고 했다. 가스 그릴만 된다고—천장의 전등이 깜빡거리며 켜지자 그는 웃을 수밖에 없다. 소켓은 옆으로 눌리지도 않았다.

조명은 페타를 향해 작지만 선명한 빛을 내리비춘다. 그 빛이 향하는 곳은 그녀의…… 배? 배꼽?

이제 모든 것이 무언가를 의미하므로, 루이스는 차고에 있는 셰이니의 배에 있거나 없을 위아래로 난 상처를 떠올린다.

페타에게는 그러한 상처가 없다는 걸 확실히 알고 있다. 그렇기는 하지만, 그가 그 상처를 생각하는 데에는 이유가 있다. 세상이 그날 진입로에서 그에게 셰이니의 상처를 보여준 것도 이유가 있을 것이다.

곧 그 이유가 페타가 입은 유니폼 셔츠의 팽팽한 천을 밀고 나온다.

그건 마치 ― 앤디가 죽은 매머드의 배꼽에 갇혀 있을 때와 같다. 하지만 루이스는 생각한다. 그 안에 있는 게 설마 매머드는 아니겠지?

"인디언은 콘돔 없이 한다." 그는 중얼거린 뒤 껄껄 웃는다.

그의 정자 중 헤엄을 잘 치는 놈이 있었나 보다.

그렇기는 하지만 고작 얼마나 되었다고? 이틀 되었나? 하지만 그 정도면 충분하다. 아홉 달은 너무 길다. 그건 사치다. 그가 잊어버릴 정도로 긴 시간이다. 어쨌든 그때쯤이면 페타는 다 부패되고 말 거다.

자신에게는 48시간의 잉태면 완벽하다고 루이스는 생각한다.

이제 그의 눈에 작은 팔다리가 페타의 피부를 밀어내는 게 보인다. 질식하고 익사하고 있는 그 안의 무언가가 살기 위해 버둥거리고 있다.

그의 계획은─절반만 완성되었지만 그는 늘 그런 식이니까─몇 분 더 서 있은 뒤 밖으로 나가 담장을 넘어 두 철로 사이에 앉아 선더볼트 익스프레스가 오는 것을 기다렸다가 시속 96킬로미터로 지나가는 기차에 판단을 맡기는 것이었다. 압축 공기 경적이 이 세상을 소리로 가득 메우는 가운데.

하지만 이건 새로운 일이다. 예상하지 못한 경이로운 일이다.

루이스는 아빠가 될지도 모른다는 생각은 하지 못했다.

아직까지는 희망이 있다, 그렇지 않은가?

잘 해결될 수 있다.

그는 페타의 이를 뽑을 때 사용했던 둔탁한 칼, 10년 전 어린 엘크의 가죽을 벗길 때 사용했던 칼로 불룩 솟아오른 페타의 배꼽에서 단단한 부위를 길게 가른다.

작은 갈색 다리가 불쑥 튀어나오고 그는 그걸 잡아 끝까지 쓸어본다.

발굽, 작은 검은색 발굽이다.

루이스는 자신의 생각이 옳았음에 고개를 끄덕이고 다리를 부드럽게 당긴 뒤 다른 손으로 엘크를 받아든다.

이틀 후 루이스는 어린 엘크를 제 어미의 10년 된 가죽에 감싼 채 그레이트 폴스의 월셋집과 그가 여전히 자치 지구라 부르는 곳 사이에 자리한 바위 아래에서 잠이 깬다.

셰이니의 노란색 토요타 트럭이 3, 4킬로미터 너머 평원에 주차되어 있다. 주유소에 들렸던 터라 필시 누군가 그를 신고했을 거다. 아니면 수요일 신문 기사의 헤드라인을 장식할 원주민 남성, 연속 살인 행각을 벌이다. 사망자 둘, 아기는 실종이라는 제목 때문에라도.

12b에 실린 이야기의 주인공은 그다. 활과 화살 시대처럼 추위 속에서 자고 있는 그. 12b에는 추수감사절 고전 때처럼 그가 하늘에서 떨어지고 있는 커다란 흰색 눈송이를 올려다보고 있는 모습이 실린다.

그는 차갑고 축축한 눈송이를 향해 고개를 쳐든다. 눈을 감은 채 자신의 딸이라 생각하고 있는 어린 엘크를 가슴팍에 안고 있다. 어린 엘크는 앤디만큼 빨리 자라지는 않는다. 세상 밖으로 다리를 뻗은 이후로 움직이지도 않는다. 하지만 머지않아 그럴 거라는 걸 그는 안다. 그는 이 엘크를 집에 데려다줘야 한다. 엘크가 알고 있는 땅으로, 엘크가 기억하는 잔디로. 그는 올해의 남은 시간 동안 이 엘크가 자라는 걸 지켜볼 거다. 코요테와 늑대, 곰으로부터 지켜주고 때가 되면 스스로의 삶을 찾아가도록 놓아줄 것이다. 그곳에 선 채로 슬픔에 행복에 눈물을 흘릴 것이다. 그러면 전부 끝날 거다. 인디언의 이야기는 늘 그렇게 귀결되곤 하니까, 그렇지 않은가? 최소한 좋은 이야기는 그렇다.

루이스는 미소를 지으며 엘크를 꼭 껴안은 뒤 엘크의 가느다란 귀에 뜨거운 입김을 불어넣는다. 그의 머리 위 산등성이에서 네 명의 남자가 그를 내려다보며 소총을 겨누고 있다. 그는 그들을 올려다본다. 그의 입술이 움직인다. 자신이 하고 있는 일을 설명하려고. 그는 어째서 이렇게 해야 하는지, 어째서 너무 늦은 게 아닌지, 어째서 이러지 않아도 되는지 설명하려한다. 뉴스에서 떠드는 그런 얘기와는 다르다고, 그는 그 인디언이 아니라고, 그는 그일 뿐이라고, 이 이야기의 단계들에 휘말렸지만 이제 마침내 그의 길을 찾아 문제를 해결하려 한다고 설명하려 한다.

그들이 그를 향해 총을 쏠 때, 마침내 그는 늘 기다려왔던 것, 도박을 걸었던 것, 기도했던 것을 느낀다. 길고 가느다란 다리가 그의 가슴을 한 번, 두 번 찬다. 작은 머리가 그의 목에 코를 비빈다. 엘크가 커다랗고 둥근 눈을 뜨자 긴 속눈썹이 그의 뺨을 스친다. 엘크는 솟구치는 피를 맞으며 눈을 감는다. 잠시 동안 그건 엘크의 온 세상이다.

그녀의 이름은 블랙피트어로 포'노카Po'noka다.

엘크라는 뜻이다.

범인 추적 가운데 세 명 사망, 한 명 사상

지난밤, 네 명의 셸비 남성이 본인의 자치 지구로 도주하려던 루이스 A. 클라크(수요일 기사 참고)를 체포한 후 공격을 당했습니다. 클라크는 자신의 아내와 우체국 동료를 잔인하게 살해한 사건의 주요 용의자였습니다.

사건 보고에 따르면 네 명의 남자는 하루 종일 돌아다니며 수색 작업을 지원했다고 합니다. 고속도로 정찰대 대표는 이런 무장 시민 순찰대는 도움이 되는 것 같지만, 용의자를 찾아 체포하는 데에는 도로에서 벗어나는 일이 더 도움이 된다고 말합니다.

이 네 명의 남자가 현재 사망한 클라크를 찾았다는 보고의 진위 여부는 확인되지 않고 있습니다.

수술 전 유일한 생존자와 대화를 나눴던 병원 관계자의 말에 따르면 네 명의 남자는 클라크와 그가 알 수 없는 이유에서 데리고 있었던 새끼 엘크를 트럭 짐칸에 실었다고 합니다.

생존자의 말에 따르면 마을로 돌아가는 길, 트럭이 움직이는 가운데 누군가 트럭 짐칸에서 일어났다고 합니다. 열두 살이나 열네 살쯤 된 인디언 소녀로 아이는 서쪽으로 향하던 트럭에 그 전에 올라탄 것으로 추정됩니다.

생존자의 말에 따르면 운전을 하던 남자가 아이가 떨어지지 않도록 차의 속도를 늦추면서 다른 이들에게 그녀의 존재를 알렸을 때 그 소녀가 "연장 도구 쪽으로 질주하더니 뒷 창유리를 통해 운전석으로 돌진했다."라고 합니다. 생존자의 진술은 거기서 끝이 났습니다.

인디언 십 대 소녀가 히치하이킹을 하거나 배회하는 것을 본 사람은 당국에 신고 바랍니다.

사망자와 사상자의 이름은 유족들에게 알리기 전까지 공개하지 않을 예정입니다.

더 자세한 이야기는 보고되는 대로 알려드리겠습니다.

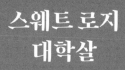

스웨트 로지
대학살

금요일

어미가 새끼를 보호하는 방법은 발굽으로 상대를 베는 것이다. 너의 어미는 네가 처음으로 맞이한 겨울, 저 높은 산에서 너를 위해 그렇게 했다. 으르렁거리는 입을 향해 내뻗은 어미의 검은색 발굽은 너무 빠르고 순수했으며 그 뒤로 완벽한 원호 모양의 붉은 핏방울을 남겼다. 하지만 발굽만으로는 늘 여의치 않다. 그럴 때에는 이빨로 물고 찢을 수 있다. 그리고 더 천천히 달릴 수 있다. 그 어떤 것도 소용없을 때, 총알이 너무 두껍고 소리가 귀를 가득 메우고 코에 피가 넘쳐흐를 때, 그리고 그들이 이미 새끼를 공격하고 있을 때에는 다른 방법을 취해야 한다.

무리 가운데 숨는 것이다. 기다리는 것이다. 절대로 잊지 않는 것이다.

가까스로 이 세상에 돌아온 너는 만신창이가 된 트럭에서 찢어낸 담요에 몸을 감싼 채 길 끝자락에 위치한 집 옆에 서 있다. 차가운 발은 더 이상 단단한 발굽이 아니며 손에서는 손가락이 나오기 시작한다. 삐걱임이 느껴질 정도로 손은 너무 빨리 자라고 있다. 너를 태워준 가족 네 사람은 긴장한 상태로 말이 없다. 아비도 어미도, 아들도 입으로는 아무 말도 하지 않고 눈으로만 말하며 아기는 잠만 자고 있다. 그들은 뒷좌석에 너를 위해 자리를 마련해준다. 그들이 그렇게 하지 않을 경우 다른 누군가가 그럴 테고, 차를 몰고 있는 아비는 그렇게 되면 얇은 담요 하나만 걸치고 있는 굶주린 열네 살짜리 인디언 여자아이의 운명은 좋지 않은 결과를 맞이할 거라고 말한다.

너는 열네 살이다. 벌써.

몇 시간 전만 해도 너는 그의 눈에 '열두 살'로 보였을 거다. 1시간 전에는 인디언 자치 지구를 향해 달아나던 살인자의 품에 안겨 있는 새끼 엘크였다. 그전에는 무리 가운데 떠돌던 인식, 갈색 몸에서 갈색 몸으로 순환하던 기억이었다. 너는 잽싸게 움직이는 꼬리, 힝힝거리는 울음, 풀 덮인 경사로를 바라보는 긴 응시 속에 있었다.

하지만 너는 합쳐졌다. 너는 응결했다. 다른 사람의 몸에 생명을 불어넣으려던 살인자를 찾아냈다. 너는 그 생명 안에 들어가 세상 밖으로 나올 수 있었다. 하지만 우선 그를 손봐야 했다. 손보고 구석으로 몰아 격리시켜야 했다.

그건 너무 쉬웠다. 그는 너무 나약하고 부서지기 쉬웠으며 자신이 저지른 일을 마주할 준비가 되어 있지 않았다.

너는 너를 집으로 데려다줄 부드럽고 아늑한 뒷좌석에 자리 잡고 앉는다. 운전 중인 아비는 존재하지 않을지도 모르는 노래를 찾아 라디오 손잡이를 자꾸만 이리저리 돌린다. 그 옆에 앉은 어미는 새로 태어난 새끼 ─아기, 아기, 아기, 아기─ 를 가슴팍에 안은 채 옆 창유리 너머를 바라보고 있다. 차창 너머로 흘러가는 건조한 풀들을 바라보고 있는지도 모른다.

뒷좌석에 너와 함께 앉아 있는 사내아이는 화학물질 냄새를 풍긴다. 이 냄새는 아이의 피부에서 솟아오른다. 허리께까지 내려오는 머리 뒤에 숨은 축축한 눈은 화가 나 있다. 너는 아이에게서 그의 모든 조상을 느낄 수 있다. 네가 누구인지 그 아이가 알아차리지 못한다는 사실이 너는 놀랍다.

너는 너의 언어로 아이에게 몇 마디 말을 건다. 너의 입과 치아, 목구멍과 혀는 그 언어의 형태에 적합하지 않다. 아이는 한참 동안 너를 바라보더니 "너는 뭐야?" 하고 말한 다음 너를 등지고 앉는다.

아이는 너를 알아본다. 자신이 인지할 수 있는 방식이 아닐 뿐이다.

좋다, 좋아.

이 아이와는 소통할 수 없지만 빠르게 스쳐 지나가는 초원과는 너무 쉽게 소통할 수 있다. 너는 서서히 모습을 드러내는 흰 산을 바라보기 위해 뒷좌석 가운데로 몸을 기울인다. 몸을 쭉 뻗은 채 세차게 달리고 있는 기분이다. 그 기분에 그 속도감에 어쩔 수 없이 살짝 미소가 지어진다. 이 새로운 얼굴을 한 채 처음으로 짓는 미소다. 하지만 마을로 향하는 마지막 언덕에서 너의 미소는 사라진다. 저 멀리 철로가 보이자 필요한 기억이 떠오른다.

그 기억은 오래되었다. 너의 세대가 아니라 몇 세대 전의 기억. 북쪽에서, 마지막 울타리가 있던 곳 바로 너머에서 있었던 일에 대한 기억. 무리는 밤에 이곳에 내려와 사람들이 사는 건물 가까이에서 아무도 뜯지 않은 괜찮은 잔디를 발견했고 다가올 겨울에 대비하기 위해 배가 부를 때까지 먹고 또 먹었다.

하지만 그때 사냥꾼들이 포치로 들어섰고, 흔들리는 노란 풀 속에서 키 큰 갈색 몸뚱이를 본 그들은 안으로 들어가 소총을 가져왔다.

그들은 아침 내내 무리를 쫓아다녔고 무리는 사냥꾼들이 거기 있다는 사실을 알았다. 그들이 풍기는 냄새는 너무 강렬하고 그들의 걸음은 너무 시끄러웠다. 하지만 사냥꾼들이 있던 반대편의 잔디는 너무 훌륭했고 수평선은 너무 광활했다. 무리는 필요할 때면 하나가 되어 뛸 수 있었다. 발굽으로 참호를 파고 몸을 숨길 수 있었다. 둔부를 단단히 접었다가 삽시간에 흩어지면서 완만하게 펼쳐진 대초원을 갈색 연기처럼 가로지르며 자신들에게 익숙한 하류를 파악할 수 있었다. 바위투성이 하류를 따라 흐르는 물이 이미 그들의 머리 위로 떨어지고 있었다. 그들은 그 맛을 통해 그 물이 산의 어디에서 왔는지 알 수 있었고 그렇게 그곳으로 향했다.

하지만 무리는 기차에 대해서는 몰랐다. 사냥꾼들이 아는 것만큼은 아니었다.

뜨거운 금속 냄새를 풍기는 기관차와 유개 화차가 굉음을 내며 지나가자 잔디 위에 깔린 철로가 벌떡 일어서는 것만 같았다. 철로는 불똥과 바람으로 이루어진 벽, 번쩍이며 움직이는 벽이 되었다. 그 어떤 엘크도 지나갈 수 없었다(한 마리가도 전했다). 금속 바퀴의 끽 하는 소리와 찢어지는 소리는 사냥꾼들이 계속해서 쏘아대는 소총 소리에 묻혔고 결국 소총 소리와 기차 소리는 하나가 되었다. 말도 안 될 정도로 빠르게 달리는 차량의 뒷좌석에 앉아서 너는 이 기억이 불러일으키는 매캐한 맛에 몸서리친다. 옆에 앉은 사내아이가 너에게서 더 멀리 떨어져 앉는다. 하지만 그건 그럴 법한 일이었다. 그날 일어난 일은. 그건 무리의 잘못이었다.

공기 중에서 사냥꾼의 냄새를 맡는 즉시 달아나야 한다, 안 그런가? 추악한 냄새가 나는 것 같다는 생각이 들자마자. 풀을 한 번 더 베어 무는 위험을 감수할 필요가 없다. 아무리 좋은 풀이라도. 그 풀이 그 무엇보다도 간절할지라도.

그날의 기억은 무리에게 각인되어 전해졌다. 그들은 헤드라이트가 무엇을 의미하는지, 그 소금 덩어리가 어째서 낮 시간에 엘크의 먹이로 적합하지 않은지, 연기의 맛이 느껴지면 왜 고개를 숙이고 발을 가벼이 놀려 천천히 다른 곳으로 가야 하는지 알게 되었다. 그들은 큰 대가를 치른 뒤에야 기차에 대해 알게 되었고 다가오는 겨울은 더 힘들었다. 엘크의 수가 적으면 늑대가 많아질 테지만 무리는 더 이상 마을 근처에서는 풀을 뜯지 않았고 어디에서든 철로를 더 이상 믿지 않았다. 그들은 갑작스러운 벽에 마주할 수 있다는 것을 알았다.

그 대신 고산 지대를 계속해서 찾았다. 대기 중에 나무와 추위, 무리의 맛이 나는 외진 곳, 트럭이 절대로 올라올 수 없는 곳이었다.

하지만 어느 날 트럭 한 대가 그곳까지 올라왔다.

빠르게 움직이는 차량의 뒷좌석에서 너는 그날을 떠올리며 입술을 팽팽하게 당긴다.

궁지에 몰린 엘크 어미는 발굽으로 베고 입으로 찢고 뒷다리로도 공격할 것이다. 그리고 그 어떠한 것도 효과가 없을 경우 한참이 지난 후 다시 일어설 것이다. 싸움은 절대로 끝나지 않기 때문이다. 늘 새로운 시작일 뿐이다.

아비는 식료품점의 주차장에 너를 내려준다. 너는 이 새로운 목소리로 그에게 이모에게 전화할 수 있다고 말한다. 하지만 너는 그곳에서 문이 잠겨 있지 않은 또 다른 차로 갈아탈 생각이다. 너는 옷이 담긴 더플백을 들고 차에서 일어난다. 굶주린 개들이 주위를 에워싸도 개의치 않는다. 개들은 척추 부근의 털을 뻣뻣이 세우고 꼬리를 부드러운 몸통에 말아 넣은 뒤 너를 향해 으르렁거리며 미친 듯이 짖어댄다.

너는 개들을 향해 이빨을 드러내고 그들이 미친 듯이 날뛰는 것을 바라본다. 개들은 너를 잡으려고 안달이 났는지 온몸을 비틀고 있다.

마을은 참으로 재미있는 곳이다, 안 그런가?

이 성가신 개들을 내쫓으려 할수록 더욱 끌어들일 뿐이다. 하지만 여기에 오래 머물지 않을 것이다.

무리가 반드시 지키는 또 한 가지 사실이 있다. 절대로 한 장소에 머물지 않는 것이다. 언제나 계속해서 움직여야 한다.

하지만 우선 8학년 지리학 수업에 앉아 있는 새끼 한 마리—'새끼'가 아니라 여자아이, 여자아이, 여자아이, 여자아이다—를 찾아야 한다. 이 여자아이의 아비는 네가 기억하는 그 사람이다. 그의 친구 역시 네가 기억하고 있는 그자다. 괴물 같은 검은 형체로 하늘을 등지고 선 채 눈 내리던 경사지를 올려다보던 그자.

그들에게 10년 전은 다른 세상이다.

너에게는 어제다.

여자아이

그 애의 이름은 데노라다. 그 애의 아버지는 세상을 뜬 그 애의 이모 이름을 따 그녀가 데보라가 되어야 했다고 말하곤 했다. 하지만 그는 악필인데다 오른쪽 입꼬리가 살짝 올라간 미소를 짓곤 했다. 고등학교 때, 그러니까 엄청난 양의 맥주를 마시기 전에 인기깨나 있었을 법한 미소였다.

그 애의 아버지는 가브리엘 크로스 건스다. 그는 네 등에 구 멍을 내고 네 다리를 앗아간 놈들 중 한 명이다.

추수감사절 엿새 전, 8학년 지질학 수업에서 매시 선생님 은 세부적인 정보가 아직 전부 취합되지는 않았지만 인디언 자치 지구 근방에서 그 원주민을 쏜 건 자경단이나 민병대가 아니라 고속도로 정찰대였을 거라고 말하고 있다. 이 주에는 자경단이나 민병대가 많지만 모두의 꿈은 고속도로 정찰대가 되는 것이다.

"원주민이라고요?" 톤 데프가 선생님에게 되묻는다. "블랙피트일 걸요."

'톤 데프'는 아모스 애프터 버팔로의 힙합 이름이다.

아이들 모두가 뒤이어 선생님을 공격한다. 톤 데프의 말이 중요하다고 생각해서가 아니라 백인 교사를 괴롭히는 게 재밌어서다.

톤 데프 아모―그가 얻은 이름―는 자리에서 일어나 주 경찰관과 총을 들고 돌아다니는 얼간이 사이에는 큰 차이가 있다고 설명한다. 바로 그때 크리스티나이거나 아니면 창가에 있던 다른 누군가가 인디언 자치 지구에 사는 사람 중 아무도 기억하지 못하는 이 죽은 인디언이 자신의 아내를 죽인 뒤 그녀의 몸을 갈라 아기를 빼내고 그녀의 이를 뽑은 게 사실이냐고 묻는다. 누가 그를 쏘았는지가 중요한가? 이제 아이들의 웅성거리는 목소리가 높아지고 더 많은 아이들이 자리에서 일어나며 몇 명은 이 온갖 비극과 드라마가 일어났다는 사실만으로 충분하다는 듯 울음을 내뱉기 시작한다. 오늘은 아무래도 지질학 수업을 계속할 수 없을 것 같다.

데노라는 스프링 노트의 빈칸을 펼친 다음 총에 맞은 이 블랙피트를 자신이 기억하고 있는지 생각해보려 한다. 그의 이름은 농담에 가까웠다. 물론 저세상에 간 그의 부모가 지어주기는 했지만. 그의 부모는 역사 수업이 이루어지던 교실의 복도에서 그 이름을 생각해냈을 것이다. 하지만 스무 번, 서른 번 들은 부분은 그렇다 치더라도 데노라 자신이 실제로 기억하는 부분을 가벼이 취급하기란 쉽지 않다.

그녀의 기억 속에는 아버지와 캐시디—그건 여자 이름이지만 그는 지금도 그렇게 불리는 걸 좋아한다—의 희뿌연 이미지가 남아 있다. 그들은 토요일, 해가 뜨기도 전에 거실을 서성이고 있고 데노라는 소파에서 자고 있다. 아직 유치원에 들어가기도 전일 만큼 어리다. 문가에는 그때까지만 해도 살아 있던 다른 두 명의 인디언이 있다. 셸비인들이 쏜 총에 맞아 죽은 웃긴 이름의 사내와 노스다코타의 술집 바깥에서 맞아 죽은 게 틀림없는 리키 보스다. 다른 사람일 수도 있지만 노스다코타는 확실히 맞다.

어쨌든 데노라는 그날 이른 아침의 거실을 기억한다. 추수감사절 전 주 토요일이어서도 아니고 그녀의 진짜 아빠와 캐시디가 뜨거운 커피를 마시며 너무 시끄럽게 떠들었기 때문도 아니며 문을 두드리는 소리가 소파에서 자고 있던 그녀를 깨웠기 때문도 아니다. 문을 두드리는 소리가 나자 그녀의 진짜 아빠가 그녀를 지나쳐 성큼성큼 문가로 갔고 캐시디가 뒤따랐다. 문 앞에는 리키 보스와 얼마 전 저세상으로 간 루이스라는 남자가 서 있었다. 소총을 어깨에 걸친 그들의 눈에는 졸음이 가득 묻어 있었다. 10년이 지난 지금까지 데노라가 이 모습을 기억하는 이유는 리키 보스가 커피를 홀짝일 때, 그의 눈앞에 연기가 베일처럼 펼쳐질 때, 그가 소파에 누워 있는 그녀를 똑바로 바라보고 있었기 때문이었다. 마치 오늘 일어날 일을 알고 있다는 듯, 자신은 집에 남아 커피나 마저 마시기를 바란다는 듯.

오래전이었다면 그림을 그리려고 해봤을 장면이었다. 그림을 그리던 시절이었다면.

처음으로 그림을 그린 건 2년 전인 6학년 때, 본격적으로 농구를 시작하기 전이었다. 그들은 박물관을 견학한 후 과제로 그림을 그려야 했다. 모두가 스프링 노트에 그림을 그렸다는 사실은 중요하지 않았다. 이제 그녀의 숙모가 된 피즈 선생님은 예전에는 스프링 노트를 가죽 대신 장부로 사용했다고 설명했다.

데노라는 무슨 일이 있어도 그 사실을 인정하지 않을 테지만 그날은 피즈 선생님의 말을 믿었다. 두 번째 줄에 앉아 있던 그녀는 눈을 감지 않고도 옛 로지를 그려볼 수 있었다. 그녀는 그 안에서 온갖 종류의 물건을 판다는 걸 알았다. 비버 생가죽, 파이프, 향모 땋은 것, (못에 걸 수 있도록) 갈색 노끈으로 엮은 삶은 버팔로 고기, 납작하게 눌러 만든 페미컨[고기에 지방을 섞어 작은 케이크 모양으로 만든 햄], 관광객을 대상으로 교역소에서 판매하는 것 같은 구슬 달린 가방(덮개가 너무 커서 구슬 세공이 잘 보이지 않았다), 그리고 구석진 곳에는 빈 장부가 한가득 쌓여 있었다. 그 장면을 빠르게 감으면 어느새 로지는 사라지고 그 자리에 건물이 들어서며 학급 비품을 판매하는 가게가 세워진다. 이제 장부는 피즈 선생님이 방금 말했던 것처럼 스프링 노트다.

그날 수업은 마법 같았다. 현대의 장부인 스프링 노트의 빈 페이지를 열며 데노라는 그렇게 생각했다. 데노라는 스프링 노트가 박물관에 있는 장면을 상상했다. 어디에서나 스프링 노트를 찾아볼 수 있던 당시, 미국 땅을 전부 돌려받기 전에 인디언에게 인디언 자치 지구밖에 없었던 몇 년의 시간 동안, 조상들이 그걸 어떻게 사용했는지 보여줄 수 있도록 6학년 학생들이 유리 진열장에 스프링 노트를 가득 채워 넣는 장면까지도.

그날 학생들에게 주어진 과제는 자신이 가장 좋아하는 휴일을 그리는 것이었다. 보통 크리스마스나 추수감사절, 지난 여름의 파우와우 따위가 되어야 했으나 데노라는 언니가 소속된 농구팀이 1년 전 지역 예선에 출전했던 날을 그렸다. 그녀의 가족에겐 그 어떤 날보다 영광스러운 날이었다. 물론 그녀의 엄마와 새아빠는 데이트만 하던 때였으므로 그들은 아직 온전한 가족이 아니었다.

그날은 그녀의 새언니, 그러니까 새아빠의 딸인 트레이스가 1쿼터에서만 10점을, 2쿼터에서만 8점을 득점하고 중간 휴식이 끝난 뒤 3쿼터에서 6대 12로 선점한 날이다. 4쿼터가 시작되자 경기장의 모든 사람이 소리를 지르고 발을 쿵쿵거렸다. 트레이스가 공을 잡기라도 할라치면 상대편 선수 2명이 동시에 그녀를 마크했지만 트레이스는 예외 없이 누군가에게 패스를 해 단 한 쿼터 만에 잔뜩 몰려드는 아홉 명의 어시스트를 때려 눕혔다. 반대편 응원석에서는 인디언은 집에 가라, 인디언은 집에 가라, 하고 소리쳤지만 트레이스는 집에 있었다. 이 모든 것이 그녀의 집이었다. 마지막 30초 동안, 트레이스에게 농구 코트만큼 집에 가까운 곳은 없었다.

데노라는 청색 테두리가 쳐진 페이지의 오른편 아래에 경기가 끝나갈 무렵 언니의 모습을 그려 넣었다. 후반전에서 일리걸 디펜스로 그녀에게 딱 한 번 주어진 자유투를 던지는 모습이었다. 데노라가 그린 그녀의 팔은 정상적인 자유투 자세와는 달랐다. 트레이스는 활을 들고 있는 것처럼 팔을 위로 쭉 뻗고 있었다. 쭉 뻗은 주먹 위에 균형을 잡고 있는 공이 세상을 향해 조준하고 있는 화살인 것마냥.

트레이스는 역사적인 자유투, 그 경기, 그 승리로 와이오밍의 한 대학에 4년 전액 장학금을 받고 입학했다. 데노라는 매주 그녀와 통화한다. '새' 자매가 아니라 마치 친자매처럼. 그날 장부에 그린 숙제를 마친 뒤 피즈 선생님이 오른쪽 상단에 'B'라고 쓴 다음 '이게 정말로 인디언 전통이니, 데노라? 유산을 기릴 만한 것을 그려야 하지 않을까?' 하고 코멘트를 달자 데노라는 패널 라인을 따라 그림을 조심스럽게 접어서 트레이스에게 보내주었다. 트레이스는 데노라더러 제대로 그렸다고, 그날 일어난 일을 정말 잘 묘사했고 정말 고맙다고 데노라는 계속해서 연습해야 한다고, 열두 살짜리 중 그녀보다 농구를 잘하는 사람은 없다고, 자신의 코치에게 말하겠다고, 그리고 이건 A+ 작품이라고 A++라고 말했다.

하지만 B-를 받은 후 2년이 지났다.

데노라는 지난여름 이후 그림을 그린 적이 없다. 손이 너무 커져서 농구공이 생각한 것과는 전혀 다른 방향으로 가는 것처럼 보이게 된 이후로는.

그녀는 정말로 소질이 있다. 언니만 그렇게 말한 건 아니다. 연습을 마친 후 코치는 데노라의 새아빠에게 그렇게 말한다. 코치는 몇 달 후 바쁜 일을 끝내고 돌아오면 매일 밤 경기장에 가서 반복연습을 하자고 약속한다. 왼쪽 공격을 집중적으로 연습하자고. 학교 성적을 조금 더 향상시키기만 한다면 말이다. 장학금은 아무한테나 주는 게 아니므로.

새아빠: "하지만 꼭 대학에 가야겠니?"

같은 딸: "자라면 농구공을 먹을 수 없으니까요."

물론 그녀는 그럴 수 있을 거라고 속으로 생각하고 있다.

그렇기는 하지만 연습을 하지 않고는 농구로 먹고살 만한 실력이 안 될 수 있다. 그리고 평균 B를 유지하지 않는 한 연습을 할 수 없다.

데노라는 왼쪽 모서리에 자신의 점수를 흐린 연필로 써넣는다. 그녀는 그런 식으로 스스로에게 자신의 점수가 불안하다고, 퀴즈 하나로도 언제든지 바뀔 수 있다고 상기한다.

선 대수학: B-

생물학: C+

문학: B+

지질학: A

육상: AAA+

보건: ?

보건 점수는, 6주의 훈련이 시작되면 모든 것이 바뀔 수 있다고 데노라는 계산해본다. 그녀는 '보건' 옆에 하트 세 개를 그려 넣은 뒤 첫 번째 하트를 칠하고 두 번째 하트는 반만 칠한다. 그녀는 빈 페이지의 왼쪽 붉은 경계선을 농구대라고 생각해 그 안에서 극적인 그림자가 나오는 모습을 그린다. 데노라는 뛰어난 포인트가드가 어떻게 수비수의 눈을 자신의 눈 안에 가두는지, 수비수가 공을 막지 못하도록 만드는지 생각한다. 그녀는 빅 치프 노트[한때 사용된 미국의 유아용 글쓰기 연습용 노트로 표지에 인디언 그림이 실렸다]를 스프링 노트로 썼던 때를 기억한다. 그리고 그게 치프산에서 왔다고, 그녀가 살던 자치 지구에서만 그것을 구할 수 있다고 생각했던 것도. 그녀는 매시 선생님의 말에 집중한다. 그는 고속도로 정찰대와 셸비 순찰단 둘 다를 옹호하려고 애쓰고 있다. 이 토론을 거북이처럼 뒤집어서 배에 새겨진 진짜 사안을 보려고 애쓰고 있다. 하지만 처음 세 수업에서 늘 듣던 얘기일 뿐 새로운 내용은 없다. 그래서 그녀는 스프링 노트를 덮은 뒤 창문 너머로 측면이 쑥 들어간 이동식 저장 창고를 바라본다. 졸업반 선배 한 명이 아버지의 트럭으로 그걸 들이받으려다가 퇴학당했는데 그는 소방관으로 일하다가 졸업하기도 전에 불에 타 죽었다고 했다.

그런데…… 저건 뭐지?

저장 창고의 들쑥날쑥한 그림자 속에 어떤 형체가 서 있다. 두 눈이 한 번 깜빡이더니 데노라와 너무 비슷한 무표정한 얼굴로 쑥 들어가 버린다. 긴 머리는 땋지 않았으며 새하얀 운동복 상의에 반바지, 무릎 양말을 신고 있다. 차에 있는 내 운동복 같은데? 데노라는 조금 더 자세히 보기 위해 창문으로 몸을 기울이며 생각한다.

너는 그녀를 똑바로 바라본다. 너의 머리칼이 어깨 위로 나풀댄다.

그 애는 아직 네가 누구인지 모른다.

곧 알게 될 거다.

데스 로우

가브리엘 크로스 건즈, 점심 식사 직전.

그가 2주 동안 보지 못한 딸이 지질학 수업에서 자리에 앉아 몸을 비비꼬며 교사의 관심을 사는 동안, 그는 아버지의 거실 벽장에서 먼지투성이 소총을 꺼내며 야단법석을 피우지 않으려고 애쓴다.

이 소총은 그의 아버지가 새를 쏠 때 사용하던 오래된 모제르총으로 요새는 쥐를 잡는 용도로 사용하고 있다. 거실의 널빤지에는 그걸 사용한 흔적으로 움푹 팬 자국이 남아 있고 게이브의 오른쪽 눈에는 여드름 자국이 아니라 무언가가 맞고 튀어나가면서 생긴 커다란 구멍이 있다. 그 무언가가 아주 작은 총알인지 소금인지 쥐 뼈의 부서진 파편인지 나무 조각인지는 알 수 없지만, 피부에 닿는 순간 따끔거렸으며 그 부위가 눈과 아주 가까워서 그가 자신도 모르게 갑작스럽게 번지는 고통을 피하려고 철썩 때렸다가 그걸 더 깊이 밀어 넣었던 것만은 확실하다. 그러니까 그의 얼굴에는 소금인지 납인지 널빤지인지 쥐인지가 들어 있는 것이다. 그의 삶에 자리한 이 점을 그는 늘 만지작거린다. 그 점 덕분에 그는 『엑스맨』의 사이클롭스가 된 기분이다. 그 점에, 그 버튼에 손가락을 갖다 대고 원하는 것을 향해 루비 빛의 강한 충격파를 발사하면 아무도 따라잡을 수 없을 다음 주까지 멀리 그걸 날려버릴 수 있을 것만 같다.

하지만 그는 몇 년째 만화책을 읽지 않고 있다. 몇 주 전 주말에 칙칙한 소파, 리키의 남동생이 사실상 익사해 죽었던 그 소파에 앉아 생각만 했을 뿐이다. 게이브가 그 소파에 앉아 있었던 것은 부츠를 신은 채 잠에서 깼기 때문이며 몸을 일으키려면 쿠션 사이로 푹 들어간 부위, 울퉁불퉁하고 납작한 매트리스가 세 번 접혀 있는 부위에서 팔을 조심스럽게 빼내야 했기 때문이었다.

쿠션에서 빠져나온 그의 손에는 만화책이 들려 있었는데 그는 이 만화책이 칼리스펠의 전당포에 팔 만한 가치가 있는지 궁금해졌고, 전당 잡힐 생각을 하니 아버지가 급전이 필요할 때 팔 거라는 말을 달고 사는 오래된 모제르총이 생각났다. 그 총은 아버지가 실제 전쟁터에서 그 총을 사용한 그의 삼촌에게서 물려받은 것으로, 제1차세계대전이나 제2차세계대전 당시에 사용한 역사적인 총이었다.

게이브는 몇 년간 새 사냥용 탄약으로 쥐를 쏘는 바람에 강선이 망가지지 않았을지 궁금하다. 확인해보기 위해 그는 약실을 홱 열고 정면 창을 통해 들어오는 빛 쪽으로 개머리판을 들어 올린 뒤 앞에서부터 총열을 내려다본다.

강선이 닳았는지 공장에서 막 나온 것처럼 깨끗한지 자신이 판별할 수 있는 것마냥. 도대체 무슨 생각이었을까? 어쨌든 오래된 총 아닌가? 실제 전쟁이 벌어지던 독일에서 사용했을지도 모르는, 80년 혹은 그 이상 된 소총이라면 당연히 닳아 있지 않겠는가? 어쨌든 강선이 얼마나 튼튼한지가 이 총의 판매 가치를 결정 짓지는 않을 것이다. 이 총이 가치가 있다면 그건 손수 조각한 것으로 보이는 체커링과 총열의 끝부분까지 점점 좁아지는 우스꽝스러운 모습의 총열 덮개 때문일 것이다.

게이브는 소총을 어깨에 멘 뒤 오른쪽에서 왼쪽으로 껑충껑충 달리는 상상 속의 영양을 추적해본다.

"유도해, 유도해……." 그는 왼쪽 눈을 감고 오른쪽 눈으로 조준을 하다가 아버지의 지루해하는 얼굴 앞에서 갑자기 멈춘다.

아버지는 손바닥으로 밀어서 소총을 치워버리고 약실을

열어 총알이 들어 있지 않나 확인한다.

"제가 바본 줄 아세요?" 게이브가 몸을 돌려 아버지를 지나쳐 냉장고로 향하며 말한다.

"네 녀석한테 삼촌의 전쟁 트로피를 줄 순 없어." 아버지가 말한다.

"갖고 싶지도 않아요, 너무 오래됐다고요." 땅딸막한 V8 주스 병의 뚜껑을 비틀며 게이브가 되받아친다. 그는 이 주스가 차가운 스파게티 소스처럼 자신의 입술을 감싸는 느낌도, 토한 걸 다시 삼키는 것처럼 목구멍을 타고 내려가는 느낌도 싫다. 하지만 엄밀히 따지면 이건 음식이 아니다. 그는 오늘 금식을 해야 한다. 오늘 밤의 땀 목욕[육신과 영의 정화를 위한 의식]을 위해. 이미 불가에서 돌들이 데워지고 있다. 황혼이 질 무렵이면 돌들은 적열에 이를 것이다. 다루는 사람이 조심하지 않을 경우 금세 부서지고 말 것이다. 게이브는 캐스에게 아직 이 사실을 말하지 않았으며 빅터 옐로 테일에게는 얘기하지 않을 것이다. 그는 아들의 땀 목욕을 위해 기꺼이 100달러를 지불하겠다고 하지 않았던가. 하지만 이 특별한 돌멩이들은 그가 8월에 델 보니토까지 가서 흩어져 있던 오래된 티피[유목민이었던 북미 중서부의 평야 인디언들의 주거 형태] 고리에서 가져온 것이다. 그들이 그걸 처음으로 사용하는 블랙피트가 아니라는 말이다. 이 돌은 그들을 더 나은 사람으로 만들어

주거나 더 뜨겁게 만들어주거나 할 것이다.

어느 쪽이든 도움이 될 것이다.

이번이 그의 첫 땀 목욕은 아니지만 전날 총에 맞아 죽은 친구를 기리기 위해 하는 건 처음이다.

루이스가 도대체 어떤 짓을 저질렀길래 총에 맞은 건지는 큰 미스터리다. 커스터 장군 같은 머리를 한 여성과 결혼해서 미쳤을 거라고 생각하지만 떠들고 다니지는 않는다. 아직은. 몇 달만 기다리자. 그러면 인디언 자치 지구에서 농담이 나돌 것이다.

최고의 농담은 모두에게 메시지를 전한다. 일종의 경고다. 이번 경고는 집을 떠나지 말라는 것일 거다. 화를 참으라고.

게이브는 지금 그래야 할지도 모른다고 생각 중이다. 그가 열여섯 살 때 그런 것처럼, 빗장이 잠기지 않은 것이라면 무엇이든 슬쩍할 때에만 집에 들르곤 했던 그 시절처럼 아버지가 그의 뒤를 졸졸 쫓아다니고 있기 때문이다.

"그건 재활용." 게이브가 방금 뒷문 옆에 놓인 흰색 쓰레기통에 넣은 플라스틱 병을 가리키며 아버지가 말한다.

"오, 그렇죠." 게이브가 냉장고 안을 더 자세히 들여다본다. "인디언은 V8병의 어떤 부분도 낭비하는 법이 없으니까요, 안 그래요?"

아버지는 끙 앓는 소리를 내더니 모제르총을 문가의 구석에 세워둔 뒤 지팡이를 짚고 리놀륨 장판이 깔린 바닥을 가로질러 가 쓰레기통에서 깨끗한 플라스틱 병을 건진다.

게이브는 불만스러운 표정으로 냉장고를 닫는다.

"마지막으로 이 총으로 쥐를 잡은 게 언제죠? 그 총은 거기 앉아만 있다고요. 아버지도 아시잖아요."

"그건 왜 메고 있는 거냐?" 아버지가 되묻는다.

게이브의 왼쪽 팔 윗부분에는 검은색 반다나가 묶여 있다. 바깥쪽에 매듭이 있어 머리띠를 팔에 두른 것처럼 보인다.

게이브는 자리에서 일어난다. 꽂을대처럼 등을 꼿꼿이 세울 때, 그러니까 지나칠 정도로 격식을 차리는 것처럼 보일 때 그는 전통을 지키는 기분이 들곤 한다.

"루이스 얘기 들으셨어요? 루이스 기억하시죠?"

아버지는 머릿속 슬롯에 테이프를 끼워 넣으려는 것처럼 고개를 숙이더니 예의 그 미소를 지으며 "꼬마 메리웨더?[루이스 메리웨더는 미국의 탐험가로 미국 서부를 개척했다]"라고 말한다.

"별로 안 웃겨요." 게이브가 킥킥거리며 답한다. "고속도로 정찰대가 어제 루이스를 총으로 쐈대요. 여기, 여기, 여기를요." 그는 자신의 몸 곳곳을 가리킨다.

그는 반응을 기다리며 아버지를 바라보지만 아버지는 "한번 죽은 녀석 아니냐?" 하고 물을 뿐이다.

"네? 아니. 그건…… 리키고요, 아빠. 리키 보스."

"보스 립스 리처드." 아버지는 누군지 알겠다는 눈치였다.

"루이스는 결국 집으로 돌아오려고 했어요."

"추수감사절 큰사슴 때문에?" 아버지가 웃으며 말한다.

그렇다. 추수감사절이 일주일도 안 남았다.

"모두가 그걸 팔에 매고 있냐?" 아버지가 게이브의 왼팔 이두박근을 손으로 가리킨다.

"루이스는 제 친구였어요, 아빠. 캐스도 이걸 두르고 있고요."

"이제 너희 둘만 남은 거냐?"

"루이스는 뭐 이미 한참 전에 여길 떠났잖아요."

아버지는 부엌 창문 너머로 옆집의 벽을 바라보는 듯하다. 노인네가 어디를 보는지 누가 알겠는가?

"겨울에도 쥐가 있어요?"

"게리 삼촌의 소총이었다."

"그분이 살아 돌아오시는 건 아니잖아요, 아빠."

"삼촌은 이 총으로 프레리도그를 쏘곤 하셨지." 계속해서 말하는 아버지의 입가에 슬쩍 미소가 떠오른다. "하지만 독일 헬멧을 쓴 놈만 쏘셨어."

게이브는 이 얘기에 말리지 않기로 한다.

"아내도 죽었어요. 그러니까 루이스의 아내 말이에요."

"아내의 배를 드러냈지." 아버지가 이어 말한다.

그렇다. 이곳 데스 로우에서조차 그 이야기가 돌고 있는 것이다. 좋다. 훌륭하다. 완벽해.

"아직 무슨 일이 일어났는지 몰라요."

"메리웨더……." 아버지는 게이브가 뭘 감췄는지 살펴보려는 듯 냉장고를 열어본다. "한때 너구리 고기를 팔던 놈 아니냐?"

"오지 말 걸 그랬어요." 게이브는 이렇게 말하며 아버지의 곁을 스치듯 지나 현관문을 밀어젖힌다. 그가 너무 많은 맥주를 걸어놓았던 문. 하지만 그 문이 휜 것은 그의 잘못이 아니다. 출입구의 뼈대를 잡은 사람에게 직사각형 틀이 없었던 게 분명하다. 아니면 기초를 세운 사람의 잘못이거나 '문'이라는 걸 발명한 사람의 잘못일지도.

그는 트럭의 시동을 건 뒤 뒤돌아보지도 않은 채 차를 후진시킨다. 자동변속기에서 멀쩡한 기어 이빨 세 개를 찾아 1단에 놓고는 손가락 두 개를 눈썹에 갖다 대며 아버지를 향해 작별의 거수경례를 한다.

두 시간 후 그는 조수석의 바닥에 거꾸로 세워놓은 모제르 총을 쓰다듬고 있다. 아버지는 게이브가 스쳐 지나가면서 그걸 낚아채는 걸 보지도 못했다. 법원 명령하에 진행된 약물 남용 상담에서 — 전혀 필요 없는 거였지만 유치장에 90일 감금

되는 것보다는 조금 나았다—니쉬는 열 명의 어린 인디언에게 카운팅 쿠counting coup에 대해 설명해준 적이 있었다. 그들은 자신들이 이미 어느 정도 카운팅 쿠를 했다는 걸 알았을까?

20개의 지루한 눈이 그를 바라보고 있었다.

그는 늙은 손으로 단어를 하나하나 만들어 보이고 자신이 하는 말을 온 몸으로 보여주면서 카운팅 쿠를 설명했다. 카운팅 쿠는 최악의 적에게 맞서는 방법으로, 상대를 가볍게 공격한 뒤 적이 다시 제대로 공격하기 전에 돌아오는 것이었다.

그는 겸허하게 말했다. 그건 그들 모두가 이미 한 행동이라고. 약물을 남용하고 약물을 투여하는 동안 동상에 걸리고 반사 신경이 손상되어 차를 들이박고 자다가 토하고 익사하곤 하는 중독적인 행동은 일생일대의 적이라고. 그들이 모두 여기에 있다는 의미는 이미 카운팅 쿠를 했으며 용케 목숨을 잃지 않았다는 의미라고. 이제부터 성공리에 카운팅 쿠를 수행한 것을 자랑스러워하며 부족에게 돌아갈 것인지 계속해서 다시 적진을 찾다가 결국 적군의 손아귀에 걸려 진창에 빠질 것인지 결정할 차례라고.

게이브는 늘 명심하고 있다. '카운팅 쿠.' 그것은 그의 삶의 원칙이다, 안 그런가? 아내나 여자 친구를 만들 때, 일을 할 때, 법을 지킬 때, 기름통에 기름이 얼마나 남았는지 살필 때 그는 늘 이 원칙을 잊지 않는다. 그리고 이번에 그는 아버지를 상대로 카운팅 쿠를 했다. 그는 아버지를 스쳐 지나가며 다른 손으로 소총을 슬쩍한 뒤 왼다리로 툭 쳐서 개머리판을 부츠의 철제 토 위에 올려놓았다. 데노라에게 카우보이 댄스를 가르쳤을 때 그 애의 발을 그의 발 위에 올렸던 것처럼.

하지만 지금은 데노라 생각을 할 때가 아니다.

그러고 싶지 않아서가 아니라 데노라 생각을 하면 멈출 수 없기 때문이다. 그는 밖으로 나가 생각을 멈추는 데 도움이 될 만한 다른 일을 찾아야 할 것이다. 그렇지 않을 경우 트리나의 집 앞에 나타나서는 사과하고 애걸한 뒤 데노라에게 그의 선물을 전해주라고 요청하게 될 것이다. 스프라이트를 한 병 마시면 도움이 될지도 모르겠다.

언제부터 트리나의 잔소리가 시작되었는지 모르겠다. 그런 식으로 갑자기 나타나서는 안 된다고, 데노라는 연습 중이지만 그곳에 찾아가지 말라고, 그 애에게 전화하지 말라고, 덴이 아니라 데노라라고.

전화하지 않는 편이 나을 것이다.

게이브는 소총을 쓰다듬은 뒤 손수 새긴 체커링이 좌석에 닿아 벗겨지지 않도록 돌려놓는다.

아스팔트 도로 위로 눈이 소용돌이치고 있지만 신경 쓰지 않기로 한다. 트리나는 그더러 이래라저래라 할 수 없다. 데노라는 그의 딸이기도 하지 않은가?

게이브는 운전대를 잡고 학교 쪽으로 방향을 튼다. 그냥 살짝 들르는 거다. 그 애는 그의 트럭을 알고 있다. 모두가 그의 트럭을 안다. 퍼레이드를 할 때면 사람들은 그더러 천천히 운전하라고, 창문으로 사탕을 던져달라고 말하곤 한다.

하지만 학교로 가는 길은, 이 기이하고 낡은 소총에 맞는 총알을 갖고 있는 사람이 있기나 할까 하는 생각에 마음이 어수선하다. 바로 그때 반대편 쪽에서 학교를 등지고 걷고 있는 어린 소녀가 보인다.

"디?" 그는 액셀러레이터에서 발을 뗀다.

그 애는 운동복 셔츠와 반바지를 입고 있다. 내일 경기를 위한 복장인 듯하다. 하지만 머리를 푼 상태다. 데노라가 공에 집중할 때 절대로 머리를 묶지 않는 것처럼.

데노라일 리가 없다, 안 그런가?

게이브는 천천히 지나가며 흘낏 보기만 한다. 데노라가 아닐 경우 가브리엘 크로스 건스가 고등학생에게 몰래 접근하고 있다는 소문이 돌 수 있다. 그건 그가 전혀 원치 않는 일이다.

그 애인가? 그렇다면 춥지 않을까?

더 자세히 보기 위해 그가 창문을 내리는 순간, 너는 고개를 들어 그와 눈을 맞춘다. 너의 검은색 머리카락이 사방에 흩날리고 있다. 그날 이후로 그를 처음 보는 것이다. 공기는 소리로 가득하고 코에서는 피가 뿜어져 나오고 새끼가 너의 배 안에서 헐떡이고 다리는 잘려 있던 그날.

눈길을 돌리지 말자.

시선을 피하는 사람이 그가 되도록 하자.

그의 트럭이 멀어져가는 소리를 듣자.

그가 지금 너를 본 것은 중요하지 않다. 다음번에 그가 너를 볼 때 너는 더 커져 있고 달라져 있을 것이며 지금보다 더 괜찮은 상태일 것이다. 훔쳐 입은 옷이 벌써부터 꽉 낀다.

엘크를 보다

캐시디는 또다시 이름을 바꾸고 있다.

지금부터 당분간은 캐시가 되겠다고, 그는 생각한다.

오늘은 '두 번 생각해Think Twice' 집안의 월급날이다. '두 번 생각해' 이동식 주택의 월급날이라 할 수도 있겠다. '두 번 생각해' 역시 그가 태어났을 때 부모님이 지어준 이름은 아니다. 제이린 이모가 그에게 할 일을 상기시키기 위해 그를 늘 그렇게 불렀을 뿐이다. 어쨌든 그 이름은 캐시디의 머릿속에 단단히 박혀 있다.

월급으로 받은 수표를 현금으로 두둑이 바꿔둔 데다 낡은 스웨트 로지를 살리고 온종일 불을 지피는 대가로 게이브가 40달러를 줄 예정이다. 옛날 같았으면, 그러니까 지난달까지만 해도 40달러의 가욋돈은 맥주 몇 병으로 순식간에 증발할 터였다. 휘익! 하고 인디언 마법을 부리면 되는 일이었다. 독수리 깃털도 매의 괴성도 필요 없으며 그저 그 일이 벌어질 만큼 오랫동안 딴 데를 바라보기만 하면 되었다.

하지만 조 덕분에 캐시디는 새로운 남자로 탄생했다. 유급으로 채용된 데다—운전면허증을 따면서 합법적인 일자리가 되기까지 했다—요새 그는 자신과 태양 사이에 길고 큼지막한 끈이 달린 것마냥 해가 지고 1시간 후면 집에 와 있고, 아침이 되면 떠오르는 해와 함께 일어난다. 그를 한심한 운명에서 구해줄 사람이 크로우가 될 거라고 누가 생각했겠는가? 이동식 주택 주위를 떠도는 퇴마사와 그녀의 퇴마 의식은 별 도움이 되지 않았지만 캐시디는 무언가 나쁜 기운이 정말로 자신을 쫓고 있음을 결국 인정해야 했다. 하지만 그건 인디언과는 관련 없는 일이었다. 뭐, 인디언과 관련 있는 일일 수도 있을 거다. 법원 영장 따위는. 하지만 그건 나쁜 일도 아니었다. 그저 미납 딱지일 뿐, 그러니까 누구에게라도 일어날 수 있는 일이었다.

그렇기는 하지만 그는 조가 신중하게 행동하려 한다는 걸 안다. 그가 지인들에게 소개하기 위해 조를 고등학교 농구 경기에 데리고 갈 때면 그녀는 늘 주위를 둘러본다. 그를 닮은 창백한 눈동자를 지닌 열 살 혹은 열다섯 살 된 아이들이 있나 찾아보는 것이다. 그가 그런 실수를 저지른 적이 없다고 아무리 말해도, 누군가에게 양육비를 줘야 하는 상황이라면 자기도 전부 알았을 거라고 말해도 소용없다.

존 웨인에 맞서 싸운 인디언들이 모두 그렇듯 그는 자신이 정자 없는 정액을 뿌리고 있다고 생각한다. 그는 그게 물속의 우라늄 탓이거나 혹은 덕분이라고 생각한다. 게이브와 리키, 루이스는 어린 시절 브라우닝에서 자랐다. 그곳의 물은 완벽하지는 않지만 식수로 사용할 수는 있을 정도다. 하지만 캐시디는 어린 시절, 이스트 글레이셔에 있는 아버지의 집에서 대부분의 시간을 보냈는데 그곳의 물은 그 속에 뭐가 들었는지 알 수 없을 정도로 탁하다. 그는 늘 이상하다고 생각했다. 그와 게이브, 리키와 루이스를 전부 합쳐도 그들의 아이가 단 한 명이라는 사실이. 그는 루이스와 그가 함께 달아난 금발 여자가 백인들처럼 적절한 때를 기다렸을지도 모른다고 생각한다. 아니면 그 여자가 루이스를 만나기 전에 이미 아이를 낳았던 터라 또 다른 아이를 원하지 않았던 걸지도 모른다. 하지만 리키는 아이를 낳지 못한 채 죽었다. 그 녀석이 아이를 가질 생각이 있기는 했을까? 그들 중 자식이 있는 유일한 사람은 게이브다. 정말 젠장할 노릇이다. 그게 벌써 14년인가? 게이브와 트리나가 그렇게 오래되었나? 어쨌든 게이브는 제대로 해냈다. 데노라 크로스 건스는 공만 보면 죽어라 덤비는 아이다. 그 애는 언제나 조를 관람석에서 벌떡 일어나게 만든다.

조는 슛, 슛 하고 외치며, 그 애가 마음만 먹으면 자신이 원하는 대로 경기를 끌고 나갈 수 있을 거라고 말한다.

물론 그녀의 말이 맞다. 데노라는, 경기장 밖에서 일어나는 일을 향해 관심을 두는 게이브가 아니라 농구 코트에서의 트리나의 열정을 닮았다. 어쨌든 캐시디는, 조가 처음으로 자리에서 벌떡 일어나 자유투 라인에서 일어나고 있는 마법을 보고 있는 게 자신뿐인지 확인하거나 허락을 구하려고 두리번거리지 않은 것을 보며, 조가 이곳에서 잘 지내겠다는 걸 깨달았다. 그건 참으로 어리석은 일이기도 했다. 조는 그가 지난여름 파우와우에서 무작위로 얘기를 나눈 크로우 여자였다. 조와 이름이 기억나지 않는 그녀의 사촌은 관광객들이 공원 입구를 담은 완벽한 사진을 찍으려는 찰나, 카메라 앞에 짠 하고 나타나 방해를 하곤 했다. 블랙피트나 뭔가를 보호하려고 그 짓을 한 것은 아니었다. 그냥 그 일을 즐겼을 뿐이었다. 캐시디 역시 그 일이 재미있어 그들과 함께했고, 그러다 보니 자신도 모르는 사이에 조의 자치 지구에 격주 주말마다, 그러다가 매주 주말마다, 그다음에는 아예 틈이 날 때마다 매일 찾아가게 되었다. 그 후 조가 엄마와 크게 싸우고 사촌이 조의 소파를 들고 남쪽으로 달아나 버리자 캐시디는 트럭에 조의 물건을 싣고 말 운반용 트레일러를 빌려 트럭 뒤에 매단 채 자신의 집으로 돌아오게 되었다.

그러니까 전부 우연이었다. 그와 조는. 하지만 한편으로 그들은 천생연분이기도 했다. 그는 최고의 행운을 향해 제 발로 걸어간 거나 마찬가지였다. 그가 한 거라고는 파우와우에서 빈둥댄 것뿐이었는데. 하지만 진짜는 그렇게 시작되는 것 아니겠는가?

캐시디는 반으로 접은 지폐를 앞주머니에 넣은 뒤 이동식 주택에 가서 조를 깨울까 잠시 생각한다. 그녀가 그곳에 진짜로 있으며, 그가 꿈을 꾸고 있는 게 아니라는 사실을 확인하기 위해. 하지만…… 조는 밤에 근무한다. 새로 생긴 식료품점에서 일하는 유일한 크로우로 재고품을 채우는 일을 한다. 조는 잠을 자둬야 한다. 그래서 그는 개들이 자고 있는 낡은 트럭으로 향한다. 개들은 하룻밤 정도는 침낭이나 담요, 낡은 재킷 없이도 괜찮을 것이다, 안 그런가?

개 사료를 40달러어치 사줄까 보다.

음, 20달러어치.

그는 팔 한가득 담요를 들고 와 흙바닥 위에 떨군 뒤 모퉁이와 가장자리를 찾는다. 마치 구해달라고 손을 뻗는 것처럼 담요 한쪽 귀퉁이가 삐져나와 있다. 캐시디는 담요를 하나씩 집어 먼지를 턴 뒤 낡은 스웨트 로지의 뼈대로 가져간다. 기둥은 여전히 쓸 만하다. 아이들의 텐트에서 가져왔을 거라고 캐시디는 생각한다. 그는 기둥의 네 지점에 강철봉을 대 넘어지지 않도록 해놨다. 인디언이 지켜야 하는 염병할 법칙 때문이 아니라 다른 이유에서다. 첫째, 이 뼈대를 세운 날 그는 강철봉을 여덟 개밖에 구하지 못했기 때문이다. 그러니까 기둥 하나당 두 개씩밖에 찾을 수 없었던 것이다. 둘째, 이 텐트의 뼈대는 19킬로그램이나 되는 개 침구를 지지하도록 만들어진 게아니라 아이들의 텐트를 지지하도록 만들어졌기 때문이다.

게이브가 겨울에 이 짓을 하기를 바라서 다행이다. 여름에는 스웨트 로지의 바닥을 45센티미터나 파고 싶어 하는 캐시디 때문에 바닥이 눅눅해질 때가 있다. 하지만 이렇게 추운 겨울에는 바닥 상태가 완벽하다. 어쨌든, 지난해를 땅으로 빼내는 건 좋을 것이다. 초기화 같은 거다. 선조들이 현명했다고, 캐시디는 생각한다.

그는 기둥과 강철봉을 연결하는 구두끈을 전부 조인 뒤 담요와 침낭, 재킷을 탈탈 털어 스웨트 로지의 흰색 플라스틱 뼈대 위에 걸친다. 감방 동기의 낡은 전투복은 덮개로 쓰려고 따로 빼둔다. 침낭은 안감이 은빛이라 태양 아래 번쩍일 때마다 말을 겁먹게 만든다. 캐시디는 이 사실을 잊지 말자고 생각한다. 번쩍이는 은빛에 까치도 놀랄지 모른다. 지난해 까치는 이동식 주택과 가축우리 사이에 달린 줄에 걸어놓은, 그가 아끼는 셔츠에서 실을 쏙 뽑아갔다. 그는 나무 뒤편 어딘가에 화려한 색상으로 악센트를 준 둥지가 있을 거라고 생각했다. 그것도 나쁠 건 없지만 그가 아끼는 셔츠를 잃은 건 유감이었다. 조의 옷에 연기 냄새가 배지 않도록 걸어둬야 하기 때문에 그는 대신 크리스마스 장식용 반짝이 조각을 전선에 묶어둔다. 까치는 그게 예쁘다고 생각했는지 둥지를 꾸밀 수 있게 도와줘서 고맙다며 깍깍거린다.

스웨트 로지가 완성되자─노숙자가 만든 이글루처럼 보인다─캐시디는 헛간을 샅샅이 뒤져 나무망치와 텐트 말뚝을 넉넉히 가져온다. 입구 부분을 제외한 다른 부위의 덮개가 오늘 밤 바람에 팔락거리지 않도록 고정할 생각이다. 기름투성이의 낡은 전투복을 얹어 만든 문 덮개는 주머니에 돌멩이를 넣어 바람에 날아가지 않도록 해둔다.

이제 가장 먼저 할 일은 바닥을 쓰는 일이다. 전에도 했던 일이었다면 평범한 빗자루를 사용할 수 있겠지만 지금 그에게는 빗자루의 부러진 머리 부분과 카페에서 사용하는 것 같은 쟁반밖에 없다. 어디에서 난 건지는 모르지만 어쨌든 도움이 된다.

가축우리 옆에 쟁반을 탁 내려놓자 말들이 다시 겁먹는다.

"오늘따라 다들 겁보처럼 왜 이래?" 캐시디가 말들을 향해 말한다.

얼룩말이 히힝 울면서 그들 사이의 땅을 가까이 끌어당기려는 듯 앞발을 쿵쿵 구른다. 캐시디는 마지막으로 한 번 더 바닥을 쓸기 위해 스웨트 로지 안으로 몸을 수그려 들어간다. 그는 먼지가 조금 있어도 상관없지만 옐로 테일의 아들은 오늘 땀 목욕이 처음이라 분명 숨을 쉬려고 바닥에 얼굴을 갖다 댈 것이다. 열은 위로 올라온단다, 얘야. 미안하지만 그럴 수밖에 없어. 하지만 이건 아이를 정화시켜줄지도 모른다, 안 그런가? 이건 구워지는 또 다른 방법 아니겠는가?

"여기서 밤샐 거야." 캐시디는 말과 개 들을 향해 소리친 뒤 한참을 손을 흔든다. 얼룩말은 샴푸 광고에 나옴 직한 꼬리를 그에게 흔들어 보인다. 개들은 다른 이동식 주택을 지키는 척한다. 지키기에 조금 더 자랑스러울 만한 이동식 주택을.

캐시디는 몸을 돌려 자신이 속한 세상을 들이마신다. 몇 킬로미터 너머로는 노란색 잔디와 얼어붙은 눈뿐이다. 굽이치는 언덕에는 씨앗이 바람에 날리고 물이 흐르며 수풀이 우거져 있다. 이곳을 1800년 혹은 그전의 풍경과 구별시켜주는 거라고는 이동식 주택에 전력선을 공급하는 전신주뿐이다. 이동식 주택 역시 백인이 나타나기 전에는 이곳에 없었을 거라고 그는 생각한다. 말도.

하지만 그는 개에 관해서라면 늘 궁금했다. 당시에는 개들이 작은 트라보이스[개나 말에 매달아 끄는 운반 용구]를 끌기도 하지 않았나? 그는 분명 그런 그림을 본 적이 있다. 하지만 그 개들은 길들여진 늑대에 불과하지 않았을까? 한편 떠돌이 개들도 처음에는 전부 세인트버나드나 래브라도, 로트바일러 따위가 아니었을까. 그러다가 겨울을 나기 위해, 끝까지 살아남기 위해 숲속에 숨어 이빨을 드러내게 되었고 더 이상 원반을 잡으러 뛰어다니는 작은 애완용 개처럼 축 늘어진 귀를 갖지 않게 된 것이 아닐까. 그렇게 살다 보니 어느새 늑대처럼 되었으리라.

캐시디가 키우는 세 마리 개가 딱 그렇다. 이 암컷들은 캐시디의 손을 차지하려고 앞다퉈 달려든다. 새까만 레이디베어는 다른 두 마리의 어미다. 그가 스타우트라 부르던 수컷도 있었지만 수컷들은 이동식 주택에 사는 것에 절대로 만족하지 못한다. 어느 날 스타우트는 스스로 정찰을 나섰고 캐시디는 그가 짝을 찾아 나섰거나 싸울 상대를 찾아 나선 거라고 생각했다. 누군가를 찾긴 찾았던 모양인데, 캐시디가 스타우트를 다시 본 건 그와 조가 몇 킬로미터 떨어진 곳으로 말을 몰며 오후 시간을 보내고 있을 때였다. 스타우트는 추레한 털과 뼈 몇 조각이 되어 있었다.

"스타우트가 어디 갔을지 늘 궁금했어." 조가 말했다. 그녀를 태운 얼룩말은 춤을 추며 빙빙 돌고 있었다. "멀리 못 갔네." 캐시디가 말했다.

당시는 조가 이곳에 온 지 몇 달 안 되었을 때로 캐시디는 여전히 자신이 진짜 인디언임을 증명하려고 애쓰고 있었다.

그는 조상이 누비던 땅에서 자신의 말을 타는 남자라는 걸 보여줘야 했다.

어쨌든 그건 효과가 있었다고 캐시디는 생각한다. 그녀가 그보다 두 배나 말을 잘 타고 인디언 기질이 세 배나 많다는 사실은 중요하지 않았다.

그렇다고 조가 오늘 밤 스웨트 로지에 들어갈 수 있는 건 아니다. 그와 그녀뿐이라면 당연히 영원히 그렇게 할 것이다. 하지만 게이브는 어떤 책에서 여자와 남자가 함께 스웨트 로지에 들어가서는 안 된다는 내용을 읽은 적이 있다. 캐시디는 처음 땀 목욕을 했던 날을 아직까지도 기억한다. 어두운 열기 속에서 홀딱 벗은 삼촌들과 앉아 있는 것만으로도 끔찍했는데, 거기에 여자까지—그것도 불공평하게도 캐시디보다 5센티미터나 키가 크고 볼륨 있는 몸매에 곱슬곱슬하고, 단단하면서도 길고 검은 머리카락을 지닌 조 같은 여자가—들어온다고 생각하면 땀 목욕이 더 이상 하나의 의식처럼 느껴질 것 같지 않다. 그쯤 되면 이것 봐, 나는 강인하다고, 이 정도 열은 아무것도 아니야. 이 노인네들보다 더 오래 버틸 수 있어, 따위의 행사가 되지 않을까.

여자가 그 안에 있다면 절대로 노래를 부르지도 않을 것이다. 스웨트 로지가 술집처럼 되어서는 안 된다고, 그는 생각한다.

어쨌든 이제 천막이 완성되었으니 원할 때면 언제든 돌을 데우고 몸을 정화시키며 게이브가 가진 책들을 구깃구깃 말아서 불을 지피는 데 사용할 수 있다. 인디언 경찰이 번개를 타고 하늘에서 내려와 캐시디가 신성한 스웨트 로지에 여자를 들였다고 딱지를 물리지는 않겠지?

만약 그들이 내려온다면 그들의 개에 대해 물어보리라. 그리고 양동이가 없었을 당시에 물을 어디에서 구했는지도.

마을에 있었다면 캐시디는 호스를 끌어다 담요 아래 끼워 놓고 증기가 더 필요할 때마다 돌에 물을 뿌릴 수 있었다. 하지만 마을에서 이렇게 멀리 떨어진 높고 외진 곳에서는 가축우리 뒤에 놓인 500갤런들이 탱크에 물이 담겨 있는데다 그걸 이곳까지 끌고 오려면 기름이 필요하다.

과거의 인디언들은 무엇을 사용했을까?

그들은 개울가 근처에 스웨트 로지를 지었을 것이다. 아니면 눈이 녹아 언덕 아래로 흐르는 곳에. 그가 생각해낸 해결책은…… 녹색과 흰색의 낡은 냉장 박스, 뚜껑이 없어진 상태라 개들에게 물을 주는 데 쓰고 있던 냉장 박스다.

"미안." 그는 냉장 박스를 뒤집으며 개들을 향해 말한다.

미스 레프티는 대답하듯 흙에 꼬리를 한번 튀긴다. 개한테 지어주면 웃기겠다 싶어 지어준 이름이었다.

캐시디는 마구간 뒤에 드리워진 그늘에 높게 쌓여 있는 눈 속에 냉장 박스를 푹 집어넣는다. 말들이 그를 향해 귀를 쫑긋 세우고 있다.

냉장 박스를 스웨트 로지에 갖다놓은 뒤에는 오늘 밤 돌을 담당하기로 한 빅터가 사용할 삽만 준비하면 끝이다. 캐시디는 삽을 어디에 뒀는지 몰라 이동식 주택의 뒤쪽으로 간다. 하지만 마구간을 청소할 때 사용하는 넓고 평편한 삽을 사용할 수는 없다. 그는 이 의식의 모든 부분을 온전히 지켰다고 100퍼센트 확신할 수는 없지만 더러운 삽 끝이 그의 근처에 놓이는 건 바라지 않는다.

조는 벌써 이동식 주택 뒤에 나와서 공기펌프를 입술로 적셔 농구공에 불고 있다. 이동식 주택 길이 정도밖에 되지 않는 작은 농구 코트에서 한참 슛을 쏜 모양이다. 이 농구 코트는 이곳에 서 있다가 날아가 버린 집의 남은 기초 부위에 불과하다. 캐스는 송수관을 시멘트 높이에 맞춰 간 뒤 부족이 두고 간 전신주에 낡은 널을 고정시키기만 하면 되었다. 그는 하루 종일 그 안에 구멍을 판 뒤 다음 날 그걸 똑바로 세웠다.

조는 캐시디가 어린 조카에게서 가져온 역기용 벤치에 앉아 있다. 자전거가 흙바닥에 쓰러지지 않도록 자전거펌프의 기단에 발을 올려놓고 있다.

조는 공에 공기펌프를 쿡 찔러 넣는다. 무릎 사이에 공을 끼운 채 끽끽거리는 공기펌프의 플런저를 공에 밀어 넣고 있다. 캐시디는 그녀 쪽으로 다가가서 공이든 펌프든 돕고 싶지만 조는 직접 하는 걸 좋아한다. 누군가 도와줄라치면 하려던 걸 그만둘 게 분명하다.

"잠이 안 와." 압력을 확인하며 그녀가 말한다.

"농구공이 있는데 누가 잠이 필요하겠어?"

"마카로니 만들고 있어." 조는 고개를 안쪽으로 기울인다.

"핫도그는?" 캐시디가 묻는다.

"핫도그 빵을 잘라 넣으면 되지." 그녀가 스웨트 로지를 가리킨다. "누구를 위한 거야?"

"루이스. 있잖아. 내 어릴 적 친구. 어제 총에 맞아 죽은 녀석 말이야."

"그래서 땀 목욕을 한판 하려는 거야? 블랙피트식 경야 뭐 그런 건가?"

"추모하는 거야. 게이브 생각이지."

"게이브." 조가 최대한 단조로운 목소리를 낸다.

"아이도 한 명 올 거야." 캐시디가 덧붙인다.

조는 고개를 끄덕인다. 다시 설명할 필요가 없다는 뜻이다. 빅터 옐로 테일의 자식은 마약이나 술 따위로 인생을 망치지 않도록 삶을 지탱하는 데 도움이 될 만한 무언가 전통적인 것이 필요하다.

"까먹을 뻔했네." 캐시디가 두툼한 녹색이 보이도록 주머니에서 돈을 꺼내 보이며 말한다. "월급날이야."

"역시 내 남자야."

조는 곧 자전거펌프의 플런저에 기름을 칠하기 시작한다. 캐시디는 이동식 주택으로 가서 핫도그 빵을 잘라 마카로니에 넣은 뒤 벨비타 치즈를 잘게 썰어 넣는다. 잘게 썰수록 좋다. 작을수록 잘 녹을 테니. 그는 수저를 꽂아 조에게 그릇을 전달한다. 치즈가 두툼해서 수저가 접시의 옆면에 닿지도 않는다.

"케첩이 필요할 것 같은데." 한 입 먹어보더니 조가 말한다.

이제 그들은 불가로 가 연기에서 멀찍이 떨어져 앉는다.

개들은 가만히 있다. 자신들을 위한 점심이 아닌 것을 아는 거다.

말들은 담장에 일렬로 선 채 난간 상단에 턱을 괴고 고양이처럼 꼬리를 획 휘두르고 있다.

"내일 쟤들 좀 달리게 해줘야 할 것 같아." 캐시디가 얼룩말과 밤색 말을 가리키며 말한다. 거세한 쥐색 말은 아직 제대로 뛰지 못한다. 앞으로 절대로 뛰지 못할지도 모른다.

조는 캐시디가 한 입 크게 입에 넣는 것을 기다렸다가 말한다. "오늘 금식해야 하는 거 아니야?"

캐시디는 음식물을 씹고 삼킨 뒤 질문처럼 말한다. "아침은 굶지 않았나?"

"아침은 원래 안 먹잖아."

"하지만 오늘은 특히 그랬어."

조는 고개를 설레설레 저으며 또 한 입 떠먹은 뒤 말한다.
"불법 마약 거래로 받은 돈은 어디에 보관하게?"

"금고에 둘까 봐." 캐시디가 말한다. 그들은 동시에 그가 몇 달 전 끌고 온 트럭을 바라본다. 훔친 건 아니었다고 그는 조를 안심시켰다. 구조한 것도 아니었다고. 그건 원래 그의 트럭이었다. 다만 몇 년 동안 방치해두었을 뿐. 하지만 오래전에는 꽤 괜찮은 물건이었다. 그렇게 홀로 방치되기보다는 사람들 가까이에서 땅으로 부식될 자격이 있었다.

그가 말하는 금고는 트럭 아래 붙어 있는 썩어빠진 글라스 팩 머플러 안에 쑤셔 넣어둔 검은색 보온병이다. 그 머플러가 썩어빠진 건 아주 오래전 시동을 걸었을 때 그가 헤더를 열어두는 바람에 하늘에서 내려오는 눈과 비가 전부 들이쳤기 때문이다. 그리하여 배기 장치는 누구도 탐낼 만한 상태가 아니다. 손에 닿자마자 바스라질 게 분명하기 때문이다. 게다가 그 트럭에서 훔칠 만한 가치가 있는 것, 다른 트럭에 쓸 만한 것들은 이미 수년 전에 누군가 다 가져간 상태다.

이동식 주택의 침대 아래나 높은 캐비닛 혹은 배기판에 진짜 금고를 숨겨두는 건 좋은 생각이 아니다. 그런 곳은 침입자가 가장 먼저 노리는 곳이다. 캐시디나 조가 하루 종일 트레일러를 지키고 있을 수도 없는 데다 이곳의 외로운 개와 말 들이 빈

약한 문을 비집고 들어오려는 사람을 막을 일도 없을 것이다.

하지만 엔진도, 바퀴도 없으며 환기용 삼각창 하나만 있는 채로, 네 개의 브레이크 드럼이 콘크리트 블록 위에 올라가 있는 트럭 아래 가까스로 매달린 낡은 글라스팩 머플러 안을 들여다볼 사람은 없을 것이다. 보온병 안에는 600달러나 되는 돈이 고액권으로 들어 있다. 캐시디는 녹색 지폐 아래 밀어 넣어둔 작은 약 가방에 조를 위한 반지를 몰래 감춰두기도 했다.

조는 너무 **빡빡한** 핫도그를 또 한 입 겨우 삼킨 뒤 자신의 그릇을 캐시디에게 건넨다. "영원히 이런 식이라면 당신한테 요리 좀 가르쳐야겠어." 하고 말하며 케첩을 가지러 안으로 들어간다.

영원히, 캐시디는 그녀의 말을 따라 하며 또 한 입 넣는다. 그렇게 **빡빡하지** 않다.

얼룩말은 너무 많은 생각을 떨쳐버리려는 듯 고개를 젓고 캐시디는 말을 약 올리려는 듯 똑같이 따라 한다. 얼룩말은 똑똑해서 그게 가끔 먹히기도 한다.

이번에는 아니다.

얼룩말은 캐시디의 뒤를 바라보고 있다.

그는 고개를 돌리고 천천히 일어나면서 그의 그릇과 조의 그릇을 손에서 떨어뜨린다.

"빌어먹을." 그는 엎어진 그의 점심으로 달려드는 개들을 요리조리 피해가며 말한다.

하지만 지금 중요한 건 그게 아니다.

그의 뒤 이동식 주택 아래 경사지에 80마리, 아니 90마리의 엘크가 있다. 100마리일지도 모르겠다.

그들은 그를 똑바로 쳐다보고 있다. 꼬리 하나 움직이지 않는다. 눈 하나 깜빡이지 않는다.

캐시디는 침을 삼킨다. 그 어떤 물건보다 소총이 간절하다.

그가 태어날 때 부모가 지어준 이름은 캐시디 두 번 생각해가 아니다. 하지만 그는 지금 두 번 생각 중이다—내 총이 어디 있지, 내 총이 어디 있지?—이제 그의 이름은 캐시디 엘크를 보다, 이다.

하지만 이름은 중요하지 않다.

머지않아 그에게 이름 따위는 필요하지 않게 될 거다.

예전처럼 넷이서

게이브는 낡은 로지 뒤에 마련한 리키의 무덤 앞에 서서 리키와 오후의 맥주를 나누며 치토의 무덤 위에도 술을 살짝 붓는다. 뭐 어떤가, 미성년자가 무덤 안에 있다면 그건 미성년자에게 술을 주는 게 아니지 않나. 게이브는 아직도 재킷을 걸치고 있지 않았던 여자아이, 눈 속에서 학교를 등지고 걷던 아이를 생각하고 있다.

그는 그 아이가 데노라일 리가 없다고 자신을 설득하는 중이다. 덴은 제 엄마처럼 다부진 아이다. 인디언 악마처럼 머리를 풀어헤친 채 돌아다니지는 않을 것이다. 게다가 수업 시간이지 않았나? 게이브가 아직까지 확실히 기억하는 법칙에 따르면 무단결석을 할 경우 운동을 할 수 없다. 일종의 일대일 시스템이다. 무단결석을 한 번 할 때마다 벤치에 앉아 있어야 하는 것이다. 경기가 있는 날보다는 수업일이 훨씬 많은데도 말이다. 게이브는 자신이 그토록 자신만만해했던 농구 스타가 되지 못한 이유가 그 때문이라고 생각한다.

그는 아니라고 다시 한 번 고개를 젓는다. 데노라일 리가 없다. 아이가 어디에 가고 있든 아이가 얼어 죽지 않도록 차를 멈춰 세워 태우지 않았다고 해서 그가 나쁜 아빠인 것은 아니다. 그는 그 애가 추위 속에 반바지를 입고 있던 다른 선수라고 생각한다. 그는 좋은 인디언이 아니라는 얘기다.

하지만 그것도 헛소리이기는 마찬가지다.

게이브는 맥주를 비운 뒤 맥주병의 목 부위를 보스 립스네 가족 울타리의 육각형 철조망에 건다.

덴이 트리나와 한바탕한 거라면? 모녀는 똑같다. 데노라는 게이브가 14년 전—정확히 말하면 15년 전—임신시킨 여자아이의 작은 복제품이나 마찬가지다. 하지만 이 작은 복제품에는 크로스 건스의 피도 들어 있다. 그러니까 이 아이는 어느 정도 자라면 천하를 호령하고 싶어 할 거다. 좋든 나쁘든, 장학금이든 5년의 수감 생활이든 두 명의 자식이든, 아이는 혼자 구석에 앉아서 묵묵히 상황을 곱씹을 뿐, 아무도 이게 네가 원하던 게 정말 맞냐는 말을 꺼내지 못하게 할 것이다.

그 애는 게이브 자신처럼 될 거다. 그 애에게는 그러한 기질이 있다. 그 미소는 트리나에게서 물려받은 것이 아니다. 게이브는 금지 명령을 무릅쓰고 데노라가 경기하는 것을 지켜보았을 때 그 미소를 보았다. 그 금지 명령은 데노라나 심지어 트리나에게서 150미터 떨어져 있어야 하는 게 아니다. 물론 자기 보호 차원에서 스스로에게 그러한 규칙을 부여하기는 했지만, 그에게 떨어진 건 홈경기 참관을 금하는 명령이었다. 난폭하다는 이유에서였다. 물론 그는 그냥 응원을 했을 뿐이었다. 싸웠다는 이유에서였다. 그건 그의 잘못이 아니었다. 마지막으로 공공장소에서 술을 마셨다는 이유에서였다. 그건 그때 딱 한 번뿐이었다.

하지만 재킷과 모자, 선글라스로 잘만 위장하면 방문객으로 보일 수 있다. 그가 관심을 둘 만한 짓만 하지 않는다면. 오늘 밤 스웨트 로지를 준비한 것에 대한 사례를 지급하기로 한 부족 경찰관 빅터는 신분을 숨기고 있는 그를 보았지만, 게이브가 주머니에 손을 찔러 넣고 있으며 데노라의 상대 선수에게 반칙이 선언되지 않을 때마다 자리를 박차고 일어나지는 않기 때문에 잠자는 개가 거짓말을 하도록 눈감아준다.

하지만 입 다물고 있는 게 쉽지는 않다.

데노라는 특별한 선수다. 한 세대에 단 한 번 나올까 말까 한 선수.

물론 그는 그 애의 아빠이기는 하지만 모두가, 신문기자조차 그렇게 말한다. 데노라는 새언니 트레이스가 가진 모든 재능을 지녔지만 트레이스는 반복연습한 온갖 기본적인 기술로 대학 경기를 뛰고 있다. 게이브가 알기로 그곳에는 인디언이 거의 없다시피 한지라 연습 경기 수준에 불과하다.

덴은 기본적인 기술을 완벽히 익혔고 코치의 명령대로 매일같이 반복연습을 할 것이다. 하지만 경기가 심각해질 때, 캐스가 그냥 캐스였을 때 했던 말처럼 칩이 다 떨어진 상황이 찾아올 때, 두 명의 수비수가 브라우닝 출신의 작은 인디언 소녀를 공격할 때 데노라는 예의 그 미소를 지을 것이다. 게이브가 따라 짓게 되는 미소.

죽어보자는 미소, 덤벼보라는 미소, 한번 해보자는 미소다.

코치의 명령대로 패스를 하는 대신 데노라는 뒤로 물러나 상대 선수를 한 명씩 쳐다본 다음 드리블과 발동작을 엇갈리게 해 상대편 선수들이 균형을 잃게 만든 다음 그 사이를 비집고 들어갈 틈을 만들 것이다.

시즌의 두 번째 경기에서 데노라는 키 큰 상대 선수의 다리 사이로 공을 던진 뒤 공이 두 번째 튀어 오르기도 전에 그걸 낚아채 시위를 떠난 화살처럼 골대를 향해 곧장 슛을 날리기까지 했다.

바로 그 경기에서 게이브는 밖으로 내쫓겼으며 시즌의 나머지 경기에도 참석할 수 없게 되었다. 그가 쫓겨난 이유는 코치가 아이를 장식용으로 벤치에 앉혀두었기 때문이었다. 블

랙피트라는 이유로. 게이브가 책에서 읽은 것과 비슷했다. 그
건 기갑부대에 잡혀 사형선고를 받게 된 두 명의 샤이엔 인디
언, 자신이 원하는 방식으로 죽게 해달라고 요청한 이들에 관
한 이야기였다.

어리석은 커스터 장군은 **좋아**, 하고 대답했고.

두 명의 샤이엔 인디언은 말 위에서 맞는 죽음을 바랐다. 말
을 타고 달리는 그들을 병사들이 쏘도록 요청한 거였다.

하지만 말에 올라탄 그들은 총알을 전부 피해갔다.

병사들은 한 번 더 시도했으나 마찬가지였다.

결국 그들은 천천히 걸어야 했다. 시골뜨기 군인들이 그들
을 쏠 수 있도록.

코치가 덴에게 한 짓이 바로 그거였다. 그 누구보다도 빠르
고 그 누구보다도 사나운 아이더러 속도를 늦추라고 한 거였다.

게이브는 캐스에게 가는 길에 마을에 살짝 들러야겠다고
생각한다. 디를 찾아가 모든 것이 괜찮은지, 추위 속에서 걷고
있던 게 그 애가 아닌지 확인하기로 한다.

오늘은 첫 연습 경기가 있는 날 아닌가? 데노라가 있을 곳
은 딱 한 군데뿐이다.

"데노라는 정말 훌륭한 선수지." 그는 두 번째 맥주병을 따
예전처럼 한번에 다 털어버리며 리키에게 말한다.

그는 첫 번째 병 옆으로 두 번째 병을 울타리에 건다. 햄스

터 우리 옆에 놓인 두 개의 병처럼 보인다. 하나는 그 자신을 위한 것, 다른 하나는 리키를 위한 것이다.

게이브는 한 병을 더 딴 뒤 가만히 들여다본다. 갈색 병목에서 흰색 거품이 소용돌이친다.

"루이스를 보거든 도대체 왜 그런 거냐고 물어봐줘." 그는 리키에게 말한 뒤 그를, 그들을, 죽은 인디언 모두를 기리며 술을 벌컥벌컥 마신다. 하지만 우선 루이스 생각부터 해야 한다.

루이스가 제일 잘난 놈은 아니었다. 어쩌면 제일 멍청한 놈이었을지도 모른다. 늘 책에 코를 박고 있던 녀석이었으니. 하지만 그렇다고 해서 주 경찰관이 그를 그렇게 쏴버려도 되는 건 아니었다.

하지만 — 게이브는 눈을 가늘게 뜨고 위를 올려다본다. 우듬지를 따라 구름이 획획 지나가고 있고 우중충한 하늘이 끝없이 펼쳐져 있다 — 하지만 루이스는 왜 죽은 새끼 엘크를 데리고 있었을까? 처음에 게이브는 잘못 들었다고 생각했다. 하지만 신문 기사에서 그렇게 말하고 있었다. 루이스의 시신이 실려 있던 트럭이 사고를 당했을 때 새끼 엘크도 그 옆에 있었을 것이다. 그가 엘크를 데리고 있었기 때문에. 그리고 그건 죽은 인디언의 증거였을 것이다.

응급 구조대가 사고 현장에 도착했을 때 그들은 배수로에 버려진 죽은 동물이 아니라 죽은 사람에게 관심이 있을 뿐이었다. 뒤늦게 그것이 증거였음을 깨달아 다시 회수하러 갔을 때에는 코요테가 그걸 끌고 가서 만찬을 즐긴 후였다.

코요테는 좋았겠군.

하지만 그렇다고 해서 루이스가 애초에 왜 새끼 엘크를 데리고 있었는지 설명이 되는 건 아니다.

게이브가 아는 유일한 사실은 루이스가 그 삐쩍 마른 엘크에게 어떠한 감정을 품고 있었든, 그날 그들은 연장자 구역에서 그 엘크를 옮겨야 했다는 거다.

루이스는 그들이 뒷다리와 허리 살만 챙겨서 가야 한다는 걸 알았지만 그 엘크의 모든 부위를 가져가겠다고 우겼다. 심지어 머리까지도. 어차피 마을에 도착하면 내다 버려야 하는데 말이다. 루이스는 그 엘크의 가죽도 벗기지 않았던가. 그는 짐 도프[전 미식축구 선수]를 흉내 내려는 사람마냥 축축한 가죽을 둘둘 말아 축구공처럼 옆구리에 낀 채로 들고 갔었다. 그게 진짜로 염병할 추수감사절 고전인 것처럼. 게이브는 루이스가 온갖 역경을 뚫고 그 긴 경사로를 낑낑대며 올라가던 장면이 떠오른다.

루이스는 그들에게 가죽을 무두질할 때 뇌가 있어야 하기 때문에 머리가 필요하다고 했다. 자신이 가죽에 대해 뭐라도 아는 것처럼. 그들이 보관하던 다른 가죽들이 몇 년 전만 해도 버려지지 않았던 것처럼. 그때 그 엘크의 뇌가 머리 안에 진짜 들어 있기라도 한 것처럼.

잘했군, 루이스.

게이브는 세 번째 맥주병을 루이스를 향해 기울였다가 단숨에 들이켠 다음 다른 병들 옆에 건다. 한 병은 리키를 위해, 다른 하나는 루이스를 위해, 나머지 하나는 자신을 위해. 그들은 한때 서로를 돌봐주었는데 지금도 그러고 있다.

그는 작은 냉장 박스에서 맥주를 한 병 더 꺼낸다. 이건 캐스를 위한 거다. 물론 캐스는 잠시 후에 여기서 볼 거지만. 오후 3시 반에 빈속에 맥주 네 병은 너무 많기는 하지만 아무렴 어떠랴. 어차피 오늘 밤 땀으로 다 빼낼 텐데. 그러고 나면 또 마실 생각이다.

혹시 그 엘크는 루이스가 집으로 몰래 가져갔었던 오래된 가죽이 아니었을까? 루이스는 그걸 도시로 가져가 지금까지 냉동고에 보관해두었다가 이제야 자치 지구로 다시 가져오려고 했던 것 아닐까? 경찰은 진짜 새끼 엘크와 10년 된 해동된 엘크 가죽을 구별하지 못했던 건 아닐까? 추측만으로 그를 그렇게나 여러 번 쏜 건 아닐까?

하지만 왜?

루이스는 데니에게 그걸 직접 전해주려 했을까? 자신은 속죄를 했으니 자치 지구에서 다시 사냥하게 해달라고 말하려 했던 걸까?

하지만 부탁할 필요가 없어, 게이브는 루이스에게 말한다. 그냥 안 걸리면 돼.

사냥을 할 수 없었던 지난 10년 동안, 그가 유배나 다름없다고 생각한 그 기간 동안 그는 그날 그들이 사냥한 엘크의 두 배는 사냥했을 거다. 몇 달 전 아버지의 냉장고에 고기를 숨겨두려고 할 때—아직까지도 벨벳에 싸여 있는 뿔 하나짜리 엘크였다—그는 자리를 마련하기 위해 냉장고 안쪽 벽까지 꽉 들어찬 오래된 고기들을 전부 내다버려야 했다.

그날 밤은 자치 지구의 개들이 포식했다.

게이브는 개들이 식사를 마칠 때까지 지켜본 뒤 그들을 향해 고개를 까딱했다. 이제 이 개들은 그에게 빚을 진 거다, 안 그런가?

그들은 그 사실을 알았다. 그들은 기억할 것이다.

"문제가 생기면 말해야 해." 그는 개들을 향해 말했다. "네 놈들은 알 거 아니야."

그러고 나서 그는 소리 내어 웃었다. 지금처럼.

게이브는 얼굴에서 웃음기를 지운 뒤 네 번째 맥주를 입에 털어 넣고는 시간을 확인한다.

그는 데노라가 어디에 있는지 확실히 알 때까지 기다리기로 한다. 그가 원할 때면 덴이라고 부르는 아이, 그 애가 고집스러울 때는 디라고 부르는 아이, 그렇지 않을 때는 살인자라고 부르는 아이를.

게이브는 네 번째 병도 다른 병 옆에 나란히 건다. 예전처럼. 그들 넷이 늘 함께일 때처럼. 그는 죽은 인디언 햄스터들을 위해 술이 그 안에서 출렁거리도록 내버려둔 뒤 트럭 쪽으로 향한다. 절반쯤 가다가 그는 몸을 돌려 무덤을 바라본 뒤 할 줄 모르는 기도를 하듯 검은색 반다나를 팔에서 끌러 울타리에 묶는다. 하지만 이건 루이스를 위한 거다. 그리고 리키를. 한때의 그들 모두를 위한 거다.

게이브는 벌목 도로 쪽으로 자동변속기 상태로 천천히 차를 몰다가 갑자기 클러치를 움켜쥐고 브레이크를 밟는다. 자신이 보고 있는 게 맞는지 살펴려고 계기판 쪽으로 몸을 수그린다.

그는 결국 주차 브레이크를 건 뒤 밖으로 나온다.

눈 위로 엘크 발자국이 보인다. 제법 큰 암컷 엘크다. 리키를 보려고 그를 따라온 것처럼 길을 따라간 자국이 나 있는데, 꽤 무거운 엘크다. 게이브는 오른쪽 집게손가락을 발굽 자국에 갖다 댄 뒤 엘크 발을 가진 작은 말이 사람을 태우고 지나간 건 아닌지 생각한다.

그는 자리에서 일어나 그런 우스꽝스러운 장면을 찾아 앞을 바라본다. 하지만 길은 거의 바로 앞에서 오른쪽으로 굽어 있다.

그렇기는 하지만. 이건 좋은 신호다, 안 그런가? 니쉬가 하던 말처럼 효능 좋은 약 아닌가? 오늘 밤 땀 목욕은 아이에게 좋은 일일 거다. 그들 모두에게 좋은 일일 거다.

게이브는 트럭에 다시 올라타 비포장 길로 천천히 차를 몬다. 길에 눈을 붙박고 있는 바람에 백미러에 잠시 비친 검은색 형체를 보지 못한다. 다 큰 여자가 너무 꽉 끼는 운동복 상의를 걸친 채 나무에서 나와 트럭 짐칸에 올라탄다. 길고 검은 머리가 그녀 뒤로 나부낀다.

그곳은 사냥꾼들이 사냥감을 싣는 곳이 아니던가? 10년 전 그들이 너를 실었던 곳이다. 너무 크게 웃지는 말자. 그냥 연장통 아래로 들어가자.

곧 밤이 찾아올 거다. 네가 기다려온 시간이다.

오래된 인디언 속임수

중요한 건 자세다, 그렇다. 코치 말이 맞다. 모두가 알고 있다. 하지만 데노라의 큰언니는 몇 시간짜리 녹화 테이프를 앞으로 감고 되감고 하면서 자유투 라인에 들어설 때에는 언제나 정확히 똑같은 순서를 지켜야 한다고 가르쳐주기도 했다.

그리고 그 자세, 그 의식에서 중요한 것은 단지 자유투를 던지는 1.5초나 2초만이 아니다.

그건 라인에 발을 딛는 방법에서 시작된다. 데노라의 경우 먼저 오른발을 선 바로 앞에 갖다 댄 다음 신발 끈 너비 정도 뒤로 간다. 선을 밟으면 득점이 무효화되기 때문이다. 슛을 잘 쏘는 선수라면 괜찮다. 중학교 경기에서는 보통 공을 다시 던질 기회를 주기 때문이다. 하지만 내가 넣지 못한 공을 키 큰 상대편 선수가 낚아채 2점 슛을 넣어버리면 망한 거다, 안 그런가?

그리하여 마을 끄트머리에 위치한 810제곱미터짜리 가족 땅에 마련된 콘크리트 농구장, 새아빠가 여름에 대비해 투광 조명등을 급하게 설치하고 데노라가 자유투 라인을 직접 재서 페인트로 칠한 그곳에서 데노라는 계속해서 슛을 던지고 또 던진다. 냉기에 자신의 입김이 보이지만 개의치 않는다.

100번 중 86번을 성공하고, 그다음에는 79번을 성공한다. 씨근거리면서 그다음에는 90번까지도 해낸다.

이번 주의 연습 경기가 토요일 밤—내일 밤—에 있기 때문에 그리고 경기 전에는 모두가 다리에 무리를 가하지 않고 마음의 준비를 하도록 연습을 하지 않기 때문에 오늘은 자유투만 던지기로 한다.

자유투는 데노라의 약점이 아니지만 그녀가 모두를 압도하는 자유투를 던진 적도 없다. 그러니 개선의 여지가 있는 셈이다. 트레이스와 마찬가지로 데노라의 미래는 1점짜리 슛을 가뿐히 던지는 데 달려 있을지도 모른다. 경기장의 모두가 그녀를 둘러싸고 함성을 지르며 경기장 바닥의 떨림이 신발 밑창에 고스란히 전해지고 땀이 눈으로 쏟아지는 그런 순간 말이다.

코치는 연습 전에는 절대로 자유투를 시키지 않는다. 연습 후에만 시키는데, 그래야 지칠 때 좋은 자세를 취하는 법을 알게 되기 때문이다. 골대를 향해 공을 힘껏 던진 후 기도를 하게 되는 순간을 느껴보라는 것이다.

하지만 데노라는 내일을 위해 다리를 좀 쉬어야 한다. 그래서 어두워지기 전에 괜찮은 슛 500개만을 넣어보는 데 만족하기로 한다. 아니면 어떻게든 500개만 성공하는 걸로. 저녁을 먹으러 집으로 내려가서 거기에서 다시 슛을 쏘기 시작할 수도 있다.

오른발을 선에 갖다 댄 뒤 선을 밟지 않도록 한 걸음 물러난 다음 왼발을 오른발 옆에 나란히 놓는다. 공을 휙 돌린 뒤 팔꿈치를 쭉 편 채로, 어깨 전체를 사용해 오른손으로 빠르고 세게 두 번 드리블을 한다. 이제 공을 잡고 골대를 바라본 뒤, 무릎을 구부리고 등은 쭉 뻗은 다음 엉덩이를 뒤로 빼고 허벅지의 앞쪽에 힘을 준 상태에서, 왼손은 무게중심을 잡기 위해 그대로 두고 오른팔만 뻗는다. 장딴지의 끝을 오른쪽으로 밀면서 오른손의 중지로 밸브 구멍의 고무 부위를 그러쥐며 완벽한 회전을 준다.

휙, 휙, 휙.

기계마냥 자동 모드다. 순서대로 차례로 장전한다. 더 이상 집중할 필요도 없다. 데노라가 슛을 쏘는 동안 그녀에게 반칙을 시도하는 것은 그녀의 팀에게 몇 점 더 주는 행위나 다름없다.

"덤벼." 데노라는 선 앞에 다시 서며 말한다.

그녀가 농구에서 유감스럽게 생각하는 부분이 있다면 야구나 축구, 하물며 골프 선수조차 하는 눈 아래 출전 치장을 농구 선수는 하지 못한다는 것이다.

코치는 경기가 시작되기 전 라커룸에 모일 때면 그들의 출전 치장은 얼굴 안에 있다고 말한다. 그들은 그렇게 얼굴을 내밀고 다른 선수들의 눈을 보고 고개를 돌리지 않는다고. 드리블을 하고 패스를 하고 슛을 쏘는 것은 기록에 남는 게임의 일부일 뿐이다. 그들보다 그걸 간절히 원하는 이들도 있다.

경기가 끝날 때면 인디언 팀을 향해 쏟아지는 온갖 헛소리에 무너지지 않기 위해, 데노라는 경기장의 맞은편에서 연호하는 그 개소리에 마음을 단단히 먹기로 한다.

죽기 좋은 날이다.
나는 영원히 싸울 것이다.
좋은 인디언은 오로지 죽은 인디언뿐이다.
인디언을 죽이고, 사람을 구하자.
손도끼를 묻어라.
자치 지구에서 나온
인디언은 집에 가라.
인디언이나 개는 들어오지 못한다.

그녀의 언니는 잘나가던 시절 늘 이러한 구호를 듣곤 했다. 보통 그림까지 곁들인 현수막으로 약을 올렸는데, 버스 창가에 구두약으로 도배한 글씨 중 가장 큰 건 인디언을 학살하라! 하는 문구였다.

덤벼 봐, 데노라는 머릿속으로 중얼거린 뒤 골대를 향해 또다시 공을 던진다. 좋은 인디언은 오로지 죽은 인디언뿐이라면 자신은 최악의 인디언이 되리라.

내일 경기에서 지든 이기든 데노라는 경기가 끝난 후 그곳에 다시 가겠다고 혼자 다짐한다. 성공했어야 했지만 그렇지 못한 슛들을 전부 연습하겠다고.

장학금은 아무한테나 주는 게 아니다.

데노라는 골대에 맞고 튀어나온 공을 쫓아가 잡은 뒤 곧장 선으로 돌아가 제한구역[골대 주변에 설정된 구역으로 공격수는 이 구역에 3초 이상 머무를 수 없다]에서 슛을 쏜다. 데노라가 규격에 맞게 칠했다면 그 구역도 그려져 있었겠지만 아직은 아니다.

그녀의 꿈은 이 콘크리트 연습장을 어떻게든 넓히는 것이다. 3점 슛 라인을 그릴 수 있도록.

언젠가.

오늘은 아니다.

오늘은 자유투뿐이다.

획, 획, 그녀 뒤 잔디밭에서 소리가 나지만 돌아볼 수 없다. 일찍 퇴근한 엄마일 것이다……. 덜컹거리고 튀어 오르고 쾅 하는 소리가 난다.

데노라는 슛을 놓치게 만든 사람이 누구인지 돌아보려고 몸을 돌리지만 마지막 순간에 그건 자신이었음을, 자신이 집중력이 흐트러지도록 내버려두고 자신이 의식을 끝까지 완수하지 않았음을 상기한다.

"내 파이널 걸." 트럭의 시동이 꺼진 후 유쾌하지 않은 남자 목소리가 뒤에서 그녀를 부른다.

파이널 걸.

그건 그녀가 농구를 할 때 진짜 아빠가 그녀를 부르는 말이다. 그녀가 네 살 때 그의 행운의 부적이 된 이후로. NBA 결승전 기간인 6월에 그가 그녀를 돌보고 있었을 때였다.

데노라는 고개만 슬쩍 돌린다.

아빠는 트럭에 앉아 있다. 차창을 내린 채 문 옆을 가볍게 치고 있다. 그 트럭이 잔디를 가로질러 타고 온 픽업트럭이 아니라 자신이 몰고 있는 말이라도 되는 양.

"거기 난리도 아니에요." 데노라는 곳곳에 놓인 파이프 때문에 기름투성이가 된 잔디를 향해 고개를 까딱이며 말한다. 그는 이쪽저쪽 피해가며 차를 몰고 왔을 터다.

"내가 사륜 자동차를 모는 이유지." 그가 기어를 밀며 말한다. "구동력이 뛰어나거든."

그는 술을 마셨다. 데노라는 그의 눈을 보고 알아챘다. 눈이 풀려 있다. 이른 오후치고 지나치게 행복한 표정이다.

"내일 행운을 빌어주려고 들렀어."

데노라는 공을 찾아 주위를 둘러보다가 그쪽으로 쭉 걸어간다.

"여기 오시면 안 되잖아요."

데노라의 말을 그는 손을 저으며 끊는다.

"너의 위대한 새아빠는 내가 별로 좋지 않은 영향을 미친다고 나불댈지⋯⋯."

데노라는 자유투 라인으로 가 왼발을 오른발 옆에 나란히 놓은 다음 그를 등지고 선다.

그는 트럭 밖으로 나오지 않을 것이다. 갑작스럽게 그곳을 떠나야 할지도 모르는 지금 같은 상황에서라면.

"내일 밤 전부 혼쭐을 내줄 거지? 오늘 밤 우리는 땀 목욕을 할 거야. 팀을 응원하는 차원에서."

아빠는 말주변이 좋다고 데노라는 혼잣말을 한다. 그의 말 한마디는 군중 전체가 구호를 외치는 것과도 같다. 인디언은 집에 가라.

소음일 뿐이다.

휙.

"바로 그거지." 그가 환호하듯 차 문을 다시 살짝 친다.

"아빠랑 또 누가 하는 건데요?" 데노라는 길게 자란 잔디에서 공을 주워들면서 아빠를 슬쩍 돌아보며 묻는다.

"캐스." 그가 답하더니 덧붙인다. "자유투를 던질 때에는 머릿속으로 노래를 불러야 해. 언제나 같은 리듬으로 말이지. 오래된 인디언 속임수란다."

그 말에 데노라는 드리블을 두 번 더 한다. 귓속에서 음악을 몰아내기 위해.

쿵.

"괜찮아, 괜찮아." 게이브가 말한다.

데노라는 골대에 맞고 튀어 오른 공을 잡아 다시 던진다.

스무 개 중 열아홉째였나, 아니면 스물한 개 중 열아홉째였나? 젠장. 그렇다면 스물하나. 도중에 셈을 까먹을 경우 절대로 유리한 쪽으로 셈이 되지 않는다.

"지금은 캐시디 아저씨 아니에요?"

"리틀 미스 크로스 건스." 그는 데노라의 목소리가 제 엄마처럼 들릴 때 그녀를 그렇게 부른다.

"가끔 글레이셔 패밀리 마트에서 아저씨가 꼬신 여자 친구가 보이던데요."

데노라는 꼭 가게의 전체 이름을 부른다. 그 소리가 좋아서다.

"꼬시는 거에 대해 네가 뭘 아는데?" 이번에 그는 자신의 트럭을 치지 않는다.

"그 이모는 이제 농산물 코너에서 일해요." 데노라가 말한다. 입가에 솟아오른 미소를 그는 보지 못한다.

휙.

"채식주의자일 걸 아마?" 그의 목소리에 웃음이 묻어난다. 그것만으로도 데노라는 크로우인 졸린이, 아빠가 자신의 남자 친구와 함께 땀 목욕을 하겠다고 해서 얼마나 고마워하는지 알 것 같다.

"아저씨가 거기에 로지를 갖고 있는 줄은 몰랐네요."

드리블, 드리블, 손으로 밸브 구멍을 찾아야 한다. 자리로 돌아와 슛을 쏘려는 순간 아빠가 경적을 만지고 있다. 그래도, 휙.

"좋아, 잘했어." 그가 외친다.

스물세 번째 슛을 쏘려고 선 앞으로 돌아오는 순간 데노라는 너의 검은색 머리칼이 트럭 짐칸에서 흩날리는 걸 본다. 데노라는 가슴팍에 공을 든 채 잠시 멈춰 선다.

그가 그 모습을 보더니 몸을 쭉 빼 돌아보며 말한다.

"왜 그래?"

"아빠 사냥하면 안 되지 않아요?" 웃음기가 전혀 없는 목소리다.

"이제 수렵 감시관 대행인이라도 하려고?" 그가 다시 제자리에 앉더니 차 바닥에서 무언가를 꺼내려고 몸을 굽힌다.

그가 꺼내려는 무언가는 문 위로 보이지 않지만 데노라는 그게 차가우며 맥주 모양이라고 확신한다.

게다가? 그는 거짓말조차 하지 않을지도 모른다.

엘크나 사슴은 갈기가 없다. 아빠는 말을 사냥할지도 모른다고 데노라는 생각한다. 자신의 눈에 담긴 미소를 아빠가 보지 못하도록 데노라는 골대를 향해 몸을 돌린다. 그가 보이지 않는다고 맥주 캔을 따는 소리가 들리지 않는 건 아니다.

소음, 소음. 경기장 전체가 열광의 도가니다.

"그 땀 목욕 말이에요, 네이선 옐로 테일의 아빠가 그 애를 위해 마련한 거랑 같은 거예요?"

달그락, 달그락, 럭키 롤.

"그 애도 들어오게 해줄 거야." 그가 도전하듯 말한다. 그로지가 네이선을 위한 건지 연습 경기를 위한 건지 그가 명명하는 대로 불러야 하는 것처럼.

"코치님이 경기장에서 아빠가 보인다던데요." 공을 쫓아 길게 자란 잔디 쪽으로 걸어가며 데노라가 말한다.

답이 없다.

데노라가 그를 돌아본다.

"갈수록 엄마를 빼닮는구나."

트리나 트리고, 고등학교 때 인디언 풀 춤 경연에서 우승을 차지한 그녀는 한때 파우와우 달력에 실리기도 했다. 데노라는 엄마를 닮았다는 게 칭찬인지 아빠가 듣기 싫은 말을 할 때만 엄마처럼 보인다는 말인지 알 수 없다.

그녀는 자유투 라인 앞에 선 뒤 저 위에 자리한 지름 46센티미터의 오렌지색 골대를 겨냥한다. 원호를 더 높게 그리며 공을 던질수록 골대의 회전력이 높아진다는 걸 잊지 않는다.

공은 폭이 23센티미터 정도다. 그래서 온갖 변수가 생긴다. 온갖 종류의 행운의 튕김이.

하지만 우선 시작이 좋아야 한다. 연습하면 할수록 운이 따른다.

의식, 절차.

드리블한 뒤 허벅지를 조이고 팔을 뻗고 밸브 구멍을 그러쥔 채 공을 던지고 공을 던진 후에는 팔을 쭉 뻗는 마무리 동작을 잊지 않는다…….

휙.

데노라는 미소를 짓는다. 그녀는 모든 인디언 자치 지구에서 가장 치명적인 인디언이다.

"다시 해봐. 스무 번은 더." 그가 뒤에서 말한다. 모두가 귀기울이기를 바라지 않는다는 듯 목소리를 낮춘다.

데노라는 그를 향해 몸을 돌린다. 그는 좌석 등받이에 대고 몸을 밀어젖히며 앞주머니를 뒤지고, 결국 다리 사이에 끼어 있던 맥주 형태를 띤 차가운 것이 엎질러지고 만다.

"20달러 있어요?" 데노라가 그에게 묻는다.

"오늘 밤에 생길 거야. 옐로 테일 경관님께서 주면 말이지."

"그런 거군요."

"팁인 셈이지. 아주 자애로운 분이시라고."

"제가 10개 중에 10개 성공하면 두 배로 주세요."

그가 눈썹을 치켜뜨며 말한다. "역시 내 파이널 걸이구나."

그녀는 그를 닮은 미소를 짓는다. 자신도 어쩔 수 없는 미소를. 그리고 나서 두 번 드리블을 한 뒤 과시하듯 슛을 성공시킨다.

"누군가 우리 꼬마 숙녀한테 행운의 주사위를 줬나 보네."

하지만 그건 행운이 아니다. 연습 덕분이다. 제대로 된 자세 덕분이다.

"약속한 거예요." 데노라는 그에게서 다시 몸을 돌린 뒤 자신을 감싸는 경기장을, 경기장을 가득 메운 백인들이 그녀더러 집에 가라고 외치는 장면을 상상한다.

데노라는 자신 쪽으로 공을 휙 돌려 두 번 드리블한 다음 자유투 라인 앞에 선다.

태양이 진 뒤

캐시디는 접이식 의자에서 일어나 게이브의 차가 덜커덕거리며 도랑을 건너는 것을 바라본다. 엘크 떼를 쫓아내느라 지친 개들이 혀를 길게 뺀 채 그가 문을 열기도 전에 트럭을 에워싼다. 그가 엘크를 도로 데리고 왔다고, 트럭 짐칸에 엘크를 싣고 왔다고 생각해서일지도 모른다.

개들은 멍청하다.

"호, 호!" 캐시디가 무릎을 치며 개들에게 외친다.

게이브가 문을 발로 차 개들을 내쫓지만 개들은 계속해서 죽어라 짖는다. 그는 머리 위로 소총을 들어 올린 채 개들을 헤치며 지나간다. 그게 개들이 쫓는 것이라는 양.

"얘네 밥 안 줬어?" 그가 소음 너머로 묻는다.

"얘들은 붉은 고기를 좋아해서." 캐시디가 앞으로 나아가며 답한다.

"얘들은 엉뚱한 데를 노리고 있다고." 개와 트럭 짐칸 사이로 몸을 들이밀며 게이브가 말한다.

"저 뒤에 뭐가 있는데?"

"개들이 먹을 만한 건 없어. 쟤들이 스페어타이어를 먹지 않는다면 말이지."

캐시디가 다가기도 전에 레이디베어가 게이브의 왼손을 덥석 문다. 게이브는 팔로 개의 콧날을 꽉 친 뒤 겁을 주려는 듯 입술을 옆으로 바짝 당기며 개에게로 한 걸음 다가가 개를 물리친다.

레이디베어가 낑낑거리더니 뒤로 물러나고 다른 두 마리가 따라간다.

"젠장." 그가 손을 털면서 문을 다시 열어 차내등에 손을 비춰본다.

캐시디가 몸을 숙여 그걸 바라본다. 게이브의 왼손바닥에서 피가 흐르고 있다. 깔끔한 이빨 자국 두 곳에서 피가 솟구치고 있다.

"이제 광견병 걸리겠네." 게이브가 안장깔개 커버에 피를 닦으며 말한다. "이제 쟤들 조조 편이야? 조조가 쟤들더러 나를 물라고 한 거야?"

"나는 말이나 돌보라고 한 건데." 캐시디가 의자로 돌아가며 말한다. 불길이 거의 사그라지고 있다.

게이브가 손을 움켜쥔 채로 캐시디를 따라 다른 의자에 앉는다.

"돌들이 잘 달궈졌나?" 그가 묻는다.

"뭐 그럭저럭."

"물은 준비했고?"

"저 안에 있어." 캐시디가 턱으로 로지를 가리킨다. "돈은 받았어?"

"아 깜빡했네."

캐시디는 껄껄 웃더니 고개를 젓는다. 물병을 뒤집어 익사하기 직전까지 마음껏 목을 축인다. 지금은 목마르지 않지만 곧 그렇게 될 거다.

"조조는 여기 있어?" 게이브가 묻는다.

"일하러 갔어."

"밤에 해본 적은 없는데 말이야." 게이브는 조의 의자에 기대앉는다. 펴지지 않은 의자에. 아직까지는.

"땀 빼는 거 말이야?"

"밤에 하면 안 된다, 뭐 그런 건 없는 거지?" 게이브가 묻더니 말한다. "인디언 지침서를 찾아봐야겠군. 오, 그렇네. 이 책에서는 아무것도 하면 안 된다고 하네. 모든 걸 200년 동안 해온 대로 정확히 해야 한다고."

"2000년 아니야?"

그들은 함께 껄껄 웃는다. 캐시디는 냉장 박스에서 물이 뚝뚝 떨어지는 생수병을 낚아채 불 너머 게이브에게 건넨다. 물병에서 떨어지는 물방울이 잉걸불에 닿아 쉬익 소리를 내며 작은 연기가 솟아오른다.

"그래, 그 녀석에 대해 아는 것 좀 있어?" 캐시디가 말한다.

"네이트 옐로 테일? 너도 알잖아. 20년 전의 너랑 나였다고. 리키랑 루이스였고."

"그중 절반은 죽었지."

"여기 있는 우리 둘 중 하나가 이미 반쯤은 죽은 목숨이거나." 게이브가 이렇게 말하며 열기 너머로 캐시디에게 물을 살짝 뿌린다. 그렇게 심각한 게 아니라는 걸 보여주려는 듯. 물론 심각하지만 그는 그렇게 말함으로써 이 상황에서 벗어나고 싶은 거다.

"그 애한테 좋은 일일지도 몰라." 캐시디가 말한다. "도움이 될 거야."

"화살은 곧지만 휘어지기도 해야 한다." 게이브가 말한다. 그는 인디언 목상 같은 목소리로 니쉬의 오래된 격언을 전한다. 그건 니쉬가 그룹 세션을 마칠 때 늘 하는 말이었다. 약물 남용 사무실의 한쪽 벽에 쭉 걸린 포스터들에는 시위를 떠나는 순간 갈라지고 폭발할 것처럼 보이는 화살이 그려져 있었다. 하지만 그렇지 않았다. 첫 번째 포스터에서 화살은 한쪽으로 휘어져 있었고 두 번째 포스터에서 시위를 당긴 사람에게서 30~60센티미터 떨어져 있었다. 그리고 나머지 포스터에서는 다시 튀어올라 반대 방향으로 휘어진 뒤 과녁에 꽂히기 직전 마지막 순간, 진실을 찾으려는 것처럼 공기를 앞뒤로 가로지르고 있었다.

그들은 그래야 했다. 열다섯 살 때 그들은 그렇게 했어야 했다. 그들은 청소년기로 발사되었고 직진 구간과 좁은 구간을 찾아 사방으로 미친 듯이 방향을 틀었다. 그들이 성공했다면? 과녁에 명중했다면. 행복한 날들이 찾아왔을 거다.

명중하지 못했다면?

마을의 차양 아래마다 실패한 사례들이 넘쳐났다. 종이 봉지로 감싼 술병을 들이키는 이들. 도처에 있는 슬픈 엄마들.

"그 애는 땀으로 빼낼 거야." 캐시디가 말한다. "노래로."

"드럼이 있으면 좋았을 텐데."

"테이프가 있긴 한데."

"테이프는 쓸모없어. 이건 루이스를 위한 것이기도 하잖아, 안 그래? 하지만 빅터-벡터한테는 말하지 마."

"그렇게 부르지 않는 게 어때." 캐시디가 말한다.

"뭐 어때."

"루이스를 위해." 캐시디가 경례하듯 생수병을 치켜든다.

게이브도 따라서 자신의 생수병을 들어 올린다. "그 자식은 멍청했어, 안 그래?"

"너보다는 똑똑했지. 여기서 빠져나갔잖아."

"그러고 나서 다시 돌아오려고 했지. 계속 같은 곳에 머물렀다면 총에 맞지는 않았을 거야."

"루이스가 왜 그랬다고 생각해? 그 아내, 그 플랫헤드족 인디언한테?"

"크로우족이었어."

"정말?"

"사실이라 해도 너한테는 말하지 못했을걸." 캐시디가 투명한 생수병을 들여다본다.

"그래도." 게이브가 물을 다 비운 뒤 병을 장작더미에 던진다. 라벨이 확 타오르기도 전에 플라스틱이 쪼글쪼글해진다.

"잘했네. 우리가 숨 쉴 바위를 오염시키다니 말이야."

"이제 나는 음주측정기를 통과하지 못하고 뭐 그런 거야?" 게이브가 대꾸한다.

"그나저나 이 구닥다리 물건은 뭐야." 캐시디가 게이브의 무릎에 놓여 있는 소총을 보며 말한다.

"아버지가 드디어 내주셨어." 게이브가 장작불의 열기를 피해 캐시디에게 소총을 넘겨준다.

캐시디는 볼트를 뒤로 당겨 총알이 없나 확인한 뒤 길쭉한 몸통을 들여다본다.

"NBA 선수들에게 안성맞춤이겠어. 총열 덮개가 이렇게 길면 팔을 너무 많이 구부릴 필요가 없을 테니까."

"작동하긴 해?" 캐시디가 소총을 어깨에 걸치고 한쪽 눈을 감은 채 어둠을 겨냥하며 게이브에게 묻는다.

"이렇게 오래된 총에 맞는 총알을 갖고 있는 사람이 어디 있겠어. 아버지는 새나 소금병 따위를 쏘셨지."

"세계 쥐 대전이네." 캐시디가 방아쇠를 당기는 척하며 말을 잇는다. "나한테 그 총에 맞는 총알이 있을 거야. 내가 리키 물건 가지러 윌리스턴에 갔던 거 기억하지?"

"아, 뭐 좀 있었어?"

"별거 없었어. 리키 아버지가 리키가 집에 있던 소총을 전부 가져갔다고 하셨어. 그건 챙겨뒀지만 나머지 물건은 1, 2년 전에 전부 갖다 버렸나봐."

"꽉 끼는 흰 팬티 같은 거?"

"소총이랑 같이 남아 있던 건 어중이떠중이 총알뿐이었어. 아직 자동차 앞좌석 도구함에 있을걸. 당시에 루이스가 읽던 애들 책이랑 같이."

게이브는 몸을 앞으로 기울여 콘크리트 블록 위에 올라가 있는 오래된 쉐보레 트럭을 바라본다.

"저 조랑말을 풀밭에 올려놓다니 잘했네. 이제 오도 가도 못하는 신세로군."

캐시디는 불가에서 멀찍이 떨어진 쓰레기통에 총을 세워 놓는다.

"손볼 거야. 몸체는 멀쩡해. 후드랑 뒷좌석만 구하면 돼. 펜 더도 조금. 엔진이랑 타이어도."

"아직도 저 안에 귀중품 숨겨둬?"

캐시디는 숨을 들이쉰 뒤 말들의 반짝이는 눈을 바라본다. 커다란 귀가 그들이 하는 말을 전부 흡수하고 있는 것만 같다.

"얼룩다람쥐들이 너무 자주 찾아와서 말이야." 캐시디는 말하고 나서 곧바로 후회한다.

게이브가 보온병에 대해 알고 있나? 어떻게 그럴 수 있지?

"저건 쥐 잡는 총이라고." 게이브가 모제르총을 향해 고개 를 까딱하며 말한다. "현금 대신 저거 가져가는 게 어때?"

"이 총이 진짜로 작동할 거라고 생각해?"

"안 할 건 또 뭐야."

"잠깐만. 너 나한테 빚진 거 값을 수도 없을 만큼 빈털터리 라서 오래된 데다 고장 난 훔친 물건을 나한테 주려는 거지?"

"하, 하, 하, 하." 게이브는 입을 크게 열어 가짜 웃음을 천천 히 내뱉는다. "150달러에 팔 수 있을 거야. 오래된 거라면 더 많이 받을지도."

"너희 아버지가 찾으러 오시면?"

"아빠가 원하시면 아빠한테 팔아. 하지만 나한테는 공짜로 주셨어. 맹세해!"

게이브가 검지와 중지로 V자를 그렸다가 검지를 내린 상태로 천천히 손을 돌려서 캐시디에게 손가락 욕을 날린다.

"좋아, 네 맘대로 해."

"조조가 괜찮다고 한다면 말이지."

"그렇게 부르는 거 별로 안 좋아해." 캐시디가 이번 달만 해도 오십 번째로 말한다.

"요요에서 J를 대신 넣은 것뿐이야." 캐시디는 게이브가 조를 장난감이라고 부르는 건지 아니면 마리화나를 말하는 건지 모르겠다. 어느 쪽이든 그는 손가락 욕으로 답해준다. 그것도 양손으로. 바로 그때 자동차의 헤드라이트가 스냅사진처럼 그들을 적신다.

셔츠 입은 팀과 셔츠 벗은 팀

어제 인디언 자치 지구로 향할 때 네가 탔던 차와는 다르지만 그 아빠에 그 아들이다.

아빠는 열린 차 문 앞에 서 있다. 헤드라이트에서 새하얀 불빛이 계속해서 쏟아지자 가브리엘과 캐시디는 빛을 피하기 위해 손을 들어 올린다. 그들 뒤에 잔뜩 쌓여 있는 곰팡내 나는 빨래 더미를 지나 마구간까지 그들의 그림자가 이어지고 네가 서 있는 그곳까지 어둠이 내려앉는다. 너의 긴 머리카락 끝자락이 차가 내뱉는 열기 속에 나풀거린다.

"항복, 항복!" 쏟아지는 빛을 피하려는 듯 가브리엘이 외친다.

아빠가 손을 뻗어 라이트를 끈다. 그가 몸을 숙이는 동안 아들은 어이없다는 듯 고개를 살짝 젓는다. "그러니까 이 광대들이 전통이란 말이에요?"

"중요한 건 스웨트 로지가 아니야." 아빠가 말한다. 입술을 사용하지 않고 목소리로만.

중요한 건 스웨트 로지가 아니야. 너는 그의 말을 따라 한다. 그렇게 얼굴을 조금도 움직이지 않으려고 애쓰면서. 가까스로 성공하지만 너는 눈이 웃고 있다고 확신한다.

밤이 시작되려 하고 있다.

"그렇다면 뭐랑 상관있는데요?" 아이가 묻는다.

아빠는 차에 다시 앉아 깜빡했다는 듯 중간에 놓인 콘솔을 딸깍 연다. "이 골칫거리 두 남자를 봐라." 그가 고개를 아래로 기울이며 말한다. "저들도 20년 전에는 꼭 너 같았어."

캐시디는 잇새로 가브리엘을 향해 물을 쏘고 있고, 가브리엘은 그걸 피하려고 의자의 한쪽 편으로 쓰러진다. 캐시디는 의자가 접히는 걸 막으려고 애쓰고 있다.

아이는 웃지 않을 수 없다.

"참 활기 넘치네요."

"원래 네 명이었지."

아이는 차문을 열고 다리를 내린 뒤 왼쪽 어깨 너머로 머리카락을 쓸어 넘긴다.

"우리 네 명이 저 안에 다 들어갈 수 있어요?" 아이가 침낭을 쌓아올려 만든 스웨트 로지를 가리킨다.

"너희 셋만 들어갈 거야. 나는 돌을 관리해야 해. 그게 내 임

무다."

"얼마나 오래요?"

"아주 오래."

그들은 함께 서 있다. 차문이 동시에 닫히고 그 소리에 아이는 등을 곧추세운다. 그게 액운이라도 되는 것처럼.

가브리엘은 그들을 맞이하려고 망가진 의자에서 일어서고 있다. 그의 얼굴은 캐시디의 입에서 뿜어진 물로 반들거린다. "전리품은 빅터 경관님께서 챙기시지……." 그는 소매로 볼을 닦으며 말한다.

"그게 무슨 말이죠?" 아이가 아빠에게 묻는다.

"엉터리 책에서 읽은 거야." 캐시디가 의자에 앉은 채로 답한다. "무시하렴."

"자, 여러분." 아빠가 가브리엘이 내민 손을 맞잡아 흔든다.

"빅터-벡터는 근무 외 시간에도 경찰처럼 말하네." 가브리엘이 반쯤 미소를 띤다.

"나는 언제나 근무 중이야." 아이의 아빠가 되받으며 자신이 모는 순찰차를 향해 고갯짓을 한다.

아이는 가브리엘과 캐시디를 따라 아빠의 차를 바라보지 않고 이동식 주택을 바라본다. 창문이 온통 새까맣다.

"마지막으로 땀을 뺀 게 언제죠?" 가브리엘이 아이 아빠에게 묻는다.

"이건 이 아이를 위한 거지 나를 위한 게 아니네." 그가 말한다. 눈이 아이를 향하고 있다. "네이선일세." 그가 아들을 정식으로 소개한다.

아이는 계속해서 이동식 주택을 보고 있다. 그걸 어떻게 분해할지 고심하는 것처럼. 창문에 비치는 너의 모습을 볼 수 없을 텐데, 아닌가? 기껏해야 너의 형체와 실루엣, 그림자만 볼 수 있을 텐데. 설마 너의 진짜 얼굴을 보고 있나?

바로 지금, 아이가 아빠에게 턱짓으로 너를 가리키고 그가 앞으로 몸을 기울여 어둠 속을 응시하다가 머리카락이 헝클어진 여자가 불빛 사이로 지나가는 것을 본다면 모든 일이 서둘러 끝나버리고 말 수 있다, 안 그런가?

그러니 아무도 너를 보지 않는 편이 나을 거다. 아직은.

아이는 결국 이동식 주택에서 눈을 거둔다.

"농구하지?" 캐시디가 검은색을 바깥으로 뒤집어 입은 아이의 운동복 셔츠를 가리키며 말한다.

"농구를 한다면 저는 셔츠 벗은 팀이죠[길거리 농구에서 팀을 구분하는 방식]."

"저쪽에 작은 농구장이 있어." 캐시디가 도로로 이어지는 이동식 주택의 왼쪽을 턱짓으로 가리킨다. "나중에 몸을 식힐 겸 슛을 던져도 좋아."

"야광 공도 있나요?" 아이가 곧바로 묻는다.

"아들."

"이름이 네이트, 맞지?" 가브리엘이 말한다.

아이가 한쪽 어깨를 으쓱하며 말한다. "게이브, 맞죠? 근처에서 봤어요."

그 말에 가브리엘이 아주 잠깐, 입술을 오므린다.

"셸비까지 가서 끌고 온 건가요?" 캐시디는 아이 아빠에게 묻는다.

"우리보다 훨씬 더 멀리 갔군." 가브리엘이 이렇게 말하며 마침내 일부러 연출하듯 몸을 돌려 아이가 뭘 그리 열심히 쳐다보는지 확인한다.

"애가 땀 목욕 해본 적 있어요?" 그가 눈을 맞추지 않은 채 아이 아빠에게 묻는다.

"저한테 직접 물으셔도 돼요."

"해본 적 있니?" 가브리엘이 아이를 향해 과장된 말투로 말한다.

아이는 어깨를 으쓱한다.

"정화 같은 거야. 식기세척기를 생각해봐. 우리는 그릇인 거지. 우리에게 증기를 내뿜어서 우리를 아주 말끔히 씻어내는 거야."

"그렇게 하면 당신네 친구 루이스와 클라크가 돌아오는 건가요? 그들의 영혼에서 오점을 지워내면?"

가브리엘은 관대한 미소를 지으며 캐시디를 돌아본다. 캐시디는 뭘 기대하겠냐는 듯한 표정으로 눈을 동그랗게 뜨고 있다.

"중요한 건 너란다. 그런 게 아니라." 아이 아빠가 말한다.

아이는 사그라지는 불길 너머로 얼룩말을 바라본다.

"하지만 루이스가 여기로 오고 있단 걸 너희는 알았지?"

"언제나 근무 중인 우리 경관님……." 가브리엘은 단조로운 말투다. "범죄만 보면 항상 해결하려고 든다니까. 또 다른 인디언을 철창에 가두려고 하지."

"루이스는 떠났어. 유령이었다고." 캐시디가 말한다.

"백인 여자." 가브리엘은 그거면 충분한 설명이라는 투다.

"그리고 우체국 직원 한 명." 아이 아빠가 주위를 둘러보며 덧붙인다. "크로우 여자였어, 맞지? 신문에 실린 사진을 봤다고. 그 여자랑 티피에서 뒹굴다가 아내한테 딱 걸린 거지."

"루이스는 그럴 녀석이 아니야." 캐시디가 말한다.

"뭘 그런다는 거죠?" 아이가 말한다. "바람피는 거요 아니면 사람을 두 명 죽이는 거요?"

가브리엘이 얼굴 옆쪽으로 눈가에 자리한 지점을 만진다.

아이 아빠는 여전히 주위를 둘러보고 있다.

"개는 어디 있나, 캐스?" 그가 마침내 말한다.

캐시디는 개들이 방금 사라졌다는 듯 주위를 둘러본다.

"캐스의 개들도 일종의 범죄자지." 가브리엘은 카우보이 셔츠의 단추를 끄른다. "저 개들은 부족 경찰을 보면, 피유, 언덕까지 달아난다니까. 배지를 단 사람만 보면. 수렵 감시관이 나타나도 그럴걸? 데니 피즈를 경찰이랑 구분하지 못하는 멍청한 개들."

캐시디도 자리에서 일어나며 셔츠의 단추를 끄른다.

"오늘 아무것도 안 먹었지?" 그가 아이를 향해 늙은 인디언의 말투를 흉내 낸다.

"물만 마셨다네." 아이 아빠가 아이를 대신해 말한다.

"나도." 가브리엘이 말한다.

캐시디는 그를 향해 고개를 까딱한다.

"11시에 ESPN 방송하는데." 아이가 말한다.

"2시에 재방송하잖니."

"숫자 얘기가 나와서 말인데……." 가브리엘이 이런 얘기를 꺼내는 게 쉽지 않은 듯 눈을 가늘게 뜬다.

아이 아빠가 지폐 다섯 장을 건넨다. 캐시디는 의자 팔걸이에 개켜둔 가브리엘의 바지 주머니에 돈을 찔러 넣는다.

"홀딱 벗은buck-naked이라는 단어가 어디에서 왔는지 궁금하지 않니?" 축 처진 사각팬티만 걸친 가브리엘이 말한다.

"잘 듣거라." 캐시디가 부츠를 벗으며 아이에게 경고한다. "끝내주는 거짓말을 듣게 될 테니."

"인디언 땅에 이주한 정착민들은 당시에 우리를 벅buck이라고 불렀단다." 가브리엘은 팬티에서 한쪽 다리를 빼내는 동시에 기댈 곳을 찾아 주위를 돌아보며 권위 있는 말투로 말한다. "우리는 늘 흥분한 상태니까 말이야. 그들이 그걸 알 수 있었던 이유는 우리가 벌거벗고 있었기 때문이었어. 리바이스가 발명되기 전이었으니까. 그래서 인디언들이 교역소에 오면, 짐, 저들이 또 모두 홀딱 벗었어, 어떡하지? 봐, 보라고, 여자들을 숨겨, 저 벅들이 벌거벗었어. 저들은 벅 네이키드야……."

"내가 말했지." 캐시디가 의자 위에 자신의 바지를 걸쳐놓는다.

"보통 노래하고 드럼 치고 그렇지 않나?" 아이 아빠가 로지를 바라본다.

"꼭 그래야 할 필요는 없지." 손으로 사각팬티를 동그랗게 말며 가브리엘이 말한다. 아이는 불쾌한 표정으로 손가락으로 일일이 그걸 만지는 모습을 바라본다.

"나한테 테이프가 좀 있어." 캐시디가 이동식 주택 쪽으로 가는 척한다.

"신경 쓰지 말라고." 아이 아빠가 말한다.

"별거 아냐." 캐시디가 말하지만 아빠는 오른손을 쫙 펴 손바닥이 아래로 향하게 한 뒤 왼쪽에서 오른쪽으로 움직인다.

그 얘기는 그만 끝난 거라는 뜻이다. 아이 — 아이의 냄새를 맡으면 알 수 있다, 아이의 얼굴에서 읽힌다 — 는 초등학교 때 읽은 그림책에서 그걸 본 기억이 난다. 오래전에 블랙피트는 필요할 때면 수화로 얘기했었다고.

아이는 이곳에 있는 게 싫다. 좋기도 하지만 너무 싫기도 하다.

"준비가 되면 들여보내세요." 옷을 홀딱 벗은 채 당당하게 선 가브리엘이 아이 아빠에게 말하더니 캐시디가 들어갈 수 있도록 스웨트 로지의 덮개를 들어올린다. "알겠죠?"

아이 아빠가 퉁명스럽게 고개를 한 번 까딱이고 곧이어 가브리엘도 로지 안에 들어간다. 전투복 덮개가 그의 뒤에서 펄럭이며 닫힌다.

"정말 해야 하는 거예요?" 아이가 아빠에게 말한다.

"여기에는 항상 개가 정말 많았었는데……." 아이 아빠는 손전등으로 주위를 비춰보며 질문처럼 대꾸한다. 단 하룻밤도 자신의 소임에서 벗어날 수 없는 경찰답게 어깨에 손전등을 걸치고 있다.

아이는 차에 기댄 뒤 운동용 저지 셔츠를 한번에 벗는다. 벗는 동안 안이 뒤집혀 이제 흰색이 바깥으로 보인다. 아이는 그 상태 그대로, 그게 자신이 원했던 것인 양 꼼꼼하게 갠다. 차가운 공기에 아이의 피부가 곤두선다. 아이는 손으로 팔을 문지르고 앙다문 잇새로 숨을 쉬익 내뱉는다.

"저 말이 우리를 보고 있어요."

"네가 말을 보고 있는 것처럼 들리는데." 아빠가 여전히 개를 찾아 밤 풍경을 훑으며 답한다.

"저 안에서 뭘 해야 하는 거예요?"

"알게 될 거다."

"전부 쓸데없는 일이란 거 아시잖아요."

"나도 열네 살 때에는 모든 걸 알았지."

아이는 고개를 저으며 신발을 벗어던진다. 아이는 벌써부터 이 밤의 초를 세고 있다.

쓰리 리틀 인디언

"이 로지는 축축해, 네이트." 덮개 뒤로 드디어 네이트의 형체가 나타나자 게이브가 말한다. 그는 아이를 위해 이 말을 특별히 아껴두었다. 아이가 미워할 거리를 주기 위해서. 뭔가 몰두할 대상이 있는 건 좋다.

"네이선이에요." 아이가 삼각형의 비어 있는 꼭짓점에 앉으며 말한다. 덮개가 닫히자 그들 사이에 놓인 작은 구덩이가 다시 어둠 속에 사라진다. 빅터가 아들이 들어갈 수 있게 덮개를 잡고 있었나 보다. 게이브가 그 안을 정말로 축축하게 만들지 않았는지 확인하려 했을지도. 이건 스웨트 로지이지 사람 크기만 한 깔때기가 아니다.

"환영한다." 캐스는 여전히 고대 인디언 놀이에 심취해 있다.

게이브는 손등으로 캐스의 가슴팍을 친다.

"내가 이걸 처음 했을 때 나는 수영복을 입었지." 게이브가 말한다. 100년 전이 아니라 오늘날로 그들을 데려가려는 듯.

"이 안이 정말 뜨거울 거라 생각했어요."

"준비됐니?" 캐스가 묻는다.

"고개를 끄덕이는 게 안 보이는데." 게이브가 말한다. "그러니까 고개를 끄덕였다면 말이지."

"준비됐어요."

"이건 세상에서 가장 강인한 인디언을 겨루는 일이 아니야. 뜨거워지긴 하겠지만 기절할 정도는 아닐 거야." 캐스가 말하자 게이브가 따라붙는다.

"그때 바로 비전을 얻게 되는 거지. 하지만 뭐 그게 중요하겠니."

"전 괜찮을 것 같아요."

"내 말이 우습게 들리겠지만" 게이브가 말한다. "땅 근처 공기가 시원해. 그러니까 숨을 쉬고 싶거든 말이야."

"이 안에서 기도를 하기도 하지." 캐스가 말한다. "누구에게라도 말을 건넬 수 있어."

"아버지가 밖에서 듣고 있는데요."

"침낭이 감싸고 있어서 안 들릴 거야. 여기 안에는 우리뿐이야." 캐스가 말한다.

"우리는 친구 몇 명한테 말을 걸 거다. 그냥 알아두라고."

게이브가 말한다.

"어떤 친구요? 살인자요? 아니면 살해당한 친구요?"

게이브가 입술을 할짝거리며 무릎을 감싸는 어둠을 내려다본다. 다른 곳의 어둠과 똑같다.

"우리가 네 나이였을 때야. 우리의…… 카운슬러, 그러니까, 니쉬."

"니쉬는 이 아이의 할아버지야." 캐스가 끼어든다.

"네이트한테 힌트 주는 거야?"

"네이선이요."

"니쉬 옐로 테일이 그의 할아버지라고." 캐스가 말한다.

"진짜로?"

"진짜로요." 네이트가 말한다.

"어쨌든, 니쉬, 그러니까 너의 할아버지는 옛 이야기 중에서 스웨트 로지를 공격하는 인디언에 관한 이야기는 없다고 하셨다. 그건 결례라고, 아주 꼴사나운 짓이라고 말이지. 땀목욕을 마치고 비틀거리며 나오는 사람, 깨끗하고 순수한 사람에게 달려들어서도 안 된단다. 스웨트 로지는 신성한 장소야. 우리가 있는 이곳은 인디언 세상에서 가장 안전한 장소라는 의미지."

네이트는 킥킥거린다. "인디언 세상에서 가장 안전한 곳이요? 우리들 중 90퍼센트가 아니라 80퍼센트만 이곳에서 죽는다는 뜻인가요?"

"스웨트 로지에서 죽는 사람은 없어." 캐스가 말한다. "연장자들조차도 말이지. 어쨌든 그런 얘기는 한 번도 못 들어봤다."

"여기서 버섯을 먹을 건가요?"

게이브는 둥근 지붕이 그들의 목소리를 삼킬 거라 생각하며 고개를 다시 떨군 채 씩 웃는다. "그건 다른 부족이고."

"피자를 시키지 않는다면 말이지." 캐스가 마침내 현대로 돌아와 덧붙인다.

"그래도 돼요?"

"목욕을 마친 후에는 당연히 되지." 게이브가 말한다. "나는 미트 러버를 좋아해. 그거야말로 진짜 인디언 피자지."

"이제는 아무도 '인디언'이라고 안 해요." 모욕과 실망감이 뒤섞인 목소리로 네이트가 말한다.

게이브는 눈을 감고 조용히 노래를 부른다. "원 리틀, 투 리틀, 쓰리 리틀 네이티브즈," 그러더니 잠시 멈췄다가 말한다. "이상하지 않니?"

"우리는 인디언으로 자랐어." 캐스가 말한다. 팔짱을 끼고 말하는 것처럼 들린다. "네이티브는 너 같은 젊은 애들이 쓰는 말이지."

"토착민이나 원주민도 있지." 게이브가 말한다.

"아 이제 역사 수업을 하는 건가요?" 네이트가 끼어든다.

"역사 수업을 들으며 땀을 빼는 거로군요."

"너 데오도런트 안 발랐지?" 캐스가 아무렇지 않게 말한다.

침묵.

"그게 중요해?" 게이브가 마침내 목소리를 낮춰 묻는다.

캐스는 호, 하며 빅터를 부른다.

"빅터가 돌을 가져다줄 때마다 감사를 표해야 해." 게이브가 원래 목소리로 돌아와 말한다. "그렇지 않으면—이건 너의 할아버지가 해준 얘기야—감사 인사를 받지 못할 경우 우리에게 데운 버팔로 패티를 가져다줄지도 몰라. 그게 우리의 폐로 들어올 테고."

"말도 안 돼요."

"맞아." 게이브가 곧바로 답한다.

"여기." 캐스가 게이브의 뒤로 골프채를 향해 손을 뻗으며 말한다. 그는 그걸 이용해 빅터가 한 발을 디딜 수 있을 만큼 덮개를 충분히 들어올린다. 시원한 밤공기가 불어온다.

"조심하라고." 빅터가 길을 내면서 말한다. 길이 생기자 그는 삽을 비스듬히 기울인다. 그 안에는 용암 벌레가 기어 나올 만큼 뜨거운 돌이 놓여 있다.

"감사합니다. 파이어키퍼님." 게이브가 지나치게 똑똑히 발음한다.

빛이 들어오는 찰나, 네이트 역시 짧은 고갯짓으로 감사를 표한다.

빅터는 삽의 손잡이를 돌려 구덩이 안에 돌을 쏟아붓고는 잉걸불과 재를 퍼 올린다. 불똥이 소용돌이를 일으키며 둥근 천장으로 올라간다.

"침낭이랑 담요 적셨지?" 게이브가 몸을 기울여 캐스에게 묻는다.

"그랬다면 여기에서 개 냄새가 날걸." 캐시디가 속삭이듯 대답한다.

게이브가 고개를 끄덕이며 주위의 침구를 다시 한 번 점검한다.

"개털도 타나?" 그가 큰 소리로 말한다.

"고마워요." 캐스가 빅터를 향해 말한다.

"하나 더 들어갑니다."

뜨거운 돌들을 구덩이에 넣고—아직 세 개쯤 더 들어갈 여유가 있다—덮개를 닫자 그들의 얼굴이 적열에 밝게 빛난다. 게이브는 네이트를 건너다보며 말한다. "마지막 기회야."

네이트는 거절의 의미로 고개를 젓는다.

캐스는 손을 뻗어 냉장 박스를 끌어온다. 개 사료를 풀 때 쓰는 것 같은 알루미늄 숟가락으로 물을 풀 생각이다. 캐스는 가슴속으로 북소리를 흥얼거리고 게이브도 곧 따라 부른다. 네이트의 나이였을 때 그들은 드럼 서클을 늘 서클 저크[남자

들이 모여 개인이나 서로의 손으로 자위행위를 하는 것]라고 불렀
다. 그런데 이제 이곳에서 그들은 그 음을 타고 있다.

게이브는 놀랍다는 듯 고개를 저으며 흥얼거리는 북소리
를 키운다. 어쩔 수 없이 미소가 지어진다. 의자에 걸쳐놓은
그의 바지 앞주머니에는 20달러짜리 지폐가 다섯 장 들어 있
다. 최소한 세 장은 그의 몫이고, 80달러쯤 될 수도 있다. 하지
만 데노라는 분명 자유투를 100퍼센트 성공할 거다.

"자, 시작해볼까." 캐스가 말하며 자신의 북소리를 잠시 멈
춘다. 그는 물을 한 큰술 떠서 두 개의 뜨거운 돌 위에 끼얹었다.

쉬익 하는 소리를 내며 연기가 피어오르면서 공기를 덥힌다.

게이브는 네이트를 바라본다. 처음으로 아이의 눈에 불확
실한 낌새가 비친다. 그 순간 게이브는 트럭의 사이드미러에
비친 자신을 본다. 디가 그더러 사냥을 다시 하냐고 물었을 때
그는 거울에 비친 자신의 모습 뒤로 검은 머리카락을 보았다
고 느꼈다. 트럭 짐칸에서 흩날리고 있는 머리카락을.

하지만 그건 불가능한 일이다. 개들 역시 그 뒤에서 아무런
냄새를 맡지 못했다. 멍청한 개들.

게이브는 숨을 깊이 들이쉬었다가 참은 다음 눈을 감는다.

옐로 테일의 죽음

빅터는 다시 한 번 돌을 가져다준 뒤 불가 옆의 땅에 삽을 박는다. 삽이 제대로 서 있도록 두 번 단단히 박아 넣은 다음 차로 향한다. 다시 누군가 부를 때까지 자동차 펜더에 기대 있지 않고 앞좌석에 앉아 계기판의 전원을 켠 다음 몸을 수그려 카세트테이프를 집어 든다. 그는 눈을 가느스름하게 뜬 채 테이프를 차내등에 비춰본 뒤 자신이 원하는 쪽이 위로 향하도록 뒤집어서 플레이어에 밀어 넣는다.

차 안에서 드럼 소리가 솟아난다. 드럼 소리와 음악 소리. 로지 안은 너무 뜨거운지 30분 동안 노랫소리도 말소리도 아무 소리도 들리지 않는다. 조금 전 덮개를 들춰 안으로 몸을 들였을 때 그는 땀으로 범벅이 된 얼굴을 한 명씩 살펴보며 고개를 끄덕인 다음, 삽을 뒤집어 돌을 내려놓고는 녹색 전투복 재킷을 내렸었다.

효과가 있는 건가? 이건 좋은 일일까?

이제 그는 계기판의 녹색 불빛을 바라보고 있다. 계기판 아래에서 핸드 세트를 뽑아내자 접속 부위가 찰칵 열린다.

지지직하는 침묵이 차 위에서, 스피커가 있는 저 위에서 터진다. 공허와 거리감으로 꽉 찬 거대한 침묵이다. 빅터는 엄지손가락으로 소리를 키운다. 버튼과 스위치를 계속해서 눌러대자 드럼 소리와 노래 소리가 차 위로 한꺼번에 쏟아진다. 그는 그 갑작스러움에 움찔한다. 소리가 부풀어 오르면서 밤을 가득 채운다.

로지 안의 누군가가 이 소리에 장단을 맞추듯 낑낑 소리를 낸다.

빅터는 그 소리에 고개를 끄덕인다.

그가 불가로 다시 가 삽으로 불을 휘젓자 아들의 운동복에 불꽃이 튄다. 그는 백 개의 잉걸불을 피해, 작은 탁자처럼 로지에 세워둔 망가진 의자에 운동복을 개켜놓는다. 땀 목욕을 마친 네이선이 가장 먼저 그걸 찾을 수 있도록. 그는 불을 휘저으며 불꽃이 눈에 보이지 않는 굴뚝처럼 나선형을 그리며 저 위로 올라가는 걸 바라본 뒤 삽을 쓰레기통에 기대놓고 소총을 살피기 시작한다.

장전이 되어 있지 않나 확인한 뒤 볼트를 앞뒤로 두 번 움직인 다음 무언가를 추적하듯 휘둘러본다. 총구를 겨눌 수 있는 밤의 모든 장소 중 그는 하필 너를 향해 총을 겨눈다. 너의 머리는 여전히 옆으로 돌아가 있고 너의 눈은 너를 향해 겨눠진 총을 따라 다시 그를 향한다.

자신도 모르는 사이에―그건 사냥꾼의 시야에 있을 때 네가 하는 행동이다―너는 뒤로 물러선다.

하지만 그는 알아챈다……. 네가 아니라 너의 움직임을. 무언가가 있음을.

그는 총을 내린 뒤 어둠을 응시한다.

"졸린?" 그가 외친다. "당신인가?"

네가 대답하지 않자 그는 입술을 옆으로 당긴 뒤 청바지 다리 부분을 두 번 치면서 짧게 휘파람을 분다.

너는 개가 아니다.

또한, 거기에는 개가 없다. 더 이상은.

그는 한동안 어둠을 바라보더니 소총을 다시 제자리에 놓는다. 그는 직감에 따라 움직이며 장작더미에서 나무 세 조각을 집어 들어 잉걸불에 넣는다. 잠시 후 그중 하나에서 화염이 솟구치고 세 개의 장작은 밝은 오렌지색으로 뜨겁게 타오른다.

빅터는 불가 앞에 서 있다. 사냥꾼의 어두운 실루엣이 여전히 어둠을 응시하고 있다. 그는 무의식적으로 소총을 다시 비스듬히 들고 있다.

로지에서 다시 한 번 호, 소리가 들린다. 이번에는 네이선이다. 아이가 돌을 더 넣어달라고 요청하는 건 처음이다.

빅터는 어둠을 자세히 바라보다가 결국 몸을 돌려서 소총을 내려놓고 삽을 집어 든다. 타오르는 나무 아래 삽날을 갖다 댄 뒤 그 안에서 돌을 찾아 삽 위에 올려놓는다. 그가 삽을 흔들자 재와 잉걸불이 흩어지며 떨어진다. 그는 장갑 낀 왼손으로 삽의 손잡이를 잡고 옆길을 따라 로지로 향한다.

그가 엉덩이로 문을 두드리자 밝은 은색 지주에 걸쳐 있던 덮개가 위로 올라간다.

로지 안에는 세 개의 젖은 얼굴이 있다. 모두 벌써 지쳐 보인다. 그가 발개진 돌을 로지 안에 내려놓고 삽을 빼내는 순간 말 한 마리가 히힝 하며 운다. 뜨거운 돌을 들고 있었더라면 떨어뜨렸을지도 모를 만큼 그는 홱 하고 고개를 젖히지만 그냥 멍청한 말일 뿐이다.

빅터는 주위의 어둠을 살핀다. 그의 눈은 형태를 찾아 주위를 샅샅이 훑는다.

그가 머리가 좀 있었다면, 말의 소리에 귀 기울였다면 이미 떠났을 것이다.

하지만 너는 떠나지 않을 것이다. 너는 떠날 수 없다.

너는 더 이상 버틸 수 없을 때까지 새끼 곁을 지킨다. 자리에서 쓰러지며 새끼를 보호하려고 한다. 그리고 10년 후 돌아와 불가 옆에 선다. 너는 부드러운 손을 다리 옆에서 쥐었다 편다. 너의 눈은 좀처럼 깜빡이지 않는다.

그도 너만큼이나 새끼 곁을 지키려 한다.

그는 차에서 다시 일어선다. 한 줄기 빛이 그의 주위로 뻗어나간다.

너는 땅에 납작하게 엎드린 채 열기가 등으로 퍼져나가도록 내버려둔다.

하지만 그는 너의 존재를 안다. 너는 그의 엉덩이에서 나는 권총 냄새로 알 수 있다. 이제 그의 손에서 메스꺼운 기름 냄새가 난다.

"빨리 나와!" 그가 소리친다. 그의 목소리가 어둠 속으로 굴러가지만 아무것에도 가닿지 않는다.

말들은 다시 한 번 너에 대해 말한다. 그들의 경고는 너무 명확하고 다급하고 단순하고 또렷하다.

그에게는 기회가 있었다, 안 그런가? 그를 노리고 있다는 경고였다. 그는 이곳에 오지 말았어야 했다.

이제 그의 손전등에서 나오는 빛줄기가 이동식 주택 뒤로 사라지고 있다. 그는 두 걸음 걸어간 뒤 사방으로 빛을 비추고 몸을 홱 돌리기를 반복한다.

그가 모퉁이에 다다랐을 때 너는 마침내 불가에서 나와 빛 속으로 걸어 들어간다. 흰색과 갈색의 얼룩무늬 말, 셋 중 가장 똑똑한 놈이 발을 구르고 고개를 앞뒤로 흔든다.

너는 그 말을 따라 똑같이 고개를 흔들어 보인다.

네가 원하는 두 놈이 바로 앞에 있다. 세 걸음만 가면 되는 로지 안에 벌거벗은 채로. 가브리엘 크로스 건스, 캐시디 엘크를 보다. 그날 눈밭에 있던 네 놈 중 남은 두 놈.

하지만 너는 또다시 등에 총을 맞고 싶지는 않다. 그때의 고통이 아직도 생생하다. 네가 일을 마무리 짓기 전에 이 아비가 그 구멍을 다시 열어서는 안 된다.

그가 이동식 주택의 옆쪽으로 향하자 너는 따라간다. 그가 남긴 체취가 공기 중에 맴돌고 있어 너는 눈을 감고도 그를 찾을 수 있다. 하지만 그가 노란 불빛 속에서 너를 똑바로 알아볼 수 없도록 너는 이동식 주택에서 멀리 떨어져 있어야 한다. 이동식 주택은 굉음을 내며 지나가면서 너를 궁지에 몰아넣는 기차는 아니지만 그럴지도 모른다.

옥외 화장실에 다다를 무렵 그는 네가 뒤에 있다고 확신한다. 너의 다리 근육이 단단해진다.

그가 손전등을 비춰 그 안에 너를 가두자 너는 그 환한 빛 속에 아찔해진다.

"뭐야, 누구야?" 그가 권총을 허리춤의 권총집에 넣으며 말한다. "졸린, 심장 떨어지는 줄 알았잖아."

너는 빨랫줄에서 훔친 그녀의 셔츠와 바지를 입고 있다.

"졸린." 너는 말한다. 목이 새 거라 목소리가 삐걱거린다.

너는 목소리를 가다듬으려 하지만 그 순간 무슨 소리가 불쑥 침입한다. 둘 다 도로 쪽을 바라본다.

트럭이 도로로 들어섰나?

"잠깐만, 너는 졸린이 아니," 빅터는 이렇게 말한 뒤 더 자세히 보기 위해 몸을 숙인다.

"너는 신문에 나온 그 크로우잖아, 맞지? 그러니까……." 그는 왼손가락 끝을 오른쪽 이마에 갖다 대며 말한다. "그런데 눈은 왜 그렇지?"

총에 맞았지, 너는 그에게 말하지 않는다. 두 번.

그는 갑자기 뒤로 물러나며 말한다. "루이스가 너를 죽인 거 아니었나……. 여기서 뭐 하고 있는 거지?"

너는 눈을 부릅뜨고 머리카락을 풀어헤친 채 그에게 얼굴을 들이댄다. 그에게 직접 보여주기 위해 앞으로 돌진한다. "바로 이거."

엄청 과격한

캐시디는 몇 년 전 이걸 했어야 했다. 정기적으로 땀 목욕을 했어야 했다. 니쉬가 예전에 말했던 것처럼.

하지만 당시에 이건 끝까지 해내야 하는 또 하나의 일에 불과했을 것이다. 그들 넷이서 주말에 하는 또 다른 일. 땀 목욕을 의식처럼 생각한 적은 없었다. 그건 언제나 시련일 뿐이었다.

캐시디는 앞으로도 계속해서 땀 목욕을 하겠다고, 침낭 대신 진짜 가죽으로 만든 스웨트 로지를 만들지도 모르겠다고 혼자 고개를 끄덕인다. 데니에게 다시 사냥을 하게 해달라고 간청해볼 수도 있지 않을까? 안 될 건 또 뭐람. 데니는 최근에 결혼해서 정착을 한 데다 농구 경기에 푹 빠져 있다. 엘크 아홉 마리에 대한 처벌로 10년이면 충분하다. 지난 10년 동안 그는 사냥을 한 적이 거의 없다. 내일이 되면 새로운 10년이 시작될 거다. 캐시디는 그동안 동물을 쏜 적도 거의 없다. 평지에서 뮬 사슴 한두 마리만 쏘았을 뿐. 요청받은 무스 한 마리와 흰색 꼬리 사슴이었지만 그건 축군 관리에 가까웠다고 그는 생각한다. 축군 관리와 최저 생활. 그건 부족의 구성원으로서 그가 누려 마땅한 권리다. 어떻게 연장자 구역에 딱 한 번 들어갔다고 그 모든 것을 빼앗길 수 있단 말인가?

데니가 안 된다고 하면 뭐 좋다. 캐시디와 조가 법적인 관계가 되면 조는 사냥권을 얻게 될 거다. 그게 안 된다면 조는 자신의 크로우 사냥감을 이곳에 가져올 수 있을 것이다. 그녀가 자신의 가족에게 주는 걸 포기한다면. 그리고 캐시디가 엘크든 뭐든 사냥할 때 조가 허가증을 들고 함께해주기만 한다면 데니도 아무 말 못 할 거다. 아니면 그녀가 커다란 수소를 직접 사냥할 수도 있고.

캐시디 옆에 앉은 게이브는 돌의 열기에서 살짝 뒤로 물러난 채 팔뚝으로 자신의 얼굴을 잠시 감싼다.

이렇게 스웨트 로지 한가운데 있을 때 바라게 되는 거라고는 약간의 형 집행 취소뿐이다. 하지만 어떻게든 끝까지 버텨야 한다.

"괜찮니?" 캐시디가 네이선에게 묻는다.

네이선은 머리를 늘어뜨리고 무릎을 세운 채 앉아 있다.

그는 고개를 끄덕인다. 아니면 죽어가는 자가 내는 소리를 내고 있는지도. 최후의 경련.

캐시디는 냉장 박스를 한쪽 구석에 비스듬히 놓은 뒤 숟가락을 상자의 한쪽 모서리에 밀어 넣고는 상자를 기울여 마지막 한 방울까지 퍼낸다.

"리키를 위해." 그는 땅에 물을 살짝 뿌린 뒤 자신도 한 모금 마신다. 만든 지 10분 지난 커피처럼 미적지근하다.

그는 게이브에게도 물을 건넨다. 게이브는 "루이스를 위해." 하며 물을 살짝 뿌리지만 마시지는 않는다. 아까 그게 개 사료를 푸던 숟가락 아니냐고 물었기 때문이다.

말이라고, 캐시디는 정정하지 않았다. 귀리를 펐을 뿐이다. 조의 얼룩말은 건초나 빵 따위보다는 좋은 걸 먹기 때문이다. 하지만 게이브는 말에 대해 모르며 귀리에 풀기가 얼마나 없는지도 모른다. 이 숟가락은 마을 식당에서 사용하는 것만큼이나 깨끗할 거다.

네이선은 한 모금 받아 마신다. 손이 떨리고 머리카락이 얼굴에 덕지덕지 붙어 있다.

"트레를 위해." 그가 물을 살짝 털며 말한다.

캐시디의 생각에 그건 거의 1시간 만에 아이의 입에서 나온 말이다.

아이는 소생 중이다. 무너진 뒤 다시 태어나고 있다.

좋다.

트레는 몇 주 전 경야를 치른 고등학생이다. 캐시디가 생각해보니 그 무렵 네이션은 마을을 떠나 미국의 야생으로 달아났었다. 셸비 반대편에 있던 악취 나는 트레일러까지밖에 가지 못했지만 어쨌든 시도는 했다.

트레, 트레, 트레. 캐시디는 그 아이의 경야에서 그 아이의 이름을 어떻게 쓰는지 처음 알았다. 그는 늘 세 글자라고 생각했었다. 카페테리아에서 음식을 나를 때 쓰는 트레이처럼.

그 아이가 어떻게 죽었더라? 떠오르지 않는다. 열기로 생각이 곤죽이 될 것 같은 상태에서는. 그 아이가 그리즈의 조카였던가? 하지만 그럴 리가 없다. 그리즈는 그렇게 나이가 많지 않다. 그렇다면 조지? 캐시디가 1학년이었을 때 3학년이었던 조지 말이다.

"마저 마셔." 게이브가 네이션에게 마지막 물을 가리키며 말한다. 캐시디의 확인을 받은 뒤 — 힘이 남아 있지 않아 눈짓만 할 뿐이다 — 네이션은 숟가락을 기울여 물을 입에 털어 넣은 뒤 캐시디에게 건넨다.

캐시디는 그걸 받아든다. 알루미늄은 다행히 이렇게 뜨거운 열기 속에서도 녹지 않는다. 옛날에는 뭘 사용했을까? 나무? 뿔? 방광? 울버린의 두개관? 옛날 사람들은 엄청 과격했으니까?

중요하지 않다. 지금은 옛날이 아니다. 증거 하나. 로지 바깔에서 들려오던 빅터의 테이프가 조용해졌다. 끝까지 돌아갔다가 반대쪽 면의 첫 곡으로 다시 넘어가려는지 몇 초 동안 잠잠하다.

"이걸 또 들어야 해?" 게이브가 캑캑거리면서 말한다. 그는 자신이 웃기다고 생각한다.

"그 애랑 여행을 가려고 했어요." 네이선이 대꾸한다. 가슴이 두 번 정도 파르르 떨린다. 캐시디는 아이가 웃어넘기려고 미약한 시도를 하고 있기 때문이라고 생각한다. 세상에서 가장 미약한 시도.

게이브는 꼿꼿이 앉아 있기 위해 몸을 살짝 흔든다. 하지만 그는 해가 뜰 때까지도 앉아 있을 수 있다. 캐시디는 안다. 모두가 구부정한 자세로 뻗은 후에도 네 명 중 게이브만이 늘 트럭 짐칸의 연장 도구 위에 앉아 있곤 했다. 그는 무언가를 기다리는 사람 같았다. 포기하고 눈을 감을 경우 그걸 놓치게 될 거라는 걸, 뒤처질 거라는 걸 아는 사람. 그들 넷 중―캐시디는 이렇게 말하기 싫지만―게이브는 살아남을 확률이 가장 낮은 인간이기도 하다. 그는 늘 가장 먼저 점프하는 사람이다. 절벽이든, 큰 강이든, 술집 바깥에 있는 카우보이 무리의 면전이든.

"이렇게 해봐." 그는 이제 입을 거의 땅에 닿을 정도로 낮춘 채 공기를 들이쉬면서 네이선에게 말을 건다. 그곳의 공기가 너무 시원하고 신선한 터라 그는 과장되게 가슴을 부풀린다.

"백 명도 넘는 사람의 엉덩이가 닿았을 텐데요."

"개들이 갈긴 오줌도 잊지 말아야지." 게이브가 에라 모르 겠다며 바닥에 벌러덩 드러눕는다.

캐시디는 웃는다. 1, 2초 정도 시야가 뿌옇다.

루이스를 위한 거야. 그는 혼잣말을 한다. 집으로 돌아오려 고 했던 루이스.

이건 웃긴 일이다. 루이스는 집으로 돌아오는 도중에 죽었 다. 리키는 집에서 달아나는 도중에 죽었다. 게이브와 자신은 이곳에 남았고 둘 다 괜찮다.

"일어나." 캐시디가 게이브를 내려다본다.

"눈을 좀 쉬는 거야." 게이브가 중얼거린다.

네이선은 다시 고개를 숙인다. 긴 머리가 축축한 커튼 같다. 아이의 나머지 부분은 잿빛의 축축한 어둠 속에서 하나의 실 루엣에 가깝다.

"루이스 말이야." 캐시디가 말한다.

게이브는 팔을 짚고 앉는 자세를 취한다. 그의 몸 한쪽에 흙 이 엉겨 붙는다. 그는 지금 땀범벅인 데다 땅이 그들 아래에서 녹고 있기 때문이다.

"이제 진짜로 물이 바닥난 거야?" 그가 묻는다.

"루이스가 새끼 엘크를 데리고 있다고 했잖아."

캐시디가 말한다. 게이브는 흔들리는 눈빛으로 네이선을 바라보지만 네이선은 가만히 앉아 있을 뿐이다.

듣고 있지 않거나 듣더라도 신경 쓰지 않는 모양이다.

"정말로," 게이브는 빅터의 테이프에 대해 말한다. "나는 정력 넘치고 붉은 피부를 지니고 맥주를 마시는 것 못지않게 드럼 소리가 좋아."

"루이스는 새끼 엘크를 이곳으로 데리고 오려고 했어." 캐시디가 계속한다.

"안 좋은 계절이었지." 게이브가 별거 아니라는 듯 말한다. "뒤처진 엘크였을 거야."

"그들에게도 안 좋은 계절이었지."

"말들 말이지."

"새끼를 밴 상태에서는 이동하지 않아. 너무 무겁거든."

게이브는 자세를 고쳐 앉지만 공기마저도 너무 뜨겁다.

"게이브, 내가 말 안 했지."

게이브는 가만히 앉은 채 네이선을 쳐다보다가 다시 캐시디를 쳐다본다.

"마지막으로 사냥했을 때 말이야. 리키가 추수감사절 고전인지 뭔지라고 부르던 날."

"내가 지은 이름인 줄 알았는데."

"루이스가 쏜 그 어린 암컷 엘크 말이야. 그 엘크가 새끼를 배고 있었어."

"내가 쏜 줄 알았는데⋯⋯."

"아저씨 뇌가 녹은 것 같은데요." 네이선이 게이브에게 말
한다.

게이브는 아이의 말이 맞다는 듯 어깨를 으쓱하며 캐시디
에게 말한다. "추수감사절이었어. 어린 엘크의 배 안에 칠면
조가 있었나 보지." 그는 자신의 배를 쓰다듬으며 말한다.

"추수감사절이 있기 전 주 토요일이었지." 캐시디가 정정
한다.

"내일이네." 게이브가 얼빠진 미소를 짓는다. 지금 손목에
차고 있지도, 평소에 차지도 않을 뿐더러 스웨트 로지 안에서
는 어쨌든 차고 있지 않을 시계를 내려다보며.

"루이스가 그걸 물었어. 그 태어나지 않은 새끼를."

그 말에 게이브는 입을 다문다.

"우리를 언덕 끝까지 올라가게 한 그 삐쩍 마른 어린 엘크
말하는 거야?" 그가 마침내 말한다. "데니한테 잡히게 한?"

"어떻게든 잡힐 거였어."

"아저씨들이 엘크 떼를 쏘던 날 이야기하는 거예요?" 네이
선이 묻는다.

캐시디와 게이브가 동시에 아이를 바라본다.

"데노라가 말해줬어요." 그가 쭈뼛대며 말한다.

"네가 데노라한테 말했어?" 캐시디가 게이브에게 말한다.

"데노라한테 말했을 법한 사람이 또 누가 있지?" 게이브가 곧장 묻더니 돌에 침을 뱉을 것처럼 입술을 오므리지만 침이 나오지 않는지 땅에 중요한 비밀을 발설하는 술 취한 노인처럼 몸을 수그린다.

"아, 그럼 그렇지." 캐시디가 말한다.

데니. 데니 피즈다. 물론 그는 데노라에게 이 얘기를 했을 거다. 게이브를 더욱 안 좋은 인간처럼 보이게 만드는 얘기라면 뭐든 했을 거다.

"그래서 무슨 말을 하고 싶은 건데?" 게이브가 새끼 엘크 얘기로 돌아가서 캐시디에게 묻는다. "루이스가 제정신이 아니었다고? 엘프가 나오는 책들을 읽더니만 뇌가 어떻게 돼서 두 여자를 죽인 다음에 새끼 엘크를 데리고 달아나다가 군인들한테 총 맞아 죽었다고?"

"중요한 건 책이 아니야."

"엘프라고요?" 네이선이 두 남자를 보며 말한다.

"얼마나 더 오래 있어야 해요?"

"아직 치유 안 됐니?" 게이브가 되묻는다.

"뭐가 치유돼야 하는 건데요? 인디언인 거?"

게이브가 킥킥거린다. 캐시디에게 익숙한 소리다. 그는 게이브의 가슴께를 손가락 끝으로 밀며 네이선에게 말한다.

"아무 때고 나가도 좋아."

"정화된 이후에 말이지." 게이브가 쓸데없이 한마디 덧붙인 뒤 다시 미친 듯이 기침을 한다.

거의 1분이 지난 다음 네이선이 캐시디에게 말한다. "저 아저씨 괜찮을까요?"

캐시디는 게이브를 살펴보더니 그의 손과 무릎을 바라본다.

"괜찮을 수도 있고 안 그럴 수도 있지."

네이선은 재미있다는 듯 고개를 젓는다.

"아빠가 저 아저씨를 얼마나 많이 체포했는지 모르겠다고 했어요."

"백인들의 법이지. 게이브를 체포하고 그가 인디언이란 사실을 입증하는 거."

"아저씨도 체포했다고 하던데요?"

"네 아버지는 훌륭한 경찰이란다. 가끔 실수해서 그렇지."

네이선의 얼굴에 곧바로 미소가 번진다.

"아빠는 인디언 목각상처럼 저기 서 있잖아요."

"네 아빠는 금요일 밤에 이것 때문에 병가를 냈어. 오늘 여기 있기로 한 것 때문에 다음 달에 아마 경찰서에서 온갖 잡일을 해야 할 거다. 너를 위해 이러고 있는 거야."

"그럴 필요가 없는데요."

"애한테 말해줘."

"이해 못 할걸."

"너희 아버지는 그 사건―총을 든 티나― 이후 디키 하우스에 처음으로 들어간 사람이었단다." 캐시디는 이 사실을 기억해내고는 움찔하며 말한다. "너희 아버지는 정말 많은 아이들을 아스팔트에서 구출해냈어. 아마 매뉴얼을 쓸 수도 있을 거다. 술 취한 아이들을 제 할머니한테 데려다주고 또 다른 할머니들을 찾으러 잔디로 걸어 들어가야 했지. 어떤 술꾼들은 아침에 흔들어 깨우기도 했는데 뻣뻣해진 걔들은 2학년 학급에서 본 적이 있는 아이들이었어. 발령받은 첫 주, 네 아버지는 신참이었는데 주니어 빅 플럼을 야트막한 강가에서 끄집어내야 했단다. 아이의 얼굴은 퉁퉁 부어서……. 네 아버지는 내 남동생 아서를 감옥에 집어넣기도 했지, 어떠냐? 네 아비는 너 역시 감옥에 가기를 바라지 않는 거야."

"저는 아버지랑도 할아버지랑도 달라요." 네이선은 아랫입술이 심하게 떨리는지 입술을 꽉 깨문다.

"네 아버지는 저기 서서 네가 필요한 만큼 불을 지필 거다. 내가 하고 싶은 말은 그게 다야. 인디언 아빠가 모두 이렇지는 않아. 너는 좋은 아빠를 둔 거지."

"옛날부터 전해지는 인디언 이야기를 해야겠네." 게이브가 끼어든다. 기침 때문에 목소리에 힘이 없다. 그는 캐시디의 어깨에 손을 걸친 채 몸을 다시 똑바로 세운다.

"로지 바깥에 7일 동안 서 있는 아버지의 이야기다. 아비는 불을 지피기 위한 나무를 찾아 점점 더 멀리 가지. 그러다가 비버에게 나무를 좀 구해다 달라고 요청해. 비버에게 빚을 진 셈이지. 그리고 불이 거의 꺼지려고 하자 불쏘시개가 필요해져서 매에게 건조한 이끼를 물어다 달라고 요청하게 돼. 매에게도 무언가를 빚지게 된 거야. 그다음에는 사향쥐에게……." 거기까지 말하다가 그는 기침 때문에 멈춘다.

캐시디가 네이선에게 맞아, 그런 얘기야 하는 뜻으로 어깨를 으쓱해 보인다.

"우리 노래하고 기도하고 그래야 하는 거 아니에요?"

네이선이 캐시디와 게이브를 번갈아 본다.

"그래야지." 캐시디가 말한다.

그들은 환하게 빛나는 돌들을 바라본다.

"물이 더 필요해." 게이브가 마침내 말한다. "만약에 우리한테, 그러니까 물총 같은 게 있으면 좋을 텐데. 옛날 인디언들은 그런 생각을 못 했을 거야, 그치?"

그는 손가락으로 상상의 물줄기를 만들어 캐시디와 네이선을 향해 그리고 자신의 입을 향해 쏜 뒤 마시는 시늉을 한다.

"냉장 박스에서 좀 마셨어도 됐잖아." 캐시디가 말한다.

"원칙을 따르겠어."

"아빠한테 물어볼게요." 네이선이 말한다―이곳에서 벗

어날 구실이다. 그때 마침 빅터가 들어올 때처럼 누군가 덮개를 쿡 찌른다. 그런데 빅터가 아니다. 개들이 돌아온 건가?

"자." 게이브가 캐시디에게 말하더니 냉장 박스를 자신의 무릎으로 끌어당긴다.

그는 드러누워 신성한 골프채를 집어서 덮개를 밀어본다.

바깥에, 빅터의 두꺼운 다리 대신 여자의 길고 매력적인 다리가 보인다.

벌거벗은 열네 살 소년인 네이선은 어둠 속으로 물러난다.

"빌어먹을." 게이브가 놀란 듯 네이트를 바라본다. "정말로 피자를 시킨 거냐?" 그러더니 캐시디를 향해 말한다. "타운 펌프에서 이 멀리까지 배달을 오나? 타운 펌프가 배달을 하긴 해?"

"내가 처리하지." 캐시디가 냉장 박스를 옆으로 민 다음 자리에서 일어나며 덮개를 밀친다.

"저 안은 좀 어때?" 조가 묻는다.

"뜨거워." 캐시디가 말한다. 손으로 머리카락을 쓸어 넘기며 자신의 앞쪽을 내려다본다. "다들 홀딱 벗고 있지."

캐시디가 손으로 머리카락을 털자 조는 땀방울을 피해 뒤로 움츠린다.

그는 멈춰 서서 자신의 손을 바라본다. 나머지 부위와 마찬가지로 아직 축축하다. 보통 그가 땀에 젖어 있으면 개들이 그에게 달려들어 그의 손을 빨아대곤 한다. 하지만 이런 추위 속에서 땀은 얼마 안 가 사라질 거다. 몇 분만 지나면 그는 폐렴에 걸리고 말 거다.

"차를 맬 때 빅터 못 봤어?" 그가 주위를 돌아보며 묻는다.

조는 주위의 어둠을 둘러보며 답한다. "내 옷 갖다줘서 고마워."

캐시디는 머리를 굴려보지만 무슨 말인지 모르겠다. 자신은 정말로 좋은 남자 친구인데 그 사실을 깜빡한 건가?

"가게는 괜찮고?" 그가 묻는다. 가게에 출근해야 하는 시간에 여기에 왜 온 거야? 하고 묻고 싶은 거다.

조는 침을 꿀꺽 삼킨 뒤 말을 고른다. 무언가를 말하려고 하는 찰나 게이브가 로지 안에서 호! 하고 외친다.

캐시디는 계속해서 그녀의 얼굴을 보고 있다.

"당신 잘못이 아니야." 조가 마침내 말한다. "그것만은 알았으면 싶어. 그게, 쉬는 시간에 집에 전화했어."

캐시디는 휴게실 전화를 신경 쓰는 사람은 아무도 없기 때문 조가 쉬는 시간에 언니와 얘기했다는 걸 알고는 고개를 끄덕인다.

"당신 친구 있잖아. ……총에 맞았다던."

"누구?"

"셸비인들한테. 어제 말이야."

"루이스."

"그 사람이 아내랑 직장 동료를 죽였잖아."

캐시디는 고개를 끄덕인다. 대화의 시작이 그렇게 달갑지는 않다.

조는 오른 팔꿈치에 왼손을 올려놓은 채 남은 손을 입에 갖다 대며 다시 시선을 돌린다. "우체국에서 일하던 그 사람, 내 사촌 셰이니 같아. 셰이니 홀즈. 언니가 방금 알아냈어."

"오, 이런, 맙소사."

조는 별일 아닌 척 어깨를 으쓱하려 하지만 그럴 수 없다. 캐시디는 그녀를 안아주려 하지만 지금 자신이 얼마나 역겨운 상태일지 기억한다.

"그러니까…….그게 어떻게 되는 거야?"

"그 애가 죽었다는 거야." 조가 그렇게 말하고는 울먹인다. "우리 이모이자, 그 애의 엄마가, 셰이니는 이모의 마지막 남은 자식이었어."

"자식이 몇 명이나 있었는데?"

"아직까지 살아 있는 자식은 그 아이뿐이었어." 조는 얼굴에서 머리카락을 떼어내며 그 사이로 잠시 캐시디의 눈을 바라본다.

"이럴 수가." 캐시디는 그 말밖에 할 수가 없다.

"로스랑 얘기했어. 삼 일 휴가 내도 좋다고 했어. 휴가는 1시간 전부터 시작됐고. 이모네 가는 데 하루, 거기 머무는 데 하루, 돌아오는 데 하루."

"로스는 걱정하지 마. 게이브한테 빚진 게 있어. 필요하면 1주일 전부 휴가 내도 돼. 2주도 좋고."

"당신이 갈 수 없다는 걸,"

"그럴 수 있어."

"새로 일을 시작한 지 3주 만에 개인적인 일 때문에 그럴 수는 없어." 그걸로 끝이다.

그녀의 말이 맞다.

"거기로 곧장 가고 싶었어. 하지만 내가 아침에 나타나지 않으면 당신이,"

"고마워. 그랬다면 내가 흥분해서는 마을을 모조리 뒤지고 다녔겠지."

"그게 당신이니까." 조가 웃으며 말한다.

"할 일은 해야지."

조가 사촌의 죽음을 잠시나마 잊게 해줄 수 있어서 다행이다.

조가 로지에서 한 걸음 떼자 캐시디가 그녀를 따른다.

"그 애는 잘하고 있어?"

"네이선 말이야?"

"고등학교 1학년이야?"

"중학교 3학년일걸? 좋아, 아주 좋아. 그 애의 할아버지가 나에게 했던 조언을 조금 더 귀 기울여 들었으면 좋았겠다 싶어. 그럼 조금 더 잘 살았을 텐데."

"할아버지?"

"아 그게, 신경 쓰지 마. 어서 가야겠다. 돈도 좀 필요하지?"

"나도 돈은,"

"가져가." 캐시디가 콘크리트 블록 위에 올라가 있는 트럭으로 향하며 말한다. 글라스팩 머플러에 넣어둔 보온병에 들어 있는 현금을 향해. "이러려고 모아둔 거잖아, 안 그래?"

그는 낡은 그릴 가드를 짚고 트럭 아래로 미끄러져 내려가려다가 마지막 순간에 멈춘다. 자신이 땀범벅인 데다 홀딱 벗고 있으며 저 아래 있는 녹슨 물건들이 얼마나 날카로운지 기억해내고는.

조가 벌써 옆에 와서 그의 팔을 잡은 채 그를 자신 쪽으로 끌어당기고 있다.

그들은 그의 땀에 개의치 않고 서로를 껴안는다. 조의 풀어 헤친 머리가 그의 가슴에 착 달라붙는다.

"당신 이제 샤워해야겠어."

"괜찮아."

"내 작업복 줄게."

"나도 그렇게 쓸모없는 존재는 아니야. 돈 정도는 내가 직접 가져갈 수 있다고."

"내 친구가 당신 사촌을 죽였다고."

"칼리한테 밥 줬어?" 조가 조랑말을 가리킨다.

"그렇게 부르지 않을 거야."

"머릿속으로는 그럴걸." 조가 그의 얼굴에 손을 갖다 댄다. 그의 입술을 자신 쪽으로 끌어당겨 작별 키스를 한 뒤 눈을 감은 채 잠시 그렇게 그를 붙잡은 채로 있다.

"조심해. 나 지금 홀딱 벗은 상태라고."

조는 손을 아래로 뻗는다. 별로 도움이 되지 않는다.

"이틀 후에 올 거야."

그녀가 멀어지며 말한다.

"월요일이지."

"불가에 수건 좀 갖다 놓을게. 남자들은 나중 일은 늘 까먹는단 말이지."

캐시디는 로지 쪽으로 향하며 어깨를 으쓱한다. 그녀의 말이 맞다. 땀 목욕을 마친 후 그들은 땀을 뚝뚝 흘린 채 서 있을 거다. 매서운 추위 속에. 눈 속에.

"운전할 수 있겠어?" 그가 조를 향해 외친다. 조는 이동식 주택의 계단에 서 있다.

"그렇게 멀지 않아." 그녀가 답한 뒤 빅터의 차에서 나오는 드럼 소리를 가리키며 말한다. "당신 테이프야?"

캐시디는 고개를 젓고 조는 안으로 들어가 짐을 싼다. 이동식 주택이 삐걱거리며 신음 소리를 낸다. 창문이 전부 노래진다. 하나밖에 없는 전등이 켜졌다는 의미다. 그렇기는 하지만 그 모습은 이 모든 일을 가치 있게 만들 만큼 어떤 면에서 생생해 보이기도 한다.

어둠 속에서 말들이 발을 구르며 헐떡인다.

"걱정 마." 캐시디가 말들을 향해 말하더니 자신에게 하듯 덧붙인다. "너희 사료 숟가락은 도로 가져다줄 테니까."

그나저나 빅터는 어디에 있지?

캐시디는 10초, 20초 정도 어둠을 응시한다. 새로 만들어진 어둠은 조금 전의 어둠보다 차갑다. 그는 큰 소리로 휘파람을 불어 개들을 부른다.

멍청한 개들. 멍청한 말들. 멍청한 빅터.

그는 로지로 돌아간다. 로지에 가까워질수록 걸음이 빨라지고 얼굴 앞에 흰색 입김이 서린다. 그는 한 손에 한 움큼씩 눈을 푼 다음 다리로 덮개를 열고 눈을 내민다.

"코코넛?" 열기에 취한 게이브가 말한다. 그는 자기 몫의 차가운 눈을 받아 든 뒤 네이선을 바라보며 농담을 던진다. "저 자식은 내가 코코넛 맛 아이스크림을 가장 좋아하는 걸 안단 말이지."

네이선은 자기 몫의 눈을 받아 든 뒤 얼굴에 대고 문지른다.

시원한 기운을 지속시키려고 손을 계속 얼굴에 대고 있다.

"코코넛." 캐시디는 눈을 털며 자리에 도로 앉는다. 게이브는 자신의 손에 들린 눈을 잠시 바라보더니 돌에 약간 떨어뜨린다. 증기가 솟아오르며 기이한 각도로 열기가 뻗어나간다.

"호!" 그는 빅터를 향해 외치지만 그 소리에 답할 빅터는 없다. 드럼과 어둠, 말과 차뿐. 그리고 아주 가까이에 네가 서 있다.

캐시디는 덮개를 다시 닫는다.

브레이크 댄스를 배우는 법

게이브의 머릿속에서 떠도는 세 가지 생각은 다음과 같다.

1. 술
2. 소변
3. 조가 바깥에 있다는 사실

조가 바깥에 있기 때문에, 땀 목욕을 하는 동안 아무것도 마시지 않았는데도, 몸속에 액체란 게 있을 리가 없는데도 몹시 마려운 소변을 누기 위해 차가운 공기 속으로 비틀거리며 나가려면, 그러니까 조가 바깥에 있기 때문에…… 수건이 필요하려나? 거기를 가릴 만한 무화과 나뭇잎? 몸을 가릴 성경? 그 조그마한 녹색 성경이 아니라 가죽 장정으로 된 커다란 성경 말이다.

하지만, 크로우 자치 지구에는 벌거벗은 사내가 없겠는가?

게이브는 껄껄 웃으며 웃고 있는 입술을 느끼기 위해 손가락을 입술로 천천히 가져간다. 지금 이 순간 그는 자신의 얼굴을 느낄 수 없기 때문이다.

"왜 그래?" 캐스가 말한다.

게이브는 좌우로 몸을 흔들 뿐이다. 그의 젖은 머리가 팔 자를 그린다.

네이트는 녹아내리는 흙에 입을 갖다 댄 채 차가운 수증기를 빨아들인다.

캐스는 아이에게 냉장 박스를 건넨다. 아이는 그게 커다란 컵인 양 상자를 기울여 마지막 한 방울까지 식도로 흘려보낸다.

"이 얘기 전에 어디에선가 들어본 것 같은데⋯⋯." 게이브가 캐스에게로 몸을 기울여 빅터의 멍청한 드럼에 대해 이야기한다.

"쉿." 캐스는 자신 안에 머무르려는 것처럼 눈을 감고 있다. 이 땀 목욕에 진지하게 임하려는 것처럼.

좋다, 좋아.

게이브도 눈을 감고 가루 같은 뜨거운 암흑 속을 헤엄치며 자신의 어깨가 녹는 것을 느낀다. 그가 자신 안의 모든 것을 내뱉자 갈비뼈에서 쉭 소리가 난다. 손가락 끝이 볼록하고 묵직하며 다리와 발은 완전히 딴 세상에 있다.

이래야 효과가 있는 건지도 몰라, 그는 혼잣말을 하는 동시에 머릿속을 비워보려고 애쓴다. 혼잣말을 할 경우 땀 목욕이 효과가 없기 때문이다. 몸이 조금씩 사라져야 몸 안의 찌꺼기가 떠오르며 밖으로 빠져나갈 수 있다. 이번만은 몸 안의 찌꺼기를 조금 볼 수 있을지도 모른다.

하지만 게이브의 눈앞에 펼쳐지는 장면은, 그건 진짜가 아니다. 그럴 리가 없다.

아버지가 데스 로우의 거실 의자에 앉아 있다.

그는 늘 같은 채널을 보고 있다. IGA 주차장을 찍고 있는 카메라다.

아버지의 작고 둥근 TV 화면에는 아무것도 나타나지 않는다. 그러다가 키 큰 개 한 마리가 종종걸음으로 어딘가 가는 모습이 보인다.

게이브의 아버지는 끙 앓는 소리를 내고 게이브는 뭐라고? 하고 묻듯 그를 올려다본다. 이것도 액션으로 쳐줘야 하는 건가요? 하고 묻는 듯한 표정으로.

아버지는 턱짓으로 TV를 다시 가리킨다.

화면에는 아무것도 없다. 마치 은행털이범이 똑같은 영상을 계속해서 틀어놓고는 IGA에 침입해 자신들의 거창한 샐러드 사업을 위해 상추 끝부분을 전부 훔치고 있는 것마냥.

게이브는 낄낄 웃는다.

"있잖아요." 그는 여기가 아니라 다른 곳, 더 나은 비전이 있는 곳에 있어 보려고 이렇게 말하지만 이제 화면에는 부산한 움직임이 있다.

이번에는 개가 없다. 사내아이 넷이다.

게이브는 눈을 가늘게 뜬다. 그들이 스웨트 로지에 있는지 아버지의 거실에 있는지는 모르겠다. 그건 중요하지 않다.

그들은 열두 살이다. 그와 루이스, 캐스와 리키.

그들 사이에는 워크맨이 하나 있고 그 안에는 캐스가 그의 형 아서에게서 훔친 테이프가 꽂혀 있다.

루이스가 1번 타자다.

캐스가 워크맨을 들고 루이스가 헤드폰을 쓴다. 신시사이저에서 음악이 흘러나오자 루이스는 고개를 까딱이면서 게이브와 리키, 캐스를 쭉 둘러본다. 짐짓 심각한 표정으로 머리를 까딱이더니 곧이어 몸의 나머지 부분도 까딱인다.

비트가 그의 손에 가닿자 손가락 끝이 이집트 춤 동작처럼 옆으로 올라간다. 그는 팔과 목을 꿈틀대더니 자기도 어쩔 수 없다는 듯 머리를 옆으로 홱 꺾는다. 캐스와 리키, 게이브는 그를 따라 펄쩍펄쩍 뛴다.

브레이크 댄스는 이렇게 배우는 거다.

게이브는 미소를 짓는다. 오래전 그들 넷의 모습을 보며. 루이스는 워크맨을 손에 든 채 이미 헤드폰을 다음번 주자에게 건네고 있다. 그의 머릿속에는 아직 음악이 있다.

언제나 이럴 거야, 게이브는 그렇게 생각했던 것으로 기억한다. 알았고 맹세했던 것으로.

언제나 이럴 거야.

이제 그의 옆에서 아버지가 TV 화면 너머를 바라보고 있다. 거실 벽을, 널빤지를, 거기에서 꿈틀대고 있는 건……

캐스다.

게이브 옆에 앉아 있는 사람은 아버지가 아니라 캐스다. 그들은 스웨트 로지에 있다.

게이브는 숨을 깊이 들이쉰다. 뜨거운 공기가 가슴을 휘저으며 그를 안에서부터 뜨겁게 달군다. 그는 미소를 지어보려 한다. 그들은 이제 오븐 속에 든 칠면조 신세이기 때문이다. 하지만 입술이 그를 배반한다. 꾸물거리는 입술은 얼굴에서 너무 멀리 있다. 아이가 돌 위에 쓰러지지는 않았는지 확인하기 위해 고개를 돌리자 두 개의 또 다른 형체가 그곳에 앉아 있는 게 보인다. 그들은 열기를 뚫어져라 바라보고 있다.

리키.

루이스.

하지만……. 하지만 아래쪽을 보고 있는 리키의 얼굴은 짓밟히고 얻어맞은 상태다. 위를 올려다보려 하는 루이스의 가슴에는 손가락 크기만 한 구멍이 나 있고 그 구멍 사이로 빛이 들어오고 있다. 그리고……그리고.

게이브가 스웨트 로지의 천장을 향해 비틀거리며 일어서자 개털이 비처럼 쏟아져내린다.

몇 가닥이 돌 위에 떨어져 쉬익 소리를 내며 공기 중에 씁쓸한 맛을 남긴다.

"내가 가져오지, 내가." 그는 캐스의 어깨에 손을 올린 채 몸을 수그리며 말한다. 캐스는 그가 덮개 쪽으로 향하도록, 벌거벗은 몸으로 밤공기를 찾아가도록 내버려둔다.

잠시 후, 빅터의 카세트에서 나오는 드럼 소리가 차가운 공기를 끌고 와 어둠 속의 빈 공간을 샅샅이 채우는 가운데 냉동박스가 덮개 사이로 삐져나온다. 게이브가 채워야 하는 상자다. 어째서인지 이 시련은 아직 끝나지 않았기 때문이다.

게이브는 뒤로 기댄 채 무수히 많은 별을 바라본다.

조가 와서 그를 위아래로 훑으며 고개를 저으면 그렇게 하라지. 그는 세상에서 가장 강인한 인디언이 아니므로. 하지만 가장 목마른 인디언인 것만은 확실하다. 캐스의 탱크에 있는 퀴퀴한 물을 마시고 싶지는 않다.

트럭 안에 그의 냉장 박스가 있지 않나?

그는 쓰레기통 옆에 세워둔 모제르총을 찾아 그걸 지팡이 삼아 몇 걸음 간 뒤 빅터의 순찰차 옆에 기대놓은 후 맡아줘서 고맙다는 듯 차의 후드를 톡톡 친다. 그는 의자에 몸을 기댄 채 주위를 둘러보며 사방을 꼼꼼히 살핀다.

이동식 주택과 트럭을 제외하고는 200년 전과 크게 다르지 않은 풍경일 거다. 사방 몇 킬로미터 내에 불빛이라고는 보이지 않는다. 하지만 200년 전이 아니어서 다행이기도 하다. 200년 전이었다면 그의 트럭 운전석에 차가운 맥주는 없었을 거다.

게이브가 차가운 맥주를 가져오려고 자리에서 일어나자 캐스의 셔츠가 젖은 손가락에 엉켜 붙는다. 조가 빅터의 차 뒤에서 갑자기 나타날 때를 대비해 그는 자신의 사타구니 부분을 그걸로 가린다.

그나저나. "음, 파이어키퍼?" 게이브가 주위를 향해 말한다.

아무런 소리도 들리지 않는다.

"흠." 그의 눈이 마침내 이동식 주택 바로 뒤에 자리한 옥외 화장실로 향한다. 거기에 걸려 있는 손전등이 노랗게 빛나는 것을 보고 고개를 끄덕인다.

빅터는 화장실에 있다.

게이브는 뭐 어때? 하며 씩 웃고는 비틀거리며 다시 순찰 차로 돌아가 기대선다.

바깥은 참 시원하다. 정말이지 완벽하다. 발바닥 아래에서 뽀드득거리는 눈은 기가 막히다.

트럭으로 돌아온 그는 열려 있는 조수석 창문으로 팔을 넣어 냉장 박스를 홱 열어젖힌 뒤 꽁꽁 얼려두었던 물속에 손을 쑤셔 넣는다. 그 안에는 아직 얼음 덩어리가 보인다.

그는 차가운 맥주병을 꺼내 얼굴 전체에, 가슴과 팔에 문지른다. 병을 딸 때 나는 쉬익 소리가 끝내준다. 최고의 약속을 보장한다는 듯 뿌연 김이 피어오른다.

"네놈이 그리웠다고." 게이브는 병 입구에 대고 속삭인 뒤 병을 기울인 다음 토하지 않도록 천천히 마신다.

술을 마시면서 그는 왼손으로는 소변을 눈다. 캐스는 이동식 주택 가까이에서는 소변을 누지 말라고, 나무에 누든 옥외 화장실을 사용하라고, 모두가 아무 데나 오줌을 싸지르면 이곳은 온통 지린내를 풍길거라고 말하지만 알게 뭐람. 빅터가 저 안에 있는 데다 게이브는 참을 수 없다.

액체가 들어갔으니 나와야 한다.

그는 헐떡이며 마지막으로 진한 한 모금을 넘긴 뒤 캐스의 셔츠로 입술을 닦고는 자신이 어디에 소변을 누고 있는지 내려다본다.

개다.

그는 개에게서 오줌 줄기를 거둔다. 오줌이 아무 데나 튀도록 내버려둔 뒤 오줌을 털어낸다. 지퍼는 채우지 않는다. 그럴 상황이 아니다.

그는 불이 전부 켜져 있는 이동식 주택을 바라본다. 깊은 구멍 속에 쪼그리고 앉아 있는 옥외 화장실을. 밤을 향해 커다란 드럼 소리를 내뱉고 있는 빅터의 차를.

그리고 개를.

미스 레프티가 아니라 새끼 중 한 마리다. 댄서, 그렇다. 댄 서다.

게이브는 조심스럽게 머뭇거리듯 쪼그리고 앉아 개의 엉 겨 붙은 털을 만져본다.

"누가 널 이렇게 밟은 거니?" 그는 개의 궁둥이를 쓰다듬 으며 말한다.

개의 내장이 터져서 뒷다리의 피부 안쪽 부위가 불룩해져 있다. 게이브는 전에도 이런 걸 본 적이 있다. 차에 치인 개에 게서.

하지만 이 개는, 이건…… 짓밟힌 건가?

개의 가슴팍 역시 뭉개져 있다. 폐와 심장, 간은 갈 곳이 없 었는지 두툼한 덩어리처럼 입 밖으로 튀어나와 있다. 입에 대 롱대롱 매달린 혀는 아직 부어오르기 전이다.

"진짜 뭐야?" 게이브는 자리에서 벌떡 일어나 자신의 뒤, 트럭의 반대편, 네가 있는 곳 대신 어둠 속을 바라본다. 그가 몸을 돌려 조수석 창문을 통해 운전석을 봤다면 네가 운전석 에 앉아 그를 지켜보는 걸 보았을 텐데. 손가락 다섯 개 달린 손을 꼭 움켜쥔 채 그를 뚫어져라 바라보고 있는 너를.

하지만 그는 너를 바라보지 않는다. 그러지 않을 것이다. 평생 그는 잘못된 곳을 바라봤다. 오늘이라고 뭐가 다르겠는가?

"캐스." 그가 친구가 옆에 있는 것처럼 말한다. "네 말, 제정신이 아닌 것 같아. 네 개를 좋아하지 않는 것 같은데."

그는 개 주위로 조심스럽게 발을 디디며 어둠 속으로 더 깊이 들어간다.

천천히 두 걸음을 가니 나머지 두 마리 개가 있다.

레이디베어는 죽었고 미스 레프티는 아직 살아 있다.

"젠장." 게이브가 무릎을 꿇으며 말한다.

미스 레프티가 낑낑거린다.

"젠장, 젠장, 젠장." 게이브는 맥주병을 눈밭에 내려놓은 뒤 맥주병이 혼자 서 있을 수 있게 잠시 그렇게 잡고 있다.

그는 오른손을 더듬어 돌을, 꽤 무거운 돌을 찾고 왼손으로는 개의 머리가 어디에 있는지 확인한다.

개는 이제 죽었다.

그는 돌을 다시 내려놓고 털썩 주저앉는다.

자리에서 일어난 게이브의 손에는 맥주도, 셔츠도 들려 있지 않다. 그가 트럭을 돌아볼 때에는 창문 너머로 아무도 없다. 그는 트럭으로 돌아가며 눈에서 머리카락을 떼어내고 그 바람에 얼굴은 온통 피범벅이 된다.

그가 사용한 혹은 사용하려던 돌은 네가 사용한 돌과 같은

돌이다.

참 재미있지 않은가.

트럭으로 돌아온 그는 좌석 아래에서 해진 천을 꺼내 손과 얼굴을 닦는다. 다른 손으로 맥주를 한 병 더 꺼내 한숨에 마신 뒤 어둠 속으로 최대한 멀리 던져버린다.

병은 몇 초 정도 공중에 떠 있다가 바닥에 떨어진다. 바닥에 닿는 순간 부서지는 대신 푹 하는 소리만 난다.

캐스가 별로 좋아할 것 같지 않다. 자기가 키우던 개가 한꺼번에 죽는 걸 좋아하는 사람은 없다. 하지만 그건 게이브의 잘못이 아니다. 땀 목욕을 마치자마자 떠난다면 그는 이 사건에 연루될 필요도 없다, 안 그런가?

"너는 여기에 오지 않은 거야." 그는 혼잣말을 하며 조가 갑자기 뒤에서 나타나는 건 아닌지 주위를 돌아본다.

왜 그런 생각을 하는 것일까?

"나이가 들어서 안절부절못하는 거지." 그는 웅얼거리며 창문 사이로 손을 뻗어 아직 차가운 물이 담긴 냉장 박스를 끌어낸다.

게이브의 탱크에 있는 물보다는 이게 나을 것이다. 그들은 물을 풀 만한 조금 더 나은 도구가 필요하다.

게이브는 냉장 박스를 트럭의 후드에 올려놓은 뒤 조수석 문을 열고 뒷좌석을 뒤진다. 앞을 바라보며 손가락을 더 멀리 뻗어 마침내 금속 보온병 하나를 찾아낸다. 그는 뚜껑을 비틀어 열어 바닥에 던진 다음 그 안을 한 번 세게 불고 얼굴을 재빨리 옆으로 돌린다.

다행히 쥐 뼈나 바싹 마른 벌레가 그를 향해 달려들지는 않는다.

그는 보온병을 뒤집은 다음 그 안에 단단히 박혀 있을지도 모르는 걸 빼내려고 앞 타이어에 두드려본다. 아무것도 나오지 않자—그냥 커피가 담겨 있었을 뿐이다—그는 좁은 입구 부분을 입에 문 채로 보온병을 옮기기로 한다. 양손에는 가장 크고 가장 정직하며 가장 상쾌한 무화과잎 같은 냉장 박스가 들려 있다.

그는 얼음 덩어리가 아직도 둥둥 떠다니는 물을 갖고 돌아온 영웅이 될 것이다. 눈밭에 죽어 있는 개는? 그건 아직 일어나지 않은 일이다. 그건 실제 일어난 일이 아니다.

로지로 돌아오는 길, 그의 목소리가 높아진다. 그는 진짜 인디언처럼 노래하고 북소리에 맞춰 걷는다.

블랙피트 인디언 이야기

네이선은 몇 년 전 들었던 멍청한 여름 수업을 기억한다. 열 살 된 아이들에게 전통을 가르치는 수업이었다. 당시는 네이선이 머리를 세 갈래로 따고 올스타 인디언이 되기 위해 애쓰던 때였고, 진짜 그가 되기 전이었다.

트레도 그 수업에 참석했다. 그 역시 전통적인 방식으로 머리를 땋은 상태였다.

그들이 그 주에 배운 것은 말 타기나 활쏘기 같은 멋진 일들이 아니라 받침대에 고기를 말리는 법이었다.

이 스웨트 로지의 뜨거운 열기 속에 앉아 있는 지금 그는 딱 그런 기분이다. 나뭇가지에 널어놓은 가느다란 고기 조각이 된 기분. 그의 아래로는 느린 불길이 타오르고 있고 그의 위로는 태양이 그를 달구고 있는 기분이다.

하지만 지금은 증기 때문에 흐리멍덩해진 그의 머릿속에 단어들이 맴돌고 있다. 할아버지가 그에게 부족의 언어를 가르쳤던 때 배웠던 단어, 이렇게 말해도 의미가 통하던 시절에 배웠던 단어다.

쿠토'이스.

쿠토'이스"코'마피.

포'노카.

아빠는 어제 쿠토'이스에 있던 그를 차에 태워 집으로 돌아왔다. 쿠토'이스는 스위트그라스 언덕이라는 뜻이지만 문장으로 말해야 한다. 저는 쿠토'이스에 죽으러 갔을지도 몰라요, 할아버지. 트레랑 함께하기 위해서요. 그런데 할아버지의 멍청한 아들이 저를 다시 끌고 왔어요. 저는 할아버지가 스위트그라스 돈에 대해 늘 하던 얘기 때문에 그곳에 간 거예요. 기억나세요? 미국이 우리에게서 언덕을 훔쳐가고 우리에게 계속해서 주지 않고 있는 돈 말이에요.

다른 예시도 있다. 나는 트레처럼 컷뱅크강에서 뒤집힌 차 안에서 죽느니 쿠토'이스에서 죽겠다.

쿠토'이스"코'마피는? 이건 스위트그라스 언덕에 코'마피를 합친 게 아니다. 당시에 그는 이 단어를 이해하기 어려웠는데 그건 지금도 마찬가지다.

그건 피투성이 소년이라는 뜻이다. 핏덩어리에서 태어난

영웅 아이. 최소한 할아버지의 말에 따르면 그런 허접한 얘기가 한 명이라도 더 많은 아이를 로지로 끌어들일 수 있었던 시절의 이야기다.

아무에게도 말하지 않았지만 2학년 때였나 네이선의 아버지는 수업 전 매일 그의 머리를 땋아주면서 그가 사실은 쿠토'이스"코'마피라고 비밀스럽게 말하곤 했다. 그는 부족을 구하러 태어났다고, 그러고 난 다음에는 하늘의 별이 될 거라고. 7학년이 되자 매시 선생님은 인디언들은 모두가 어린 시절에는 자신이 미친 말[19세기 오글랄라 라코타 부족의 전쟁 리더로 미국 연방정부와 백인의 침략에 용맹히 저항했다]이 환생한 거라고 생각한다며 그 이유를 들려주었다.

데노라 크로스 건스는 이 부분에 대해 질문을 하려는 듯 손을 치켜들었고 네이선은 늘 그렇듯 슬쩍 그 아이를 돌아보았다.

"여자는 아닌데요." 그 아이가 말했다.

"너는 네가…… 사카자웨어[아메리카 인디언 쇼쇼니 부족의 공주]라고 생각하지." 매시 선생님은 어깨를 으쓱하며 말했다. 그의 입은 그게 대단한 농담이라도 되는 양 그 음절들을 요란하게 발음했다.

데노라 크로스 건스는 옛 인디언들에 대해 잘 알지 못했기에 더 괜찮은 인디언, 배신자가 아닌 인디언의 이름을 대며 반박하지 못했고 그날 밤 경기에 화풀이를 하다가 반칙으로 퇴장

했다. 그 애는 싸움을 벌이다 경기장에서 끌려 나갔고 그 애의 새아빠는 진짜 아빠가 경기장으로 돌진하는 걸 막아야 했다.

네이선 역시 그때 관중석에서 무리의 다른 사람들과 함께 그건 반칙이 아니라고 소리쳤다. 하지만 반칙이었어도 그렇게 소리쳤을 것이다.

데노라 크로스 건스는 그 누구의 사카자웨어도 아니다. 그리고 네이선은 미친 말이나 피투성이 소년이 아니다. 이제 그는 그 사실을 안다. 머리를 세 갈래로 땋던 시절은 끝났다. 스웨트 로지는 전부 개소리다. 아빠가 밖에서 틀고 있는 드럼 연주 소리도 마찬가지다.

게이브가 새로운 냉장 박스를 건네자 네이선은 그걸 받아 무릎에 올려놓은 뒤 검은색 금속 보온병을 이용해 아릴 정도로 차가운 물을 푼다.

캐스는 계속하라고, 잘하고 있다고 그를 향해 고개를 끄덕인다.

네이선은 물을 조금 퍼서 돌에 끼얹는다. 그들 셋 사이로 증기가 솟아올라 그들을 각자의 스웨트 로지 안에 가둔다.

돌들이 이렇게 뜨거워도 되는 건가?

네이선은 그렇게 생각하지 않는다.

누구라도 이렇게 뜨거운 곳에서 한두 시간 더 버티기란 불가능할 거다. 정신을 잃지 않은 상태로 나오기란 불가능할 거다. 게이브는 예전에 정말로 구워진 적이 있다고 말했다. 하지만 이건 새로운 차원이었다.

보온병에는 물이 아직 절반가량 남아 있다.

네이선은 보온병을 손에 들고 살살 돌려본다. 물을 마시려는데 규칙이 떠오른다. 조상을 기려야 한다는 규칙이다. 캐스가 그렇게 말했다. 게이브는 누군가의 이름을 말하기만 하면 된다고 했다. 이런 방법이 아니고는 물을 마시지 못할 누군가를.

"니쉬." 네이선은 증기 너머 두 명의 광대가 들을 수 있을 만큼 크게 말한 뒤 자신이 마시려던 물의 절반을 붓는다.

그의 맞은편에서 캐스가 잘하고 있다는 듯 그를 향해 고개를 끄덕인다. 계속해서 하라고.

삼각형의 자기 자리로 돌아온 게이브는 방금 자신이 가져온 냉장 박스를 자기 쪽으로 끌어당긴다.

"니쉬." 그는 네이선에게 동의하듯 말한 뒤 물을 살짝 붓는다. 그는 물을 마시지 않는다. 밖에 있을 때 충분히 마셨던 모양이다.

"충분히 드신 거 같아?" 게이브가 캐스에게 냉장 박스를 건네며 말한다.

캐스는 무슨 말인지 모르겠다는 듯 그를 올려다본다. 게이브가 설명을 덧붙인다. "저 애의 할아버지 말이야. 이미 두 잔이나 마셨잖아. 이제 소변을 누셔야 하지 않을까?"

이렇게 말한 뒤 그는 씩 웃는다. 얼굴이 녹고 있는 것처럼 입술이 흐느적거린다.

"귀신이 오줌을 싸면 어떤 냄새가 날 것 같아?" 게이브가 계속한다. "사실 여기에는 늘 냄새가 나는 거 아닐까?" 그는 발을 코에 갖다 댄 채 귀신의 오줌 냄새를 맡으려 한다.

"아직 덜 뜨겁나봐?" 캐스가 얼굴을 덮개 쪽으로 향한 다음 뜨거운 돌을 더 달라고 낮은 소리로 호, 하고 외친다. 아직 그 전에 요청한 돌도 오지 않은 상태다.

게이브는 털썩 주저앉은 뒤 천장을 올려다본다. 그를 구할 만한 무언가를 찾아. 옐로 테일 경관의 말이 맞았다. 네이선도 게이브와 캐스가 20년 전의 그와 트레라는 것을 어느 정도는 알고 있다. 트레가 살아 있었다면 그랬을 것이다.

정말로 필요한 건 이게 다, 안 그런가? 좋은 친구 한 명. 함께 어리석은 짓거리를 할 수 있는 누군가. 땅에서 우리를 벗겨내 벽에 받쳐놓을 누군가.

예시 58. 게이브는 자신의 손을 칼처럼 갈아서 캐스의 어깨에 갖다 대고 캐스에게서 전기 충격을 받은 것처럼 행동한다. 충격은 그의 팔을 따라가고 그의 머리는 세상에서 가장 멍청하고 어색한 로봇처럼 옆으로 홱 젖혀진다.

"쉿, 진지하게 하자고." 캐스가 게이브에게 속삭인다. 네이선은 고개를 젓는다. 한 명은 멍청한 엉덩이를 깔고 앉아 리듬을 타고 있고 다른 한 명은 의식적으로 또 한 번 물을 푼 뒤, 죽은 자를 위해 잠시 그것을 바라보고 있다.

하지만 그는 물을 쏟아붓지 않는다.

그는 계속해서 이 검은색 보온병, 한때는 비쌌을 보온병을 유심히 보고 있다.

"왜 그래?" 게이브가 뱀처럼 느릿느릿 꿈틀대던 동작을 멈추더니 말한다. "내 말은 이건 개 사료 풀 때 쓰는 건 아니지만 우리가."

"이거 어디서 났어?" 웃음기가 싹 가신 목소리다.

게이브는 어깨를 으쓱할 뿐 아무 말도 하지 않은 채 다시 몸을 흔든다. 캐스가 보온병을 든 채 자리에서 일어나 덮개를 열고 나갈 때 그를 천천히 바라볼 뿐이다.

"이제 끝난 거예요?" 네이선이 게이브에게 말한다. 게이브는 그 말에 로지 안을 쭉 둘러보더니 마침내 캐스가 나가면서 엎지른 냉장 상자를 바라본다.

"어서." 그는 엎질러진 물을 보며 네이선에게 말한다. "죽은 인디언의 이름을 전부 말해. 금방 올게." 그는 게이브를 따라 나간다. 네이선은 이게 전부 계획이란 걸 안다. 그가 생각에 잠기도록, 악마와 함께, 그의 할아버지와 함께 가둬두려는 거다.

그는 이 온갖 허튼짓을 생각하며 고개를 젓는다.

미친 말이라면 어떻게 할까? 그는 스스로에게 묻는다. 아마 밤새 이곳에 있겠지. 그런 다음 모든 돌이 식고 나면 벌거벗은 채로 밖에 나가 모두를 내려다보겠지.

그러거나 100까지 센 다음 인디언 전통인지 뭔지 하는 이 개수작을 그만두겠지.

하이라이트는 11시란다, 저기 어디에선가 아빠가 그에게 말하는 소리가 들린다.

11시까지 버텨봐?

그리고 마지막 남은 한 놈

10년이 지난 지금, 너는 마침내 여기 있다.

너는 리처드 보스 립스가 노스다코타 술집 주차장에서 무리에게 맞아 죽을 때 나던 냄새와 맛, 소리를 느꼈으며 루이스 클라크의 가슴에 총알이 박히는 걸 느꼈다. 그의 몸은 너와 함께 춤추듯 움직였고 그의 팔은 중요한 건 너뿐이라는 듯 너를 안고 있었다. 하지만 이번에 너는 이 일이 일어나는 것을 볼 것이다.

이번에는 다를 것이다. 더 나을 것이다. 기다린 보람이 있을 것이다.

조금 전, 너는 마구간 옆 개 근처에 서 있었다. 이제 너는 옥외 화장실에서 걸어 나와 진입로의 다른 쪽에 서 있다. 너의 턱과 입은 피로 검붉다.

마지막으로 남은 두 놈은 네가 이 세상에 존재한다는 걸 모른다. 그들이 눈밭에서 너를 쏘았던 그날, 그들에게 그날은 그저 또 다른 날, 또 다른 사냥일 뿐이었다.

이렇게 끝내야 하는 이유다.

너는 어제 아무 때고 두 놈을 처리할 수 있었다. 너에게는 하루하고도 반나절이 있었다. 하지만 그들은 그렇게 쉽게 죽어서는 안 된다. 네가 느낀 걸 그들도 느껴야 한다. 그들의 세상 전체가 뱃속에서 찢겨나가 얕은 구멍에 처박혀야 한다.

로지 밖으로 먼저 나오는 놈은 엘크를 보는 놈, 캐시다. 그 이름만으로도 입맛이 쓰다. 그는 자신의 옷을 걸어놓은 접이식 의자 앞에 서 있다. 먼저 그는 로지 옆에 있는 네이선의 새하얀 셔츠를 그러쥐었다가 도로 내려놓는다. 셔츠를 다시 접어 제자리에 고이 두기까지 한다. 그의 셔츠는 더 이상 접이식 의자 위에 있지 않지만 바지는 아직 거기 있다. 그는 바지를 입으려고 하지만 땀범벅인 데다 옷이 꽉 끼는 바람에 잘 되지 않는다.

그는 못마땅한 듯 끙 앓는 소리를 내며 의자에 앉은 뒤 다리를 쭉 펴 바지 안으로 밀어 넣는다. 자신의 몸을 납작하게 만들어 저항을 줄여보려 한다. 하지만 문제는 각도가 아니라 끈적끈적한 몸이다. 의자가 접히면서 움푹 꺼진 알루미늄 다리의 왼쪽이 구부러진다.

그는 바지를 반쯤 걸친 상태에서 자리에서 일어나 의자를 내던진다. 의자를 최대한 높이 들어 올린 뒤 마구간 쪽으로 던진다.

의자가 떨어지는 것을 보다가 그는 바닥에 떨어진 자신의 셔츠를 본다. 트럭 왼쪽으로 어둠 속에 찍힌 하나의 얼룩을.

"이놈의 개들을 전부 쏴 죽여야겠어." 그는 검은색 보온병을 집어 들고는 그쪽으로 향한다.

잠시 후 또 다른 놈 크로스 건스―가브리엘, 그날 눈밭에서 무리를 향해 소총을 겨눈 놈이 벌거벗은 채로 로지 앞에 서 있다. 그는 친구가 어둠 속으로 들어가는 것을 바라보고 있다.

이번만은 말이 없다.

천천히, 그는 이동식 주택의 불빛이 아직 켜져 있다는 사실과 자신이 벌거벗고 있다는 사실을 깨닫는다. 그는 손으로 몸을 가린 채 접힌 의자 쪽으로 쏜살같이 가서는 다른 놈과 똑같이 엉거주춤한 동작으로 바지를 입으려고 애쓴다.

"빅터?" 그는 주위를 돌아보며 외친다. 벌거벗은 상태를 무마하려는 것마냥 목소리가 낮다.

그가 소매를 걷자 너는 아이가 전에 했던 말이 기억난다. 한 팀은 셔츠를 입고 다른 팀은 셔츠를 벗는다고 했던 말이.

"이제 의식이 끝난 것 같은데." 가브리엘이 계속해서 캐시디를 보며 말한다.

아니다. 의식은 이제 막 시작되었다.

이제 다른 의식을 시작할 차례다.

캐시디는 땅에서 셔츠를 집어 들어 소매에 오른팔을 집어 넣으려고 한다. 그런데…… 축축하다. 셔츠는 무언가에 흠뻑 젖어 있다. 눈이 아니라 다른 무언가로.

그는 소매를 접어 올린 뒤 얼룩을 살핀다.

피다.

그제야 그는 자신이 어디 한가운데 있는지 알아본다.

개. 그의 개들이다.

그가 밖에 나온 이유는 트럭 아래로 가서 머플러를 점검한 뒤 검은색 보온병이 아직 거기 있는지 살피기 위해서였다. 그의 친구가 재수 없게도 정확히 똑같이 생긴 보온병을 아무도 모르는 곳에서 가져온 건지 알아보기 위해서였다. 캐시디는 자신의 개에게 일어난 거대한 미스터리는 해결하려고 하지 않는다. 조금 전만 해도 거대한 미스터리가 없었다. 개는 그냥 개들이었다. 개다운 짓을 하고 있었을 뿐.

가령 죽어가고 있다든지.

머리가 짓이겨진다든지……. 말들이 마구간에서 나와 개들을 짓밟았나? 개들은 늘 말을 귀찮게 하니까. 하지만 아무리 그래도.

캐시디는 말들을 바라본다. 말들은 사그라지는 불길의 칙칙한 불빛 속에서 눈을 번뜩이며 공기 중에 떠도는 이 죽음을 감지한 듯 콧구멍을 벌름거리고 있다. 말들은 아직 마구간 안에 있다. 이 짓을 저지를 수 없다.

그렇다면.

가장 가까이에 있는 개에게로 돌아가 보니 개를 죽이는 데 쓴 듯한 돌이 보인다. 그는 조금 앞으로 가서 무릎을 꿇는다. 발끝에 느껴지는 얼어붙은 눈이 날카롭다. 피로 얼룩진 돌 바로 옆에 가브리엘의 맥주가 있다.

캐시디는 이제 헐떡이고 있다.

그는 불가를 바라보다가 로지를, 낑낑대며 바지의 단추를 채우고 있는 가브리엘을 바라본다. 가브리엘은 한쪽 다리로 폴짝 뛰면서 다른 쪽 다리를 쭉 뻗고 있다.

지금 그의 모습은 전혀 웃기지 않다.

너는 캐시디의 얼굴에서 그의 생각을 읽을 수 있다. 그의 윗입술이 한쪽으로 팽팽하게 당겨지는 모습에서. 좋은 시절을 보내고 있는 게이브. 개를 죽인 게이브. 은행털이범 게이브.

캐시디는 곧바로 돌을 집어드는 대신 돌 위에 손을 올린 뒤 빅터 옐로 테일과 똑같은 방식으로 무언가의 존재를 느낀다. 하지만 이번에는 네가 아니라, 불과 몇 미터 떨어진 곳에서 그를 똑바로 바라보고 있는 어색한 눈 한 쌍이다.

이곳에 사는 크로우, 자신의 체취를 온갖 군데, 특히 자신의 옷에 남긴 그녀. 그녀는 아까 말한 대로 낡은 트럭 아래 있다. 글라스팩 머플러를 찾아 팔 한쪽을 차대에 올려놓고 있지만 움직임이 없다. 그녀는 이 밤이 어떻게 변하려는지 알지 못한다. "거기 보온병이 있어?" 캐시디가 그녀를 향해 말한다. 가브리엘이 들을 수 없을 만큼 작게. 크로우는 답이 없다. "신경 쓰지 마." 그가 검은색 보온병을 손에 든 채 일어나며 말한다. "말 안 해도 아니까."

그는 몇 걸음 가 가브리엘의 트럭 옆에 선다.

그가 조수석 문을 열자 차내등이 켜진다.

가브리엘이 머리를 굽히며 말한다. "캐스?"

"내가 모를 줄 알았어?" 캐시디가 말한다.

가브리엘이 눈을 가느스름하게 뜬 채 더 가까이 다가간다.

그는 자신의 친구가 이렇게 목소리를 낮추는 것을 들어본 적이 있지만 그를 향해 그런 적은 없었다. 몇 년 동안은, 아마······. 너는 눈을 가늘게 뜨고 그 모습을 바라본다······. 캐시디의 큰형이 감옥에 간 뒤, 캐시디가 술 한 병을 전부 들이킨 다음 오밤중에 고등학교에 쳐들어가 형의 오래된 라커룸 문을 떼어내 간직한 이후로.

"뭘?" 가브리엘이 계속해서 다가오며 묻는다. "내가 차가운 물을 한가득 로지에 가져갔는데 네가 전부 엎어버린 거?"

캐시디의 몸이 메스꺼운 웃음으로 떨린다.

그는 보온병을 가브리엘 트럭의 조수석 사이드미러에 쾅 하고 내려치는 것으로 말을 마무리한다. 유리가 산산조각이 나고 아직까지 문에 달려 있는 브래킷의 아랫부분까지 프레임이 주저앉으며 상단 부분은 높은 포물선을 그리며 얼룩말을 향해 날아간다.

"도대체 무슨 짓이야!" 가브리엘이 가까이 다가온다.

캐시디는 친구 앞을 막아서며 말한다. "손 좀 보자."

가브리엘이 뒤로 물러선다.

캐시디는 가브리엘에게 다가가 그의 왼손을 끌어당겨 뒤집어본다. "물린 것도 아니네." 그가 멍으로 얼룩진 두 개의 자국을 가리키며 말한다.

"도대체 왜 그러는데?"

"그런 식으로 네놈을 합리화하려는 거냐?" 캐시디가 계속한다.

"그러니까 무슨." 가브리엘이 말하다가 캐시디의 눈을 본다. "그 개들 말하는 거야? 아니야, 내 말은, 내가 그런 게 아니라."

"개 말고. 돈 말이야, 게이브. 그 안에 900달러가 들어 있었다고."

"어디에?"

캐시디가 검은 보온병을 가브리엘의 가슴팍에 내려친다.

"어디 말하는지 알잖아."

게이브가 보온병을 더듬거리며 잡아서는 트럭 후드에 보란 듯이 올려놓는다.

"내가 그 900달러를 꿀꺽했다고 생각하는 거야?" 그가 믿을 수 없다는 듯 말한다. "내가 900달러를 가져갔다고 생각하는 거냐고?" 자신의 결백을 입증하려는 듯 그는 양손을 주머니에 쑤셔 넣고 안감을 뒤집어 보인다. 한쪽 주머니에서 20달러짜리 지폐 다섯 장이 파닥이며 떨어진다.

"이건 빅터한테 받은 돈이라고. 너도 봤잖아, 너도 거기 있었잖아."

"그리고?" 캐시디가 그 주머니에 있는 것을 아직까지 꼭 쥐고 있는 가브리엘의 다른 쪽 손을 가리키며 말한다.

가브리엘이 자신도 알고 싶다는 듯 그 손을 내려다본다.

손바닥 안에 뭔가 느껴진다.

그는 캐시디에게서 한 걸음 물러선다.

"나는, 이건 내 게 아니야. 내가 바지를 벗었을 때에는 이게 여기 없었다고."

"뭐라고?" 캐시디가 그에게 다가간다.

가브리엘은 다시 한 걸음 뒤로 물러선다. "이 바지가 내 거가 맞긴 한 거야?" 그는 자신의 바지를 내려다본다.

"보여줘 봐." 캐시디가 웃음기 싹 가신 낮은 목소리로 말한다.

가브리엘이 그에게 눈을 붙박은 채 말한다. "나도 뭐가 어떻게 된 건지 모르겠," 그는 손바닥이 위로 가게 한 뒤 손가락을 열어젖히면서 자신이 쥐고 있는 게 뭔지 슬쩍 본다.

반지다. 캐시디가 조에게 주려고 보온병 바닥에 보관해두었던 반지.

"내가 조랑 사귀는 게 그렇게 맘에 안 들었냐?" 캐시디는 씩씩거리며 웃음을 살짝 내뱉기까지 한다.

"아니야, 그게 아니라." 가브리엘은 트럭 후드에 반지를 조심스럽게 내려놓는다. 자신은 이 반지에 전혀 관심이 없다는 것을 보여주려고. 자신은 그걸 훔칠 생각이 전혀 없다는 것을.

"게다가 내 개를 죽이기까지 해? 너도 루이스 그 미치광이 녀석이 걸린 병에 걸린 거야? 염병할 가브리엘 크로스 건스, 네놈한테 무슨 일이 일어나고 있는지 진짜 모르겠다. 왜 이런 짓을 저질렀는지 말해봐. 아니, 아니, 설명하려고 하지도 마. 돈이 어디 있는지만 말해."

"캐시디, 누군가가……. 나는 돈이 어디 있는지 몰라." 가브리엘이 말을 하려고 하지만 캐시디가 검은색 보온병을 후드에서 낚아채며 그의 말을 끊는다. 그는 보온병을 크게 휘두른 뒤 트럭의 앞 유리에 내려쳐 깊은 금을 만든다. 보온병은 이 트럭만을 위해 하늘에서 내려온 것 같은 흰 점 안에 박혀 있다. 가브리엘이 창유리를 보다가 캐시디에게로 시선을 돌렸다가 다시 창유리를 바라본다. 그의 눈이 번뜩인다.

"이렇게 나오시겠다?" 그는 캐시디의 높은 목소리에 대꾸하듯 목소리를 높이더니 한 걸음 앞으로 가 너덜너덜한 사이드미러를 아예 확 비틀어 뽑는다. 그는 브래킷 채로 사이드미러를 쥔 뒤 차량 지붕에 돌이킬 수 없는 깊은 흠집이 생길 때까지 운전석의 홈통에 대고 휘두른다. "계속해, 전부 박살내버리자고, 좋아? 이 멍청한 트럭, 멍청한 트럭, 언제까지고 여기 처박혀 있으라고……."

캐시디가 반응이 없자 가브리엘은 어둠 속으로 사이드미러를 던진 뒤 가슴을 들썩이며 캐시디를 바라본다.

"하지만 내 트럭만 여기에서 꼼짝 못하는 상태로 있게 되지는 않을 거야, 안 그래?" 가브리엘은 캐시디를 스쳐 지나가 속도를 내더니 캐시디가 잡기도 전에 그의 트럭을 향해 돌진한다.

"안 돼!" 캐시디가 외치면서 그를 향해 뛰어들고 그의 손가락이 가브리엘의 뒷주머니에 걸린다.

가브리엘은 잠시 속도를 늦추지만 그 순간 주머니가 찢어지며 엉덩이가 드러나고 만다.

"게이브, 가브리엘, 안 돼!" 캐시디는 바닥에 앉은 채로 소리치지만 너무 늦었다.

둘 중 한 명이라도 어둠을 향해 오른쪽으로 1.8미터만 내다

봤다면 너의 날카로운 흰 웃음을 보았을 거다.

그거다. 그들은 예상대로 행동하고 있다.

가브리엘은 몸을 웅크려 낡은 트럭의 옆으로 가 온 힘을 다해 어깨로 트럭을 밀친다.

그는 몸무게가 그렇게 많이 나가지 않지만 트럭을 밀기에는 충분하다.

캐시디는 자리에서 일어나 뛰고 있지만 바지의 단추가 채워지지 않은 데다 부츠를 신고 있지 않아 바지 밑단이 너무 긴 바람에 제때 도착하지 못한다. 그는 제때 도착한 법이 한 번도 없다.

트럭은 옆으로 흔들리다가 뒤로 기운다. 가브리엘이 리듬에 맞춰 트럭을 잡고 뒤로 세게 밀자 앞 액슬 하우징 아래 놓인 콘크리트 블록 하나가 부서지며 운전석의 앞부분이 무릎을 꿇고 있는 말처럼 휘청거린다. 아니다. 방금 총에 맞아 상황을 이해하지 못한 채 무너지는 엘크처럼.

"안 돼!" 캐시디가 소리치며 자신의 손가락을 조수석의 바퀴집에 건다. 바로 그때 콘크리트 블록이 단계적으로 무너져 내리면서 뒤쪽 액슬 하우징 아래 놓여 있던 블록 두 개가 함께 무너진다.

캐시디는 소리를 치면서 잠시나마 트럭을 잡고 있다. 그의 입술은 그 어느 때보다도 넓게 벌어져 있어 가브리엘조차 허둥댈 지경이다. 가브리엘은 캐시디의 발이 놓여 있는 자리로 비집고 들어가 바퀴집에 손을 건다. 트럭을 지탱하는 일이 갑자기 이 세상에서 가장 중요한 일이라도 되는 양.

하지만 트럭은 그 사실을 모르고 콘크리트 블록 아래로 점점 더 내려가더니 일순간 푹 꺼지고 만다.

캐시디는 트럭과 함께 쓰러지며 점점 더 주저앉는다. 그의 얼굴은 잠시 눈이 쌓인 보도를, 그 아래를 향하지만 그곳에는 더 이상 타이어도 바퀴도 브레이크 드럼조차 없다. 트럭은 뼈대만 앙상한 상태로 서 있다. 그 아래에는 아무것도 없다.

캐시디는 주먹의 옆 날로 땅을 계속해서 내려치고 가브리엘은 가만히 서서 그를 바라보고만 있다.

"나한테 좋은 잭이 있어, 그걸로," 가브리엘이 말하지만 캐시디는 그를 향해 달려가더니 그를 밀쳐 쓰러트린다.

가브리엘이 쓰러지면서 캐시디를 바라본다.

이제 캐시디는…… 억지로 후드를 열 생각인가?

"자." 가브리엘이 자리에서 일어나 그를 향해 다가가지만 캐시디는 또다시 팔꿈치로 그를 세게 민다.

"도대체 왜 그래?"

캐시디는 이제 울고 있다. 숨을 쉬지 못할 정도로 식식거리고 있다.

가브리엘은 뒤로 물러나 팔꿈치로 정렬이 어긋난 후드를

한두 번 내려친다. 스프링에게 작동하는 법을 상기시켜주려는 듯.

녹슨 걸쇠가 풀리면서 후드가 몇 센티미터 튀어 오른다.

캐시디는 그 안에 손을 넣어 녹슨 후드를 오른쪽으로 민 뒤다른 손으로 금속 후드를 들어 올린다. 순간 그는 뒤로 나자빠지며 무언가를 보지 않으려는 듯 얼굴을 가린다.

가브리엘이 캐시디의 일그러진 얼굴을 보더니 트럭 쪽으로 다가간다.

엔진이 없어서 땅이 곧바로 내려다보인다.

그건 크로우다. 그녀의 일부, 그러니까, 그녀의 머리카락에 피와 뇌 파편이 들러붙어 있다. 허드슨 베이 담요가 그 모든 것으로 흠뻑 젖어 있다. 엔진 격납실 뒤에 놓인 대각보, 변속기의 앞부분이 있어야 할 곳이 그녀의 얼굴 위로 내려앉아 이마를 뭉개버린 듯하다.

가브리엘이 보기에 그녀는 엔진실 속에 몸을 둥글게 말고 있으려고 했던 것 같다. 그녀는 트럭이 쓰러지고 있는 걸 알았고 손에 닿는 아무거나 붙잡고 기어 나오려고 했던 거다.

성공했을 수도 있었다. 그래야 했다.

하지만 그들이 트럭을 오래 붙잡고 있지 못했다. 애초에 쓰러질 필요가 없었던 트럭. 그의 정정당당함을 보여주려던 의도였을 뿐. 가브리엘과는 아무런 상관이 없는 돈과 개 때문에 캐시디가 부서뜨린 앞 유리를 두고 캐시디에게 보복을 하려고 했을 뿐.

그렇지만.

가브리엘은 손으로 입을 가린다. 더 이상 숨이 쉬어지지 않는다.

이제 캐시디는 순찰차에서 모제르총을 갖고 오고 있다.

가브리엘이 캐시디의 길을 가로막으며 무릎을 꿇지만 캐시디는 그를 돌아가 크로우를 깔아뭉개고 있는 트럭으로 향한다.

그는 조수석 문을 열고 그 안으로 몸을 기울인다. 운전석에 먼지가 자욱하게 피어오른다.

"캐스, 잠깐만, 나는 그게, 조가 어떻게," 가브리엘이 말한다.

그는 자신의 친구가 하는 행동을 본다. 캐시디는 조금 전에 한 말을 실천한다. 오래된 총에 맞는 총알이 있을지도 모른다고 했던 말. 그는 훔친 탄약이 가득한 리키의 가방 안에 들어 있을 총알을 찾고 있다.

캐시디는 아무거나 집어서 넣어보고 그게 맞지 않자 다른 총알을 넣는다.

"네놈은 내가 어디에 돈을 넣어두는지 알고 있었다고." 그는 가브리엘에게 설명하듯 말한다.

"야, 제발." 가브리엘이 선 채로 손을 내민다. 그 손이 총을 막을 수 있다는 듯, 이 모든 일을 이해시킬 수 있다는 듯.

캐시디는 또 다른 총알을 넣어보더니 맞지 않자 던져버린다.

"닥쳐, 너는 늘 말이 많아. 절대로 닥치는 법이 없지. 살면서 단 한 번이라도 남의 말에 귀 기울인다면."

"나는 조를 해칠 생각이 없었다고!" 가브리엘이 소리친다.

그들이 그 소리를 듣는 순간 총열이 완벽하게 닫힌다. 마치 이 순간을 위해 준비한 것처럼. 캐시디는 볼트를 장착하고 트럭에서 나와 총을 정면으로 세워 드는 자세를 취한다. 그는 정말로 친구를 쏠 것처럼 흥분한 상태다.

"우리는 함께 자랐어." 울먹이는 그의 입술이 뻣뻣하다. "이 자식아. 너는 내 목숨을 몇 번이나 구했어. 나 역시 그랬고. 하지만, 하지만 지금 나한테는 조밖에 없다고, 알겠어? 나는 조를 사랑했어. 조는 내 인생을 구해줬고. 나는 그녀의 인생을 구했다고! 모든 것이 딱 한 번 제대로 굴러가고 있었어, 알겠어? 그런데 이제…… 이제……."

그 말과 함께 그는 어깨에 총을 올려놓은 뒤 가브리엘의 얼굴에 총열을 겨눈다.

가브리엘은 가쁜 숨을 몰아쉬며 고개를 젓는다.

차마 그를 쏠 수 없었던 캐시디는 다시 무릎을 꿇는다. 총은 그를 따라 그의 콧날에 걸린다.

"해봐. 어서 하라고. 나는 살아 있을 자격이 없어. 해치워!

아무도 모를 거야. 나를 그리워할 사람도 없고. 나를 그리워할 사람이 있다면 네 녀석뿐이겠지. 그런데 이제 네가, 네가…… 그냥 해치워!"

그는 친구를 위해 턱을 치켜세우고는 위쪽을 바라본다. 잠시 후 그는 노래를 부르기 시작한다. 아직까지도 빅터의 순찰차에서 새어나오는 드럼 소리와 비슷하지만 뭔가를 더 담고 있기도 하다. 뭔가 다른 것을.

"닥쳐!" 캐시디가 그에게 소리치며 이것에서, 이것을 해치워야 하는 상황에서 한 발 뒤로 물러선다.

하지만 그는 계속해서 조를 보고 있기도 하다. 가브리엘이 쓰러뜨린 트럭 아래, 엔진실 안에 있는 조.

"우리가 도대체 무슨 짓을 저지르고 있는 거지!" 그가 가브리엘에게 외친다.

"나를 위한 죽음의 노래를 부르고 있지." 가브리엘이 식식거리며 말한다. "쉿, 다음 부분이 어려워."

"네놈이 방금 지어낸 거잖아! 인디언과 관련된 모든 거, 네가 만들어낸 거잖아!"

"쉿, 누군가는 해야 하잖아." 가브리엘이 다시 노래를 부른다. 가사도 없으며 옛 인디언들이 내던 소리에 불과하다. 고조되고 또 고조되다가 멈췄다가 다시 올라가는 소리다.

"할 수가…… 할 수가." 캐시디가 총을 내리면서 무릎을 꿇고 있는 친구를 바라본다. 배신자의 얼굴에서 눈물이 흘러내려 귀와 목을 따라 가슴팍까지 흐른다.

캐시디도 울고 있다.

그는 눈물을 닦은 뒤 총을 다시 들어 올리지만 손이 떨린다. 하지만 가브리엘과의 거리는 3미터밖에 떨어져 있지 않다. 루이스가 너의 머리를 두 번째로, 세 번째로 쐈을 때 그가 너에게서 떨어져 있던 거리와 같다.

완벽한 거리다. 그들이 자초한 거리다.

하지만 이놈은 의지를 잃고 있다. 분노를 잃고 있으며 자신 안의 슬픔의 나락으로 떨어지고 있다. 하지만 그는 흥분한 상태이기도 하다. 총열이 정말 총을 쏠 것처럼 올라갔다가 다시 내려온다. 신경이 바짝 곤두선 그는 가브리엘의 바로 뒤에서 쌩 하고 지나가는 흰색을 보자 놀라서 움찔하며 총을 자신 쪽으로 끌어당기려고 하다가 자신도 모르는 사이에 쏴버린다.

총소리가 우렁차고 깊고 낮으며 거칠다. 그 소리는 밤을 두 개로 가른다. 갈라진 두 개의 밤은 말끔히 사라지고 가브리엘은 그 사이에 자리한 침묵 속에 서 있다.

그는 자신의 가슴팍에 나 있어야 하는 구멍을 내려다본다. 그러더니 자신의 얼굴을 조심스럽게 느껴보다가 결국 피범벅이 된 자신의 옆머리를 만진다.

그의 귀. 그의 귀에 움푹 패인 자국이 생겼다.

그는 놀랍다는 듯 웃으며 말한다. "대단한데." 그는 캐시디를 바라보지만 캐시디는 총을 내린 채 고개를 젓고 있다. 그는 또다시 헐떡거리고 있지만 이번에는 두려움 때문이다.

"왜 그래?" 자신의 목소리조차 들리지 않는 가브리엘이 이렇게 말하며 자신의 뒤를 본다. 캐시디가 고개를 젓고 있는 쪽을 향해.

그건—가브리엘은 상황을 이해하려고, 이 상황을 거부하려고 한다—그가 본 것은 그가 가장 두려워하는 장면이다. 농구하는 소녀, 그의 파이널 걸. 흰색 운동복 셔츠를 입은 그의 딸이다. 그녀의 이름이 그의 입술에 한 번에 하나씩 자리를 잡는다. 하나씩 더해가려는 것처럼. 디, 덴, 데노라.

데노라는 여전히 서 있는 상태다. 머리카락이 앞으로 흩날리고 얼굴은 새하얀 운동복 셔츠 위로 번지고 있는 피를 향해 비스듬히 기울어져 있다. 마치 이게 진짜 상황인지 확인하려는 듯, 이 일이 정말 일어나고 있는 건지 확인하려는 듯.

가브리엘은 뒤로 넘어진다. 자신의 손가락이 땅에 닿은 것도 의식하지 못한 채. 방금 일어난 일, 되돌릴 수도, 원상태로 돌릴 수도 없는 일 말고는 아무것도 모른 채.

그의 딸, 그녀는, 그날 오전, 집 뒤에 마련한 작은 농구 코트에서 프리 스로 라인에 발을 디디며 교과서적인 몸짓으로 40달러짜리 슛을 쏘았다.

그건 불가능한 일이었다. 그렇게 슛을 쏘는 아이는 없었다. 하지만 데노라는 할 수 있었다. 40달러를 받기 위해.

"돈은 내일 연습 경기에 가져갈게." 가브리엘은 곧 출발하려고 시동을 건 채 트럭 차창 너머로 그렇게 말했다.

"그때쯤이면 다 사라지고 없을 것 같은데요." 아이는 이렇게 되받아쳤다. 제 엄마의 입술로. "게다가 경기장에 또 오시게요?"

"연습 경기지 정식 경기가 아니잖아."

"제가 출전하면 그게 경기죠."

"아직 돈을 받지도 않았어." 가브리엘이 아이에게 말했다. 그게 진실, 모든 진실, 오직 진실이라는 것처럼 어깨를 으쓱이며.

"누가 주는 건데요?"

"빅터 옐로 테일. 오늘 밤. 경찰이 주는 돈이지. 그거야말로 최고 아니겠어?"

"네이선의 스웨트 로지 때문에요?"

그렇다.

데노라는 그걸 기억했던 거다. 그는 이제 그 사실을 알지만 알고 싶지 않다. 아이는 그걸 기억했다가 곰곰이 생각해본 뒤 루저 아빠가 자신에게 주기로 한 돈을 다 써버리기 전에 돈을 가지러 온 거였다.

그런데 데노라가 왔다는 사실을 알리기도 전에 캐시디가 7.62구경 총으로 그 애를 쏴 버린 거다. 너무 깔끔하게 쏘아서 아이를 로지로 날려버리지도 않았다. 그저 아이 뒤에 누더기가 된 고기 몇 점을 흩날렸을 뿐이었다.

하지만 그 애는 고기가 아니라 내 딸이야, 가브리엘은 속으로 말하고 속으로 소리친다. 소리 지르는 걸 멈출 수가 없다.

바로 그거야, 너는 그에게 대꾸한다.

가브리엘은 앞으로 몸을 날려 아이를 잡으려 하지만 아이는 그가 다가가기도 전에 앞으로 고꾸라진다. 그는 자신의 트럭 옆에 무릎을 꿇으며 땅에 얼굴을 박는다. 타이어가 눈을 밀어내면서 드러난 흙 바로 위에 그의 입술이 닿는다.

그의 아이, 그의 딸아이. 그녀는 팀을 주 경기까지 끌고 갈 거였으며 부족 전체를 전설로 만들 거였다. 모두가 로지 옆에 버팔로와 곰 발자국을 그리는 일을 그만두고 농구공에 온갖 선을 그리는 법을 배울 거였다. 그 애는 발을 지면에 단단히 세우고 골대를 똑바로 바라본 뒤 연속으로 자유투를 던질 수 있었다. 20개, 50개. 100개.

그 애는 가브리엘이 절대로 하지 못한 일, 이곳에서 벗어나는 일을 할 거였다. 아무도 성공하지 못했던 것을. 리키도 루이스도.

오늘 점심 무렵 추위 속에서 흰색 운동복 상의를 걸친 채 학교 반대 방향으로 걷고 있던 애가 정말 그 애였을까? 그런 상태의 그 애를 본 것은 일종의 경고였을까? 그건 비전이었을까? 트리나가 캐틀 가드[소나 양이 도로를 지나가지 못하도록 쳐놓은 쇠막대기 판]에 주차했을까? 그녀는 총소리를 들었을까? 그녀는 자신의 차문을 열고 서 있다가 엄마만의 예민한 귀로 또다시 총소리가 들리지 않나 귀를 쫑긋 세웠을까? 그녀는 어둠 속을 뛰어다니는 발소리를 들었을까? 또 하나의 변명거리를 만들려고 애쓰는 전 남편의 소리를?

제장. 제장, 제장, 제장.

그리고, 아니다.

변명 따위는 없다. 이런 일에 대한.

캐시디가 우리가 도대체 무슨 짓을 저지른 거냐는 몸짓으로 가브리엘 옆에 무릎을 꿇자 가브리엘은 그를 세게 밀어 넘어뜨린다. 너무 세게 민 나머지 그 반발로 자기도 트럭 옆으로 쓰러진다.

"네놈이 내 딸을 쐈어!" 그는 소리치면서 자리에 일어서며 주먹을 쥔다. 그는 이제 더 크게 울고 있지만 미친 듯이 화가 나기도 한다. 그래서 움푹 패인 자신의 트럭 창유리로 손을 뻗어 보온병을 집어든다.

"그리고 네놈은, 조를 트럭으로 깔아뭉갰어……." 캐시디가 말한다.

"일부러 그런 게 아니잖아!" 가브리엘이 말하더니 그래야만 한다는 듯 친구가 있는 어둠 속으로 따라 들어간다. 캐시디가 엉금엉금 기면서 지금 일어나고 있는 일로부터 멀어지려 하자 가브리엘이 빠르게 다가가 캐시디의 엉덩이 양쪽에 무릎을 꿇고 그 위에 올라탄다.

그의 오른손에는 보온병이 들려 있다. 이 세상에서 가장 무거운 동시에 가장 가벼운 물건이다. 그는 보온병을 돌려가며 손으로 이리저리 쥐어본다. 이런 일을 하는 데 가장 적합한 방법을 찾아.

"네가 그 애를 쐈어." 그는 간청하듯 말한다. 설명하려는 듯. "네가 데노라를 쐈다고. 내 딸아이를……."

캐시디가 손으로 얼굴을 감싼다.

그는 그렇다고, 그가 그랬다고 고개를 끄덕인다.

가브리엘의 아래 놓인 그의 몸이 경련을 일으킨다. 둘 사이에 전류가 흐르는 것만 같다. 그들이 다시 어린 시절로 돌아가 브레이크 댄스를 배우는 것처럼.

"미안해." 가브리엘이 말하더니 몇 년간의 우정의 무게를 담아 보온병의 아랫부분을 캐시디의 얼굴에 내리친다.

하지만 보온병을 잘못 잡은 바람에 새끼손가락이 보온병과 캐시디의 눈썹 사이에 놓여 있다.

보온병은 비스듬히 맞고 튕겨져 땅으로 떨어진다. 입이 열린 채로 눈 위에 푹 처박힌다.

캐시디가 손을 내린다. 얼굴에 피가 흐르고 있다.

그는 가브리엘을 올려다본다. 둘 다 울고 있다. 둘 다 제대로 숨을 쉴 수가 없다. 둘 다 다시는 숨을 쉬고 싶지 않다.

캐시디는 보온병을 찾아 떨리는 손으로 눈밭을 더듬고 그걸 찾아 가브리엘에게 도로 건넨다. 너는 손바닥으로 피투성이 입을 막아야 한다. 너는 몰래 상상하기는 했지만 이러한 장면은 생각도 못 했다, 안 그런가?

완벽하다. 최고다.

가브리엘은 보온병을 받아든다. 손가락으로 검은색 금속을 만지작거리며 가브리엘은 모든 걸 다시 떠올린다. 디는 어제 조던처럼 자유투를 10개 성공하고는 날카로운 미소로 그를 돌아보았다. 너무 가슴이 아파 그는 눈을 감고 보온병을 내려친다. 우드득 소리가 난다. 다음번 우드득 소리는 더 축축하다. 어두운 곳을 내려치는 그다음 소리는 더 깊다.

캐시디의 정강이뼈 근처 근육이 가장 마지막으로 죽는다.

가브리엘은 뒤로 기대서 몸을 부르르 떤다. 한 사람의 공허한 형상이다.

캐시디의 머리 옆에는 죽은 개가 있고 맥주는 여전히 서 있는 상태다.

가브리엘은 엉금엉금 기어가 피범벅된 보온병을 내려놓고

맥주병을 집어 들고는 벌컥벌컥 마신다.

아직도 숨이 쉬어지지 않는다. 오른손은 피로 미끈거리고 얼굴과 셔츠에는 피가 튀어 있다. 그는 웃어야 할지 죽어야 할지 모르겠다. 둘 다 합리적인 선택 같다.

그는 낑낑대며 셔츠를 벗은 뒤 갈기갈기 찢어 둥글게 만 뒤 최대한 멀리 던진다. 셔츠는 파닥일 뿐 멀리 가지 못하고 떨어진다. 그는 눈밭을 지나 트럭으로 가서 모제르총을 더듬거리며 찾는다. 총은 이제 캐시디와 한 몸이다. 언제나 그랬듯 그들은 한 팀이라는 의미다.

그는 총을 한 번 바라본 뒤 다시 한참을 바라본다. 호흡이 돌아오면서 머리를 적시자 어지럽다.

모제르총, 그렇다, 그는 결심한다. 해충과도 같은 자신을 없애기로 한다. 그는 할 수 있다. 인디언의 자살률이 언급된 팸플릿의 내용이 바뀌지 않도록 친구와 함께 가는 거다. 그는 숫자가 계속 유효하도록, 모두가 새로운 팸플릿을 출력할 필요가 없도록 조용히 사라질 수 있다. 그는 캐시디와 함께 갈 수 있다. 친구를 따라잡을 수 있을지도 모른다.

가브리엘은 모제르총을 집어 들고 조의 시신이 깔려 있는 낡은 트럭으로 가 리키의 허접한 가방에서 계속해서 총알을 찾다가 자신을 바라보는 눈과 마주치자 동작을 멈춘다.

"조." 그가 말한다.

그가 몇 년 전 캐시디의 차량 바닥에 총으로 낸 구멍은 이제 조의 얼굴 위로 뚫려 있다. 조의 눈알이 그 사이로 툭 튀어나와 있다. 가브리엘은 고개를 저으며 시선을 돌린다. 하지만 손가락이 너무 떨려서 총알을 집을 수가 없다. 그는 구경 7.62밀리미터 총알을 겨우 더듬거리며 찾는다. 웃음이 나와 가슴이 마구 흔들린다. 그는 이것조차 제대로 해낼 수 없다. 그는 총을 내려놓은 뒤 불가를 다시 돌아본다. 데노라를 더 잘 보기 위해 눈을 가느스름하게 뜬다. 아니면 그곳에 있는 무언가를 더 잘 보기 위해.

데노라. 덴. 디.

그는 트럭에서 몸을 일으켜 그녀에게로 걸어간다. 다시 한 번 그 애를 안아보기 위해. 그는 아이의 시즌 평균을 다시 말해주고 싶다. 대학교 1학년 때 그녀를 대표팀 선수로, 3학년 때에는 주 대표로 만들어주었을 프로젝트에 대해. 그는 아이가 이길 거였을 모든 경기에 대해 말해주고 싶다. 그들이 그녀와 함께 만들었을 모든 포스터에 대해. 그녀의 이름을 따서 만들었을 신발 시리즈에 대해.

신상 크로스 건스 구했어?

진짜 끝내주지 않냐.

발가락을 이렇게 하면 그 애 같아 보이지 않아?

하지만 지금 그는 불꽃이 튀는 불가를 서성이고 있다.

"디?" 그가 말한다.

이게 그 애이기 때문이 아니다. 그 애가 아니기 때문이다. 처음부터 그 애가 아니었다.

가브리엘은 눈밭에 쓰러져 있는 친구를 돌아보다가 데노라가 아닌 누군가를 다시 바라본다.

그건, 그건 다른 아이인가? 그 아이는 겉은 검고 안쪽은 새하얀 운동복 상의를 입고 있다. 그 애의 머리카락이 사방으로 뻗어 있다. 데노라의 머리카락일 수도 있다. 디의 머리카락이었다.

"네, 네이트?" 가브리엘이 말한다. "네이선?"

모제르총은 아이의 왼쪽 가슴팍 아래에 총상을 남겼다. 목숨을 앗아갈 만큼 위험한 부위는 아니지만 충분히 가깝다. 나무에 맞고 튕겨 나온 총알이 결국 어디에 박히는지 끝까지 지켜봐야 하는 그런 발포다.

하지만 아이는 아직 죽지 않았다. 완전히는 아니다.

"죽기도 쉽지 않아, 안 그래?" 가브리엘이 웃으며 말한다.

그 말에 아이는 깨어나고, 가브리엘이 손과 얼굴에 피를 잔뜩 묻힌 채 자신 위에 서 있는 바람에 흠칫 놀라 벌떡 일어난다. 고개를 저으며 무언가 다른 것을, 그러니까 음절이나 소리를 빠르게 계속해서 내뱉는다.

포'노카?

게이브는 눈을 가늘게 뜬다. 이 옛 단어를 떠올리려면 머릿속 깊이 들어가야 한다. 그는 자신의 생각에 잠겨 가만히 선 채 그게 눈밭에서 일어나기를 기다린다. 온통 흰색을 배경으로 서 있는 갈색 형체.

"엘크?" 그는 말한다. 아이의 눈을 따라 그는 자신의 뒤를, 주위를 돌아보지만 너는 더 이상 그곳에 없다.

가브리엘이 다시 아이를 보았을 때 아이는 여전히 달아나려 하고 있다. 더러운 눈 위에 더 많은 피를 흘리며.

"잠깐만, 네 아버지를 데리고 올게." 가브리엘이 말하며 무릎을 꿇은 채 자신의 붉은 손을 아이를 향해 뻗는다. 해칠 생각이 없다는 걸 보여주려는 듯.

별로 도움이 되지 않는다.

아이는 점점 더 뒤로 물러나고 로지를 지나 마구간의 가장 낮은 단 아래로 지나가면서 파이프에 거뭇한 얼룩을 남긴다.

"아니, 내 말 좀 들어봐." 가브리엘은 겁주지 않으려고 애쓰면서 아이를 따라가지만 말들이 발아래에 갑자기 나타난 침입자를 보며 히잉 울자 멈춰 선다. "쉬, 쉬, 쉬." 그는 말들을 향해 말하지만 그의 몸에서 나는 냄새에 말들은 뒤로 물러서며 뒷발로 서고 어둠 속에서 몸을 높였다 낮추기를 반복한다. 좁은 마구간에는 말 두 마리와 사람 두 명이 들어갈 공간이 충분치 않다. 말들의 무게가 땅을 뒤흔들고 가브리엘은 멍한 상태로 시선을 돌리다가 아이가 진창이 된 눈에 남기고 간 핏덩이를 바라본다. 말들이 제 할 일을 하지 않았다면 아마 그의 핏덩이가 그곳에 남았을 거다.

"잘했군." 가브리엘은 그곳에서 벗어나 맨발로 눈을 차면서 손으로 머리카락을 쓸어 넘긴다. 그는 빅터 옐로 테일의 순찰차 후드에 앉아 불가를 바라본다. 드럼 소리가 울려 퍼지고 노래 소리가 높아지고 있다. 그는 머리를 정신없이 돌리며 입으로 중얼거린다. 그는 왜 그 아이가 디라고 생각했을까? 도대체 왜 그랬을까? 그건……그건 네이선이 아끼는 검은색 운동복 셔츠를 입고 있었기 때문이었나? 그리고 가브리엘이 딸을 마지막으로 보았을 때 그녀는 흰색 옷을 입고 있었기 때문이었나?

하지만 뒤집어 입은 셔츠와 검은색 긴 머리카락만으로 네이트를 데노라로 착각할 수 있었을까? 캐스가 자신의 귀에 흠집을 낸 바람에 제대로 생각할 수 없었던 걸까? 조가 방금, 그런데 조는 왜 트럭 아래에 있었던 것일까? 도대체 왜 집에 있었던 것일까? 밤에는 보통 일하지 않나?

"오늘 밤 도대체 무슨 일이 벌어지고 있는 거야?" 가브리엘은 차에서 일어나 주위를 둘러본다.

"포'노카?" 그는 이 모든 것을 여는 열쇠라도 되는 양 이 단어를 내뱉는다.

하지만 엘크가 이 일과 무슨 상관이란 말인가? 엘크가 어떻게 우리가 서로를 죽이도록 만들 수 있단 말인가? 엘크가 두 발 달린 사람을 왜 신경이나 쓴단 말인가? 두 발 달린 사람이 그들을 쏘지 않았다면?

그리고 그는 왜 그렇게 생각하고 있을까? 두 발 달린 사람이라고? 그는 너무 먼 과거로 돌아가 니쉬의 로지에 다시 앉아 그 옛 같은 이야기를 듣고 있는 것은 아닐까? 하지만 그곳에 다시 앉아 있는 거라면 캐스와 루이스, 리키도 함께 있을 것이다. 그들 넷이 함께였던 시절처럼.

그는 눈 옆의 점을 문지른다.

"원 리틀, 투 리틀, 쓰리 리틀 인디언." 그는 웃음과 울음이 뒤섞인 목소리로 노래를 부른다. 노래는 곧 기침으로 바뀌고 기침이 멈추지 않자 그는 비틀거리며 이동식 주택으로 가 잠긴 문을 열려고 하다가 옥외 화장실로 방향을 바꾼다. 그에게 필요한 건 휴지뿐이다. 코를 풀 만한 화장실 휴지. 코를 풀지 못하면 질식할지도 모른다.

화장실 문을 열어젖히자 빅터 옐로 테일이 그곳에 있다. 피로 범벅된 경찰복 상의와 축 처진 머리, 권총은 계획이 있다는 듯 손에 쥐어져 있다.

어미 엘크는 할 수 있을 때에는 발굽을 이용하지만 필요할 때에는 입으로 문다.

가브리엘은 눈을 감았다가 다시 뜬다. 빅터 옐로 테일은 여전히 그곳에 죽은 채로 있다.

"이제 나밖에 안 남았군." 가브리엘이 웅얼거리면서 질펀한 미소를 짓고는 문을 닫는다. 문이 다시 홱 열리자 그는 문을 다시 닫고 또 닫고 또 닫는다. 그렇게 하면 이 모든 일이 일어나지 않은 게 될 수 있는 양 아주 세게.

하지만 일은 일어났다.

그리고 이 일에 연루되어 있지만 아직까지 살아 있는 사람은 그뿐이다. 모두가 가브리엘이 이 일을 저질렀다고 말할 것이다. 그는 전적이 좋지 않은 인디언이기 때문에. 부족 경찰이 출두했기 때문에. 친구의 약혼녀가 마음에 들지 않았기 때문에. 정신이 나갔기 때문에. 그의 살인자 친구가 얼마 전 총에 맞아 죽었기 때문에. 백인인 딸의 새아빠가 그들의 땅을 가져가고 그들에게 나쁜 고기를 먹였기 때문에. 수렵 감시관이 그의 고기를 가져가지 못하도록 했기 때문에. 그의 아버지가 총을 훔쳤다고 그를 신고했기 때문에. 총에 전쟁의 유령이 씌었기 때문에. 왜냐하면 왜냐하면 왜냐하면. 그는 이 온갖 이유들을 비롯해 신문에서 만들어낼 수 있는 온갖 다른 이유들로 이 짓을 저질렀다.

그는 달아나야 한다.

산으로 도망가 옛날 방식으로 살아야 한다. 다시는 마을로 돌아오지 않아야 한다. 맥주를 마시고 싶어도 내려오면 안 될 거다. 하지만 딸아이의 경기는 봐야 하지 않을까? 보스 립스의 무덤에는 가야 하지 않을까? 캐스가 묻힐 곳이 어디든 그곳에도? 그리고 루이스의 무덤에도?

그는 불가로 느릿느릿 걸어가 그 놀라운 열기 위로 손바닥을 갖다 댄다. 그는 떨고 있다. 이가 서로 부딪히며 달가닥거린다. 그는 네이트의 피가 튀어 있는 로지를 바라본다. 자신의 딸의 피가 아니라는 사실에 안도하는 자신이 싫다. 그는 뼈대만 남은 낡은 트럭을 보다가 마지막으로 눈밭에 볼록 솟아 있는 시신을 바라본다.

그는 그곳으로 간다. 개를 지나 친구 옆에 무릎을 꿇는다.

"너랑 나밖에 없네." 그는 친구를 내려다보며 말한다.

그는 자리에 앉는다. 바지의 엉덩이 부분이 퍼덕거리지만 눈은 더 이상 차갑게 느껴지지 않는다. 그는 캐시디의 머리 아래에 다리를 밀어 넣고 그의 얼굴을 부드럽게 안는다. 친구의 왼쪽 얼굴에 자신의 이마를 갖다 댄 뒤 최대한 먼 곳의 하늘을 재빨리 올려다본다.

"그 애가 아니었어." 그는 자신의 이마를 캐시디의 이마에 다소 세게 두 번 부딪히며 말한다. "디가 아니었다고, 캐시."

캐시디는 바라만 볼 뿐이다. 그의 눈은 더 이상 같은 방향을 보고 있지 않다. 죽은 그는 이구아나에 가까운 모습이다. 가브리엘은 용기를 내 캐시디의 입을 열고는 혀를 밀어서 편다.

이보다 더 끔찍한 일이 오늘 밤 남아 있을 터다.

"이건 작별 인사야, 친구. 나는, 그들은 내가 저지른 짓이라고 생각할 거야. 조를 죽인 건 내가 맞지. 그리고 그 아이도. 너도. 너는 확실히 내가 죽였지. 너는, 너는 몇 센티미터만 왼쪽으로 총을 쐈어야 했어."

그는 오른쪽 눈가의 상처를 중지로 문지른다. 어린 시절부터 만져온 그곳을.

"너는 늘 총을 쏘는 데는 형편없었지." 그는 이렇게 말하며 눈을 세게 감는다. "하지만 디가 아니었어." 그는 이 소식을 전해서 황홀하다는 듯 속삭인다. "디가 아니었어. 그게 중요해. 디는 괜찮아. 이제 나는…… 살게 될 거야."

그가 눈밭을 올려다보자 그곳에 네가 서 있다. 엉덩이에 모제르총을 걸친 채 왼손으로 총열 덮개 전체를, 울퉁불퉁한 체커링까지 전부 쥐고 있다. 그걸 만지는 것, 소총을 만진다는 생각만으로 가슴이 아프지만 이제는 이 방법밖에 없다.

너는 네 눈이 녹갈색, 노란색이라는 느낌이 든다. 지금 얼굴에 비해 너무 클지도 모른다.

게이브는 고개를 끄덕이면서 말한다. "이 모든 짓을 저지른 게 너구나. 루이스를 죽인 것도, 그렇지?"

너는 그에게 답하지 않아도 된다. 너는 그에게 아무것도 해줄 필요가 없다.

"네 눈이 엘크 같다고 말해준 사람이 없나 보지?" 그가 말한다. "색깔이 아니라……. 뭔지 모르겠지만 뭔가가."

경사지 아래에서 무리가 유령처럼 서성이며 너를 기다리고 있다. 히힝 하는 울음소리는 전혀 들리지 않는다. 그들이 딛고 선 땅은 뒤틀리고 어둡고 생경하며 냄새는 지극히 황홀하다. 아무리 깊이 들이쉬어도 부족하다.

"네이트가 널 본 거지, 안 그래?" 가브리엘이 진실을 말한다. "포'노카, 맞지?"

"포노카오토카나키." 너는 말한다. 엘크 머리를 한 여자.

가브리엘은 이 말을 충분히 생각해본 뒤 너를 올려다보더니 알겠다는 의미로 고개를 끄덕인다.

너는 그에게 총을 내민다. 제안이다.

"도대체 왜?" 그는 뒤로 물러나지만 네가 그를 향해 옆으로 총을 던지자 그걸 잡아낸다.

그는 모제르총의 개머리판을 눈밭에 박은 후 몸을 일으켜 세워 일어나며 다시 말한다. "왜 이런 짓을 저지른 거지?"

네가 말한다면 그는 이 모든 일이 특정한 이유에서 일어났다는 걸, 이건 그 모든 것을 끝내기 위한 행동이라는 것을 아는 상태에서 죽게 될 것이다. 그건 네가 눈밭에서 겪은 일보다 더 나은 대우일 터다.

너는 그가 들고 있는 소총을 향해 고개를 까딱이며 둔탁한 영어로 말한다. "너 스스로 끝내라, 안 그러면 네 새끼를 진짜로 죽일 테니."

그는 너를 5초 정도 바라보더니 소총을 바라본다.

그는 볼트를 뒤로 당긴다. 찰나의 시간 동안 축축한 황동이 번쩍인다.

"눈밭에 총알을 떨어뜨렸어." 그가 말한다.

"고약하군." 너는 코에 주름을 만들며 대답한다.

"정말로 내 딸은 안 건드릴 거지?" 그가 볼트를 샅샅이 살핀다. 그 모습에 너는 등이 곧추세워진다. "진짜지? 그 애는, 그 애는 이 일이랑은 상관없는 거야, 그렇지?"

너를 향해 총열을 겨누기 좋은 자세다.

하지만 그는 지금 사냥꾼으로서 생각하고 있지 않다. 그는 아버지로서 생각하고 있다.

"좋아, 좋아," 그는 마침내 말하더니 어색한 자세로 자신을 향해 소총을 비스듬하게 겨누며 총열을 턱 아래 바짝 갖다 댄다. 총이 길기 때문에 머리를 살짝 기울여야 한다. "이렇게?"

준비가 된 듯 호흡이 빠르고 얕다. 그는 눈을 감고 한 방에 방아쇠를 당긴다.

딸깍.

"젠장." 그는 총을 다시 휙 뒤집더니 피식 웃는다. 총열이 이제 너를 향해 있고 그의 손가락은 여전히 방아쇠 위에 있다. 그는 엄지손가락으로 안전핀을 뽑는다.

"딸은 건드리지 않겠다고 약속했어." 그는 마지막으로 한 번 더 말한다.

너는 고개를 젓고 그는 자신의 턱 아래 다시 총을 갖다 댄다. 그는 잠시 멈추더니 "잠깐만, 그러겠다는 거야, 안 그러겠다는 거야?" 하고 묻는다.

네가 그를 뚫어져라 쳐다보자 그는 마침내 미소를 짓는다. 그는 몸을 뒤로 살짝 젖히더니 "나는 늘, 나는 샤이엔 인디언처럼 죽기를 바랐어. 나는 병사들 앞에서 말을 타고 이리저리 달리기를 바랐어……. 영웅처럼 말이지. 예전처럼. 이렇게, 이렇게가 아니라."

"이제 그만." 너는 그에게 말한다.

"알았어, 알았다고. 최소한." 그는 자신의 손을 사용하는 대신 죽은 친구의 검지를 방아쇠울에 갖다 댄다.

"내가 친구의 아내가 될 뻔한 사람을 죽였거든." 그는 이렇게 설명하더니 손가락을 제대로 위치시킨다. "이렇게 이 친구는 그 여자의 복수를 하게 되는 거지. 이건 인디언 전통 같은 거야. 네가 사람이라면 이해할 텐데 말이지."

그는 입을 열고 눈물이 찔끔 날 만큼 총열을 입속 깊이 넣는다. 금속 몸체가 이에 닿아 달각거린다. 호흡이 빠르고 얕다.

얼마나 더 숨을 쉴 수 있는지만 중요한 것처럼.

"디, 디, 디." 그는 총열을 입에 문 채로 리듬을 타듯 고개를 한 번 끄덕인 다음 세 번째로 친구의 손에 자신의 손가락을 올린 뒤 하나씩 접은 다음 마침내 방아쇠를 당긴다. 그 소리가 그의 머리 상단에 주먹 크기의 구멍을 낼 때 너는 그가 말굽에 손가락 끝을 갖다 댔다는 사실을 깨닫는다. 기갑부대가 드디어 운 좋게 그를 쏜 것처럼.

소총은 너에게서 비켜 있지만 그의 몸에서 나온 붉은 피가 튀면서 너의 얼굴을 적신다.

너는 피를 핥는 대신 닦아낸 뒤 저기 깊은 어둠 속에 자리한 도로와 캐틀 가드를 내려다본다.

이제 한 명 남았다. 해치지 않겠다고 방금 약속한 한 명.

새끼를 죽이는 건 최악 중의 최악이다.

하지만 약속을 깨는 건 정말로 아무것도 아니다.

진짜로 아무 일도 아니다.

모카신 통신

우리가 전부 존 웨인의 영화에 출연한다고 생각해봅시다. 여러분의 촉망받는 이 리포터는 철로에 귀를 바짝 대고 있습니다. 미래에 귀 기울이기 위해서죠.

제가 듣고 있는 게 뭐냐고요?

해버 버스가 오늘 밤 있을 연습 경기에 참석하기 위해 주차장에서 출발했다고 합니다. 하지만 진짜 인디언이 아니더라도 블루 포니스가 숙명의 대결을 위해 마을에 온다는 소식은 다들 알고 있을 겁니다. 지난해의 승리는 부상 때문이 아니라 실력 때문이었음을 입증하기 위해서죠.

하지만 여러분이 이 기사를 읽는 건 가십 거리를 찾기 위해서겠죠? 그렇다면 바로 여기 있습니다. 늘 그렇듯 저는 아무 말도 안 한 거예요.

소문에 따르면 거물급 대학 선수 스카우트 담당자가 동네 식당의 샛노란 오렌지 테이블 앞에 앉아 있는 모습이 목격되었다고 합니다. 점심 식사 일정이 잡히자 그는 자신의 테이블로 기어들어가 지난주나 지지난 주에 엘크가 어디에 출몰했는지 얘기한 다음 거기에 오늘 밤 있을 연습 경기 소식을 얹었다고 해요.

그 코치가 오전 중에 자신의 트로피를 차지할 경우 저녁 일정이 자유로워지겠죠?

시간이 남을 경우 그 사람은 중등부 경기도 보러 오지 않겠어요? 여러분은 제가 머리를 두 갈래로 땋은 코치가 아니라 고등학교 코치를 말한다고 생각하겠죠?

부끄러운 줄 아세요.

중등부 코치는 엘크들이 이번 주 내내 전부 덕 레이크에 출몰할 거라는 걸 고등학교 코치만큼이나 잘 알고 있어요. 수렵 감시관들이 엘크들을 겁줘서 공원 쪽으로 늙은 이들의 사냥터로 몰아가려 하고 있지만 엘크는 엘크잖아요?

하지만 이건 낚시 칼럼이 아닙니다. 여러분은 그 어떤 곳에서도 이 얘기는 듣지 못할 거예요. 여러분이 저처럼 철로에 고개를 바짝 대고 있지 않다면 말이지요. 중등부 코치도 대학 선수 스카우트 담당자가 자신의 스타 선수를 눈독 들이도록 내버려두지 않겠지요? 여러분도 보셨잖아요. 그 선수가 대표팀 남녀 선수를 깔아뭉개는 모습을요. 그런 선수는 여태껏 단 한번도 없었어요. 지금 역사가 벌어지고 있는 거예요. 저는 그곳에 가서 스카우트 담당자의 어깨너머로 보려고 합니다.

잊지 마세요. 이건 제가 한 얘기가 아니에요.

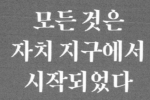

모든 것은
자치 지구에서
시작되었다

토요일

데노라는 간밤에 땀 목욕을 하려던 이들이 이곳에 도착한 순서를 알 것 같다.

캐시디가 물론 가장 먼저 왔다. 이곳은 그의 집이었다. 사실 그는 이곳을 떠나지 않았기 때문에 도착했다고도 할 수 없었다. 데노라의 아빠가 그다음이었다. 미친 듯이 질주하다가 갑자기 멈춰선 것처럼 트럭 앞바퀴를 삐딱하게 주차한 뒤 먼지가 가라앉기를 기다렸다가 문을 뻥 차고 나와서는 한 번에 한 쪽씩 선글라스를 벗었을 것이다. 그토록 극적이거나 극적이지 않은 아빠의 등장 이후 빅터와 네이선 옐로 테일이 도착했다. 자기 차라는 걸 보여주려는 듯 불가 근처에 순찰차를 대놓았는데 눈밭에 찍힌 차 바퀴 자국을 보니 자신들이 참으로 중요하다고 생각하는 온갖 트럭을 돌아가기 위해 도로에서 벗어난 길로 차를 몰아야 했던 듯하다.

마지막으로, 아마 오늘 아침, 교대 근무가 끝난 뒤 졸린이 캐시디의 낡은 트럭 바로 뒤에 차를 댔을 것이다. 콘크리트 블록 위에 올라가 있던 캐시디의 트럭은 자신이 저지른 일이 부끄럽다는 듯 이제는 바닥에 바짝 붙어 있다.

아직까지는 아무도 보이지 않는다. 데노라는 뻔한 이유일 거라고 생각한다—땀 목욕을 마친 뒤 맥주를 마시며 자축했겠지. 아빠는 그걸 '재수화'라고 불렀다—하지만 빅터의 차량이 보이지 않는다. 옐로 테일 경관님께서 미성년자인 네이선이 그녀의 아빠와 캐시디와 함께 술을 마시도록 허락했을 리가 없다. 물론 엄마 말에 따르면 캐시디가 마침내 정착 비슷한 걸 하기는 했지만 말이다.

"아무도 없어요?" 데노라가 멀찍이 떨어져서 말한다. 원한다면 소리도 지를 수 있을 거다. 아무리 봐도 이곳은 폐허나 다름없다. 스웨트 로지마저 무너져 있다. 그 위로 연기가 떠다니고 담요 따위가 검게 그을려 있는 걸 봐서 그건 이제 쓰레기 구덩이나 다름없다. 다음번에는 다른 곳에 스웨트 로지를 지어야 할 거다.

엄마가 연기를 보지 못해서 다행이다.

"마트에서 일하는 크로우 여자가 거기 있어서 허락하는 거야." 엄마는 캐틀 카드에서 졸린의 트럭을 본 뒤 데노라에게 이렇게 말했다. "1시간 후에 돌아오마, 알았지? 내가 이걸 모나에게 돌려줘야 해서 운 좋은 줄 알아."

'이것'은 트레의 집에서 데노라의 집으로 오가는 모나의 캐서롤 접시다. 트리나는 모나와 함께 그녀의 새로운 트레일러에서 담배를 피우기 위해 그 접시를 이용한다. 봄이 되면 트레일러 바로 아래로 산딸기를 먹는 늙은 곰이 출몰하는데, 데노라의 엄마는 언제나 그 얘기를 한다. 우스꽝스러운 늙은 곰이라고. 우스꽝스럽든 그렇지 않든, 곰은 담배를 한 대, 아니한 갑, 한 보루 더 피우기 위한 엄마의 핑곗거리다. 엄마는 데노라의 눈에 우주선 조종석처럼 보이는 트레일러의 구석진 창가 자리에 누구보다도 기꺼이 들어가려고 하는 사람이다. 데노라가 집 밖에 나가는 순간, 둘이서 거대한 탈주 계획이라도 모의할 것만 같다.

"1시간 후에 여기서 다시 봐요."

혼란이 없도록 엄마의 명령을 반복하는 게 마치 군대 같지만 그래야 문제를 미연에 예방할 수 있으므로 데노라는 엄마의 장단에 맞춘다.

그런데 캐틀 가드에 서서 보니 캐시디의 집은 유령 마을이나 폐차장처럼 보인다. 개들조차 보이지 않는다. 개들은 왜 없지? 데노라는 엄마의 차가 주차되어 있는 길 쪽을 돌아본다. 도로가 오른쪽으로 휘어지는 곳에는 눈밭이 끝없이 펼쳐져 있고, 그 너머로는 아빠와 어린 시절 함께 뛰놀던 친구가 한참 전에 빠져 죽었다던 호숫가가 일렁이고 있다.

하지만 아빠는 자치 지구의 온갖 장소를 둘러싼 자신만의 이야기가 있지 않던가? 고등학교 때 함께 뛰놀던 친구 얘기가 아닐지라도 검은 꼬리 사슴을 쏜 적이 있는 저지대, 버팔로 사냥꾼들이 사용한 총알을 한 무더기 발견한 산등성이, 독수리가 풀밭을 뛰노는 오소리를 커다란 프레리도그라고 착각해 급강하 공격하는 것을 보았던 곳에 대해 아빠는 늘 얘기하곤 했다.

어릴 적 데노라는 이 이야기들에 흠뻑 빠졌었는데 훗날 엄마는 데노라에게 그녀가 복음처럼 받아들이는 이야기를 가려 들으라고 경고했다. 하지만 데노라는 죽은 친구 이야기는 사실이라고 생각한다. 그런 거짓말을 할 경우 불운을 가져오기 때문이며 아빠는 아무도 모른다고 생각하지만 미신을 신봉하는 사람이기 때문이다. 증거: 그날 아빠와 리키와 캐시디, 루이스는 그들이 있어서는 안 되었던 구역, 강가 아래 구역에서 잡은 엘크를 전부 버리고 왔다. 아빠는 자신을 변호하는 차원에서라도, 이야기의 나머지 부분을 말해주기 위해서라도 데노라에게 그 얘기를 해준 적이 단 한 번도 없다. 실제로는 그렇지 않았다고, 새아빠가 그녀에게 말해준 이야기는 진짜가 아니라고, 그건 두 발을 땅에 딛고 공기 중에 연기가 가득한 상태에서 총성이 울려 퍼지는 이야기와는 다르다고. 아빠가 그녀에게 아무 말도 하지 않은 것은 그 얘기를 입 밖에 낼 경우 다음번에 불법 엘크를 사냥할 때 그의 정체가 드러날 것이기 때문이다. 아빠가 사냥할 수 있는 것은 불법 엘크뿐일 테니.

엘크 대학살에 관한 자신의 비전을 말하지 않은 것처럼 아빠는 호숫가에서 자신의 친구가 어떻게 죽었는지에 대해서도 말하지 않았다. 그곳에 친구의 시신이 떠 있었다고만 했을 뿐. 실제로 일어난 일을 발설할 경우 아빠는 죽음의 십자선 안에 갇힐지도 몰랐다. 따라서 아빠가 그 이야기를 직접 말하지 않았기 때문에, 데노라는 엄마의 경고에도 불구하고 그 말을 믿는다. 하지만 입 밖으로 말하지 않는다 해도 아빠는 죽은 친구를 생각하지 않을까? 이곳에 와서 캐시디를 볼 때마다 아빠는 캐틀 가드 중간쯤에 멈춰 서서 덕 레이크를 돌아볼 것이다. 아빠는 저세상으로 간 또 다른 친구 리키가 호숫가에 빠져 죽은 친구를 발견했을 때 감옥에 끌려갔다고도 했다. 그가 범인이어서가 아니라―모두가 범인이 누구인지 알았다―여름 별장에 들어가 사체를 신고했기 때문이다. 경찰은 재산 피해가 있는 한 무단 침입을 그냥 넘어갈 수 없었다.

그게 바로 아빠가 자신에게 전해주려는 교훈이었다고 데노라는 확신한다. 그래서 그녀에게 모든 이야기를 해준 거라고. 하지만 그녀는 그 교훈이 경찰에 연락하지 말라는 것인지 시신을 발견하지 말라는 것인지 헷갈린다. 둘 다는 아닐까? 사체가 그렇게 떠 있는 것을 볼 경우 다른 사람이 신고하도록, 아니면 아무도 신고하지 않도록 그냥 가던 길을 가라는 것일지도 모른다.

데노라는 사람들이 왜 인디언을 양동이 안에 든 게라고 농담처럼 부르는지 알고 있다. 밖으로 기어 나오려는 걸 늘 집어다 넣어야 한다고. 하지만 데노라는 인디언이 쟁기를 끌던 옛날 말에 가깝다고 생각한다. 자신들이 갈아야 하는 밭이랑만 묵묵히 걸을 뿐 바로 옆에서 무슨 일이 일어나는지 보지 않으려고 하는 말들 말이다.

말 얘기가 나와서 말인데. 캐시디의 말들은 어디에 있지?

지난번에 아빠는 그녀를 얼룩말 위에 태워주었다. 졸린이 고양이처럼 칼리코라고 부르는 말이다. 하지만 그건…… 지난여름 아니었던가? 졸린이 그때도 여기에 살았나? 그렇다. 아빠가 최고의 농담인 양 졸린을 여전히 돌리라고 부르던 때였다. 캐시디도 처음에는 장단을 맞추며 자신에게 수염이 있는 척했다. 여자 친구가 돌리라면 그는 케니라는 의미였으니까. [돌리 파튼과 케니 로저스는 듀엣곡을 불렀다] 너무 멍청한 농담이라 데노라 역시 웃지 않을 수 없었다. 그들이 그렇게 자연스럽게 노닥거리는 모습을 보고 있으면 데노라는 20년 전 둘의 모습을 상상할 수 있었다. 좋은 시절이었겠지. 하지만 이제 마구간은 비어 있고 문은 팔락거린다. 그렇지만 캐시디는 자신의 인디언 말을 팔지 않았을 것이다. 말들은 초원에서 풀을 뜯고 있을 거다. 어두워진 후에야 마구간으로 돌아올 거다.

게다가, 알게 뭐람?

데노라는 40달러를 받으러 여기 왔다. 말 여론조사나 인구조사를 하러 온 게 아니라.

데노라는 고개를 한번 끄덕이고는 도로 쪽으로 가 바퀴 자국을 따라 조심스럽게 걷는다. 눈이 얼어 있는 데다 오늘 밤에 있을 경기 전에 무릎에 무리를 주고 싶지 않기 때문이다.

데노라가 졸린의 트럭에 거의 다다랐을 무렵 운전석 문이 열린다. 졸린이 오른발을 접착테이프로 둘둘 만 팔걸이 위에 올리더니 하이탑 운동화의 끈을 더욱 꽉 조인다.

그녀의 긴 머리가 무릎 위로 나풀댄다.

"안녕하세요." 데노라가 총에 맞지 않으려고 먼저 말을 건넨다.

졸린이 움찔하면서 머리를 얼굴 너머로, 붉은 오른쪽 눈 뒤로 넘긴다. 그런데 졸린이 아니다.

"어라." 데노라가 멈춰 서며 말한다. 그녀는 이곳이 캐시디의 집이 맞는지 확인하기 위해 주위의 모든 것을 한꺼번에 둘러본다.

조가 아닌 여자의 운동화를. 그녀의 운동화 끈을.

"누구세요?" 데노라가 묻는다.

"걱정하지 마." 조가 아닌 여자가 말한다. "기습 부대는 아니니까, 꼬마 숙녀야."

"꼬마 숙녀요?"

"젊은 아가씨?" 조가 아닌 여자가 트럭에서 나와 허리를 빙빙 돌리더니 팔을 양쪽으로 쭉 뻗고 손목을 비틀면서 몸 전체를 스트레칭한다. 여자는 검은색 운동복 반바지에 적갈색 스포츠 브라, 해진 노란색 셔츠를 입었다. 셔츠는 팔 부분이 가위로 잘렸고 목 부위가 파였다.

"졸린은 어딨어요?"

"네가 가브리엘의 딸이로구나." 여자가 말하면서 고개를 틀어 데노라를 살핀다. "정말 닮았네. 욕이 아니란다."

"당신은 크로우죠?"

"네 아빠도 예뻤겠지. 내 말은 네 아빠가 여자였다면 말이야. 나는 셰이니야. 셰이니 홀즈. 졸린과 가장 친한 사촌이지. 아마 최고의 사촌일 거야. 물론 100퍼센트 단정 지을 수는 없지만."

"여기서 뭐 하고 있는 거죠?"

"아이에게 심문당하고 있는 중?"

이 '셰이니'라는 사람은 웃으면서 조의 트럭으로 돌아가 농구공을 집어 들어 무언가를 시작하려는 듯 자신 앞에 탕 하고 튕긴다.

"너도 농구하지?" 그녀가 데노라에게 공을 패스하며 묻는다.

"네 아빠 말로는 꽤 잘한다던데."

"아빠가 어디 있는지 아세요?" 데노라는 캐시디의 집을 세 번째로 둘러본다.

"운이 좋았지." 셰이니가 웃으며 말한다.

"무슨 말이에요?"

"그 아이 말이야……. 네이트였나?"

"네이선 옐로 테일이요."

"그 애가 개들이 저 아래를 향해 짖는 걸 들었지." 셰이니가 나무가 시작되는 비탈길 아래를 턱으로 가리킨다. "그 애의 아빠, 덩치 큰 경찰은 모두가 말을 타고 가서 확인하면 진짜 인디언 같을 거라고 생각했어."

"저희 아빠가 말을 탄다고요?"

"말들이 모두 가버려서 다행이야. 나는 말들이 마구간 안에 있을 때에는 숯을 쏠 수 없거든. 한 마리가 총을 무서워하거나 뭐 그런가 봐. 그 바람에 모두가 날뛰고. 하지만 이제 모두 가버렸으니……."

그녀가 공을 잡기 위해 손을 벌리자 데노라는 언더핸드로 공을 그녀에게 다시 넘긴다.

"스웨트 로지는 왜 불에 타고 있는 거예요?"

"플라스틱을 넣었거든." 셰이니는 재미있다는 듯 고개를 저으며 말한다. "플라스틱은 열기에 녹잖아, 안 그래? 모든 게 돌 위로 무너져내렸지. 나더러 잘 지켜보라고 했어. 잔디에 불이 옮겨 붙지 않도록 말이야."

데노라는 고개를 끄덕인다. 아빠다운 얘기다.

"네이선도 말을 탔어요?" 그녀가 믿을 수 없다는 듯 말한다. "걔는 깡패 짓거리만 하고 다니는 앤데."

"200년 전, 갱들은 불을 내뿜는 유니콘을 탔지."

셰이니는 이렇게 말하며 엉덩이로 트럭 문을 닫는다. "모두가 돌아올 때까지 21점 먼저 내기? 네 아빠가 네 실력을 과장한 게 아닌지 알고 싶은걸."

데노라는 그들 왼쪽으로 14미터 정도 떨어진 잔디에 솟아 있는 골대를 바라본다. 부족이 사용하던 전신주에 다 썩어가는 백보드를 박아놓은 정사각형 골대다. 레이업숏을 할 때 베이스라인에서 몸을 재빨리 돌리지 않으면 목재 보존재를 칠한 나무 조각에 몸을 할퀼 수 있다.

"오늘 오후에 경기가 있어서요."

셰이니는 고개를 끄덕이며 회색 나무들을 바라본다.

"추우면 이동식 주택 안에 있어도 좋아. 아니면 트럭 안에 앉아 있든지. 그들이 간밤에 접이식 의자를 전부 부러뜨린 것 같아."

그녀의 말이 맞다. 불씨가 꺼진 불가 옆에 놓인 의자는 접혀 있다. 로지 옆에 있는 의자는 구부러져 있고 다른 의자는 눈으로 덮인 잔디밭에 나동그라져 있다.

"아줌마도 선수였어요? 그러니까 고등학교 때 말이에요."

"나는 농구공을 먹곤 했단다, 꼬마 숙녀야." 셰이니가 손바닥으로 공을 세게 내리치며 말한다. 데노라는 그 순간 이동식 주택에 앉아 있지 않기로 한다. 트럭 운전대 뒤에 앉아 있지도 않을 거다.

"21점만 하죠, 뭐. 모두가 돌아올 때까지만 말이에요."

"코치님이 화내지 않으실까?"

"살살 하면 괜찮을 거예요."

"넌 몇 살이니?" 셰이니가 크로우의 발을 놀리며 놀랍다는 듯 눈을 찡긋한다.

"아줌마는 몇 살인데요?" 데노라가 되묻는다.

셰이니는 데노라더러 따라오라는 듯 고개를 까딱하고 데노라는 그녀를 따라간다. 진입로에서 몸을 돌리는데 아빠의 트럭 조수석 쪽 앞 유리가 움푹 팬 게 보인다. 데노라는 잠시 멈춰 서지만 무슨 일이든 일어났을 수 있다고 생각한다. 아빠는 그답게 이미 여섯 가지 버전으로 이야기를 지어냈을 거다. 믿을 수 없는 서사를 여러 편 만들었을 것이며 그중에 이 모든 걸 아빠의 잘못으로 돌리는 이야기는 없을 거다.

일곱 번째 이야기는 아빠가 새로운 창유리를 마련하기 위해 40달러가 필요한 이야기일 거다. 그의 파이널 걸은 다가오는 1월에 아빠가 얼어 죽는 걸 바라지는 않겠지?

데노라는 셰이니가 단단한 눈밭을 지나가는 걸 따라간다. 그곳은 바위가 가득한 마른 길이지만 발이 젖지 않고 정강이에 피가 나지 않으려면 그 길로 가는 수밖에 없다.

셰이니는 시멘트 바닥에 공을 높이 튕기고는 손목에 끼워둔 머리끈을 빼 목 뒤로 머리를 묶으면서 공을 따라간다. 공이 세 번째 튈 때 잽싸게 공으로 달려간 그녀는 골대 쪽으로 공을 몬 뒤 갑자기 멈췄다가 페이크 동작을 한 번 하고 페이드어웨이 슛을 쏜다.

"아줌마 코치는 아줌마더러 레지 밀러[전 NBA 선수]처럼 왼발을 그렇게 해도 된다고 말했나 보죠?" 데노라가 무릎을 꿇고 오른쪽 신발 끈을 단단히 조이며 말한다.

"크로우 볼이지." 셰이니가 말한다. "뛰긴 할 거니? 지겨운 이론만 늘어놓고 있을 거야?"

데노라가 다른 쪽 신발 끈을 단단히 조인 뒤 양쪽 리본의 길이를 맞춘다. 미신을 믿어서가 아니라 양쪽의 균형을 맞추기 위해서다.

"아직도 뭉그적대고 있는 거야?" 셰이니가 골대 아래 서서 공을 바운스 패스한다.

데노라는 자리에서 빠르게 일어나 얼굴에 공이 맞지 않도록 배로 공을 받아낸다.

셰이니는 그녀보다 15센티미터가 크다. 하지만 키 큰 여자 선수들은 공을 잘 다루지 못한다. 최소한 작은 학교에서는, 자치 지구 내 학교에서는. 키 큰 여자 선수들은 박스 아웃, 리바운드, 엉덩이와 팔꿈치를 이용한 포스트 업과 셋 스크린 연습 훈련을 받는다. 팀을 승리로 이끌기 위해 필요한 기술들로, 날카롭게 파고들어 멈췄다가 휙 움직여야 하는 일대일 경기에서는 별로 필요 없는 기술이다.

데노라는 공을 손에 익히기 위해 드리블을 한번 해본다.

"워밍업부터?" 셰이니가 제자리에서 뛰며 말한다.

데노라는 그녀에게 공을 다시 던진다. "제가 어느 쪽 손을 잘 쓰는지 파악하려고요? 자유투 라인에서 제가 선호하는 위치를요?"

셰이니가 껄껄 웃는다. "편하게 하자고, 꼬마 숙녀야. 너랑 나 둘이서 하는 거잖아."

"블랙피트랑 크로우의 시합이잖아요……."

"네가 그렇게 생각한다면 뭐." 셰이니는 자유투 라인으로 걸어가며 데노라가 자기 앞에 서기를 기다린다.

데노라는 시간을 끌며 서두르지 않는다.

"큰 경기를 앞두고 있는데 무리하면 안 되지." 셰이니는 미끼를 던지듯 말하며 데노라가 어떻게 하는지 보려고 자신 앞에 공을 떨어뜨린다.

데노라는 양손으로 공을 잡아내 자기 쪽으로 휙 가져온 다음 주위를 둘러보는 척한다. "여기 또 다른 선수가 있나요?"

"자신감 있네, 맘에 들어." 셰이니가 공을 도로 가져온다. "네 아빠처럼 말이지."

"아직도 뭉그적대고 있는 거예요?" 데노라가 자세를 취한다. 그녀는 손바닥을 위로 한 채 수비 모드를 작동하려는 것처럼 팔뚝을 무릎 바깥에 두 번 톡톡 친다.

셰이니는 오른쪽 엉덩이 옆으로 높게 드리블을 한 뒤 몸을 돌려 데노라를 등진 채로 밀어낸다. 상대보다 덩치가 클 때 하는 기술이다.

하지만 상대보다 체격 면에서 불리할 경우 잽싸게 팔을 찔러 넣어 공을 쳐낼 수 있다.

데노라는 속아 넘어가는 척 물러난 뒤 셰이니가 튀어 오르는 공을 잡으려고 데노라의 가슴에 자신의 등을 대려고 할 때 뒤로 물러서며 ─ 코치는 이 기술을 의자 빼기 기술이라고 말한다 ─ 빠르게 회전하는 공을 향해 오른손을 뻗는다.

하지만 셰이니는 그녀를 밀지 않았다. 셰이니는 미끼를 놓은 거였다.

이제 셰이니는 다른 쪽으로 잽싸게 움직이면서 긴 다리를 위태위태하게 내딛더니 자신 앞에서 드리블하며 공을 쫓아간다. 데노라는 이미 자리에서 물러나 그저 바라만 볼 뿐이다.

데노라는 이렇게 몸을 놀려본 적이 없다.

설상가상으로 셰이니는 골대 근처에서 손가락 스냅을 이용해 공을 넣지도 않는다. 그녀는 드리블한 공을 양손으로 잡고 팔꿈치를 오른쪽으로 단단히 조인 다음 한쪽 발을 가슴 높이의 골대에 디딘 뒤 그 힘을 이용해 더 높이 올라간다. 공중에서 몸을 획 비틀어 오른쪽으로 몸을 돌리면서 공을 네트 주위로 가져간다. 마치 나무를 헤치고 골대에 공을 넣는 것처럼.

셰이니는 양손으로 부드럽게 공을 넣은 뒤 벌써 땅에 착지하고 있다.

죽여주는 A다. 데노라는 자신의 얼굴에 그렇게 쓰여 있을 거라 생각한다.

이런 게 진짜 경기다.

추수감사절 고전

15대 15. 데노라는 더 이상 나부끼는 머리카락을 뒤로 넘길 필요가 없다. 이제 머리카락은 땀 때문에 두피에 착 들러붙어 있다.

데노라는 왼쪽으로 힘차게 드리블을 하고 셰이니는 그녀에게 바짝 붙어 있지만 어찌된 셈인지 둘의 발은 엉켜 있지 않다. 데노라는 멈춰 섰다가 위로 훌쩍 뛰어오르고 뒤따라 셰이니의 긴 몸이 하늘 위로 솟구친다. 이 동작은 이렇게 키가 크고 날카로운 수비수를 상대로 싸울 때 유용한 두 가지 전략 중하나다. 긴 신체가 쭉 뻗었다가 다시 원상태로 돌아오는 데 시간이 걸리는 점을 이용한 전략이다.

데노라는 발을 지면에서 띄우는 대신 셰이니가 공을 다시 눈밭으로 쳐 내지 못하도록 양손으로 공을 끌어당긴 다음 오른쪽으로 몸을 기울여 이미 아래로 향하고 있는 셰이니의 팔 아래로 몸을 수그린다.

위치, 좋다. 상대보다 덩치가 작을 경우 위치를 잘 잡는 게 중요하다. 호루라기를 불 심판이 있는 건 아니지만 크로우도 알 거다. 슛을 쏘려는 상대 선수의 목이나 어깨를 팔꿈치로 찌르는 건 반칙이라는걸.

이제 데노라는 셰이니의 팔 아래에서 재빨리 벗어나 발을 띄운 뒤 골대를 향해 위로 살살 공을 던진다. 살살 던져 넣은 건 합판으로 된 이 지랄 같은 백보드를 믿을 수 없기 때문이다. 이곳에서 일몰이 지는 것을 보는 데 익숙하지 않은 사람에게 시계는 언제나 마지막 3초를 세는 법이다.

"싸구려 수법이네……." 셰이니가 대수롭지 않게 말한다.

"16점이요." 데노라는 공이 눈밭에 닿아 미끌미끌해지기 전에 다시 튀어 오르는 공을 낚아챈다.

데노라는 농구 코트의 가장자리로 공을 천천히 드리블해 간 뒤 셰이니에게 퉁겨 건넨다. 만족스럽게도 셰이니 역시 드디어 가쁜 숨을 내쉬고 있다. 껌을 씹는 데 익숙한 선수처럼 입을 움직이고 있다. 아니면 되새김질을 하는 데 익숙하든지, 하!

"농구 시작한 지 얼마나 됐지? 너희 아빠가 그건 얘기 안 해 줘서."

"저는 농구 코트에서 태어났어요." 셰이니는 콘크리트 바닥 가까이로 공을 낮춘 뒤 그들 사이로 천천히 굴리면서 데노라를 몰아갈 시간을 번다.

"그렇다면 이게 너한테는 가장 중요한 거겠네? 농구? 그게 너한테는 그 무엇보다도 중요한 거지?"

데노라는 잠시 셰이니를 관찰하듯 뚫어져라 바라본다. "그리고 아줌마는 그걸 저한테서 가져갈 수 있다고 생각하는 거고요?"

그녀가 마침내 말한다.

"오늘 밤 시합 전에 저의 자존심을 뭉갤 수 있다고요? 변장한 블루 포니 같은 당신이?"

"홈경기의 이점이 있으니까, 꼬마 숙녀야."

"아줌마는 집에서 멀리 와 있잖아요." 데노라가 트리플 스렛 자세로 몸을 낮추며 말한다. 연습 상황이었다면 데노라가 공을 앞뒤로 움직이며 패스하고 슛을 쏘고 드리블을 하는 동안 코치가 데노라의 이마에 큰 손을 갖다 대었을 거다. 이제 셰이니가 그렇게 하고 있다. 그녀는 데노라의 눈썹 사이에 자신의 손바닥을 갖다 대고 있다. 그건 반칙이다. 심판이 있는 경기에서였다면 반칙 선언을 받았을 거다. 하지만 이건 온 세상을 느리게 만들기도 한다. 데노라는 이 장면을 트리플 스렛 자세에서가 아니라 옆에서 보는 것처럼, 마치 인디언 그림의

한 장면처럼 보고 있다. 그들 사이에서 벌어지는 이 전투가 너무 극적이라 로지 한편에 그려져 있기라도 한 것처럼. 그 로지 안에서는 뭉뚝하고 가느다란 갈래머리를 한 노인이 여자들이 부족 전체를 위해 경기를 하던 시절에 관한 이야기를 전하고 있다. 드리블이 땅을 너무 세게 흔드는 바람에 공원 너머눈 쌓인 산비탈이 우르르 무너지고 기슭의 나무들이 깎여나갔다고. 포물선을 그리며 하늘을 가로지를 때에 공은 태양과만났고 땅으로 내려와 오렌지색 골대를 파고들 때에는 혜성과도 같았다고. 몸놀림 하나하나가 어찌나 확신에 차 있던지바람이 불어와 선수의 자리를 빼앗으려 해도 저만 흐트러질뿐이었다고. 선수는 이미 다른 길, 번개처럼 들쭉날쭉하고 빠른 길을 따라 자기 자리에 돌아와 있었으므로.

데노라는 더 세게 밀어붙이고 더 빨리 움직이고 더 높이 뛰기 위해 이번 경기의 승리는 자존심을 지키기 위한 것만은 아니라고 스스로에게 말한다. 이건 부족을, 그녀의 사람들을, 그녀보다 앞선 그리고 뒤따라올 모든 블랙피트를 위한 일이다. "아줌마가 오늘 이기는 일은 없을 거예요." 셰이니의 팔목에 대고 데노라가 말한다.

"너는?" 데노라가 갈 거라고 생각하는 쪽으로 발을 놀리며셰이니가 되묻는다.

"저는 이길 거예요." 데노라는 이마로 셰이니를 뒤로 밀어 공간을 확보하며 말한다.

데노라는 몸을 위로 쭉 뻗었다가 내려오고 다시 올라갔다가 내려온다. 부적절한 동작이며 안 좋은 관행이기도 하다. 이 같은 풀어웨이의 변형을 전부 따라하는 건 불가능에 가깝기 때문이다. 하지만 언제나 교과서대로 할 수만은 없다. 어떠한 경기에서는 레지 밀러가 되어야 한다. 그리고 정말 잘하면 셰릴 밀러[레지 밀러의 누나이자 1990년대 여자 농구 스타]가 될지도 모른다.

데노라는 오르고 오르는 동시에 다시 내려온다. 셰이니는 팔을 내렸다가 위로 휘두르며 이 슛을 막으려고 팔을 쭉 뻗는다. 하지만 그녀가 몸을 낮췄다가 점프하고 밀어 올리는 찰나의 시간은 데노라에게 공을 던질 충분한 기회를 준다.

그렇기는 하지만 셰이니의 긴 몸 때문에 데노라는 마지막 순간에 공을 던지는 각도를 조절해 자신이 원하는 것보다 포물선을 더 높게 그린다. 기도하는 손에 가깝게.

공은 셰이니는 손가락 끝에서 가까스로 벗어난다.

데노라가 눈밭에 엉덩이로 착지한 뒤 1초 후 공이 골대 앞쪽에 부딪히며 골대를 뒤흔들고 — 튀어 오르고 튀어 오르고 빙빙 돌다가 — 결국 그 안으로 들어간다. 데노라는 기뻐서 세 번이나 데굴데굴 구르고, 그 바람에 온몸에 눈과 건조한 잔디가 들러붙는다. 데노라는 장담하건대 농구 코트 안에서 보낸 시간이 밖에서 보낸 시간보다 많다. 경기장이 문을 여는 일요일 밤이면 또래 여자아이나 자신보다 나이가 많은 여자아이 그리고 남자아이들을 상대로도 농구를 했으며 팀의 그 누구보다도 더 많은 슛을 쐈다. 하지만 이 슛, 이 럭키 롤은 그 어떤 슛보다도 기분 좋다.

"2점이요." 그녀가 외친다. 셰이니는 너무 화가 나는지 포니테일에 묶여 있던 머리끈을 푼 뒤 농구 코트 가장자리로 달려가서는 최대한 멀리 던져버린다. 하지만 그건 곱창 머리끈이다. 공기의 저항이 너무 많은 물건이다. 머리끈은 잠시 파닥거릴 뿐 멀리 가지 못한다.

"너는 나를 못 이겨." 그녀가 말한다. 사실 으르렁거린다.

"18점이요." 데노라가 자리에서 일어나며 셰이니를 자세히 바라본다.

화가 난 그녀의 모습에는 무언가 동물적인 면이 있다. 데노라는 경기를 할 때면 상대의 그러한 점을 이용해 자유투를 얻어내곤 한다. 수 킬로미터 내에 인적이라곤 찾아볼 수 없는 이곳에서 그렇게 했다가는 팔꿈치로 갈비뼈를 걷어차일 확률이 높다.

하지만 그건 실제 경기에서 그녀가 이기고 있다는 뜻이다.

셰이니는 데노라에게 공을 건네며 가까이 붙는다. 너무 가까이 붙어서 데노라가 셰이니의 이마에 난 흉터를 자세히 볼 수 있을 정도다. 데노라는 마지막 시도로 했던 풀어웨이를 반복하기 위해 뒤로 물러서는 척하지만 셰이니는 미끼를 물지 않는다. 데노라가 공을 들고 움직이려 하자 셰이니는 그녀에게 바짝 붙는다.

그렇기는 하지만 데노라는 한 걸음 나아가고 ─간절히 원하면 어떻게든 한 걸음 나아갈 수 있다─공을 자신 앞에서 최대한 멀리 놀려 발이 다시 땅에 닿기 직전, 공을 던진다.

공은 골대에 거의 다다르지만 셰이니는 처음부터 이 공을 노리고 있었다. 셰이니는 공을 쳐내지만은 않는다. 그녀는 공을 꽉 움켜쥔 다음 후위 공격수처럼 공을 온몸으로 감싼 뒤 골대에 세게 부딪힌다. 너무 세게 부딪힌 나머지 백보드의 썩은 나무가 그녀 위로 쏟아진다.

셰이니는 얼굴에서 나무 조각을 떼어내면서 고통을 털어버린다. 이제 그녀의 머리카락이 얼굴을 거의 뒤덮고 있고 그 검은 장막 안에서 이가 번뜩인다.

"괜찮아요?" 데노라가 말한다.

"괜찮아." 셰이니가 역겹다는 듯 공을 뒤로 떨어뜨린다.

데노라는 오른쪽 신발 끝으로 공을 튀겨 올린 뒤 손으로 잡는다. 코치가 별로 좋아하지 않는 동작이다 ─손, 손, 농구선수는 손을 쓴다고─3점 슛 라인 쪽으로 가는 길에 데노라는 사그라지는 불길을 우연히 돌아본다. 검게 그을린 로지, 마구간, 텅 빈 트럭을. 이동식 주택과 옥외 화장실을. 자치 지구 전체가 배경이 된 것만 같다.

"모두 어디 있는 거죠?" 그녀가 갑자기 크게 소리친다.

"아무도 널 구하러 오지 않을 거야, 꼬마 숙녀야." 셰이니는 벌써 자기 자리에 돌아가 있다.

그런데 개들조차 돌아오지 않은 건가? 아빠 트럭의 창유리는 도대체 왜 그런 거란 말인가?

"저는 꼬마 숙녀가 아니에요."

셰이니는 무언가 말하려다 삼키고 만다.

"엄마가 15분 후면 돌아오실 거예요." 데노라가 덧붙인다.

"그럼 우리 둘 중에 이긴 사람이 네 엄마랑 붙으면 되겠네." 셰이니가 공을 달라는 듯 손뼉을 두 번 친다.

데노라는 선이 흐릿하게 보이지도 않을 정도로 천천히 그녀 쪽으로 공을 굴린다.

셰이니는 공이 가까워지는 순간 몸을 앞으로 던져 그걸 능숙하게 낚아챈다. 이번에는 데노라를 밀치고 앞으로 나아간다.

오늘 있을 다른 경기 때문에 무리할 수 없었던 데노라는 뒤로 움찔하며 물러난다. 몸을 아끼기 위해 1점을 포기하기로 한다. 하지만 마지막 순간, 셰이니는 데노라가 조금 전 그녀에게 사용했던 동작을 데노라에게 시도한다. 한 발 내딛은 뒤 몸을 쭉 뻗은 다음 홱 숙이는 동작이다.

데노라에게 그 동작이 먹히지 않는 이유는 셰이니의 큰 키 때문이었다. 데노라는 셰이니만큼 키가 크지 않다.

셰이니는 재빠르게 드리블을 한 번 한 뒤 공을 위로 던진다.

공은 백보드 높은 곳에 닿은 뒤 천천히 내려오면서 골대 안으로 쏙 들어간다. 그 뒤로 펄럭이는 네트는 마치 몸을 숙여 침을 뱉는 노인의 입술 같다.

"멋진 슛이네요." 데노라가 팔 아래로 공을 끼며 말한다.

다리가 후들거리고 숨이 가쁘며 관자놀이가 지끈거린다. 이래서 오늘 밤 경기를 제대로 뛸 수 있을지 모르겠다. 그렇기는 하지만 엄마의 차가 캐틀 가드 위로 보이면 엄마에게 손을 들어 기다리라고, 이 경기를 끝내야 한다고 말할 참이다.

40달러를 받든 못 받든 상관없다. 이제 중요한 건 이 경기다.

"16대 18." 셰이니가 말한다.

"원하시면 지금 포기하셔도 돼요." 데노라가 답한다. "창피할 거 없어요. 제가 더 어리고 빠르다고요. 저는 매일 농구를 하고요. 그 누구보다도 잘하셨어요."

셰이니가 그 말에 피식 웃는다.

"지금쯤이면 잠자리에 드셔야 하는 거 아니에요? 그렇죠? 아니면 조 아줌마랑 생활 리듬이 다른가?"

"나는 10년 동안 잤어." 셰이니가 맞받는다.

이 말을 이해하기 위해, 이해하지 않기 위해—10년 동안 농구를 안 했는데 이렇게 잘 된다고? —잠시 숨을 고른 뒤 데노라는 공을 튀겨 셰이니에게 넘긴다.

숨이 차기 때문에 셰이니는 크로우 버전의 트리플 스렛으로 공을 잡는다. 데노라는 생각하면 할수록 그게 일종의 쿼드러플 스렛일지도 모른다는 생각이 든다. 셰이니는 몸을 돌려 한 다리로 착지하면서 골을 넣는다. 현란한 기술은 아니지만 3초 룰 위반 규정이 없다면 지금 같은 일대일 경기에서는 가장 효과적인 방법이다.

하지만 이제 데노라는 다가가서 공을 쳐내서는 안 된다는 걸 안다. 셰이니는 그걸 기다리고 있다. 지친 척하는 것일지도 모른다. 사실은 데노라에게 파고들어 공격할 준비가 되어 있는 것일지도 모른다.

데노라는 입술을 양 옆으로 당겨 셰이니가 볼 수 없는 곳의 이를 보여준다. 그러한 일은 일어나지 않을 거라며 고개를 젓는다. 이 수비수와는 아니다. 이번 경기에서는 아니다.

그렇기는 하지만 셰이니가 그녀에게 다시 공을 넘길 때 데노라는 조금씩 앞으로 나갈 수밖에 없다.

계속해서 앞으로.

데노라는 선점하기 위해 한 발 내딛은 뒤 이제 엉덩이로 서서히 접근한다. 코치가 여자는 그 부위가 가장 견고하다고 말했기 때문이다.

머리카락이 입으로 들어가자 셰이니는 퉤 하고 뱉어내지만 손을 넣어 머리카락을 빼내지는 않는다. 점수가 걸려 있는 지금 같은 상황에서 머리카락이 대수겠는가.

그런데,

데노라의 턱에 무언가 축축한 게 느껴진다.

그녀가 손등을 들어 턱을 닦는다.

피인가?

혀를 깨물었나? 입술이 찢어졌나?

아니다.

데노라는 한 걸음 뒤로 물어나 셰이니의 등을 자세히 들여다본다.

"저기요." 데노라가 경기를 중지하며 말한다. "아줌마 피 나요."

셰이니의 연노란 셔츠 등 전체에서 피가 뚝뚝 떨어지고 있고 머리카락이 온통 거기에 들러붙어 있다.

"아까 골대에 부딪힐 때 그랬나 봐요." 데노라가 보탠다.

셰이니는 계속해서 드리블을 하고 공은 메트로놈처럼 움직인다. 셰이니의 얼굴은 사방에 휘날리는 머리카락 아래 가려져 있다.

"경기 중이잖아."

"그렇지만."

셰이니는 허공에서 몸을 돌린 뒤 상상의 수비수를 향해 미친 듯이 돌진한다.

그녀는 데노라를 가르고 지나간 뒤, 치고 들어오는 공격으로부터 공을 보호하려는 듯 팔 아래 등 뒤로 공을 끌어당긴다. 데노라는 아직 뒤로 물러난 상태가 아니기 때문에 그 자리에서 손쉽게 손을 뻗어 셰이니의 등에서 공을 쳐 낸다.

그건 수비 동작이 아니다. 중간 휴식이다.

공은 셰이니의 무릎에서 떨어져 나가 눈 덮인 잔디로 굴러간다. 하지만 셰이니는 가속도 때문에 계속 앞으로 나아가고 또 한 번 전신주에 쾅 하고 부딪힌다. 허접한 백보드가 또다시 흔들리면서 나무 조각과 새 둥지 따위가 그들 위에 비처럼 내려앉는다. 데노라는 그 속에서 빠져나와 셰이니가 어색한 동작으로 바닥에 등을 세게 부딪치며 넘어지는 걸 바라본다. 그녀가 공중에 떠 있을 때 누군가 그녀의 다리를 자른 것만 같다.

셰이니는 손바닥과 발가락으로 바닥을 집어 빠르게 몸을 뒤집은 다음 어깨를 천천히 돌린다. 머리카락이 온통 얼굴에 들러붙어 있다. 셰이니는 농구 코트를 향해 폐가 견딜 수 없을 만큼 더 오래 소리를 내지른다.

데노라는 고개를 돌린다. 살짝 다른 각도에서 바라보면 이 상황을 이해할 수 있을지도 모른다는 듯.

"저기요, 괜찮은," 데노라는 도와주려는 듯 손을 펼치며 다가가려 하지만 이제 셰이니는 운동선수처럼 위풍당당하게 서 있다. 다시 위협적인 자세로.

셰이니가 머리카락을 뒤로 쓸어 넘기는데…… 그녀의 눈이, 눈이 달라졌다. 그녀의 눈은 이제 노란색이다. 깊은 검은색 구멍 같은 눈동자에서 녹갈색 줄무늬가 뿜어져 나오고 있다. 게다가 그녀의 눈은 이제 얼굴에 비해 너무 크다.

데노라가 뒤로 넘어지며 경기장 바닥에 주저앉는다. 손가락 끝에 몸무게의 절반을 실은 채.

오늘 밤 경기는 물 건너 갔다.

"당신은 도대체, 뭐죠?" 데노라는 지쳐서가 아니라 두려움 때문에 가쁜 숨을 내쉬며 말한다.

"나는 이 경기의 끝이지, 꼬마 숙녀야." 셰이니가 이렇게 말하며 머리를 썰룩거리더니 캐시디의 이동식 주택을 빤히 쳐다본다.

아빠? 데노라는 마음속 깊은 곳에서 아빠를 부른다. 희망으로 심장이 퍼덕거린다.

데노라는 말 탄 남자 서너 명이 개를 앞장세운 채 회색 나무를 헤치고 나타나기를 바라며 오른편을 살핀다.

아무것도 보이지 않는다.

"네 경기의 끝이지." 셰이니가 계속해서 말한다.

"왜 이러는 거죠?" 데노라의 목소리는 의도한 것보다 더 떨린다.

"네 아빠에게 물어보렴." 셰이니가 되받아 말하며 이동식
주택을, 스웨트 로지를, 순찰차를 계속해서 바라본다.

"우리 아빠요? 왜죠? 아빠가 뭘 어쨌는데요? 아빠는 당신
을 알지조차 못한다고요."

"우리는 10년 전에 만났단다. 네 아빠는 총을 갖고 있었지.
나는 없었고."

그 사실을 증명하려는 듯 셰이니는 녹아내린 이마에서 머
리카락을 쓸어넘긴 뒤 데노라가 자세히 들여다볼 수 있도록
몸을 앞으로 숙인다.

"아빠는…… . 아빠는 안 그랬,"

"그래서는 안 되었지. 하지만 그랬단다."

"그냥, 그냥 저를 보내주면 안 돼요? 당신이 이겼어요, 됐
죠? 우리는…… . 이건 당신과 아빠 사이의 문제예요, 안 그래
요? 왜 저까지 끌어들이려고 하는 거죠?"

셰이니가 그 이상한 눈으로 데노라를 다시 바라본다.

"너는 네 아빠의 새끼이기 때문이지." 그게 설명이라는 듯
셰이니는 그렇게 말한다.

"당신은 크로우가 아니죠?"

"엘크." 셰이니가 씩 웃으며 답한다.

"엄마가 오고 계세요."

"다행이네."

데노라는 뭔가를 고민하듯 한참 동안 셰이니를 바라본다.

"제가 이기면요?" 데노라가 마침내 말한다.

"못 이길걸. 그럴 수 없어."

"제가 이기고 있었어요. 지금도 그렇죠. 18대 16이잖아요."

데노라는 자리에서 일어나 셰이니의 끔찍한 얼굴을 계속해서 바라본다.

"당신이 뭐든 상관 안 해요. 이 농구 코트에 있는 한, 당신은 제 먹잇감이에요."

"나는 바로 그걸 너한테서 빼앗으려고 온 거야. 다른 걸 전부 가져가기 전에."

데노라는 셰이니를 등진 채 눈밭에서 공을 집어 들고 농구 코트로 돌아와서는 반바지의 반대쪽 다리에 신발 바닥을 닦는다.

"제가 공격할 차례죠?"

셰이니는 그렇다고 혹은 그렇지 않다고 말하지 않은 채 그저 경기 시작을 선언하는 패스를 받는다.

데노라는 자기 자리로 가 골대를 바라보고 선다. "제 공이에요. 그리고 — 입술로 가리키며 — 저는 바로 저기에 넣을 거예요. 그리고 당신은 저를 절대로 막을 수 없어요."

그건 그녀가 어렸을 때, 그녀와 아빠가 할아버지의 집 진입로에서 농구를 하고 있을 때 아빠가 그녀에게 했던 말이다. 데노라가 공을 제대로 잡지조차 못했을 때라 아빠는 레이업슛의 마지막 순간에 데노라를 골대 아래로 들어 올려줘야 했다.

하지만 가끔 아빠는 데노라를 방어 위치에 세우기도 했다. 어깨에 힘을 빼고 머리를 앞뒤로 까딱이며 골대를 바라보고는 바로 저기에 공을 넣을 거라고, 데노라는 절대로 막을 수 없을 거라고 말하곤 했다.

그러니까 그건 아빠에게 배운 거다.

"등은 왜 그래요?" 셰이니가 굴린 공을 오른쪽 신발 바닥으로 잡아내며 데노라가 묻는다.

"나는 죽어가고 있거든." 셰이니가 별것 아니라는 듯 대답한다.

"진짜예요?"

"하지만 아직은 안 죽을 거니까 걱정 마."

데노라는 이 말을 어떻게 받아들여야 할지 몰라 농구 코트의 양 모서리를 바라만 볼 뿐이다. 팀원들의 확인을 받아내려는 듯. 그녀는 아빠의 무자비한 미소를 따라 자신의 입술이 말려 올라가는 걸 느낀다. 무슨 일이 됐든 이미 벌어지고 있는 참이었다.

셰이니는 그녀가 무엇이든—과거에서 온 인디언 악마, 아빠가 저 언덕 어딘가에 묻은 괴물, 아빠가 뒤집힌 차에 버려둔 유령 여인—지금 수비수 자세를 취하고 있다. 긴 손가락을 휘날리며 이빨을 드러낸 채.

데노라는 옆으로 몸을 돌려 왼손으로 드리블을 한 뒤 주위를 찬찬히 살피면서 머릿속으로 코치에게 조용히 용서를 빈다. 곧 시도할 동작에 대해.

코치는 기본에 충실한 사람이다. 그녀는 화려한 동작도 과시하는 동작도 선호하지 않는다. 이번 시즌에만 세 번째 데노라는 과시했다는 이유로 벤치에 앉아 있어야 했다. 한번은 레이업슛을 하기 전에 허리춤에서 공을 돌렸다는 이유에서였다. 물론 관중들은 자리에서 벌떡 일어났지만. 또 한번은 수비수의 다리 사이로 패스를 했다는 이유에서였다. 상대 선수는 너무 성질을 부리는 바람에 다음 쿼터에 경기장에서 쫓겨났다.

세 번째로 코치가 데노라를 벤치로 내쫓은 건 등 뒤로 드리블을 했기 때문이었다. 그런다고 이득이 있는 것도 아닌데. 코치 말이 맞았다. 데노라는 순전히 보여주기 위해, 즐기기 위해 그런 거였다. 할 수 있기 때문에 그런 거였다.

공을 놓칠 뻔했으며 그러지 않으려고 발을 크게 내디뎌야 했지만 상관없었다.

집 앞에 마련된 작은 농구 코트에 홀로 서 있을 때면 데노라는 새로운 동작을 연습하곤 했다.

수비수가 없는 최적의 상황에서 바람이 그녀에게 유리하게 불 때 조심스럽게 시도하면 1/3의 확률로 성공할 수 있었다.

한 번은 거의 제대로 해냈다. 하지만 실제로 슛까지 쏜 적은 없었다.

"엘크 학교에서 이런 기술을 가르치지는 않았겠죠." 데노라는 이렇게 말한 뒤 셰이니가 반응하기 전에 ─혼란의 순간을 틈타─ 공을 왼쪽 엉덩이에 대고 오른손으로 홱 뒤집는다. 훌라 춤을 추듯 엉덩이를 앞으로 미는 이 동작은 드리블이라기보다는 날카로운 블릿 패스에 가깝다.

공은 크게 회전하며 한 번 튀어 오른 뒤 농구 코트의 오른쪽 모서리로 직행한다. 데노라는 몸을 움직여 공을 향해 뛰어들면서 뒤에 있는 셰이니를 막는다. 집에서 연습할 때에는 3번 중 2번, 솔직히 말하면 20번 중 19번 성공했었다. 하지만 이번에 그녀는 공을 잡아내지 못하고 눈 덮인 잔디밭으로 미친 듯이 뛰어간다. 공을 잡기란 불가능에 가깝다. 골대 쪽으로 다시 가져오는 것은 말할 것도 없고. 코치가 봤다면 분명 벤치로 추방했을 동작이다. 관중들이 봤다면 경기장 지붕이 떠나갈 듯 소리쳤을 동작이다. 무엇보다도 중요한 건 이건 상대 수비수를 충격에 빠뜨릴 동작이다. 그것보다도 더 중요한 건, 이건 그녀의 화살통에 들어 있던 마지막 화살이었으며 이제 그게 경기장 밖으로 나가 아웃 오브 바운드가 되려고 한다는 거다. 하지만.

데노라는 돌아가고 있는 공에 가까스로 손가락 끝을 갖다 댄다. 셰이니가 너무 가까이 있어 데노라의 얼굴에 그녀의 머리카락이 들러붙는다. 자신의 몸무게와 근육, 희망, 연습하면서 땀 뺀 시간을 전부 실어 데노라는 공을 갈비뼈 쪽으로 꽉 끌어안는다. 공을 빼앗기지 않기 위해 양손으로 공을 단단히 잡은 상태에서 왼발바닥을 딛고 오른발을 들어 올린다.

하지만 그녀는 이미 골대 가까이에 있다. 이 농구 코트는 너무 작다. 공을 낚아채기 위해 필요했던 속도 때문에 데노라는 이미 골대 아래 있다. 그곳에서 그녀가 할 수 있는 일이라고는 셰이니가 그녀에게 가장 처음 선보였던 동작을 하는 것뿐이다. 오른발을 골대에 최대한 높이 갖다 댄 뒤 자신의 무게가 따라오도록 하는 것. 자신의 무게를 이용해 데노라는 신발 밑창으로 전신주를 밀면서 이미 비틀고 있던 몸을 공중으로 띄운다. 네트가 얼굴을 긁고 입은 비명이 아니라 함성을 지른다. 데노라의 얼굴은 셰이니의 머리카락으로 뒤덮여 있다. 셰이니가 바로 옆에서 데노라를 저지하려고, 데노라가 아무리 높이 올라가더라도 이 공을 쳐내려고 하고 있기 때문이다.

데노라가 할 수 있는 일, 그녀의 유일한 희망은 공을 잡은 손을 자신의 몸에서 최대한 멀찍이 뻗는 것이다. 셰이니 쪽으로. 수비수가 예상하지 못하는 방향으로. 데노라는 이제 공을 한 손으로 잡고 있기 때문에 공을 회전시킬 정도의 악력밖에 없다. 그녀는 공을 부드럽게 백보드 쪽으로 던진 뒤 뒤로 넘어진다. 수 킬로미터 너머로, 다시 전설 속으로 쓰러진다.

꼬리뼈에서부터 목까지 농구 코트 바닥에 닿으면서 혀에서 피가 나고 볼이 얼얼하지만 공이 골대 안으로 말끔하게 들어가는 게 보인다. 그러한 점프력, 그러한 회전력이 있을 리가 없는 선수가 해낸 작은 반전이다.

하지만 중요한 건 마음가짐이라고 코치는 늘 말한다.

데노라가 웃자 이가 피로 불그스름하다.

"19점이요." 데노라가 말한다. 셰이니에게 할 말이 있냐는 듯 얼굴을 빳빳이 들어 올리다가 갑자기 움찔한다……. 그건.

공기를 가르는 소리?

그녀의 머릿속이 소리로 가득하다.

총소리다.

데노라는 셰이니가 노려보는 쪽을 올려다본다.

캐시디의 이동식 주택이다.

아니, 옥외 화장실이다.

옐로 빅터 테일이 그 안에서 몇 미터 밖으로 나와 휘청대고 있다. 열린 문 앞에 선 그는 몸 앞부분 전체가 피로 흠뻑 젖어 있으며 오른손에는 총을 들고 있다.

그가 방금 쏜 것은 전신주였다.

백보드에서 썩은 나무가 더 많이 떨어져 내린다.

셰이니는 이빨을 드러낸 채 몸을 떨고 있다.

"네놈은 내가 죽였는데." 셰이니가 빅터를 향해 말한다.

"내 아들은 어디 있냐!" 빅터가 외치지만 목소리를 내뱉을 성대가 없는 탓에 그 소리는 속삭임에 가깝다. 그는 권총을 다시 겨눈 뒤 발사한다.

이번에는 셰이니 앞쪽의 콘크리트가 깨지며 튀어 오른다. 셰이니의 다리가 뒤로 꺾인다. 데노라는 셰이니가 이곳에서 수 킬로미터 너머로 달아나고 싶어 한다는 걸 알 수 있다.

총을 쏘고 소리를 지른 데다 피를 너무 많이 흘린 빅터는 무릎을 꿇으며 쓰러지지만 아직까지도 축 처진 권총을 앞쪽으로 겨누고 있다.

셰이니는 안 그러기를 바란다는 듯 옆으로 고개를 돌리지만 그는 방아쇠를 당긴다.

이번에 총알은 셰이니의 오른쪽 어깨를 명중하고 셰이니는 농구 코트 밖으로, 얼어붙은 잔디와 눈밭으로 튕겨져 나간다.

데노라는 어떻게 해야 할지 몰라 가만히 서 있다.

셰이니는 그곳에 가만히 누워서 고통받는 대신 눈밭에서 몸을 비틀며 소리를 지른다. 왼손가락을 오른쪽 어깨에 쑤셔 넣고는……. 그리고, 맙소사.

그녀의 얼굴.

그녀의 머리.

셰이니의 몸이 활처럼 휘어진다. 손가락은 어깨 근육과 살 안쪽 깊이 박혀 있고 얼굴은 누가 잡아당긴 것처럼 길게 늘어나고 있다.

그녀의 볼과 턱이 축축한 소리와 함께 찢겨나가고 뼈가 부서지며 다시 자리를 잡아간다.

긴 머리카락이 머리 뒤로 흩날리지만 머리카락은 더 이상 두피에 붙어 있지 않다. 그리고 그녀의 얼굴, 그건, 그녀의 얼굴은…….

데노라는 처음엔 말이라고 생각하지만 말이 아니다.

말이 아니라 엘크다.

엘크 머리를 한 여자다.

데노라는 쓰러지다가 다시 일어선다. 이곳에서 달아나야 한다. 이곳을 떠나야 한다. 어디든 여기가 아닌 곳으로 가야 한다.

그녀는 총을 들고 있는 경찰, 빅터를 향해 돌진한다.

무릎으로 미끄러지듯 그 앞에 가서 그를 꼭 잡는다. 그의 오른손이 그녀의 등 위로 떨어지자 그녀의 척추 아래쪽으로 권총의 열기가 느껴진다.

"네, 네, 네이트." 그가 가까스로 내뱉는다.

"이 여자는 도대체 뭐죠?" 데노라가 피에 젖은 자신의 셔츠를 꼭 움켜쥔 채 울면서 말한다. 하지만 빅터는 왼손으로 그녀를 자신에게서 밀어낸다.

엘크 머리를 한 여자가 자리에서 일어나 이쪽으로 오고 있다. 오른쪽 눈으로 그들을 더 제대로 바라보기 위해 어색한 머리를 한쪽으로 돌리고 있다.

"가." 빅터가 데노라에게 속삭인다. "달아나." 데노라는 엉금엉금 달아난다. 빅터의 권총이 다시 한 번 발사되자 데노라는 갈라지는 듯한 굉음에 놀라 앞으로 고꾸라진다. 그녀가 넘어진 곳에는 검게 그을린 로지가 있다.

거기에는 사체가 쌓여 있다.

가장 먼저 보이는 건 개다. 개는 입을 벌린 채 허공을 바라보고 있다.

개를 치우니 캐시디가 보인다. 그의 얼굴은 움푹 패여 있고 반쯤 탔다.

데노라는 소리를 지른다. 숨을 쉴 수 없다. 아무것도 할 수 없다.

그녀의 손에 닿은 머리카락, 그건, 그건 아빠의 머리카락이다.

데노라는 입을 열지만 아무런 소리도 나오지 않는다.

엘크 머리를 한 여자가 저지르는 짓 때문에 빅터가 고통에 몸부림치며 울부짖는 소리가 뒤에서 들리더니 주위를 온통 감싼다.

데노라는 몸을 굴려 회색 하늘을 바라보고, 바로 그때 오른

손바닥에 잉걸불이 붙는다. 그녀는 손을 들어 가슴에 갖다 댄 뒤 본능적으로, 기계적으로 로지에서 달아난다. 무릎과 옷, 그녀의 모든 것이 재와 피로 끈적끈적하다.

로지 반대쪽, 연기 사이로 연기를 똑바로 바라본 채 엘크 머리를 한 여자가 서 있다.

"당신이 전부 죽인 거지!" 데노라가 연기 사이로 소리친다. 왼손으로 오른손을 꼭 쥔 채. "당신이 내 아빠를…… 아빠를."

대답을 하는 대신—그녀의 입은 더 이상 인간의 언어를 내뱉을 수 있는 형태가 아니다—엘크 머리를 한 여자는 한 걸음 앞으로 다가온다. 빅터의 망가진 시신을 밟으며. 그의 머리가 힘줄에 간신히 매달려 있다. 엘크 머리를 한 여자는 눈이 머리의 양 옆에 달려 있기 때문에 자신의 발이 원하는 곳을 제대로 딛고 있는지 바라보려면 고개를 숙여야 한다.

데노라는 뒤로 물러나며 자리에 쓰러지지만 곧바로 일어나 달리기 시작한다.

코치가 팀원들과 일주일에 한 번 하는 훈련이 있다. 그보다 자주 진행할 경우 선수들은 너무 지쳐서 경기를 하지 못할 것이다. 어쨌든 일주일에 한 번, 코치는 선수들을 베이스라인에 세워놓은 뒤 그들 사이에 들어가서 공을 흘린다.

호루라기를 불기 전에 코치는 교관처럼 외친다. 얼마나 간절히 원하지? 얼마나 간절히 원하느냐고?

경기가 시작되거나 끝날 때, 굴러가는 공을 잡는 선수는 가장 빠르거나 가장 힘센 선수가 아니다. 가장 맹렬하게 달려드는 선수다. 그걸 얻으려고 싸우는 선수. 그 누구에게도 빼앗기지 않으려는 선수. 소중한 머리나 피부, 치아 따위는 신경 쓰지 않는 선수. 누가 그걸 가장 원하는지만 중요할 뿐이다.

데노라는 지금 그 연습을 하려고 한다.

하지만 이번에는 연습이 아니다.

원 리틀 인디언

데노라가 가장 먼저 찾아간 곳은 모나의 집이다. 지름길로 가 도로를 찾으면 모나의 트레일러로 곧장 갈 수 있을 것이다. 그곳에는 늙은 곰이 있을지도 모른다. 그 곰은 올해 겨울잠에 들지 않았을지도 모른다. 엘크 냄새를 맡자마자 베리 따위는 잊은 채 자리에서 벌떡 일어날지도 모른다.

괜찮은 계획인 동시에 멍청하고 어리석은 계획이다. 1.6킬로미터 정도 가자 숨이 찬다. 단단하게 얼어붙은 눈 때문에 정강이에서 피가 나고 축축한 발은 무감각하다. 데노라는 줄곧 달리다가 30미터 아래쯤에 험준한 바위가 가득한 낭떠러지 앞에 가까스로 멈춰 선다.

바람이 그 아래에서 불어와 그녀를 밀어내는 바람에 데노라는 목숨을 건진다.

저 아래에는 완전히 망가진 울타리와 바위 따위가 있지만 80년 동안, 100년 동안 사람이 살지 않은 곳이다. 인디언 할당 구역 중 정말로 외진 이런 곳에 정착하려 한 사람도 있었겠지만 블랙피트는 농사를 짓지 않는다. 블랙피트는 목장을 운영하지도 않는다.

"누!" 데노라가 건널 수 없는 거대한 공터를 내려다보며 외친다.

그녀는 그러지 말자고 혼잣말을 하며 뒤를 돌아본다. 400미터 정도 뒤에 말처럼 보이는 형체가 솟아 있다. 캐시디의 말을 탄 아빠일 거라는 생각에 데노라는 심장이 부풀어 오른다. 하지만 그건 거짓말이었다. 그들은 개가 뭐에 묶여 있는지 살피러 간 게 아니었다. 개들은 그때 이미 죽은 상태였다.

그리고 이건 말의 머리가 아니다.

그건 셰이니다. 엘크 머리를 한 여자.

인간의 어깨에 여자의 팔이 달려 있는 그녀가 앞으로 걸어온다. 어깨에서부터 흘러내리는 피로 한쪽 팔이 흠뻑 젖어 있다. 그녀는 운동용 반바지에 발목이 긴 양말을 신은 채 큰 눈을 데노라에게 붙박고 있다.

"왜 뛰지도 않는 거야!" 데노라가 외친다.

엘크 머리를 한 여자는 계속 걸어오기만 할 뿐이다.

데노라는 두 발로 벌떡 일어나 자신의 왼쪽과 오른쪽을 바라본다. 그녀에게 주어진 선택은 그 둘뿐이다.

오른쪽은 똑같은 풍경이다. 공원 저 끝까지 눈이 끝없이 펼쳐져 있으며 날카로운 협곡이 보인다. 왼쪽은 1.6킬로미터 정도까지는 눈이 펼쳐져 있지만 호수가 있기도 하다. 아빠의 친구가 빠져 죽었다던 그 호수다. 아빠의 다른 친구가 체포되었다던 그 호수이기도 하다.

"그래 좋아."

호숫가에는 레이크 하우스가 있다. 가파른 지붕이 달린 오두막의 포치에는 누구든 들어가지 못하게 막는 것마냥 카누가 묶여 있다. 아빠의 친구 리키는 그곳으로 들어가 호수에 얼굴을 처박은 채 떠 있던 사체를 신고했었다. 물에 떠 있던 사체를 전화로 신고했었다.

그러니까, 전화다.

데노라는 그곳에서 모나의 트레일러로 전화할 수 있다. 수렵 감시 사무소로, 아빠에게, 그러니까 새아빠에게 전화해 대량 학살 사건을 신고할 수 있다.

데노라는 엘크 머리를 한 여자를 돌아본다. 시야에서 다시 사라졌던 그녀는 이제 산등성이 사이에 쌓인 적설을 헤치며 묵묵히 걷고 있다. 그녀는 직선으로만 걷는다. 산등성이를 따라가는 것은 품위 없는 일이라는 듯, 땅이 그녀에게 길을 알려줄 거라는 듯.

데노라는 바람이 눈을 쳐 내는 곳으로 갈 수 있도록 최대한 조심스럽게 발을 내딛으며 덤불이 있는 쪽을 골라 낮은 자세로 왼쪽으로 향한다. 덤불 때문에 낭떠러지 아래로 떨어질 수 있지만 덤불이 없는 쪽으로 가다가는 엘크 머리를 한 여자에게 노출될 수 있다.

데노라는 초등학교 때 한 선생님이 인디언들이 왜 머리카락을 기르는지 가르쳐줬던 것을 기억한다. 프랑스 억양을 지닌 캐나다 출신의 금발 머리 여자, 그레이 선생님이었다. 선생님은 긴 머리카락이 어째서 사냥에 도움이 되는지 설명해주었다. 머리카락을 아래로 늘어뜨리면 잔디처럼 앞뒤로 흔들리며 인간의 형체를 숨겨준다고.

물론 말도 안 되는 헛소리다. 머리카락은 잔디가 아니며 얼굴은 얼굴이다. 하지만 데노라는 그 말을 절대 잊지 않았다.

엘크 머리를 한 여자가 자신의 먹이가 향하는 방향을 예측할 거라는 생각에 데노라는 대각선으로, 바로 여기 산등성이 위로 향하며 땋은 머리카락 끝에 손가락을 걸어 머리끈을 푼 뒤 손가락으로 빗어 머리카락을 풀어헤친다.

머릿속으로는 전화로 얘기할 내용을 연습하고 있다.

우리 아빠, 캐시디, 그 여자가 전부 죽였어요. 오셔야 해요.

아니다. 빅터부터 시작하자.

경관……경관님, 네이선 옐로 테일의 아버지, 그분이 그 여자를 죽이려고 했는데 그 여자가…… 그 여자가.

그리고, 그 여자는 이미 등을 다친 상태예요. 바로 거기를 쏴야 해요. 정면을 쏘면 그 여자는 총알을 뽑아버릴 거예요.

정말로 전화를 걸 수 있을 것처럼. 호수까지 3킬로미터 정도는 더 갈 수 있을 것처럼. 넘어지지 않고, 구르지도 않고, 엘크 머리를 한 여자가 그녀 위에 서 있는 모습을 발견하지도 않을 것처럼.

이 겨울에 전화가 멀쩡히 연결되어 있을 리도 없지 않은가?

하지만 그렇다면 어디로 가야 한단 말인가?

데노라는 고개를 젓는다. 이제 그녀의 머리카락은 아래로 늘어뜨려져 있다.

데노라는 코치가 자신의 뒤에서 호루라기를 부는 모습을 상상한다.

다시 뒤를 돌아보자 엘크 머리가 보이지 않는다. 그렇다고 그녀가 사라진 건 아닐 거라고 데노라는 혼잣말을 한다.

뛰자, 뛰자.

그녀는 그렇게 한다. 뛸 수 있어 다행이다. 뒤를 돌아보자 이번에는 엘크 머리를 한 여자가 있다. 35미터 정도 떨어진 곳에.

그녀는 멈춰 서서 고개를 옆으로 돌린다. 데노라를 커다란 한쪽 눈 안에 담기 위해.

"내가 이겼어." 데노라는 들리지도 않을 만큼 작은 소리로 웅얼거린 뒤 억지로 몸을 일으켜 어기적거리며 가파른 오르막길로 향한다. 그 너머에는…… 그곳에는.

누군가의 낡은 집이 있다. 금방이라도 무너질 것 같은 집이다. 지면 가까이 붙어 있고 창문은 전부 떨어져 나갔으며 벽의 칠도 전부 벗겨졌다. 더 이상 굴러가지 않는 것처럼 보이는 낡은 해치백 두 대가 그 앞에 세워져 있다. 헛간은 한쪽 귀퉁이를 제외하고 날아가 버린 상태다. 바람이나 눈, 외로움 따위에 개의치 않고 그 자리에 남아 있는 유일한 구조물은 길게 늘어서 있는 녹슨 보라색 유개화차 세 량뿐이다. 사람들이 물건을 저장하는 장소로 사용하는 곳, 곰이 들어갈 수 없는 유일한 곳이라는 이유로 새아빠가 자치 지구에서 추천하는 곳. 이곳에 그걸 놓은 누군가는 거대한 기차를 꿈꾼 것처럼 보인다. 아니다. 그들은 방설림을 조성하려 했을 것이다. 철로가 눈에 파묻히지 않도록, 집 앞에 눈이 쌓이지 않도록. 하지만 이 유개화차는 진짜 기차처럼 높은 데다 블록이나 진짜 바퀴처럼 보이는 것 위에 앉아 있다.

"저기요!" 데노라가 그곳을 향해 소리치지만 아무도 살고 있지 않은 게 분명하다.

그 순간 뒤에서 무슨 소리가 들린다. 발소리? 발굽 소리?

데노라는 엉덩이와 손바닥의 볼록한 부위를 이용해 비탈 아래로 미끄러지듯 내려간다. 뒤를 돌아보자 이번에는 엘크 머리를 한 여자가 비탈길을 따라 직선으로 걷고 있다. 그녀는 단 한 번도 미끄러지지 않는다. 엘크는 어디에 발을 디뎌야 할지 늘 알기 때문이다.

데노라는 미친 듯이 고개를 돌린다. 엘크 머리를 한 여자가 뒤에 나타날 때마다 해치백의 반대편 쪽에 그대로 있을까 앞으로 갈까 생각한다. 하지만 발을 한 번 잘못 디뎠다가 게임에서 질 수 있다. 그리고 그 집, 그 안으로 들어가 봤자 엘크 머리를 한 여자가 진입로에 들어서는 순간 그녀는 꼼짝없이 침실에 갇히고 말 거다.

데노라는 안 된다고 고개를 젓는다. 이곳에 있어서는 안 된다. 이곳은 거쳐 가야 하는 곳이다. 그녀는 마지막 순간, 중간에 놓인 유개화차 아래 숨으면 엘크 머리를 한 여자가 주춤할 거라 생각해 그러기로 한다. 엘크 머리를 한 여자는 직선으로만 걷기 때문에 아래로 지나가기 위해 몸을 굽히려 하지 않을지도 모른다, 안 그런가?

괜찮은 추측이다.

데노라는 재빨리 몸을 놀린다. 엘크 머리를 한 여자는 이제 차량 두 개 길이 정도밖에 떨어져 있지 않다. 그녀는 바람이 만들어낸 단단한 눈길을 걷고 있다. 눈길이 난 곳이…… 바퀴 사이는 아니겠지만 그건 중요하지 않다.

데노라는 유개화차 아래로 들어간 것을 곧바로 후회하며

허둥댄다. 손으로 눈을 파내고 다리로 눈을 차며 허우적거리다 어딘가에 푹 처박힌다……. 그건 유개화차 아래 숨어 있던 건식 저장소다. 마법과도 같은 곳이다. 상당히 조용하지만 그렇게 어둡지는 않다. 그녀 주위에 가득한 10억 개의 눈 입자 사이로 햇살이 스며들어 벽이 얼음처럼 파랗다.

그녀는 이곳이 저장소가 아니라고 스스로에게 말한다. 이건 무덤이다. 묘다.

데노라는 용기를 그러모은 다음 숨을 크게 들이쉰 뒤 파란 벽을 밀고 나간다. 하지만 그녀가 눈을 옆으로 밀어내며 바깥으로 나가려고 할 때마다 더 많은 눈이 그녀 앞에 나타난다. 그녀는 공기를 들이마시려 하지만 사방이, 입 안이 온통 눈뿐이다. 그녀는 입을 막고 껑충거리며 최대한 자리에서 벌떡 일어나 밀고 나간다. 더 많은 눈을 향해.

다행히 그녀의 손이 눈을 뚫고서 저 밖에 가닿는다.

데노라는 이제 질펀한 눈 한가운데서 헤엄치고 있다. 눈 위를 헤엄치고 있다기보다는 얼어붙은 눈을 일종의 싱크홀 아래로 최대한 끌어당기며 그녀 위로 펼쳐진 하늘을 향해 허우적대고 있다. 그녀는 그 싱크홀의 아래쪽에 입을 대고 최대한 많은 공기를 들이키며 또다시 그 과정을 반복한다.

유개화차를 그곳에 갖다놓은 사람의 계획이겠지만 데노라는 이곳에 눈이 아주 깊이 쌓여 있으며 9미터 정도 경사로를 따라 놓여 있을 거라는 걸 예상하지 못했다.

데노라는 경사로를 따라 눈 속을 미끄러져 내려간다. 얼어붙은 눈이 그녀의 목, 그다음에는 가슴, 그다음에는 배, 허벅지, 정강이를 파고든다.

마침내 평지에 다다른 데노라는 손가락을 짚으며 몸을 낮춘 다음 머리카락에서 눈을 털어낸 뒤 자신이 방금 만든 구멍을 돌아본다. 구멍은 몇 분 후면 사라질 것이다.

그 사이로 엘크 머리를 한 여자의 하이톱 신발과 발목 높은 양말이 보인다. 차가운 눈으로 덮여 있는 반대편 벽 사이로 보이는 그녀의 형체가 흐릿하다. 하지만 발이 움직이지 않는다. 발은 처음으로 멈춰 있다.

왜 그러지? 데노라는 혼잣말을 한다.

데노라는 일어나서 뛰어가려고 하다가 그러지 않기로 한다. 그녀는 다시 한 번 바라본다.

엘크 머리를 한 여자의 신발과 양말이 보인다. 여전히 그대로 멈춰 서 있다.

"도대체 왜 그러는 거야?" 데노라가 속임수가 아닌지, 엘크 머리를 한 여자가 다른 쪽으로 돌아오고 있는 건 아닌지 확인하려는 듯 좌우를 둘러본다.

셰이니의 머리가 엘크로 변하면서…… 멍청해졌나? 이제 사람이 아니라 엘크처럼 행동하는 건가?

데노라는 자신이 방금 기어 나온 눈 더미의 뒤쪽을 바라본다. 유개화차의 지붕 쪽으로 붙박이 사다리가 툭 튀어나와 있다.

똑똑한 아이라면 이렇게 할 거라고 데노라는 혼잣말을 한다. 살인범이 뒤를 바짝 쫓고 있다면 상대가 따라올 수 없는 곳으로 달아나야 한다고.

하지만 그녀는 봐야 한다. 알아야 한다.

데노라는 고개를 끄덕이고 다시 한 번 끄덕인 뒤 뒤로 물러났다가 앞으로 돌진한다. 차가운 눈 더미의 옆쪽으로 달려가 사다리의 가장 낮은 단을 손으로 움켜쥔다.

눈 더미가 그녀를 삼키기 전에 세 걸음 나아간다.

씩씩거리며 10초 정도 갔을까 그녀는 눈 더미를 헤치고 사다리의 중간까지 오른다. 사다리를 한 칸씩 잡고 몸을 당기며 올라간다.

사다리의 꼭대기에 도달하자 데노라는 한쪽 다리를 걸친 다음 숨을 쉬어본다.

머리부터 발끝까지 젖어 있다. 그다지 유쾌하지는 않다.

이곳은 바람이 더 세게 불기도 한다. 당연하다.

데노라는 몸을 감싼 뒤 조금씩 앞으로 걸어간다. 몸을 움직이기 전에 신중하게 발을 디딜 곳을 살핀다. 저 아래, 이 유개화차에 남아 있는 것 쪽으로 떨어져서는 안 된다.

마지막 1미터 정도는 엎드린 채 앞으로 나아간다. 머리카락이 그녀 앞의 가장자리에서 나부끼며 그녀를 끌어당기지 않도록 손으로 머리카락을 휘감는다.

엘크 머리를 한 여자는 그곳에 서 있을 뿐이다. 유개화차에 시선을 붙박은 채 기이한 머리를 옆으로 살짝 기울이고 있다.

데노라는 웃는다.

기차를 무서워하는구나, 그녀는 속으로만 말한다.

하지만 사실이다.

엘크 머리를 한 여자의 과거였던 엘크가 기차를 두려워하는 거다. 아빠가 알려주었다. 아빠의 종조부가 들려준 이야기로, 마을의 모든 남자가 엘크 떼를 철로로 몬 뒤 기차가 올 때 쏘아버렸다고 했다. 그들은 기차를 울타리로 이용할 생각은 없었고 그저 소리를 막아줄 방패로 사용하려고 했을 뿐이었다. 마을에서는 총을 쏘면 안 되기 때문이었다. 하지만 기차는 결국 울타리가 되었다. 아빠는 엘크 한두 마리가 달아나 나머지 무리에게 기차에 관한 진실을 전해주었다고 했다. 그걸로 끝이었고 더 이상 철로를 사냥에 사용하지 않았다고.

기차는 확실히 무섭다. 이 기차에 바퀴가 없다는 사실은 중요하지 않다. 이 기차가 연결되어 있지 않다는 사실은 중요하지 않다. 선로도 없다는 사실은 중요하지 않다.

엘크는 힘이 세고 빠를지도 모르지만 최고의 문제 해결사는 아닌 것 같다고 데노라는 생각한다. 하지만 엘크 머리를 한 여자가 이 기차가 세 량밖에 되지 않으며 불똥이 튀지도 않고 이 세상을 소리로 채우지도 않는다는 사실을 알아내는 데에는 오랜 시간이 걸리지 않을 것이다.

엘크 머리를 한 여자는 입을 열고 낮게 우는 소리를 내뱉는다. 이 상황을 가늠하는 것처럼, 자신의 불확실성을 선언하는 것처럼, 무리에게 도움을 요청하는 것처럼. 아무도 오지 않자 그녀는 뒤로 물러난다. 자신이 빠져 있는 기차에서 비롯된 가수면 상태를 제어할 수 없다는 듯이.

데노라는 몸을 돌려 사다리를 기어 내려온다. 두 손을 번갈아가며 다시 눈 더미로 내려와 다른 쪽으로 간 뒤 아까 온 길로 돌아간다.

엘크 머리를 한 여자는 여전히 그 자리에 있다.

"칙칙폭폭, 미치광이 아줌마." 데노라는 중지를 이마에 대고 경례를 하며 말한다. 이것도 아빠가 가르쳐준 거다. 경찰을 지나갈 때마다 아빠는 그렇게 하곤 했다.

호수, 그녀는 속으로 말한다.

이제 덕 레이크까지 갈 수 있다.

뒤를 돌아보자 유개화차의 어느 쪽에도 엘크 머리를 한 여자가 보이지 않는다. 하지만 그녀가 거기 어딘가에 있을 거라는 걸 데노라는 안다. 분명히 그럴 거다.

데노라는 걸음을 재촉한다.

피투성이 소년

데노라는 10분 전에 비포장 길에서 벗어났어야 했다. 아니,
20분 전에.

도로가 전부 사라진 것만 같다. 인디언 자치 지구가 100년
전으로, 차가 없던 시절로 돌아간 것만 같다. 망가진 울타리가
아직까지 그대로 놓여 있고 그 옆에 돌로 만든 집이 있으며 굴
뚝에서 연기가 나올 것만 같다.

그게 아니라면 데노라는 도시 아이이기 때문에 농구 코트
에 대해서는 모르는 게 없지만 전원 지역에 대해서는 별로 아
는 게 없는 걸 거다.

나무들은 전부 엇비슷해 보인다. 이쪽의 눈은 다른 눈들과
전부 비슷해 보인다.

그렇지만 호수가 있지 않나.

몇백 미터 갈 때마다 데노라는 몸을 잔뜩 치켜세워 저 멀리 호수가 어른거리는지 확인한다.

해가 언제 지지? 4시?

코치는 자신의 스타 선수가 경기 시작 1시간 전에 나타나지 않으면 펄쩍 뛸 것이다. 하지만 괜찮다. 잠깐만, 아니다. 그건 중요하지 않다. 그쯤 되면 데노라의 엄마가 주 방위군에 전화할 것이다. 엄마는 캐시디의 긴 진입로까지 걸어가 타버린 시신들을 발견하고 농구 코트에 튀어 있는 피를 본 뒤 옥외 화장실 옆에서 두 번 살해당한 빅터 옐로 테일을 발견할 것이다.

그리고……. 그리고 눈 위에 발자국이 남아 있다, 안 그런가? 데노라는 확인하려는 듯 뒤를 돌아본다.

엘크 머리를 한 여자가 아직도 유령 기차의 반대편에서 옴짝달싹 못하고 있기를 바란다. 하지만. 그것만 믿어서는 안 된다고 데노라는 중얼거린다. 엘크 머리를 한 여자는 이미 근처에 와 있을 것이다. 보지 말자. 그렇다, 자꾸 보지 말자.

데노라는 무릎이 꺾이지만 억지로 몸을 일으켜 세워 앞으로 나아간다.

첫 에너지는 캐시디의 이동식 주택이 시야에서 멀어지기도 전에 다 써버렸다. 두 번째 에너지는 아직 채워지지도 않았다. 데노라는 지금 살고자 하는 순수한 욕망뿐이다. 생존 욕구와 코치가 늘 말하는 조건이 경기의 승부를 결정할 것이다.

그리고 약간의 희망이 있다. 레이크 하우스다.

얼음 낚시꾼 같은 정신 나간 은둔자가 눈을 피해 저 아래 있을지도 모른다. 고등학생들이 언제나 그렇듯 이번 주말에도 레이크 하우스에 침입해 파티를 즐기고 있을지도 모른다. 데노라는…… 그들의 스노모빌을 몰고 이곳에서 벗어나 캐나다로 달아날 수 있다.

이곳과 그곳 사이에 철로가 놓여 있던가? 데노라는 더 이상 곰이 자신을 구해주길 바라지 않고 철로가 자신을 구해줄 거라 믿어보기로 한다.

뛰자, 뛰자, 그녀는 혼잣말을 한다.

경기의 마지막 3초, 밀어붙이고. 그리고 다시.

폐가 더 이상 화끈거리지 않는다. 폐는 차가워졌고 목구멍 뒤쪽에서 피 맛이 난다. 코치는 그걸 폐 치즈[호흡기 염증으로 과도하게 생겨나는 가래나 담, 점액]라 부른다. 하지만 데노라는 2년 전 연습을 시작했을 때 그걸 전부 내뱉었어야 했다. 어쨌든 그녀는 유당 소화 장애를 지녔으며 그걸 웃어넘기기 위해 폐 치즈라고 농담처럼 말한다. 가장 슬프고 쓸쓸한 농담이다.

데노라는 긴 머리카락이 목 안에 들어오자 잠시 멈춰서 콜록거리며 그걸 내뱉고는 살짝 토한다.

그녀는 성공하지 못할 거다.

호수가 자꾸 멀어지고 있는 건 아닐까? 그런 것만 같다.

데노라는 눈을 꼭 감고 재정비를 해본다. 이 온갖 고통 속에, 추위 한가운데 놓인 자신을 가늠해본다. 희미하게, 마치 다른 사람을 보듯, 그녀는 무릎을 꿇은 채 손으로 얼굴을 쓸고 있는 자신을 인식한다.

여기 어딘가에 도로가 있어야 한다. 여기에 있을 것이다.

데노라는 자신이 차 안에 있다고, 주위의 풍경이 빠르게 지나가고 있다고 생각한다. 하지만 그녀는 얼어붙은 축축한 발로 걷고 있다. 게다가 그녀가 걷고 있는 길은 직선과는 거리가 멀다. 도로가 다른 쪽으로 방향을 바꾼다. 도로가 굽어지는 부위에 막 발을 디뎠나 보다. 호수까지 가려면 더 오래 걸릴 거라는 의미다.

당황하지 마. 공 집어 들고 기지를 발휘해. 남은 시간을 확인해.

데노라는 손을 내린 뒤 흐릿한 태양을 올려다본다.

최소한 3시간은 있다고 생각한다. 엘크 머리를 한 여자가 어둠 속에서 나오기 전까지. 3시간이 지나면 사위는 온통 어두워질 것이다.

하지만 그보다 훨씬 전에 너는 죽을 거야. 데노라는 스스로에게 상기한 뒤 고개를 내린다. 다음번 산등성이 바로 뒤 6미터 정도에서 자신을 지켜보고 있는 긴 갈색 얼굴이 보인다.

데노라는 뒤로 움찔하지 않는다. 소리를 지르지도 않는다.

하지만 그녀의 원대한 계획은 그녀 안의 얄팍한 금속 선반에서 명치로 우당탕 떨어진다.

그렇다면 이거다.

데노라는 자리에서 일어난다. 머리카락을 사방에 풀어헤친 채 허벅지 옆으로 손을 폈다 쥔다. 이제 그녀는 날카로운 눈과 맹렬한 귀가 될 것이기 때문이다. 그녀가 될 수 있는 거라면 뭐든지—너는 인디언 자치 지구 소녀에게 덤비고 있다. 반창고를 한 상자 가져와야 할 거다—하지만 그때…… 바로 그때.

수사슴이 보인다. 뮬 사슴이다. 그게 뮬 사슴이라는 것을 아는 건 데노라가 아빠의 트럭에서 계기판 너머로 사슴을 보려면 앉은 자리에 일어서야 했던 어린 시절, 아빠가 뮬 사슴과 흰꼬리사슴을 구분하는 법을 가르쳐줬기 때문이다. 그건 크기다. 수컷일 경우 뿔 모양으로도 구별할 수 있다. 하지만 무엇보다도 중요한 건 색깔이다. 뮬 사슴은 평지에 살기 때문에 탁한 갈색을 띠며 입이나 코 주위에 흰색 고리가 없다. 아빠의 말에 따르면 뮬 사슴 고기가 더 맛있다고 한다. 하지만 잡아서 맛을 보는 것보다는 색상으로 구분하는 편이 더 쉽다.

이 뮬 사슴은 커다란 검은색 구슬 같은 눈으로 데노라를 바라보고 있다. 그녀가 어떻게 할지 기다리며 꼬리를 잠시 씰룩거린다.

그런데 이 사슴은 데노라가 아니라 그 너머를 보고 있다. 그녀의 뒤를.

"안 돼……." 데노라가 뒤돌아보며 말한다.

데노라는 뮬 사슴에게 어서 가라고 말하려고 몸을 돌리지만 사슴은 이미 사라지고 없다. 얼어붙은 개울 바닥으로 뛰어내려갔을 거다. 그렇다. 마침 때맞춰 사슴은 보이지 않는 트램펄린을 디딘 것마냥 폴짝 뛰어오르고 너무 부럽게도 공중에 잠시 떠 있다. 지면에 닿자마자 발굽이 땅을 파고들면서 사슴은 앞으로 나아간다.

"어서 가." 데노라는 자신에게도 어르듯 말한다.

그녀와 엘크 머리를 한 여자 사이의 거리는 고작해야 400미터 정도밖에 되지 않는다.

데노라가 어렸을 때 아빠가 흰꼬리사슴에 대해 말해주었던 이야기가 뭐였더라? 그는 할아버지에게 그 이야기를 들었다고 했다. 하지만 데노라는 나중에 아빠가 그녀의 증조할아버지를 알지도 못한다는 사실을 알게 되었다. 그들은 동시대를 산 적이 없었다. 아빠는 다른 할아버지에게 그 이야기를 들었을 거다. 어느 쪽이든 아빠가 한 이야기는 진짜였다. 할아버지의 말에 따르면, 흰꼬리사슴의 입과 코 주위에 흰색 고리가 있는 이유는 그들이 브라우닝에 슬금슬금 기어들어 와 사람들이 버린 우유를 마셨기 때문이다. 인디언 자치 지구에 개가 없던 시절, 고양이만 있던 시절이었다. 그러니까 흰꼬리사슴이 마을에 들어올 수 있었던 이유는, 짖는 동물이 없었기 때문이었다. 하지만 고양이는 쥐를 너무 잘 잡았고 쥐들을 겁에 질리게 만들었다. 쥐들은 똑똑해졌고 벽 안 깊숙이 숨어 들기 시작했다. 그리하여 고양이는 쥐를 잡을 수 없게 되었고 결국 어느 날 모든 고양이가 마을을 떠났다. 처음으로 개 한 마리가 어리벙벙한 미소를 흘린 채 종종거리며 마을에 들어와서는 오줌을 갈길 곳을 찾아다닌 지 이틀 혹은 사흘 후였을 거다.

데노라는 한때 그 이야기를 믿은 자신이 정말로 싫었다. 그리고 이제는 그 이야기를 더 이상 믿지 못해 울고 싶다.

그렇다, 사슴은 우유를 마셨다. 그리고 그 때문에 입가에 흰색 고리가 생겼다.

알게 뭐람.

달리자, 달리자.

그녀는 그러지 말자 하면서도 뒤를 본다.

엘크 머리를 한 여자가 없다. 그러니까, 다시 말해 데노라는 그녀가 어디에 빠졌든 거기에서 빠져나오려고 애쓰는 동안 기다리거나 계속 앞으로 나아갈 수 있다는 뜻이다.

그녀는 걷고 또 걷는다.

호수가 가까워지지 않기 때문에 엄마가 차를 몰고 오기 전에 도로를 찾기로 한다. 도로를 찾아서 엄마가 보이거든 손을 흔드는 거다. 엄마더러 차를 멈추지 말라고 하며 차에 올라타 문을 전부 잠근 뒤 고개를 젓는 거다. 빨리, 빨리 가요, 설명은 나중에 할게요, 일단 가요.

데노라는 쓰러지다 일어나고 다시 쓰러지다 일어난다. 이제 수평선이 흔들리는 것처럼 보인다. 열기 때문이 아니라 피로 때문이다. 추위 때문이다. 아드레날린이 부족하기 때문이다. 마지막 3초를 너무 많이 셌기 때문이다.

하지만 그때…… 그때 떠오르는 생각. 엘크 머리를 한 여자는 크로우다, 안 그런가?

데노라는 자리에서 일어나 힘을 내 다시 뛰기 시작한다.

크로우가 이길 수는 없다. 오늘, 여기서는 아니다.

세상이 흐릿할지라도. 데노라의 폐가 제대로 작동하지 않을지라도. 다리에 감각이 없을지라도. 인디언 작품이 그녀 앞에 살아 움직이는 게 보일지라도.

데노라는 고개를 저으며 속도를 늦춘 뒤 눈을 비비고 바라본다.

인디언 작품이 거기 있다. 그녀 앞으로 5미터도 떨어지지 않은 곳에.

죽어가는 인디언이 말 위에 올라탄 채 앞으로 고꾸라져 있다. 파우와우의 모든 부스에서 볼 수 있는 작품, 「길의 끝The End of the Trail」에 나오는 장면이다. 그림에서는 죽어가는 인디언의 맨다리를 잘 보여주기 위해 피곤한 조랑말을 보통 실루엣이나 흰색으로 처리한다는 점만 다를 뿐이다.

지금 데노라의 눈앞에 보이는 말은 얼룩말이다.

말은 데노라를 보더니 고개를 들고 의무적으로 히힝 운다.

"칼리코?" 데노라는 죽기 전에 보는 환영인가 싶어 확신 없는 목소리로 말한다.

칼리코가 나지막이 울다가 입술을 오므린다. 데노라는 말의 목을 쓰다듬는다.

단단하게 뭉친 긴 갈기 사이에 손가락이 보인다. 그 뒤로 칼리코의 등 위에서 피를 흘리며 죽어가고 있는 기수가 보인다.

"네이선!" 데노라는 소리를 지르며 그에게 달려간다. 그녀가 걷고 있는 이 험난한 길에 그들이 있다는 사실이 믿기지 않는다.

데노라는 손으로 그의 왼다리를 잡은 뒤 그를 흔들어 깨운다. 네이선은 주위를 둘러보다가 그녀를 내려다본다.

"디." 네이선이 엉망진창인 미소로 답한다.

"너 괜찮은, 도대체, 자, 어서." 데노라는 무슨 말을 해야 할지 몰라 말을 더듬는다.

그때 칼리코가 데노라에게서 멀어지며 옆쪽으로 몸을 피한다.

"포'노카." 네이선이 몸을 곧추세우며 말한다.

데노라는 그의 눈을 따라 그가 바라보고 있는 쪽으로 시선을 돌린다. 그녀의 뒤다.

데노라는 몸을 돌리며 이미 고개를 젓고 있다.

엘크 머리를 한 여자다.

너무 가깝다.

엘크 머리를 한 여자가 자유투 라인의 두 배 정도 떨어진 곳에서부터 화가 난 듯 이쪽으로 쭉 걸어오고 있다. 죽었어야 했던 네이선이 아직 죽어가고 있기 때문일 것이다.

"가, 가, 가!" 데노라가 그에게 말한다.

네이선은 아래로 팔을 뻗어 데노라를 칼리코 위에 태우려고 끌어당기지만 그 바람에 몸이 기우뚱한다. 데노라를 움켜쥐다가는 그의 몸이 반으로 갈라질 것만 같다. 반 이상으로. 데노라는 양손으로 그를 칼리코의 등 위로 다시 밀어 올린다.

"아니. 내가 저 여자를 강 쪽으로 유인할게. 우리 아빠에게, 마을로 가, 그럴 수 있지? 마을로 곧장 가서 그들에게 말해……. 수렵 감시 사무소가 어디 있는지 알지? 가서…… 우리 아빠를 찾아서 말해줘. 내가 강 쪽으로 가고 있다고. 주니어 플럼이 죽었다던, 덕 레이크 말이야."

"네 아빠……네 아빠는." 네이선이 가까스로 말한다. "그는, 죽지 않았어?"

"다른 아빠 말이야!" 데노라가 소리친 뒤 칼리코의 머리를 그러쥔 다음 가야 할 방향으로 돌린다. 그러고는 칼리코의 엉덩이를 세게 걷어차며 소리를 지른다.

칼리코는 앞으로 돌진한다. 처음에는 앞다리를 번쩍 들기까지 한다. 말이 그런 자세를 취하는 걸 일컫는 용어가 있긴 하지만 지금은 그런 걸 생각할 시간이 없다.

엘크 머리를 한 여자가 포장도로 위로 발을 딛고 있다.

그녀는 네이선과 칼리코를 바라보고 있다. 그들을 따라갈까 고민하는 것 같다.

"여기 좀 보라고!" 데노라가 말하자 기다란 엘크 얼굴이 그녀를 바라본다. "16대 18." 데노라는 손으로 자신의 가슴을 툭 친 뒤 엘크 머리를 한 여자를 가리킨다. "우리는 끝내야 할 게임이 있잖아."

커다란 노란 눈의 관심을 사로잡자 데노라는 기다리지 않고 곧장 뛰어간다.

이건 두 번째나 심지어 열네 번째 에너지도 아니다. 더 이상 감각조차 없는 발로 내달리는 거다. 내리막길로, 호숫가로.

진짜 마지막 3초다.

죽은 자들이 가는 곳

데노라가 호숫간지 뭔지가 있는 곳으로 내달리고만 있다니 말도 안 된다. 그녀는 자신이 몇 년째 달리고 있다는 걸 안다. 평생일지도 모른다. 그렇지만 계속 달리고만 있는 건 아니다. 지금까지 최소한 세 번은 넘어지고 까이고 나자빠져 포기하려고 했었다. 정강이는 긁혀서 다 까졌고 손바닥에는 피가 흐르고 있다. 발의 감각이 다시 돌아온 게 달갑지 않다. 따끔따끔한 게 마치 가시를 밟고 있는 기분이다.

머릿속으로 코치에게 웅얼거리며 사과를 한다. 선수들은 경기 날 다리를 아껴야 한다. 데노라는 일주일 동안 걷지 못할 것이다.

하지만 우선 살아야 한다.

아까 넘어졌을 때 얼굴 옆면에 단단한 흙을 느끼며 잠시 눈을 쉬자고 생각했을 때 데노라는 갑자기 극심한 공황 상태에 빠졌다. 몸을 굴려 보니 그녀 뒤 불과 울타리 두 개 너머로 엘크 머리를 한 여자가 보였다.

엘크 머리를 한 여자 역시 이제 도로를 걷고 있다. 하지만 도로는 굽고 휘고 꺼지고 사라져버릴 수도 있다. 엘크 머리를 한 여자가 자신만의 규칙을 고수한다면 직선로를 택할 것이다, 안 그런가? 그녀는 저기 어딘가에서 진창에 빠졌을 것이다. 엘크도 진창에 빠진다, 안 그런가?

하지만 엘크도 도로로 걷는다. 데노라는 그들이 그러는 걸 본 적이 있다. 그들은 엘크 먼지 폭풍, 엘크 대공황이라도 되는 양 고개를 아래로 푹 늘어뜨린 채 모두가 한 줄로 쭉 걷고 있었다.

"도대체 원하는 게 뭐야?" 데노라가 이를 앙다문 채 외친다. 너무 세게 외치는 바람에 앞으로 고꾸라지고 만다. "내가 너한테 도대체 무슨 짓을 저질렀길래?"

처음으로 엘크 머리를 한 여자가 속도를 높인다.

데노라는 뒤로 물러났다가 그 힘을 받아 또다시 뛴다.

어떻게 해야 한단 말인가? 여기서 또 어떻게 해야 하는 걸까? 엄마가 너무 보고 싶다. 저기에 다른 길이 있을 거다, 안 그런가? 아빠가 여기 있다면. 아빠는 늙은 밀렵꾼들이 가로질러 가는 길, 사륜 구동차가 있을 때 취할 수 있는 지름길을 전부 알고 있다.

데노라는 다시 넘어진다. 손과 무릎을 더 많이 까이고 길가에 살점을 더 많이 흘린다. 입 안에서 점점 더 많은 피가 흘러나와 도로를 적신다. 다시 일어나지만 뛰지는 못하고 그저 비틀거릴 뿐이다.

어두워지기 전에 호수에 절대로 도착하지 못할 것이다. 호수에 도착하기란 아예 불가능할 것이다.

그리고, 그리고 네이선은 100미터도 못 가서 칼리코 위에서 떨어졌을 것이다. 그 애는 데노라보다도 말에 대해 아는 게 없으며 이미 반쯤 죽은 상태였다.

그렇다면 데노라와 엘크 머리를 한 여자뿐이다. 일대일 대결.

데노라는 몇 걸음 뒤로 간 뒤 도로 위로 머리가 솟는 걸, 귀가 뒤로 젖혀지는 걸 본다.

그녀는 제발 안 된다며 고개를 저은 뒤 거의 쓰러질 뻔하지만 다 까진 손으로 가까스로 몸을 일으켜 세운다. 흙바닥 위에서 잠이 들기 전에 힘차게 자리에서 일어난다.

열 걸음, 스무 걸음 가니 옆쪽에 회색 나무들 사이로 구멍이 보인다. 문이다.

뒤돌아보자 엘크 머리를 한 여자가 잠시 보이지 않는다. 데노라는 지체하지 않고 이 샛길 아래를 지나가는 커다란 회색 파형관의 한쪽 위에 발을 디딘다. 그 위에서 문의 상단 철조망을 향해 뛰어오르다가 자기도 모르게 그 위에 털썩 엎드리고 만다. 흔적이 남지 않았기를 기도할 뿐이다. 그녀는 뒤도 돌아보지 않고 비틀비틀 앞으로 나아가면서 미늘 때문에 생겼을 가슴팍의 상처를 오른손으로 쓸어본다. 하지만 지금 그건 전혀 중요하지 않다. 눈앞에 난 길은 비포장 길로 올해 엄청난 폭설이 내린 이후 아무도 지나간 흔적이 없다.

데노라는 가운데 볼록 솟아오른 곳을 따라가려 하지만 곧장 길을 잃고 만다. 어느샌가 자신을 둘러싸고 있는 나무들을 붙잡으며 자리에서 일어나 앞으로 나아간다.

뒤돌아보지 마, 뒤돌아보지 마.

그냥 앞으로 가, 계속 움직여.

저기에 공중전화가 있을지도 몰라, 데노라는 중얼거린다. 정신이 흐려지는지 나무들이 꼿꼿한 통나무들로 이루어진 벽처럼 보인다. 데노라는 벽을 한 손씩 짚어가며 입구를 찾는다. 입구를 찾자 그녀는 벽이 끝없이 이어져 있어 자신이 그 안으로 떨어질 거라 확신한다. 그녀는 아래로 미끄러져 내려가면서 바위와 덤불, 죽은 나무에 몸이 까진다.

10초 정도 지났을까 고통을 느끼며 땅에 닿은 그녀는 뒤를 올려다본다.

그녀는 산등성이에 있었다. 도로가 또다시 오른쪽으로 굽었었나 보다. 트럭이 이렇게 미끄러져 내려가는 걸 방지하려고. 하지만 트럭과는 달리 그녀는 곧장 미끄러졌다.

데노라는 덤불을 붙잡고 몸을 일으킨다. 덤불은 그녀의 얼굴 곳곳을, 심지어 입술까지도 긁어댄다. 아빠가 수컷 덤불이라고 부른 그 덤불인가? 아니면 과거에만 그렇게 불렸었나?

"하지만 나는 암컷이라고." 그녀는 고통에 취해 이렇게 말하며 한 발 앞에 다른 발을 놓고 계속해서 그 복잡한 과정을 반복한다. 몇 걸음 가다가 그녀는 이렇게 죽을 거라는 걸 깨닫는다.

너는 다치고 또 다치고 그러다가 다치지 않게 되는 것이다.

마지막 순간에는 부드럽다. 고통뿐만 아니라 세상이.

그리고 최소한 그녀는 그것과 함께 죽을 것이다. 그녀를 죽인 세상과. 크로우가 아니라. 엘크 머리를 한 여자가 아니라. 아빠를 죽인 그것이 아니라.

"미안해요." 그녀는 아빠를 생각하며 말한다.

아빠가 그렇게 죽어서가 아니라, 사람들이 아빠를 경기장 밖으로 끌어낼 때 그들을 말리지 않아서다. 아빠를 모르는 척했기 때문이다. 아빠를 부끄러워했기 때문이다. 그녀는 여전히 아빠와 함께 트럭 벤치 시트에 앉아서 운전하는 아빠의 어깨에 손을 올리고 있는 그 아이이기 때문이다. 트럭이 전부 진실인 이야기로 가득하던 때.

때문에 때문에 때문에.

데노라는 숨을 깊이 들이쉬었다가 멈춘다. 그녀의 손이 사시나무 위에 있다. 자작나무인가, 그녀는 멍청한 나무 따위는 모른다. 나무는 농구 경기장을 만들 때에만 쓸모가 있을 뿐이다. 이 나무는 그것과 마찬가지로 그녀를 지탱해준다. 데노라는 고맙다는 뜻으로 나무를 쓰다듬고 그 너머를 본다. 자신이 죽을 곳을.

그건…… 가시 눈밭이 아니다, 아니다, 그런 건 없다.

뼈다.

"뭐지?"

그녀가, 그녀가 그렇게 멀리 왔을 리가 없다, 안 그런가? 여기가 마리아스, 그 대학살 현장이라고? 그때의 그 뼈가 아직까지 여기 흩어져 있을 리가 없다, 안 그런가?

뼈는 그렇게 오래 남아 있지 않다.

하지만 데노라가 몇 걸음 전에 이미 죽어서 부족의 과거로 걸어 들어간 거라면. 죽음은 보통 그렇게 진행되지 않나?

그녀는 뒤를 돌아본 뒤—그녀를 부르는 건 없다—조심스럽게 발을 앞으로 내딛는다. 이 마지막 거대한 인디언 수수께끼를 풀기 위해.

이곳은 전혀 다른 세상이다. 숨을 멈추고 싶게 만드는 그런 세상. 폐 안에 공기가 들어가는 걸 막기 위해서가 아니라 성스러운 장소이기 때문이다. 그녀 주위로 온통 뼈만 보인다. 인디언의 뼈가 아니라는 걸 이제 알겠다. 사람의 뼈가 아니다. 그럼…… 가축일까? 새아빠는 회색 얼룩말에 대해 말해주었지만 그 말들은 이렇게 탁 트인 곳이 아니라 보통 나무 사이에 숨어 있다.

아니, 이건 뭔가 다른 것, 더 좋지 않은 거다.

엘크.

데노라는 머릿속에서 뼛조각을 맞춰보며 고개를 끄덕인다.

엘크다, 확실하다.

저쪽에 뿔 한쪽이 기울어져 있는 게 보인다. 표백되지도 않았고 얼어 있지도 않다. 데노라는 이제 더 빠르게, 더 절박한 심정으로 주위를 둘러본다.

이곳이 그 장소일 리가 없다, 안 그런가? 아빠가 그녀에게 얘기해주지 않았던 그 장소, 아빠와 친구들이 10년 전 엘크들을 전부 쏴 죽였던 그곳 말이다.

하지만 그곳이 맞다.

데노라는 침을 꿀꺽 삼킨 뒤 무릎을 꿇는다. 풍화되어 매끄러운 갈비뼈의 부드러운 곡선을 손으로 따라 쓸어본다. 갈비뼈는 중간쯤에서 부러져 있다. 그 옆의 갈비뼈도 마찬가지다. 총상으로 부서져 있다. 아빠가 쏜 총알 때문일지도 모른다.

데노라는 가파른 경사지를 올려다본다. 총소리가 들리는 것 같다. 아빠와 캐시디, 리키, 루이스가 보이는 것만 같다. 홀름한 사냥꾼이 된 자신이 꽤나 자랑스러운 그들, 자신의 운에 흥분한 그들.

데노라는 심장이 한 번 뛴 뒤 가슴에서 멈춘 것만 같다.

"아빠."

여기는 그 일이 벌어졌던 장소다.

새아빠가 말해준 바에 따르면 그녀의 아빠와 친구들은 자신들의 전리품을 경사지 아래에 전부 내던졌다고 했다. 다른 고기, 심지어 그 어린 엘크의 고기도 포기하고 그저 뿔만 가져가기로 협상하려 한 뒤.

그녀는 바로 그때 그 이야기가 진실임을 알았다. 뿔은 그녀의 진짜 아빠가 요청했을 법한 물건이기 때문이다.

하지만 이 이야기가 진실이라면 그건, 그녀의 아빠가 정말로 그 짓을 저질렀다는 뜻이기도 하다, 안 그런가? 블랙피트에게 일어난 일처럼, 전국의 모든 인디언에게 일어난 일처럼, 비 내리듯 쏟아지는 총알이 야영지 로지의 숨겨진 벽을 뚫고 들어오는 가운데 로지에 갇혀 있는 게 아니라, 데노라의 아빠는 그날 총알을 휘두르는 사람이었다. 아빠는 이 모든 것의 열광 속에 이렇게 멀리에서라면 무슨 짓이라도 저지를 수 있다고, 상관없다고 껄껄 웃었을 것이다.

"미안해." 데노라는 자신이 만지고 있는 엘크의 갈비뼈를 만지며 눈을 감는다.

이곳은 좋은 장소라고 혼잣말을 한다. 너무 훌륭한 장소라고. 데노라는 이곳에 그들과 함께 누울 수 있다. 그들이 그녀를 그곳에 눕히겠다면.

10초, 20초 후에 눈을 뜨자 뒤에서 눈이 뽀드득거리는 소리가 들린다.

데노라는 등이 떨리지만 해야 한다. 뒤돌아봐야 한다.

엘크 머리를 한 여자다.

이렇게 가까이에서 보니 머리가 더 기이하다.

하지만 그녀는 데노라를 보고 있지 않다. 데노라의 존재는 완전히 잊고 있다.

엘크 머리를 한 여자 역시 무릎을 꿇고 쓰러진다. 사람 모양의 손으로 엘크 뼈를 만지더니 코를 아래로 내려 두개골에 갖다 댄 뒤 가만히 있다.

데노라는 거친 숨을 내쉰다. 움직일 수가 없다.

엘크 머리를 한 여자는 갑자기 자리에서 벌떡 일어나더니 긴 머리를 움직여 주위를 둘러본다.

그곳을.

그곳에는 나머지 부분처럼 얼어붙은 잔디만 보일 뿐이다.

하지만 그녀에게는 아니다.

그녀는 그곳으로 가 무릎을 꿇더니 고개를 숙인다.

"당신은, 당신은 그날 여기에 있었던 거지?" 데노라가 말한다. 엘크 머리를 한 여자는 얼굴을 위로 홱 젖힌다. 매서운 눈초리가 타오르고 있다.

데노라는 그녀를 향해 손을 뻗는다. 엘크 머리를 한 여자를 살해한 사람의 딸이 이곳에서 선행을 베풀 수 있기라도 한 것 마냥. 하지만 그 순간 그녀는 빅터 옐로 테일의 짓밟힌 시신을 떠올린다. 캐시디의 시신을, 졸린의 시신을. 아빠의 시신을. 그녀는 손을 가슴팍으로 거둔다.

엘크 머리를 한 여자는 이제 오른팔 쪽으로 몸을 기울이고 있다. 그곳에서 무언가를 느낄 수 있는 것처럼 맨흙 위에 손바닥을 올린다.

데노라 역시 저 아래에서 무언가 몸부림치는 걸 느낄 수 있다. "뭐지?" 그녀는 아무 생각 없이 묻지만 엘크 머리를 한 여자는 이미 미친 듯이 땅을 파고 있다. 엘크의 입으로 다급한 듯 작게 찍찍 소리를 내면서.

데노라는 말도 안 된다며 고개를 젓고는 몸을 살짝 기울여 탄생의 순간을 바라본다. 썩어 없어졌어야 했던 날부터 10년이 지난 지금, 땅속에서 연약한 갈색 다리가 흙을 차고 있다. 흙 아래로 야윈 작은 옆모습이 보인다. 이제 엘크 머리를 한 여자는 더 빠르고 더 다급하게 땅을 판다.

새끼 엘크가 아직 젖은 상태로 떨고 있다.

그녀는 새끼 엘크를 꺼내 자신의 가슴으로 끌어당긴다. 아직 목을 가누지 못하는 새끼는 엄마의 어깨에 턱을 갖다 댄다.

엘크 머리를 한 여자가 온몸을 뒤로 휙 젖힌다. 스킨 투 퍼 [아이가 태어나자마자 맨몸을 엄마의 맨몸에 올려놓는 스킨 투 스 킨을 이 경우 새끼가 엘크이기 때문에 스킨 대신 퍼(털)라고 했다] 가 이루어진 이 순간의 완벽성에 그녀는 자그마한 신음을 내 뱉는다.

바로 그때 총성이 세상을 열어젖힌다.

엘크 머리를 한 여자 바로 뒤에서 눈 알갱이가 튀어 오른다. 소리가 사라져가는 동안 눈은 계속해서 공중에 걸려 있다. 데 노라는 긴 경사로를 돌아본다. 그곳에는…… 그곳에는.

"해냈구나." 데노라가 놀라워하며 말한다.

그녀의 새아빠가 수렵 감시관 셔츠를 입고 서 있다.

그 말인즉, 그 말인즉 네이선이 해냈다는 뜻이다. 우리의 위 대한 폴 리비어[미국 독립혁명 당시 영국군의 침공 소식을 전한 인물] 님께서 피가 반쯤 빠져나간 상태에서 브라우닝에 도착 해 수렵 감시관 사무실로 곧장 가서는 정신을 잃기 전에 데니 피즈에게 그의 의붓딸이 덕 레이크에 있다고, 그리고 거기에 는…… 거기에는 괴물이 있다고 알린 것이다.

새아빠는 어디로 가야 할지 알았고 어떻게 가야 하는지도 알았다. 가브리엘 크로스 건스의 딸이 최후를 맞이할 곳은 딱 한 곳이었다. 그의 딸이 있을 곳은.

두 번째 총알은 엘크 머리를 한 여자 바로 앞의 땅을 향한다. 그녀의 뒤를, 그녀의 앞을 쏠 수 있다는 걸 보여주듯. 그 말은, 다음 차례는 그녀라는 뜻이다.

엘크 머리를 한 여자는 그의 의도를 이해한다. 달아나고 싶은 본능을 억누르며 그 대신 몸을 돌려 새끼를 감싼다. 경사지를 등지고 선 채 자신의 몸이 새끼를 안전하게 지켜줄 만큼 두툼하기를 바란다. 어미 엘크라면 그렇게 해야 하지 않는가? 이 세상에 갑자기 돌아온 이후로 네가 지금까지 정말로 원했던 것은 그뿐 아닌가? 너의 분노, 너의 원한, 그것이 너를 너무 뜨겁게 달구어 너는 잠시 길을 잃었고 그리하여.

데노라는 긴 경사로를 올려다본다. 새아빠의 깜빡이는 스코프와 죽은 눈을. 그러고 나서는 엘크 머리를 한 여자를, 새끼를 바라본다. 이제 그녀는 두 아빠가 이 경사로 꼭대기에 서 있는 모습을 본다. 엘크는 언제나 여기 아래 있었다. 이제 멈출 수 있다……. 멈춰야 한다고, 노인은 별이 가득한 로지 안에서 자기 주위에 둘러앉은 아이들에게 말한다. 멈춰야 한다고, 그는 뭉툭한 수염을 손으로 쓸어내리며 말한다. 그리고 그 소녀, 그녀는 이 사실을 안다. 그걸 느낄 수 있다. 그녀는 진짜 아빠가 타버린 스웨트 로지에서 죽어 있는 걸 본다. 그의 머리 뒤쪽은 사라졌지만 10년 전 이 경사로 위에 있는 아빠를 본다. 쏴서는 안 되었던 엘크 떼를 향해 총을 쏘는 아빠를. 그녀는 그가 죽었다는 사실이 싫다. 그녀는 그를 사랑했다. 그녀는 모든 면에서 그와 같다. 하지만 새아빠가 그녀 옆에서 엘크를 쏜다고 죽은 아빠가 돌아오는 것은 아니다. 그럴 필요가 없을 때 그녀가 등 뒤로 계속해서 드리블을 하는 한, 진짜 아빠는 정말로 죽은 게 아닐 거다, 안 그런가? 그는 무자비한 미소를 지으며 계속 그곳에 있을 것이다. 그건 아무도 죽일 수 없기 때문이다.

그래서, 노인은 로지 안에 있는 아이들을 한 명씩 둘러본다. 별이 그려진 담요가 그들 위로 펼쳐져 있다. 그는 불가에 둘러앉은 모든 아이들에게 그 소녀가 포'노카를 위해, 부족 전체를 위해 어떻게 했는지 말한다. 그녀는 피범벅된 무릎으로 미끄러지듯 가서는 자신의 작은 몸을 총과 자신의 아빠를 죽인 엘크 사이에 들이민다.

그녀는 경사지를 향해 오른손을 뻗고 손바닥을 펼친 뒤 손가락을 쭉 편다 ─ 노인은 시현해 보인다 ─ 그리고 그녀는 차가운 공기에 대고 또렷이 말한다. 안 돼요, 아빠! 안 돼요!

그를 그렇게 부른 게 처음 아닌가?

"그렇단다." 노인은 말한다. 그렇다.

천천히, 소총이 올라간다. 개머리판이 데니 피즈의 오른쪽 엉덩이에 걸쳐진다. 그는 그곳에 서 있는 실루엣에 불과하다. 그저 또 다른 사냥꾼일 뿐이다.

한참 동안 엘크 머리를 한 여자는 움직이지 않는다. 그저 자신의 새끼 옆에 몸을 웅크리고 있을 뿐이다. 그러다가 그녀의 긴 머리가 갑자기 획 돌아간다. 총알이 또다시 등에 박히면서 자신의 다리를 가져가고 이 모든 것이 처음부터 다시 시작되는 걸 받아들일 준비가 되었다는 듯 움찔한다.

하지만 저기 서 있는 남자의 형체는 오른손을 옆으로 가져가 손바닥을 아래로 한 상태에서 왼쪽에서 오른쪽으로 움직인다고 노인은 말한다.

이제 끝이라는 인디언식 표현이다. 그건 그가 회의를 마칠 때마다 하는 손짓, 게이브와 캐스, 리키와 루이스를 구해주었을 때 했던 손짓이다. 그럴 수 있다면 그는 손자에게도 그렇게 할 것이다.

끝났다. 그거면 됐다. 정말로 멈추길 바란다면 여기서 멈출 수 있다.

소녀는 고개를 끄덕인다. 그녀는 그의 수신호가 무엇을 의미하는지 안다. 그녀는 옆에 있는 엘크 머리를 한 여자를 향해 몸을 돌린다. 엘크 머리를 한 여자는 총에 맞지 않았는데도 몸을 획 젖히며 여전히 새끼를 품에 안은 채 옆으로 쓰러진다. 무엇이 되었든 다음 공격으로부터 새끼를 보호하려는 듯.

그녀는 눈밭으로 쓰러지면서 팔과 다리를 차고 뻗고 비틀며 삐걱거리는 소리를 낸다. 마침내 그녀의 오른쪽 다리가, 거친 갈색 털이 인간의 피부를 뚫고 나온다. 그다음에는 팔이 갈라지더니 그 끝에서 깨끗한 검은색 발굽이 나온다.

암컷 엘크는 눈에서 일어나 새끼를 향해 몸을 숙이고 새끼가 뒤뚱거리며 자리에서 일어날 때까지 새끼의 얼굴을 핥는다. 그 모습을 끝으로 둘은 자취를 감춘다. 어미와 새끼는 잔디를 찾아 떠난다. 그곳에는 그들과 함께 모든 계절을 나기 위해 그들을 기다리고 있는 무리가 있다.

이제 이야기가 끝났기 때문에 노인은 자신의 오른손을 다시 들어올린다. 그날 소녀가 그랬던 것처럼. 아이들 모두 그를 따라 한다. 그리고 그 소녀가 4년 후 그녀의 팀이 두 번의 연장전 끝에 주 우승을 놓쳤을 때 그런 것처럼 주먹을 높이 치켜든다. 그 소녀가 영원한 게임의 끝에서 주먹을 들어 올린 건 마침내 그녀를 무너뜨리는 법—그녀를 막은 첫 수비이자 마지막 수비—을 알게 된 크로우 팀에 경의를 표하기 위해서다.

스포츠 정신의 표현, 존중의 표현, 경의의 표현, 그것은 고등학교 스포츠를 홍보하는 수천 개의 포스터에 담기고 그녀의 것이었던 모든 땅에 드리운다.

그건 길의 끝이 아니라고 헤드라인은 전부 말할 것이다. 그건 절대로 길의 끝이 아니었다.

그건 시작이다.

감사의 말

엘렌 뎃로우의 도움이 없었더라면 이 소설을 쓰지 못했을 것이다. 그녀가 없었다면 내가 어떻게 호러 소설이란 걸 썼을지, 그러니 엘렌에게 정말 감사하다. 또한 루이스 어드리크의 『앤틸로프 아내』가 내 가슴에 박히지 않았더라면 나는 이 소설을 쓰지 못했을 거다. 그녀가 만들어낸 이야기와 캐릭터, 장면은 내 심장 위로 산산이 부서졌으니 그중 하나라도 빼내면 나는 피를 철철 흘리게 될지도 모른다. 제1회 인디언 코믹콘에서 내가 엘리자베스 라펜시의 『사슴 여자: 비네트』를 집어들지 않았더라면? 아니 리 프랜시스 4세가 나에게 그 책을 건넸던가? 확실히 기억나지는 않지만 나는 그 만화책을 손에 쥔 채 꼼짝없이 그 책에 빠져버리고 말았다.

또한 존 랜디스의 "사슴 여자"라 할 수 있는 〈마스터즈 오브 호러〉 시즌 1의 일곱 번째 에피소드를 인용하지 않았다면 거짓일 것이다. 그 드라마에서 여자 주인공이 걷어차여야 마땅한 이들을 전부 걷어차는 모습이 정말 좋았다. 모든 인디언 여성이 그렇게 행동하기를 바란다. 그리고 그들이 전부 살아

남기를 바란다. 그들은 나의 여자 형제이자 조카이며 나의 사촌이자 이모다. 조 랜스데일은 어떠한 장르의 글에서든 언제나 나의 글쓰기 스승이다. 독자의 마음을 얻고 웃음을 자아내는 기술 등 내가 책에서 선보인 온갖 재주는 그녀에게서 배운 것이다…….

제임스 디키의 시 「탄생」은 이 이야기의 잔디밭에 뿌리 깊이 녹아 있거나 나의 작가 DNA에 철저히 스며 있다. 그 시에서 새로운 말(馬)들이 내 세계로 내딛은 수줍은 발걸음처럼, 이 소설에서 엘크는 나에게 그렇게 왔다. 그러니까 말들은 풀을 뜯는 동안 나를 바라보고 있으며 내가 실수를 하면 나를 찾아오는 것이다. 나는 그들의 소리를 듣지 못할 것이다. 나는 늘 귀청 떨어질 만큼 크게 음악을 틀어놓기 때문이다. 이 소설을 막 쓰기 시작했을 때 내가 반복해서 들은 음악은 덴마크 록밴드 D-A-D의 〈트러커〉였다.

하지만 소설을 탈고하려면 음악이 아니라 사람이 필요했다. 매튜 프리드햄과 크리스타 데이비스가 가장 먼저 내 소설을 읽었고, 마티유 래그레네이드와 리드 언더우드, 브리 파이, 제시 로렌스, 데이브 뷰캐넌도 곧이어 내 소설을 읽어주었다. 모두에게 감사하다. 모두의 이름을 적고 싶지만 지면이 허락되지 않기에 여기에 여러분이 직접 적기 바란다:_____에게 감사하다. 알렉산드라 뉴마이스터와 데이비드 트롬블레이, 테오 밴 알스트, 빌리 J. 스트라톤에게도 감사하다. 내가 이 소설을 쓰는 동안 그들 중 아무도 내 글을 읽지는 않았지만 그들과 나눈 이런저런 대화는 내가 소설의 방향을 이끌어가는 데 도움이 되었다. 그러한 대화를 나눌 수 있어 영광이었다.

대화 얘기가 나와서 말인데 블랙피트어를 할 줄 모르는 나를 위해 로버트 홀과 스털링 홀리화이트마운틴은 기꺼이 나서주었을 뿐만 아니라 브라우닝과 블랙피트 자치 지구의 구체적인 모습을 묘사해주기도 했다. <u>그곳에서 자라지 않았기 때문에</u> 내가 잘 모르는 부분이었다. 그렇다고 내가 허구적인 내용을 추가하지 않은 것은 아니다. 하지만 그런 내용이 있었다면 내 잘못이지 그들이 잘못 전달한 것이 아니다. 로버트와 스털링에게도 감사하다. 실베스타 옐로 카프, 나의 증조할아버지 팻 카프 루킹에게도 감사를 전한다.

이 책을 마무리하는 동안 나는 대학원에서 귀신 들린 집에 관한 세미나를 진행했는데, 그 세미나가 소설 집필에 큰 도움이 되었다. 감사의 글이 길어지면서 이미 따가운 눈총을 받고 있기에 세미나에 참석한 학생들의 이름을 일일이 열거할 수는 없겠지만 ('한 단락'을 늘리려고 애쓰는 중이다) 수업 시간에 우리가 나눈 토론은 소설을 쓰는 과정에 큰 영향을 미쳤고, 그건 닉 킴브로와 나눈 오래된, 그리고 그리 오래되지 않은 유령의 집에 관한 토론 역시 마찬가지였다.

밤늦은 시간까지 꼼꼼하게 막바지 참고 조사를 도와준 처남 올리버 스미스에게도 감사를 전한다. 그레이트 폴스에 관한 정보들을 알려준 미기지 펜소누에게도 감사하다. '올바른' 정보라고는 말하지 않겠다. 나는 글을 쓰면서 정보를 내 마음대로 바꾸는 경향이 있기 때문이다. 하지만 어쨌든 '잘못된 정보가 최대한 적기를' 바란다. 질 에스바움에게도 감사하다. 내가 그녀가 쓴 『하우스프라우』의 첫 문장을 살짝 바꿔 이 소설에 넣었다는 사실을 당사자는 아직 모른다. 어쨌든 산 위에서 나의 구명 밧줄이 되어줘 늘 감사하다. 살아서 돌아오지 못하면 소설을 쓰지도 못할 테니.

산에서 내려오는 얘기가 나와서 말인데 아버지 데니스 존스에게도 감사하다. 아버지는 매일 아침 새벽녘, 너무 어두워 푸르스름한 빛밖에 보이지 않을 때 나를 데리고 나와 손만 뻗으면 닿을 만큼 가까운 거리에서 엘크 소리를 들려주었다. 그런데 그들은 유령이었던가? 나는 죽었다 깨도 그들보다 현명하지 못할 거다. 대체로 나는 이야기와 함께 돌아온다. 이야기는 고기보다 오래 간다.

그러한 이야기 가운데 증조부 게리 칼프 루킹에게서 들은 이야기도 있다. 어느 날 엘크 무리가 어떻게 브라우닝에 왔는지, 필요한 순간 기차가 어떻게 지나갔는지에 관한 이야기다.

존 칼프 루킹의 실제 이야기가 소설에 등장하거나 그가 그러한 이야기를 하는 방식을 내가 훔쳤다고 확신한다. 하지만 나는 우리가 사슴을 쫓던 날 델윈 카프 루킹이 '타스코'를 말하는 방식도 훔쳤다. 나는 늘 훔치거나 그게 아니라도 어쨌든 늘 듣고 있다.

마지막으로 내 소설을 읽은 사람은 맥켄지 키에라다. 그녀는 이 소설을 쉽게 인정하지 않았다. 그녀는 그 안으로 들어가 안에서 바깥을 바라본 뒤 나를 다시 데리고 들어가 내가 모든 이야기의 방을 전부 돌아보게 했다. 그중 하나는 내가 현재 임대하고 있는 집의 거실이다. 이 집에는 높고 비스듬한 천장이 있고 뭐가 잘못됐는지 알 수 없는 깜빡이는 전등도 있다. 그러니 귀신 들린 전등에게도 감사 인사를 전해야겠다. 네가 아니었다면 천장 팬의 날개를 통해 아래를 내려다보는 일은 절대로 없었을 테니.

그리고―이건 아마 내가 최초로 하게 될 일이고 삭제될지도 모르겠는데 왜냐하면 아무도 내 말을 믿지 않을 것이기 때문이다―내 아이들 라네과 킨세이와 함께 자란 개에게도 감사를 전한다. 그레이스, 네가 바로 이 책의 할리다. 너는 최고의 개였다. 오래전 창고에서 함께 일하던 친구들에게도 감사하다. 부치, 나는 당신을 납치해 제리라는 이름을 붙였다. 하지만 당신이 그리워서 그랬을 뿐이다. 당신은 내가 20년도 더 전에 쓴 「미국의 발견」에도 등장한다. 당신에 대해 쓰는 걸 멈출 수 없다.

소설을 쓰기 위한 온갖 노력, 온갖 납치, 온갖 구명 밧줄과 밤늦은 시간에 주고받은 메시지, 모든 소설에 끼워넣은 수많은 바위에서 나를 끌어내린 온갖 사람들을 언급했으니 이제 BJ 로빈스에게 감사를 전해야겠다. 우선 이 소설을 다듬어준 것과 아무도 묻지 않기를 바란 훌륭한 질문을 던져줘서. 그리고 이 소설이 알맞은 편집자의 책상에 도달할 거라 믿어줘서. 그 편집자는 조 몬티였고 지금도 그렇다. 책 표지에는 내 이름만 있기 때문에 여러분은 그가 이 이야기, 이 책에 남긴 흔적을 볼 수 없겠지만 그가 어깨를 으쓱하며 "그렇게가 아니라 이렇게라면 어떨까?" 하고 물은 후에야 이 소설은 여러분이 손에 들고 있는 최종 형태로 탄생할 수 있었다. 결국 그의 의견대로 이렇게 가기로 했는데, 다르게 하려고 했었다니 나는 도대체 무슨 생각이었을까? 때때로 어떤 책은 올바른 편집자가 마지막 몇 단계를 밀어붙여 최고의 상태에 이르러야 비로소 완성이 된다. 조, BJ, 최고의 홍보 담당자 로렌 잭슨, 이 소설의 문장들을 매만지는 데 도움을 준 매디슨 페니코, 첫 번째 독자, 두 번째 독자, 마지막 독자, 현재 독자, 모두에게 감사하다. 특히 내가 깜빡하고 있는 이들, 내가 비밀을 지키고 있는 동물들에게 감사하다.

마지막으로 늘 그렇듯 나의 아름답고 똑똑하고 완벽한 아내 낸시에게 감사를 전한다. 아내는 나와 세상 사이에 몇 번이고 자신을 놓아 바람 뒤에 작은 공간을 마련해 내가 그곳에서 이따금 몇 권의 책을 쓸 수 있게 해준다. 당신이 그렇게 나를 보호해주지 않으면 나는 아무것도 쓰지 못한다. 하지만 무엇보다도 우리 둘 다 열아홉 살 때 모래사장 건너편에서 나를 지그시 바라봐준 것, 우리에게 오래도록 남아 있고 앞으로도 간직될 그 순간을 선사해준 것에 정말 감사하다.

스티븐 그레이엄 존스

옮긴이의 말

눈발이 휘몰아치는 어느 날, 인디언 자치 지구 내 연장자 전용 사냥 구역에 총성이 울려 퍼진다. 네 명의 인디언은 부족 전체를 먹일 수 있을 만큼 많은 엘크를 사냥했다는 사실에 뿌듯해하며 자신들에게 찾아온 행운에 기뻐한다. 하지만 그 후 네 남자의 운명은 그리 순탄치 않았으니, 그로부터 10년 후 리키는 인디언 자치 지구를 달아나던 도중 살해당하고, 루이스는 '엘크 머리를 한 여자'의 환영 때문에 두려움에 사로잡혀 살인을 저지르다 경찰에게 총살당하며, 게이브와 캐스는 '엘크 머리를 한 여자'가 심어놓은 오해의 싹 때문에 같은 운명에 처한다.

여기까지만 보면 전형적인 호러 소설 스토리 같지만 『엘크 머리를 한 여자』는 호러 소설에서 쉽게 볼 수 없는 해피 엔딩으로 막을 내린다. 한 세대에서 다음 세대로 이어지는 복수의 끈을 또 다른 희생자가 될 뻔했던 인물이 끊어냄으로써 새로운 시작을 이야기한다. 이 소설은 희생자의 관점에서 진행되는 전형적인 호러 소설과는 달리 복수를 감행할 수밖에 없었던 살인범의 관점으로 독자를 데리고 가기도 한다. 무자비한 복수를 꾀하는 살인범이 자식을 지키고자 했던 어미였음이 밝혀지는 순간, 독자는 누구의 편에 서야 할지 망설이게 된다.

『엘크 머리를 한 여자』는 피가 낭자한 호러 소설이지만 원주민의 존재론적 위기, 옛 전통과 현대적인 삶이 충돌하며 벌어지는 정체성 혼란을 담아내기도 한다. 스티븐 그레이엄 존스는 스무 권이 넘는 호러 소설을 출간한 작가이지만 현대 독자들을 위해 원주민 문화와 신화를 해석하는 데 일평생을 바치고 있는 블랙피트이기도 하다.

텍사스에서 자라 현재 콜로라도 대학교에서 창의적 글쓰기를 가르치고 있는 그는 존 웨인식 서부영화에서 그리는 정형화된 원주민 이미지를 거부한다. 그리하여 자전적인 이야기를 담은 소설을 포함한 전작들에서 그랬듯 오늘날 미국에서 블랙피트족으로 살아가는 현실을 생생히 담는 데 주력한다. 원주민 문화에 등장하는 엘크 신화를 녹여낸 이번 소설도 마찬가지다. 『엘크 머리를 한 여자』에서 그는 백인과의 결혼, 스포츠, 음주, 인디언 자치 지구에서의 삶 등 현대를 살아가는 원주민의 삶을 현실적으로 그린다.

여기서 잠시 인디언과 원주민이라는 용어에 대해 짚고 넘어가자. 오해의 소지가 있는 인디언이라는 용어는 꽤 오랫동안 사용되어왔지만 정치적 올바름 문제가 대두되면서 원주민계 미국인 혹은 원주민Native American으로 부르자는 의견이 대세가 되기도 했다. 하지만 나이 든 세대는, 400년 이상 인디 언이라 불려왔는데 이제 와서 다른 이름으로 불리는 건 어색 하다며 젊은 세대가 주축이 된 이러한 흐름을 거부한다("네이 티브는 너 같은 젊은 애들이 쓰는 말이지."). 21세기 들어서는 조 금 길지만 아예 양쪽 의견을 다 만족시키는 명칭인 '원주민계 미국인 인디언Native American Indians'이라 부르는 경우도 꽤 많다.

또한 이 책에서는 Reservation을 우리에게 흔히 알려진 '인 디언 보호 구역' 대신 '인디언 자치 지구'라는 용어로 번역 했다. 보호 구역은 인디언들이 미국 정부의 통제 아래 제한 된 자치권을 누리는 구역이라는 어감이 강한 반면, 원어의 Reservation은 인디언이 독립된 주권을 가지는 영토라는 어 감이 강하기 때문이다. 인디언 전통을 보존한다는 미명하에 세워졌지만 이곳이 보호와는 거리가 먼 현실을 반영하고도 싶었다.

다시 소설로 돌아와보자. 이 소설은 묻는다. 우리는 자신이 저지른 실수, 자신이 저지른 죄악에 대해 얼마나 오랫동안 대 가를 치러야 할까? 아무 생각 없이 저지른 행동이 우리를 영 원히 파멸에 이르게 할 수 있을까? 우리는 과거에 얼마나 매 인 채 살아야 할까?

세 명의 친구는 자신의 삶에 들어온 이들에게 최선을 다함으로써 뒤늦게나마 옳은 일을 하려 한다. 루이스는 페타에게 훌륭한 짝이 되기 위해 애쓰고, 캐시디는 크로우족인 조에게 정착하며, 게이브는 결혼에는 실패했지만 딸 데노라와는 의미 있는 관계를 유지하려 한다. 하지만 임신한 엘크를 살해한 뒤라면 이 모든 노력이 아무런 의미가 없을지 모른다. 엘크 머리를 한 여자의 공격은 자신의 길을 잃고 정복자의 마음가짐을 갖게 된 것에 대한 일종의 경고일지도 모른다.

그런 의미에서 이 책의 원제목은 자못 의미심장하다. 이 책의 원제는 '좋은 인디언은 오직The Only Good Indians'이다. "내가 아는 좋은 인디언은 죽은 인디언뿐이다The only good Indian is a dead Indian."라는 말에서 따온 것으로, 이 말이 유래된 사연은 다음과 같다. 남북전쟁이 끝난 직후 백인들은 서부 개척에 방해가 되는 인디언을 잔인하게 소탕한다. 코만치족의 추장 토사위는 부족원들을 이끌고 투항하면서 "나 토사위, 좋은 인디언"이라며 선처를 호소한다. 하지만 토벌 작전을 지휘하던 필립 셰리든 장군은 "내가 본 좋은 인디언은 다 죽어버렸어."라고 대꾸하는데 이 말이 '좋은 인디언은 죽은 인디언뿐'이란 말로 바뀌게 된 것. 죽어야만 비로소 좋은 인디언이 된다는 이 반어적인 표현은 서부 개척 시대에 유행처럼 퍼졌다.

이 문구는 21세기 고등학교 농구 경기에서도 반복되며("좋은 인디언은 오로지 죽은 인디언뿐이다. 인디언을 죽이고, 사람을 구하자. 손도끼를 묻어라. 자치 지구에서 나온 인디언은 집에 가라. 인디언이나 개는 들어오지 못한다.") 네 남자의 머릿속을 끊임없이 지배하기도 한다. 진짜 인디언, 좋은 인디언이 된다는 것의 의미는 네 주인공의 주요 관심사다. 자치 지구에 살고 있지 않은 두 남자조차 옛 인디언 방식을 행동의 기준으로 삼는다. 과거는 말 그대로도, 상징적으로도 그들을 쫓아다닌다.

다음 세대인 데노라 역시 이 유산에서 벗어나지 못한다. 데노라는 엘크 머리를 한 여자와의 경기를 부족 전체를 위한 일로 보는 등("이건 부족을, 그녀의 사람들을, 그녀보다 앞선 그리고 뒤따라올 모든 블랙피트를 위한 일이다.") 자신의 몸속에 흐르는 인디언 피를 늘 잊지 않는다. 하지만 데노라와 엘크 머리를 한 여자 사이에서 벌어지는 최후의 농구 경기는 인간의 의지와 운명의 싸움으로 볼 수도 있을 것이다. 그리고 데노라는 이 싸움에서 승리함으로써 운명의 사슬을 끊어낸다. 새로운 시작을 알린다.

그녀가 가져온 구원, 그건 분명 용기가 필요한 일이었을 테니 피로 낭자한 이 소설은 뜻밖에 가슴 뭉클한 무언가를 안겨준다. 스티븐 그레이엄 존스가 그리고자 했던 미래, 제시하고자 했던 비전이 바로 그것 아니었을까. 책장을 덮고 난 뒤 독자의 머릿속에 남은 하나의 이미지가 피로 얼룩진 살인 현장이나 인디언 목각상이 아니라 주먹을 불끈 들어 올린 인디언 소녀이기를 바란다.

2022년 봄, 이지민

엘크 머리를 한 여자

1판 1쇄 발행	2022년 4월 15일
1판 2쇄 발행	2022년 5월 3일

지은이	스티븐 그레이엄 존스
옮긴이	이지민
펴낸이	임정림
펴낸곳	(주)코스모스하우스
기획 및 책임편집	임혜림
편집	윤진희 최찬미 김현지
디자인	이지수

주소	서울시 마포구 와우산로29가길 80(서교동)
전화	02-332-1526
팩스	02-332-1529
홈페이지	www.hoembooks.com
이메일	info@hoembooks.com
출판등록	2015년 5월 7일 제2015-000153호
임프린트	헤윰이음

한국어판 © (주)코스모스하우스, 2022

ISBN	979-11-960367-7-5　03840

· 헤윰이음은 (주)코스모스하우스의 임프린트입니다.
· 잘못된 책은 구입한 곳에서 바꿔드립니다.
· 책값은 뒤표지에 표시되어 있습니다.